CM RAYMOND, LE BARBANT
& MICHAEL T. ANDERLE

UNTERDRÜCKUNG

AUFSTIEG DER MAGIE
BUCH 1

Impressum

Unterdrückung (dieses Buch) ist ein fiktives Werk.
Alle Charaktere, Organisationen, und Ereignisse, die in diesem Roman geschildert werden, sind entweder das Produkt der Fantasie des Autors oder frei erfunden. Manchmal beides.

Copyright der englischen Fassung: © 2017 LMBPN Publishing
Copyright der deutschen Fassung: © 2020 LMBPN Publishing
Titelbild Copyright © LMBPN Publishing

LMBPN Publishing unterstützt das Recht zur freien Rede und den Wert des Copyrights. Der Zweck des Copyrights ist es Autoren und Künstlern zu ermutigen die kreativen Werke zu produzieren, die unsere Kultur bereichern.

Die Verteilung von diesem Buch ohne Erlaubnis ist ein Diebstahl der intellektuellen Rechte des Autors. Wenn Du die Einwilligung suchst, um Material von diesem Buch zu verwenden (außer zu Prüfungszwecken), dann kontaktiere bitte international@lmbpn.com Vielen Dank für Deine Unterstützung der Rechte der Autoren.

LMBPN International ist ein Imprint von
LMBPN Publishing
PMB 196, 2540 South Maryland Pkwy
Las Vegas, NV 89109

Version 1.01 (basierend auf der englischen Version 2.10), Mai 2021
Deutsche Erstveröffentlichung als e-Book: September 2020
Deutsche Erstveröffentlichung als Paperback: September 2020

Übersetzung des Originals Restriction
(The Rise of Magic Book 1) ins Deutsche vom:
4media Verlag GmbH

Verantwortlich für Übersetzungen, Lektorat
und Satz der deutschen Version:
4media Verlag GmbH,
Hangweg 12, 34549 Edertal,
Deutschland

ISBN der Taschenbuch-Version:
978-1-64971-144-1

DE20-0026-00042

Übersetzungsteam

Primäres Lektorat
Luca C. Evers

Sekundäres Lektorat
Jens Schulze

Betaleser-Team
Hendrik Dembowsky
Sabine Marx
Jürgen Möders
Sascha Müllers
Natalie Roggenkamp
Volker Tesche

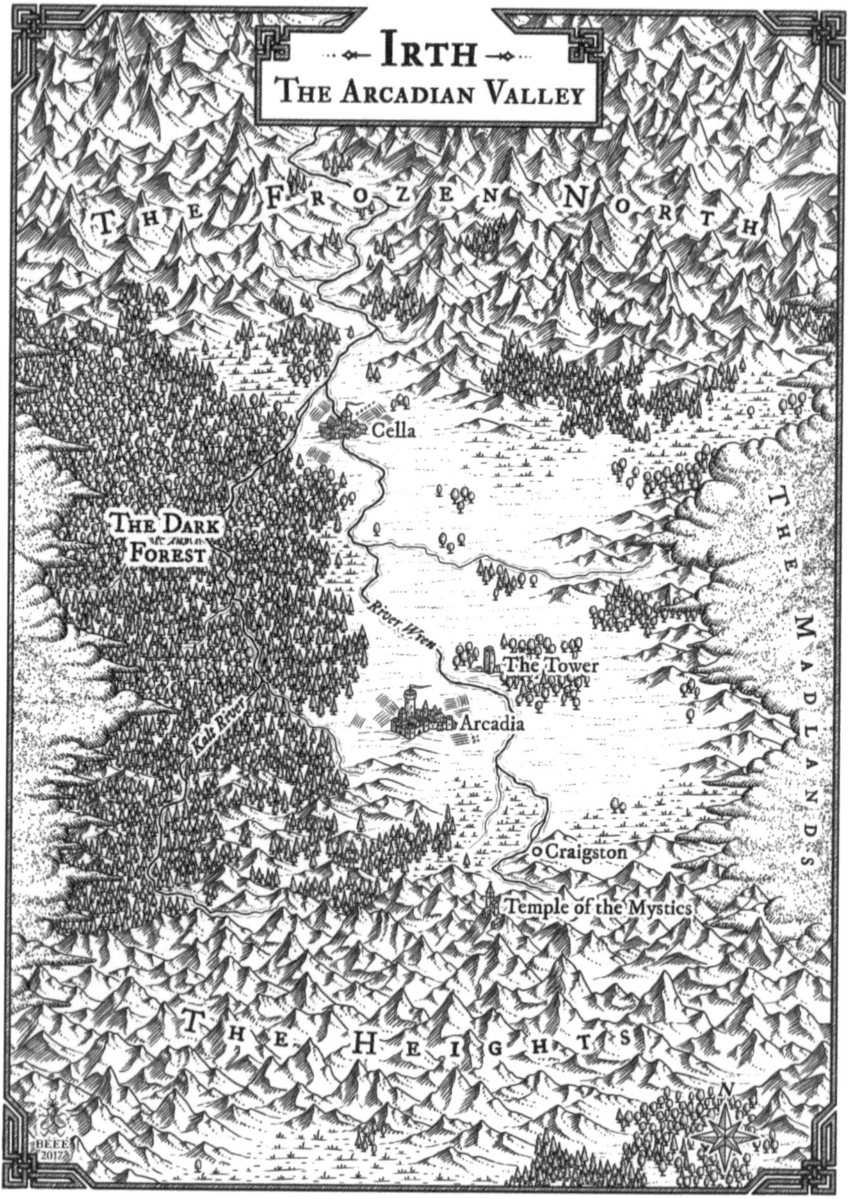
Irth
The Arcadian Valley
The Frozen North
Cella
The Dark Forest
River Wren
The Tower
Arcadia
Kelt River
The Madlands
Craigston
Temple of the Mystics
The Heights
N
BEEE 2017

Prolog

In ferner Zukunft

Catherine strich den weißen Rock über ihren schlanken Beinen glatt, während sie sich bereit machte, das Klassenzimmer zu betreten. Sie stand kurz davor, die wichtigste Vorlesung ihres Lebens zu halten, da musste sie entsprechend aussehen.

Seit fünf Jahren arbeitete sie nun schon im Bildungsministerium und trotzdem bekam sie noch jedes Mal Schmetterlinge im Bauch, bevor sie den Raum betrat. Sie hatte nach wie vor großen Respekt vor der Arbeit als Lehrerin, also war ihre anhaltende Unsicherheit nur natürlich, aber Catherine hoffte, dass sie sich eines Tages unter den Schülern wirklich wohlfühlen würde. Sie atmete ein letztes Mal tief durch und trat dann durch die Tür.

Das Klassenzimmer surrte förmlich vor gespanntem Wissensdurst. Die Schülerinnen und Schüler waren neugierig und freuten sich darauf, etwas zu lernen. Sie war sich bewusst, dass solche Freude an der Schule nicht gerade typisch für Schülerinnen und Schüler dieses Alters war, aber sie hatte das Glück gehabt, den Ehrenschülern zugeteilt zu werden – den Besten in New Arcadia. Und sie wusste auch, dass viele von ihnen, wenn sie ihre Arbeit gut machte, weit über ihre Lehrerin hinauswachsen könnten. Ähnlich wie in der Geschichte, die zu erzählen sie sich innerlich wappnete – die Geschichte des Mädchens, das die Welt veränderte.

»Setzt euch«, rief Catherine über den Lärm hinweg in heiterem Ton. »Seid ruhig und setzt euch hin, Leute!«

Nach einer gefühlten Ewigkeit taten die Schüler wie ihnen geheißen.

Catherine stand derweil auf dem Podium und mischte mit leicht zitternden Händen ihre Notizkarten. »Gut, gut. Wer erinnert sich noch, worüber wir in der letzten Stunde gesprochen haben?«, fragte sie in die Runde.

Francis, dessen Eltern beide Lehrer an der Universität waren, meldete sich. Sie nickte in seine Richtung. »Sie hatten gerade mit einem neuen Thema angefangen – das Zeitalter der Magie.«

»Das ist richtig, Francis. Wir hatten endlich das Zeitalter des Wahnsinns thematisch abgeschlossen. Mag uns jemand kurz zusammenfassen, worum es sich dabei handelte? Ich erinnere daran«, sie ließ den Blick über ihre Zuhörer schweifen, »das wird in der Abschlussprüfung vorkommen.«

Kein Schüler meldete sich. Bei dieser Art von allzu einfachen Fragen warteten sie lieber ab, bis jemand anderes sich opferte.

Schließlich hob Randall seine Hand, ein Junge – klüger als die meisten – dessen Eltern beide Handwerker waren. »Im Zeitalter des Wahnsinns herrschte das reinste Chaos. Kaiserin Bethany Anne hatte Irth verlassen, um die Sterne zu bereisen und in ihrer Abwesenheit brach ein Krieg aus, der die Menschheit in ein zweites Mittelalter stürzte.

Die kurtherianische Nanozyten-Technologie beeinflusste die meisten Menschen. Es dauerte einige Generationen, aber sie veränderte die Welt für immer. Die Menschen waren nicht darauf vorbereitet, mit den Mutationen durch die Programmierung mit Nanozyten umzugehen. Kaiser Michael kehrte zurück, um mehrere mutierte Menschen daran zu hindern, große Gebiete von Irth zu erobern.

Bethany Anne kam wegen Michael zurück nach Irth, nachdem sie die M'nassa und andere Stämme davon abgehalten hatte, den Planeten anzugreifen. Dann errichtete sie die planetarische Umlaufbahn-Verteidigung, damit Irth nie wieder von außen gefährdet werden konnte.«

Der Junge machte eine kurze Pause und fuhr dann fort. »Aber Bethany Anne und Michael verließen Irth, ohne zu erkennen, dass die Probleme vielmehr im Zusammenhang mit den Veränderungen der Menschheit selbst standen. Anstatt den Menschen das Geschenk zu machen, das sich der kurtherianische Stamm Essiehkor vorgestellt hatte – ihnen die Fähigkeit zu geben, das Ätherische anzuzapfen – verwandelten die Nanozyten viele von ihnen in Monster. Kreaturen, die wie Menschen aussahen, denen es aber an Verstand und Emotionen fehlte.

Die Irren, wie diese Geschöpfe genannt wurden, wollten ausschließlich menschliches Blut zu sich nehmen, wegen der darin enthaltenen ätherischen Energie. Sie verringerten die ohnehin schon niedrige Bevölkerungszahl erheblich und stürzten die Welt vom Zweiten Dunklen Zeitalter in das Zeitalter des Wahnsinns.«

»Gut«, sagte Catherine. »Und wie endete das Zeitalter des Wahnsinns?«

Melissa, ein Mädchen in der ersten Reihe mit kurzem, dunklem Haar und intensivem Blick, schaute auf und sprach, ohne die Hand zu heben. »Der Gründer erschien auf der Bildfläche. Er war ein sehr mächtiger Mann, der die Menschheit vom Wahnsinn heilte. Er lehrte sie, ihre Triebe zu kontrollieren, wie sie das Ätherische anzapfen und Magie erzeugen konnten.«

Catherine fühlte bei diesen Worten einen Schauer über ihren Rücken laufen. Sie hatte ihre Schüler gut unterrichtet und sie waren nun bereit für kompliziertere Lektionen.

»Das ist richtig. Heute machen wir genau da weiter, wo diese Geschichte endet. Denn der Gründer war lediglich der Anfang des Zeitalters der Magie, er spielte eine essenzielle Rolle für die Entstehung unserer Welt. Letzten Endes jedoch war *er* nicht einmal annähernd so wichtig wie jene, die nach ihm kam.«

Alle Schüler lehnten sich in ihre Richtung. Eine dermaßen wissenshungrige Gruppe zu haben, war für Catherine wahrlich ein Geschenk. Das ganze Jahr über hatten sie auf den wirklich interessanten Lehrstoff gewartet. Nun war es an der Zeit für Catherine, sie daran teilhaben zu lassen.

Und genau das würde sie auch tun.

»Ich bin mir sicher, ihr seid alle mit den Legenden vertraut, aber heute werdet ihr die wahre Geschichte der Heldin der Magie erfahren. Wie sie aus dem Nichts zur mächtigsten Magierin der Welt aufstieg und, was noch wichtiger ist, wie sie diese Magie nutzte, um das Böse in unserem Land auszulöschen. Sie führte uns aus der Dunkelheit in die Zeit des Friedens.

Es ist an der Zeit, euch die Wahrheit über Hannah zu erzählen.«

UNTERDRÜCKUNG

Kapitel 1

Hannah wusste es noch nicht, aber in nur wenigen Minuten würde sich ihr Leben verändern.

Für immer.

Und woher hätte sie das auch wissen können? Es war ein Tag wie jeder andere. Sie und ihr Bruder William waren auf dem Weg zum Park im Nordviertel Arcadias, dem einzigen sauberen Ort, an den sie sich in dieser überfüllten, verschwitzten Stadt zurückziehen konnten. Ihr wöchentlicher Ausflug auf dieses Gelände war das Einzige, worauf sie sich an den langen, harten Tagen freuen konnte.

Mit ihrem Bruder zusammen zu sein, war in vielerlei Hinsicht die einzige Zeit, in der sie sich wirklich menschlich fühlte. Er war fünf Jahre jünger als sie und gab ihr gewissermaßen eine Bestimmung: Alles, was sie tagtäglich tat, war für ihn.

Als er in die Patriarchenstraße einbog, blieb William plötzlich wie angewurzelt stehen.

Hannah drehte sich zu ihm um und ließ ein wenig Ungeduld in ihrer Stimme mitklingen. »Lass uns gehen, Will. Wir haben nicht viel Zeit.«

Ihr Bruder starrte in die Ferne, sein kleines Gesicht aschfahl, seine Stirn bedeckt mit Schweiß. »Geh schon mal vor, Hannah. Ich ... ich fühle mich nicht so gut und komme nach. Ich glaube, ich brauche vielleicht etwas ...«

Mitten im Satz fiel ihr Bruder zitternd zu Boden. Hannah eilte zurück zu ihm und sah, wie sich seine Augen nach hinten rollten.

»William?« Sie untersuchte hastig seinen Körper. »Will, das ist nicht lustig.«

Aus seinem Zittern wurde ein unkontrolliertes Schütteln und schließlich eine Reihe von Ganzkörperkrämpfen. William hielt seine Arme fest an die Brust gedrückt, seine Beine hingegen strampelten wie wild. Speichel tropfte von seinem Mundwinkel.

»Will? *William!*«

Aber ihre Schreie bewirkten nichts. Seine aschfarbene Haut begann, sich zu verwandeln, jedoch nicht in das vorherige Rosa, sondern in ein kränkliches Blau.

Mit panischem Herzklopfen in ihren Ohren drängte Hannah die Angst zurück und versuchte angestrengt nachzudenken. Sie zog ihn in ihre Arme, schaukelte ihn und flüsterte verzweifelt: »Atme, William, *atme!*«

Sie sah sich hektisch um. »Helft mir. So hilf mir doch jemand!« Doch die frühabendlichen Marktbesucher gingen auf dem belebten Platz einfach an ihnen vorbei, ohne sie zu registrieren. Es überraschte sie nicht – diese Stadt machte sich nicht die Mühe, sich um Leute wie sie zu kümmern – aber diese Gleichgültigkeit machte sie trotzdem wütend.

Unfähig, noch länger an sich zu halten, schrie Hannah in den Himmel. Wut schoss durch ihren Körper und elektrisierte ihre Hände, während die Menschen einfach weiter um sie und ihren zitternden Bruder herum gingen.

Schweiß brach auf ihrer Stirn aus und wanderte über ihre Gliedmaßen, ihr Körper wurde ganz heiß. Hannah hatte das Gefühl, dass etwas in ihr steckte und verzweifelt versuchte, auszubrechen. Sie blickte auf ihren Bruder herab, doch dann erregte eine kleine Bewegung ihre Aufmerksamkeit.

Eine winzige, weiße Eidechse kroch hinter dem Fass eines Verkäufers hervor. Sie kam zu ihnen, kletterte den Arm ihres

UNTERDRÜCKUNG

Bruders hoch und setzte sich auf seine verkrampfte Schulter. Die Kreatur starrte ihr ins Gesicht und winkelte leicht den Kopf an.

William lag sterbend in ihren Armen und alles, worauf sie sich konzentrieren konnte, war diese verdammte Eidechse!

Während sie aber das kleine Reptil beobachtete, entwich aus ihr die aufgestaute Angst und Panik; jeder Muskel in ihrem Körper spannte sich an und lockerte sich dann sofort wieder. Grünes Licht ging von ihr aus und daraufhin wuchs die Echse auf gut das Zehnfache ihrer Größe. Winzige Stacheln drangen durch ihre Haut, die sich von weiß zu dunkelgrün verfärbte.

Die Echse blinzelte sie zweimal an und huschte dann davon.

Was zum Teufel?

Hannah blickte auf ihren Bruder herab, der ruhig in ihren Armen lag, sein Atem nun deutlich weniger hektisch.

Der Matriarchin und dem Patriarchen sei Dank!

»Was ist passiert?«, fragte er. Seine Hautfarbe normalisierte sich und seine Atmung ging wieder in einem regelmäßigen Rhythmus.

Hannah sackte in sich zusammen und zog ihren Bruder fest an sich. Ohne ihn wäre ein Leben in Arcadia ohne Sinn.

»Zum Teufel, wenn ich das wüsste«, sagte Hannah heftig und sah ihn an. »Geht's dir wieder gut?«

»Ich glaube …«, setzte er an.

Ein Aufruhr auf der anderen Straßenseite unterbrach ihn.

Dort stritt sich ein Straßenhändler mit einem Mann bulliger Statur. Mitten im Satz brach er ab und zeigte in Hannahs Richtung. Der große Mann starrte sie an und schrie: »Schnappt sie!« Zwei kleinere Männer folgten ihm, sie stießen die Leute grob aus dem Weg und kamen auf sie und ihren Bruder zu.

Hannahs Augen weiteten sich. Auf der Brust dieser Männer prangte das Zeichen der Jäger; es waren Söldner, die angeheuert wurden, um jeden zu töten oder zu fangen, der innerhalb der Mauern Arcadias unrechtmäßig Magie nutzte. Sie hatten die Lizenz, selbst Magie anzuwenden und während viele Bürger sie hoch schätzten, wurden sie von den Leuten aus Hannahs Viertel wegen der Vorzugsbehandlung, die ihnen zuteil wurde, eher verachtet.

Alles, was diese Kerle tun mussten, war, ihre magischen Muskeln spielen zu lassen und die Menschen fielen praktisch übereinander in ihrem Bestreben, es ihnen recht zu machen. Aber welche Wahl hatten sie auch? Die Jäger konnten ihre Magie schließlich ungestraft ausüben. Diese Männer, Schrecken aller Ungesetzlichen, hatten jedoch herzlich wenig mit Hannahs Welt zu tun.

Sie war nur ein gewöhnliches Mädchen.

Hannah schaute hinter sich und suchte nach dem Ziel der Jäger – einem Kriminellen, der mutig genug war, ausgerechnet auf dem Marktplatz offen Magie zu benutzen. Ihr Gesicht zog sich verwirrt zusammen, denn da war niemand. Eine üble Erkenntnis überkam sie, ihre Augen weiteten sich vor Angst.

Das grüne Licht. Die seltsame Eidechse, dachte sie. Die Jäger kamen forschen Schrittes auf William und sie zu.

Sie selber war ihr Ziel.

Hastig rappelte sie sich auf, riss William auf die Beine und bugsierte ihn in Richtung ihres Zuhauses. Seine Sicherheit war jetzt ihre einzige Sorge.

»Los. *Lauf*!«, zischte sie.

Wieder lief Schweiß über ihre Stirn und ihr Magen zog sich spürbar zusammen. Doch sie hielt die Stellung und

UNTERDRÜCKUNG

wartete auf die Männer, bis diese nur noch wenige Meter entfernt waren.

Sie griff in ihren Umhang, woraufhin die Männer mit weit aufgerissenen Augen stehenblieben. Wenn sie dachten, sie sei eine Art Magierin, würden sie Vorsicht walten lassen; schließlich könnte sie einen gefährlichen Zauberspruch vorbereiten. Langsam zog sie ihren Mittelfinger aus dem Umhang hervor und schwenkte ihn wie einen Zauberstab.

»Ihr könnt mich mal, ihr Mistkerle!«, rief Hannah, ein provokantes Grinsen im Gesicht, während sie sich schon umdrehte und in die nächste Gasse hastete.

Sie hatte William genug Zeit gegeben, um sich in Sicherheit zu bringen und das war alles, was zählte.

* * *

»Hmph«, schnaubte Ezekiel und stützte sich vor *Jones'*, seiner alten Lieblingsschenke, auf seinem Stab ab. Die verrotteten Bretter an den Fenstern und der Tür verrieten, wie lange der Laden schon verlassen war. Dieser Anblick trübte noch mehr, was sich für ihn ohnehin schon als eine verstörende Heimkehr gestaltet hatte.

Der alte Mann war fast ein halbes Jahrhundert lang fort gewesen, aber es schien ihm nun, als sei es vielmehr eine Ewigkeit gewesen.

Er sah sich um und kratzte seine bärtige Wange. Offenkundig konnte mit einer Stadt von Arcadias Größe in vier Jahrzehnten eine ganze Menge passieren. Seine Stadt war in ein geschäftiges Handelszentrum verwandelt worden – das Herz, und wie manche sagen würden, die Seele von Irth. Er wandte sich von der verlassenen Kneipe ab und schlenderte weiter, registrierte die wenigen Orte, die gleich geblieben waren und die vielen, die so unterschiedlich waren, wie es nur Generationen gestalten konnten. Aber das Kopfsteinpflaster unter seinen Füßen fühlte sich immer noch vertraut an.

Als er um eine Ecke biegen wollte, wurde er beinahe von einem Mann mit entblößtem Oberkörper umgefahren, dessen Haut fast vollständig mit Tätowierungen bedeckt war. Der Tätowierte steuerte eine Vorrichtung, die aussah wie ein in der Mitte geteilter Karren und fuhr damit viel zu dicht an ihm vorbei. Ezekiel stolperte und fiel auf seinen Hintern, als er ausweichen wollte.

In seinen Bart grummelnd bemerkte er eine Hand, die sich ihm hilfsbereit entgegenstreckte. Ezekiel nahm die Hand, die, wie er nun feststellte, zu einem Jungen gehörte, dessen Lächeln ihn an vergangene Zeiten erinnerte. Immerhin ein Beweis dafür, dass es noch Gutes in Arcadia gab.

»Alles gut, Opi?«

Ezekiel rang sich zu einem Grinsen durch und nickte, während der Junge ihn auf die Füße zog. »Wird schon. Bin nicht mehr so beweglich, wie ich mal war.«

»Na ja, diese verdammten Magitech-Raser sind eine Gefahr für uns alle. Meistens düsen nur die Reichen damit rum. Keine Ahnung, wie der Kerl einen bekommen hat.«

Der Junge nickte die Straße hinunter in die Richtung, in die das Fahrzeug gefahren war, und fügte murmelnd hinzu: »Wahrscheinlich gestohlen.«

»Was ist ein …«

Laute Schreie aus dem gegenüberliegenden Block unterbrachen ihn. Sie kamen von einer jungen Frau, die einen bebenden Jungen auf dem Schoß hielt und verzweifelt in alle Richtungen blickte. Mit geweiteten Augen beobachtete Ezekiel, wie grünes Licht von ihrem Körper in eine winzige

UNTERDRÜCKUNG

Echse floss. Spätestens als die Kreatur plötzlich wuchs, staunte er mit offen hängendem Mund.

Es war Magie, darin bestand kein Zweifel. Aber diese Kraft war anders als alles, was er je erlebt hatte. Mit dem grünen Licht verschwand auch das Zittern des Jungen und die Farbe kehrte in sein Gesicht zurück. Ein zahniges Grinsen erhellte sein Gesicht, das allerdings nur anhielt, bis eine Gruppe von Männern auf die beiden losstürmte.

Schneller, als Ezekiel schauen konnte, waren die Frau und der Junge in entgegengesetzte Richtungen davongerannt.

»Was zur Hölle war das?« Ezekiel zeigte auf das Geschehen am anderen Ende des Blocks.

Die Augen des Jungen, der ihm aufgeholfen hatte, blieben auf den Marktplatz gerichtet. »Die Hölle hat damit nichts zu tun. Das sind Jäger. Wenn die es schaffen, sie zu fangen, bekommen sie ein Kopfgeld. Ziemlich lukrative Stelle, wenn man sie ergattern kann.«

»Jäger?«

»Klar, um die ungesetzlichen Magienutzer zu fangen, denn der uneingeschränkte Gebrauch von Magie ist hier verboten. Jäger bringen die Ungesetzlichen zur Strecke, tot oder lebendig.«

»Das ist ungeheuerlich!«, die Augen des alten Mannes verengten sich, Wut blitzte über sein Gesicht. Als er Arcadia damals verlassen hatte, stand es jedem, der sich der Magie widmen wollte, frei, sie auch zu nutzen. Obwohl es natürlich eines Mentors bedurfte, um magische Kräfte erst einmal zu zähmen, wäre ein Verbot dieser Art damals undenkbar gewesen.

»Du musst ja 'ne ganze Weile weg gewesen sein, Opi. So laufen die Dinge hier in Arcadia nun mal. Magie muss kontrolliert werden, weil sie zu gefährlich ist, hat man uns erzählt. Also ist es bestimmt das Beste so.« Der Junge wandte sich um und beobachtete, wie die drei Männer dem Mädchen hinterher rannten. »Die sollte es echt besser wissen. Die Kerle werden mit ihr 'ne flotte Nummer abziehen, wenn sie mit ihr fertig sind.«

Der Junge zuckte mit den Achseln und wollte sich wieder dem alten Mann zuwenden, doch der war verschwunden.

✶ ✶ ✶

Mit einem Blick über die Schulter bemerkte Hannah, dass die Männer immer näher kamen. Diese drei Schläger waren schneller, als sie aussahen. Sie bog scharf rechts ab, dann links, und dann wieder nach rechts, entschlüpfte der engen Gasse und mischte sich im Herzen des Basars unter die Leute. Ihre Beine bewegten sich so zielstrebig, als würde eine neue Lebensenergie sie antreiben.

Sie sprang über einen mit Äpfeln gefüllten Karren und zog so schwungvoll an dem dazugehörigen Griff, dass sie sich fast den Arm auskugelte. Der Karren kippte daraufhin zur Seite weg und ergoss seine Flut von Äpfeln über das Kopfsteinpflaster.

Sie betete innerlich, dass dieses Hindernis ihr einen kleinen Vorsprung verschaffen würde.

Der Lebensmittelhändler von vorhin beschimpfte sie lautstark, als sie an ihm vorbeilief. Sie achtete nicht auf ihn und duckte sich unter einem Stand hindurch, der wahnwitzig teure Seidenwaren darbot. Hannah drängte sich weiter durch die Menge, doch die Rufe hinter ihr ließen sie wissen, dass sie die Jäger noch immer nicht abgeschüttelt hatte.

Ihre Augen suchten den Platz ab, der mittlerweile gefüllt war mit Schaulustigen. Sie entdeckte eine Gasse, die sie zu kennen glaubte und hastete darauf zu.

UNTERDRÜCKUNG

Immer lauter wurden die Schritte hinter ihr, die Männer kamen näher. Sie wich einer großen Holzkiste aus, die ihr den Weg versperrte und rannte erst drei Schritte in die Gasse hinein, bevor sie ihre Umgebung richtig registrierte.

»*Scheiße*«, murmelte Hannah angesichts der Sackgasse, die ihr den Fluchtweg versperrte. Der Lärm der Männer, die über die Kiste kletterten, drang herüber zu ihr. Sie drehte sich um und stellte sich mit dem Rücken zur Wand, die Hände zur Kapitulation erhoben.

Sie lächelte humorlos. »Echt lustiges Spiel, Leute. Ihr habt mich erwischt. Jetzt bin ich dran mit fangen, oder?«

»Auf die Knie«, knurrte der Anführer der Gang im Näherkommen. Eines seiner Augen war von einer fiesen Narbe gezeichnet.

»Im Ernst. Ich bin nicht, wofür ihr mich haltet. Ich bin nur ein Kind. Mein Bruder, er ...«

»Du siehst für mich aber nicht wie ein Kind aus«, sagte einer der anderen Jäger lachend. »Du siehst aus wie eine Frau. Reif genug für eine Kostprobe.« Seine Augen wanderten voller Begierde ihren Körper herab und Hannah wurde speiübel.

Die beiden kleineren Männer kicherten unheilvoll, verstummten aber sofort, als ihr bulliger Anführer die Hand hob.

»Wir haben jede Ausrede schon tausendmal gehört, Ungesetzliche ... und keine hat je funktioniert. Niemand hat sich je da herausgeredet und du wirst ganz sicher nicht die Erste sein.«

Mit diesen Worten stemmte der Anführer seinen großen Bronzestab in den Boden, dessen Spitze blau leuchtete.

Magitech, dachte Hannah. Sie hatte schon einmal mit angesehen, welchen Schaden die Waffen von Jägern bei ihren

Opfern anrichten konnten. Es war nicht gerade ein schöner Anblick gewesen, aber sie hätte ja nie gedacht, dass sie selbst einmal damit in Berührung kommen würde.

Ihre Augen durchsuchten die Gasse, glitten von den Jägern hinauf zu zwei Fenstern über deren Köpfen. Sie bezweifelte stark, dass eventuelle Zuhörer sich hier einmischen würden.

»Ich kann gar keine Magie«, rief sie, den Blick wieder auf ihre Angreifer geheftet. Das Herz pochte laut und panisch in ihrer Brust. »Ich flehe euch an, hört mir zu!«

Aber die Jäger waren einzig und allein auf Gewalt aus, nicht aufs Zuhören.

Die Augen der beiden kleineren Männer färbten sich plötzlich schwarz wie der Nachthimmel – ein Zeichen, dass sie ihre Magie für den Angriff sammelten.

Einer von ihnen zeichnete mit beiden Armen vor seiner Brust unsichtbare Bögen und wiederholte die Bewegung über seinem Kopf. Als er die Hände wieder sinken ließ, tanzten darin zwei glühende Feuerbälle. Er bemerkte Hannahs halb ängstlichen, halb ehrfürchtigen Blick und lachte dreckig, bevor er ihr eine brennende Kugel entgegenschleuderte, nur knapp an ihrer Schulter vorbei. Die winzige Explosion ließ Ziegelsplitter von der Wand in alle Richtungen schießen, von denen sich ein paar sogar in Hannahs Hals bohrten.

Der andere Mann nutzte die Gelegenheit, streckte einen Arm aus und drehte leicht sein Handgelenk. Daraufhin flog ihr ein Fass vom anderen Ende der Gasse entgegen, sie konnte sich gerade noch rechtzeitig ducken und dem Geschoss ausweichen.

»Das ist *echte* Magie, Ungesetzliche«, sagte der Mann mit dem Narbengesicht. »Die ist für die wenigen bestimmt, die ihrer würdig sind, nicht für Straßenabschaum wie dich. Als

UNTERDRÜCKUNG

Beschützer des Magiegebrauchs kennzeichnen wir dich hiermit als eine Ungesetzliche und Feindin von Arcadia.«

Der Mann schnippte etwas von der Größe einer Spielkarte in ihre Richtung, das wie ein Vogel durch die Luft glitt und auf ihrer Stirn landete. Die Berührung brannte höllisch, Hannah krallte ihre Finger in das erhabene, magische Mal und versuchte, es von ihrer Haut zu lösen, doch sie wusste, dass es keinen Zweck hatte. Nur Magie konnte diese Kennzeichnung jetzt noch entfernen.

Hannah beäugte den Ausgang der Gasse, suchte nach einem Weg vorbei an den Jägern. Aussichtslos. Sie war gefangen und diese Erkenntnis überkam sie mit einer Welle der Hoffnungslosigkeit. Das Gefühl von vorhin auf dem Marktplatz kehrte zurück, Hitze begann erneut unter ihrer Haut zu glühen und sie biss ihre Zähne zusammen in dem Versuch, die Kontrolle über ihren Körper wiederzuerlangen.

Der bullige Anführer der Jäger packte sie an der Schulter und stieß sie zu Boden. Sie schrie vor Schmerz, als ihre Knie auf das Kopfsteinpflaster schlugen.

»Jetzt, wo ich dir gezeigt habe, wo dein Platz ist, werde ich mir 'ne kleine Belohnung gönnen«, erklärte er mit scheußlichem Gelächter. Mit der glühenden Spitze seines Stabs hob er ihr Kinn an. »Du würdest gar nicht mal so hässlich aussehen, wenn man den ganzen Dreck und die Scheiße von dir abwaschen würde. Ist schon ein Verlust für die Stadt, eine solche Schönheit zu verlieren, aber Gesetz ist Gesetz. Wir liefern dich eh als leblosen Kadaver ein«, beugte er sich zu ihr herunter und flüsterte in ihr Ohr, »also können wir vorher ruhig noch ein bisschen Spaß haben.«

Ein breites Grinsen verzerrte sein Narbengesicht, das Gelächter und die anzüglichen Kommentare der beiden anderen surrten in ihren Ohren. Das Leben in der Unterschicht auf dem Boulevard war bisweilen brutal zu ihr gewesen, aber sie hätte sich niemals träumen lassen, ihr Ende ausgerechnet in dieser Gasse zu finden, gruppenvergewaltigt von den Schergen des Gouverneurs.

Glühend vor Wut kniff sie die Augen zusammen. »Fahr zur Hölle!«

Sie versetzte dem Anführer einen unbeholfenen Faustschlag in die Leistengegend, und er drehte sich gerade noch rechtzeitig, um mit einem triumphierenden Grinsen ihr Handgelenk zu packen.

»Oh, und Temperament hat sie auch noch. Ein bisschen Vorspiel gefällig?«

Er verpasste ihr einen rechten Haken. Das Geräusch ihres knirschenden Nasenknorpels hallte in ihren Ohren, alles verschwamm vor ihren Augen.

Der Jäger griff nach ihrem abgewetzten Hemd und zog daran, der Stoff gab mit Leichtigkeit nach, sodass sie nicht mehr tun konnte, als ihre nackte Brust instinktiv mit ihren Händen zu verdecken. Schluchzen, angsterfüllt und resigniert, drang aus ihrer Kehle. Ihr Kopf senkte sich langsam auf den harten Steinboden.

»Nur keine Sorge, Kleines.« Der Jäger warf ihr einen hämischen Blick gespielten Mitleids zu. »Wir werden dich nicht töten. Jedenfalls nicht, bevor ich dich *genommen* habe. Und die Jungs hier vielleicht auch.«

Wildes Johlen der anderen Jäger war seine Antwort, während er Hannah gewaltsam umdrehte. Eine Hand zog an ihrem Haar, mit der anderen packte er den Saum ihrer Hose, grub seine Nägel in ihre Haut.

Sie schloss die Augen und versuchte, ihre Emotionen zurückzudrängen – das Einzige, was sie vielleicht noch vor ihnen verborgen halten konnte. Doch die Furcht vor dem

UNTERDRÜCKUNG

Unentrinnbaren reichte tief bis in ihre Seele. Eine einzelne Träne drang aus ihrem linken Augenwinkel und wanderte über ihre schmutzverkrustete Wange.

Wenigstens war William in Sicherheit.

Eine höhere Gnade konnte sie in einer Stadt wie Arcadia nicht erwarten.

»Hände weg von ihr!« Die Stimme schallte durch die Gasse, klar und deutlich trotz des Lärms, der immer noch vom Basar herüberdrang.

Hannah fiel schlaff zu Boden, sobald ihr Angreifer sie losließ. Das zerrissene Hemd notdürftig über ihre Brust legend, entdeckte sie am Eingang der Gasse eine in braune Gewänder gehüllte Gestalt, die sich auf einem verbogenen Holzstab abstützte. Sein Gesicht war unter der Kapuze seines Umhangs in Dunkelheit gehüllt.

»Weg von dem Mädchen, du Köter.« Er zeigte mit seinem Stab hinter sich, in Richtung Marktplatz. »Nimm deine Schergen und geh.«

Die drei Jäger tauschten einen Blick aus, sahen dann wieder zum Neuankömmling und brachen angesichts seiner Forderungen in schallendes Gelächter aus.

»Geh zurück, wo du hergekommen bist, alter Mann. Das hier ist 'ne offizielle Regierungsangelegenheit.« Der mit dem Narbengesicht zeigte mit dem Daumen auf seine eigene Brust. »Wir sind Jäger und wir haben eine ganze Tasche voller Magiermale zu verteilen. Also Vorsicht«, er zeigte auf den alten Mann, »oder du bist der Nächste.«

Hannah konnte sehen, dass die Augen des Fremden unter seiner Kapuze zu glühen anfingen wie rote Glut in der Dunkelheit. Sie keuchte und die Jäger traten einen Schritt zurück. Der Fremde flüsterte einige unverständliche Worte, neigte den Kopf und ließ seine Kapuze nach hinten fallen.

Hannah hätte fast geschrien, als sie das Gesicht ihres Retters sah. Sie hatte das eines schrumpeligen, alten Mannes erwartet, stattdessen war es der Kopf eines Monsters: Grün, haarlos und mit zwei langen Hörnern auf der Stirn. Seine Augen, groß und rund wie die einer Eule, starrten in die Gasse.

Die drei Jäger kreischten vor Angst.

* * *

Als die drei Schläger angesichts des Dämons, der vor ihnen stand, rückwärts stolperten, konnte Ezekiel sich ein Lächeln nicht verkneifen. Die Teufelsmaske war ein uralter Zauber, der in Arcadia seines Wissens nach nicht praktiziert wurde. Sie war speziell dafür konzipiert, ihr Gegenüber zu Tode zu erschrecken und hatte an Wirksamkeit über die Zeit hinweg anscheinend nichts eingebüßt.

Er hob seinen Stab in die Luft und hüllte das gesamte Viertel in dunkle Wolken, begleitet von Donnergrollen und Windböen, die durch die enge Gasse peitschten. Drohend streckte er seine linke Hand nach den Männern aus.

»Arcadianer!«, sprach er durch den Wind, der Dreck und Müll umherwirbelte. »Magie ist nicht dazu da, die Schwachen auszubeuten, sondern um sie zu beschützen. Ich hätte gedacht, man würde das hier noch lehren.«

Ein Blitz stieß vom Himmel herab und fuhr in seinen Stab. Diese Kraft kanalisierend, spreizte Ezekiel seine Finger und ließ die Energie aus ihren Spitzen stieben – ein geheimes Kunststück, welches er von den Bewohnern des Dunklen Waldes gelernt hatte.

Die kleineren Männer schleuderte der Spannungsstoß gegen die Mauern, sodass ihre Körper zuckend zu Boden glitten. Der Geruch von verbranntem Haar und Fleisch erfüllte die Gasse, während noch Blitze über ihre bewusstlosen Körper tanzten.

Der Große lief in einem Akt ausgesprochener Dummheit auf Ezekiel zu und schwang wild seine Waffe in dem offenkundigen Versuch, dem Zauberer den Kopf einzuschlagen.

Ezekiel sandte mit ausgestreckter Handfläche ein unsichtbares Kraftfeld aus, was den Angreifer mitsamt Waffe zurücktaumeln und äußerst dumm dreinschauen ließ. Der alte Magier lächelte.

Er ballte seine Hand zur Faust und drehte sein Handgelenk nach oben, woraufhin dem Magitechstab eine Dampfwolke entstieg. Der Jäger schrie, konnte seine Waffe aber nicht loslassen, da seine Hand längst mit ihrem Griff verschmolzen war. Das sich verflüssigende Bronze des Stabs ergoss sich über seine Haut. Er fiel auf die Knie und starrte entgeistert auf seinen nun deformierten Arm.

Ezekiel trat vor und blickte auf ihn herab. »Jetzt bin ich es, der dich als einen Narren und Verräter an Irth kennzeichnet. Diese Hand wirst du nie wieder gegen Unschuldige erheben.«

Damit hob Ezekiel seinen Holzstab und schlug ihn mit nur einem Hieb bewusstlos.

Der alte Mann blickte auf die am Boden liegenden Jäger herab.

Er sprach das Losungswort und die dämonische Fratze verschwand, seine runzlige Haut und den weißen Bart enthüllend. Seine Gesichtszüge entspannten sich und ein Gefühl der Erfüllung, wie er es seit Jahren nicht mehr gespürt hatte, durchströmte ihn.

Der Gedanke an eine mögliche Wiederherstellung der alten Sitten verzehrte ihn seit seiner Rückkehr in die Heimat und seine Suche hatte gerade erst begonnen. Dies war nur ein Schritt von vielen.

Wenn die Matriarchin und der Patriarch ihm beistünden, würde er schon einen Weg finden, diesen Ort zu läutern. Er blickte gerade noch rechtzeitig auf, um zu sehen, wie das Mädchen im zerfetzten Hemd die Flucht ergriff und dabei eine Holzkiste umstieß, um die Gasse hinter sich zu blockieren. Ezekiel schüttelte den Kopf und dachte bei sich, dass er zu seinen Glanzzeiten sicherlich nicht vergessen hätte, ihr einen Verfolgungszauber aufzuerlegen. Er war wirklich eingerostet.

Aber er machte sich nicht allzu viele Sorgen. Seine Intuition würde schon ausreichen, um sie wiederzufinden.

Und er musste sie finden. Er dachte an das grüne Licht, das sie ausgestrahlt hatte und an die Art, wie die seltsame Echse auf ihre Kraft reagiert hatte. Ob sie es wusste oder nicht, sie würde bei den kommenden Ereignissen eine elementare Rolle spielen.

Kapitel 2

Hannah ließ ein Hemd von einem Marktstand mitgehen, während sie sich in Sicherheit brachte. Es bedeckte zwar ihren Körper, bewirkte jedoch herzlich wenig gegen den Schock. Diese Kerle hätten sie auf so viele Arten verletzt, vielleicht sogar getötet und aus keinem anderen Grund, als dass sie es konnten.

Sie hatten einfach die Macht dazu.

Furcht trieb ihre Beine an, ihr Magen rebellierte. Ihr fiel das magische Mal wieder ein und sie zog ihr Haar über die Stirn, um es zu verbergen. Die Jäger hatten sie als eine Ungesetzliche gebrandmarkt – als ungesetzliche Magienutzerin und Feindin der Stadt. Bis sie einen Weg fand, das Zeichen zu entfernen, würde die Stadt sie ohne Zweifel auch als solche behandeln.

Endlich ließ sie den Marktplatz hinter sich und erreichte den kleinen Stadtpark, den sie vor einer gefühlten Ewigkeit mit ihrem Bruder hatte besuchen wollen.

Sie blieb stehen und ließ sich hinter einem Baum auf die Knie fallen. Der Gestank des narbengesichtigen Jägers verfolgte sie hartnäckig.

Noch immer spürte sie das Zerren seiner Hand in ihren Haaren und das Blut in ihrem pochenden Gesicht, wo er sie geschlagen hatte.

Sie krümmte sich und erbrach den Rest ihres erbärmlichen Frühstücks auf den Rasen. Ihr Körper zog sich mangels weiteren Mageninhalts immer wieder zusammen in dem aussichtslosen Versuch, die Erinnerung an den Angriff selbst hochzuwürgen und loszuwerden.

Frustriert ließ sie sich auf die Seite fallen, schrie in den Dreck und schlug um sich.

»Ich wollte doch nur William helfen«, klagte sie dem verlassenen Park unter Tränen ihr Leid. »Ich *wollte ... nur helfen*.«

Sie dachte daran, wie der Jäger an ihrem Hemd gezerrt hatte und glühte förmlich vor Wut. Es war dieselbe Energie, die sie während Williams Anfall auf dem Marktplatz und der Attacke in der Gasse gespürt hatte – Machtlosigkeit, die sich irgendwie in Macht verwandelte.

Sie dachte daran, wie die seltsame Echse unter ihrem Blick gewachsen war und ihr Bruder sich plötzlich erholt hatte.

Daran, wie der Fremde mit dem Dämonengesicht Blitze vom Himmel geholt und auf ihre Angreifer gefeuert hatte. Aus Angst vor diesen Erkenntnissen und dem Gedanken, sie könnte wie dieser Dämon sein, unterdrückte sie gewaltsam die Flut in ihrem Körper bis sie langsam abebbte.

In den Himmel starrend schwor sie sich, alles zu tun, um diese Kraft in ihrem Inneren in Schach zu halten und zu lernen, sie zu kontrollieren. Sie schwor auch, dass sie eher durch ihre eigene Hand sterben wollte, als jemals wieder derart behandelt zu werden.

Sie schwor, die Jäger zu finden und es ihnen heimzuzahlen, sodass keiner Frau mehr durch ihre Dreckshände Leid zugefügt werden konnte.

Erst gefühlte Stunden später wanderten ihre Gedanken von der Gewalt in der Gasse zu ihrem Bruder. Wenigstens war er in Sicherheit. Furcht, Wut, Schmerz; nichts davon war so wichtig, wie nach Hause zu William zu kommen.

UNTERDRÜCKUNG

Sie kam auf die Beine und schleppte sich zurück Richtung Boulevard in der Hoffnung, dass ihm in ihrer Abwesenheit nichts passiert war.

✶ ✶ ✶

Adrien stand vor dem Fenster an der Spitze des höchsten Turms der Akademie. Als Rektor genoss er gewisse Vorteile, wie zum Beispiel die Tatsache, dass sein Büro der höchstgelegenste Ort ganz Arcadias war und er von diesem Aussichtspunkt aus alle Viertel der Stadt überblicken konnte.

Sein Assistent stand hinter ihm und ratterte irgendeinen Bericht herunter, doch Adrien hörte kaum zu.

Doyle hatte sein Studium vor zehn Jahren abgeschlossen. Er war ein mittelmäßiger Magier, entstammte jedoch einer adligen Familie, sodass Adrien keine andere Wahl gehabt hatte, als ihn anzunehmen. Selbst wenn Doyle nicht einmal einen Zauber wirken konnte, um sich am Sack zu kratzen, so gehörte seine Hingabe doch allein Adrien.

Anstatt ihn also in die Welt zu entsenden, behielt ihn Adrien an seiner Seite, um als sein persönlicher Assistent zu dienen. Was Doyle an magischem Geschick fehlte, glich er durch Loyalität wieder aus. Adrien wusste, dass der Mann für ihn töten würde; jedenfalls, wenn er genug Fähigkeiten besessen hätte, um überhaupt jemandem Schaden zuzufügen.

Die monatliche Statusmeldung der Finanzen stand an. Die Zahlen langweilten ihn. Der Akademie war es finanziell nie besser gegangen, nicht nur wegen des Astronomie-Lehrgangs, den die Reichen so bereitwillig bezahlten, um ihre rotznasigen, verwöhnten Kinder dort einzuschreiben, sondern vielmehr, weil der Gouverneur von Arcadia ihm so ziemlich alles gab, was er verlangte.

Die Akademie war das Rückgrat der Gemeinschaft und hielt Arcadia an der Spitze dieser Welt, die sich nur schwerfällig vom Zeitalter des Wahnsinns erholte.

»Ich habe mir überlegt, Herr Rektor, dass es vielleicht an der Zeit ist, über die Aufnahme von mehr Studenten nachzudenken. Die Nachfrage ist da, und wir könnten ...«

Adrien starrte weiterhin auf die Stadt unter ihm. Er hob die Hand und winkte den Vorschlag ab wie eine lästige Fliege. »Du hast es noch immer nicht gelernt, oder, Doyle? Unsere Aufgabe ist es nicht, die vorhandenen Betten zu füllen, sondern die Zulassung zu regulieren. Viele würden die Türen an unserer Stelle sogar ganz verschließen nach der Devise: Knappheit erzeugt Nachfrage. Welch kurzsichtige Narren.«

Er hielt in seiner Erläuterung inne, um seine Nägel zu inspizieren und sah dann seinen Assistenten an. »Wir aber nicht. Die Nachfrage wird immer hoch sein. Die vermaledeiten Adligen würden ihre jüngsten Kinder opfern, um ihre Erstgeborenen hier anzumelden. Und wer kann es ihnen verdenken? Die Aussicht darauf, einen Magier in der Familie zu haben, ist sehr verlockend.«

Sein Assistent fragte: »Was bringt denn dann die Knappheit?«

Adrien hob eine Augenbraue und zeigte aus dem Fenster. »Knappheit erzeugt Prestige. Prestige erschafft Macht und Macht verschafft uns, was immer wir wollen. Deshalb schränken wir die Zulassung ein. Wer die Magie kontrolliert, kontrolliert die ganze Welt.«

Doyle errötete und blickte auf seine Papiere herab. »Nun gut. Wollen Sie ...«

UNTERDRÜCKUNG

»Das ist noch nicht alles«, fuhr Adrien fort und ignorierte seinen Assistenten komplett. »Wie können wir den Überblick über alle autorisierten Zauberer behalten?« Adrien drehte sich wieder um und schaute aus dem Fenster. »Kannst du dir auch nur ansatzweise ausmalen, welche Welt der Gründer erschaffen wollte?«

Sein Assistent zuckte beim Klang dieses Namens zusammen.

»Ein jeder sollte Magie erlernen«, fuhr der Rektor fort. »Ezekiel war ein verdammter Narr. Hätte man die Dinge auf seine Weise umgesetzt, wäre Arcadia schon vor Jahren in Schutt und Asche versunken. Zum Teufel, er dachte, das Zeitalter des Wahnsinns sei *schlecht* gewesen! Aber das war doch nichts im Vergleich zu dem, was passieren würde, wenn wir jedweden verdammten Narren Magie praktizieren ließen. *Das* wäre Wahnsinn, Chaos!«

Adrien schlug gegen den Fensterrahmen. »Nein! Wir lassen die Klassengrößen genauso, wie sie sind. Außerdem, wozu brauchen wir mehr Magier? Die Schüler, die hier sind, reichen als Arbeitskraft völlig aus, um meinen Plan zu vollenden. An ihnen haben wir die Besten der Brut. Unsere primären Ziele sind Forschung und Gestaltung, nicht Anwerbung und Finanzen. Der Gouverneur ist mit dem neuen Prototyp zufrieden und er möchte Magitech so bald wie möglich einsetzen.«

»Richtig. Sehr gut, Sir. Ich bin mir sicher, er ist zufrieden. Sollte ich …«

Adrien beobachtete ein paar Karren, die sich auf einer Straße drei Blocks weiter gegenüberstanden. »Stimmt verdammt noch mal, Doyle, es *ist* sehr gut. Und er sollte lieber mal zufrieden sein.«

Er schlenderte hinter seinen Schreibtisch, zog den Stuhl vor und setzte sich. »Dieser Arsch würde in seinem kleinen

31

Bezirk noch immer in einen zerbrochenen Topf pissen, wenn wir ihn nicht mit Magitech-Waffen versorgt hätten. Gäbe es mich und die Akademie nicht, wäre er gar nichts.«

Sein Assistent sah auf seine Füße herab und zupfte am Kragen seines Mantels. »Da wären, ähm, noch ein paar andere Punkte.«

Adrien beugte sich vor, stützte seine Arme auf dem Mahagonitisch ab und starrte ihn an.

Doyle fuhr mit zitternder Stimme fort: »Es sind die Ingenieure, Sir. Der heutige Bericht war, nun ja, beunruhigend.«

»Beunruhigend?«, fragte Adrien mit leiser Stimme.

Trotz seiner Hingabe für den Rektor wurde Doyle sichtlich von Angst gepackt. »Ziemlich beunruhigend, Sir. Sie kommen langsamer voran als erwartet. Der leitende Ingenieur sagt, dass die erste Waffe erst in vier Monaten einsatzbereit sein wird.«

Adrien stand auf und beugte sich drohend über seinen Assistenten. »Vier Monate sind inakzeptabel!« Seine Stimme wurde mit steigender Wut immer lauter. »Sag Elon, dass ich ihm zusätzliche Arbeitskräfte beschaffen kann. Aber wenn er glaubt, dass ich noch vier Monate warte, dann ist er ein Idiot. Muss ich ihn etwa daran erinnern, was mit dem letzten Chefingenieur passiert ist, der meine Geduld strapaziert hat?«

Doyle schüttelte den Kopf und stammelte: »Nein, Sir. Ich denke, das ist glasklar.«

»Was noch?«, dröhnte Adrien. Doyles Anwesenheit wurde ihm langsam lästig.

Der schaute nervös auf seine Notizen hinunter und zurück zu Adrien. »Ach, es ist nichts. Nur ... es gab heute einen Angriff. Drei Jäger. Anscheinend fanden sie ein Mädchen vom Queens Boulevard, das in der Öffentlichkeit Magie benutzt hat. Illegal, versteht sich. Sie jagten sie und versuchten, sie festzunehmen.«

»Und?«

»Nun, etwas ist schiefgelaufen. Nur einer von ihnen ist derzeit bei Bewusstsein.«

Adrien wusste, welche Macht seine Jäger besaßen. Sie waren nicht gerade die klügsten Absolventen der Akademie, aber dennoch magiebegabt und erhielten deshalb Magitech-Waffen, um die Festnahme oder Tötung von Ungesetzlichen zu erleichtern. Das war fast schon mehr Macht als erforderlich, aber Adrien hatte einen Hang zur Gründlichkeit.

Die meisten Ungesetzlichen entwickelten ihre Magie still und unbemerkt hinter verschlossenen Türen. Soweit das Kapitol wusste, konnten diese Leute kaum mehr als spektakuläre Kartentricks vollführen. Aber selbst der kleinste unkontrollierte Einsatz von Magie konnte zu einer Katastrophe führen.

Bei einer Festnahme hatte es seit über einem Jahrzehnt kein ernsthaftes Problem mehr gegeben.

Adriens Stimme senkte sich. »Bewusstlos, sagst du? Was ist passiert?«

Doyle wischte sich die Hände an seiner Hose ab. »Anscheinend, Sir, wurden sie von einem Dämon angegriffen, der das Wetter kontrollieren konnte.«

Adrien ließ sich auf seinen Stuhl zurückfallen und lachte. »Ein Dämon? Halten die mich für einen Idioten? Ich vermute, die drei haben sich betrunken und wurden von Bettlern überrumpelt. Wenn sie aus dem Krankenhaus entlassen werden, sorge dafür, dass sie eine Woche lang in der Fabrik arbeiten müssen … nein, besser zwei Wochen. Das wird sie lehren, sich nicht ihrer Verantwortung zu entziehen.«

Doyle setzte seinen Bericht fort, allerdings ohne Adriens Aufmerksamkeit. Etwas an der Geschichte der Jäger erinnerte ihn an eine längst verblasste Erinnerung – an einen Trick, den sein alter Lehrer Ezekiel gerne angewendet hatte.

Sein Mentor war auf eine Weise mächtig, die Adrien nie erreichen konnte, aber Ezekiel war ein Narr. Seine Vorstellungen von Gerechtigkeit vernebelten immerzu die richtigen Entscheidungen – Adriens richtige Entscheidungen. Reine Torheit hatte Ezekiel auf jene letzte Suche geschickt, die sein Leben gefordert hatte.

Entgegen dessen, was die schwachsinnigen Priester auf der Straße predigten, wusste Adrien, dass der Gründer niemals zurückkehren würde.

Und doch …

Er hob seine Hand und stoppte Doyles Vortrag. »Ich werde persönlich mit diesen Jägern sprechen, Doyle. Ich habe vielleicht ein paar Fragen an sie.«

Doyle nickte. »Natürlich, Sir. Sonst noch etwas?«

Adrien winkte ab. »Das ist genug für heute. Danke für deine Arbeit.«

Sein Assistent nickte und wandte sich zur Tür.

»Und, Doyle?«, rief Adrien ihm hinterher, als er schon nach dem Türknauf griff.

»Wenn ich jemals mitbekomme, dass du mit jemandem über diesen angeblichen Dämon gesprochen hast, dann wirst du dir wünschen, ihm heute in dieser Gasse begegnet zu sein. Verstehst du mich?«, fragte er.

»Ja, Sir.«

Adrien konnte seinen Assistenten vom anderen Ende des Raumes her schlucken hören. Er lächelte, erfreut über das Ausmaß seiner Macht.

UNTERDRÜCKUNG

✶ ✶ ✶

Hannah hielt auf der Stufe vor ihrem Haus kurz inne und lauschte auf ein Zeichen ihres Vaters. Der Tag war schon schlimm genug gewesen und das Letzte, was sie jetzt brauchte, war eine Scheiß-Konfrontation mit dem betrunkenen Hausherrn. Da sie nichts hörte, drehte sie den Knauf und trat über die Türschwelle.

Der Raum war fast leer, ob aus Armut oder reiner Faulheit wusste sie nicht genau. Seit dem Tod ihrer Mutter war ihr Haus alles andere als ein Zuhause gewesen.

Auf Zehenspitzen durch das Wohnzimmer schleichend, wandte sie sich dem Schlafzimmer zu, das sie und William seit seiner Geburt teilten. So unpraktisch es auch manchmal war, hatte sie nichts dagegen und wusste, dass sie beide sich unter anderem deswegen so nahestanden.

Sie und Will hatten Stunden damit verbracht, in ihren Betten zu liegen und darüber zu spekulieren, wie ihr Leben aussähe, wenn sie es jemals aus dem Queen-Bitch-Boulevard – wie die Einheimischen der Slums von Arcadia ihren Queens Boulevard nannten – raus schaffen würden.

»Was zum Teufel ist mit dir passiert?«

Hannah drehte sich um und stand für heute schon ihrem zweiten Gegner gegenüber. Sie tastete die Beule an ihrer Nase ab. Obwohl sie ihr Gesicht selbst noch nicht gesehen hatte, befand sie, dass es ziemlich schlimm aussehen musste, wenn selbst *er* es bemerkte.

Der Jäger hatte sie auf mehr als nur eine Weise gezeichnet, doch sie erwartete kein Mitleid von ihrem Vater. Stattdessen bürstete sie sich mehr Haare ins Gesicht und ließ den Kopf hängen. »Nichts. Einfach ... nichts.«

Die rechte Hand ihres Vaters ballte sich zu einer Faust und sie fragte sich, ob sie heute noch einmal geschlagen werden würde. Er war alt geworden und sein Leben, das nur aus Schlafen und Saufgelagen bei *Sully's* bestand, förderte nicht gerade seine körperlichen Fähigkeiten. Trotzdem war er größer und schwerer als sie und konnte durchaus noch Schaden anrichten.

Hannah sah ein, dass sie sich eines Tages endlich wehren musste, dann würde sie keine halben Sachen machen und Will für immer aus dieser Stadt wegbringen.

»Wo ist deine Beute für heute? Du weißt doch, ich kann mit meiner … Behinderung nicht arbeiten. Deshalb müssen du und dein Bruder da draußen Geld heranholen gehen. Und was zum Teufel ist mit deiner Nase passiert?«

Als der stinkende Whiskey-Atem ihres Vaters in ihre Nase drang, überlegte sie kurz, Widerworte zu geben. Aber sie hatte diese Lektion schon vor langer Zeit gelernt, es war immer besser, einfach den Kopf einzuziehen.

»Tut mir leid. Morgen besorge ich dafür das Doppelte«, murmelte sie.

Er knurrte: »Ja, verdammt, das wirst du.« Er zeigte auf das Hinterzimmer. »Und rede mit deinem Bruder. Seit er zurück ist, hat er da drin nur geheult. Der verdammte Junge ist wertlos.«

Sie verkniff sich ein bitteres Lachen angesichts der Ironie seiner Worte: Er war doch selbst die Verkörperung von Platzverschwendung! Sie hasste ihn nicht weniger als den Jäger, der sie heute angegriffen hatte.

Hannah wich ihrem Vater aus und schlüpfte in den hinteren Teil des Hauses, was kaum ein paar Schritte bedeutete, denn das Haus war klein genug, um auf einen Kaufmannswagen zu passen. Sie öffnete die Schlafzimmertür einen

Spalt weit und spähte hinein. William stützte sich auf seine Ellbogen und lächelte sie an. Seine Hautfarbe war wieder blasser geworden, dunkle Ringe zeichneten sich unter seinen Augen ab.

Er begann zu sprechen, noch während sie eintrat und die Tür schloss. »Hey. Gut, dass du wieder da bist. Ich hatte Angst, dass diese Männer dich erwischt haben.«

»Tja, du kennst mich. Ich bin unantastbar.« Hannah lächelte, durchquerte den Raum und setzte sich auf sein Bett. »Wie geht es dir überhaupt?«

Der Junge zuckte mit den Achseln. »Bin mir nicht sicher. Ich glaube, ich fühle mich fast normal. Aber irgendwas stimmt immer noch nicht ganz. Es fühlt sich an, als würde mein ganzer Körper noch zittern.«

Sie hatte keine Ahnung von Arzneien, aber Hannah war sich sicher, dass der Ausbruch seiner Anfälle etwas Schlimmes bedeutete. Arcadia war bekannt dafür, einige der besten medizinischen Dienstleistungen in ganz Irth anzubieten, was für diejenigen, die es sich leisten konnten, sicherlich toll war. In ihrem Viertel allerdings waren die Menschen gezwungen, auf Hausmittel und Zaubertränke vom Schwarzmarkt zurückzugreifen, um ihre schwersten Leiden zu heilen.

William war schon immer kränklich gewesen, aber der heutige Anfall verwies auf etwas Schlimmeres und das erschreckte sie.

Sie hatte einmal einen Händler sagen hören, dass die Menschen in anderen Regionen Arcadia mit neidischen Augen betrachteten. Aber die wussten natürlich nichts über das Leben im Queen-Bitch-Boulevard. Seit ihre Mutter tot und ihr Vater ein mieser Trinker geworden war, brachte einzig und allein ihr kleiner Bruder sie dazu, einen Dreck auf das Leben zu geben.

»Hör mal, wenn ich morgen auf den Straßen unterwegs bin, frage ich mal herum und versuche, herauszufinden, was heute mit dir passiert ist. Wenn ich kann, werde ich Medizin besorgen. Aber jetzt ruhe dich erst einmal aus.«

Er nickte ihr zu. »Na gut. Aber was ist überhaupt mit *dir* passiert? Dieses grüne Licht?«

Hannah legte gedankenlos eine Hand auf das Mal unter ihrem Haar. Was immer auch geschehen war, sie fand es nach wie vor unheimlich.

»Nichts, worüber du dir Sorgen machen musst.« Sie zerzauste sein Haar. »Geh jetzt schlafen.«

Wenig später lag Hannah im Bett und lauschte den unregelmäßigen Atemzügen ihres schlafenden Bruders. Einzuschlafen war ihr noch nie leichtgefallen und nach einem Tag wie heute war es vielleicht ganz unmöglich.

Der Boulevard war auf der anderen Seite ihres Fensters zum Leben erwacht. Tagsüber war ihr Viertel für die Einheimischen sicher; sie waren eine vom Glück verlassene Gruppe ohne einen Hoffnungsstrahl am Horizont, doch in diesem Boot saßen sie immerhin alle gemeinsam drin.

Nachts allerdings änderte sich alles. Die Nachbarschaft verwandelte sich in eine Höhle voller Prostituierten, Betrunkenen und Dieben. Um sich zu schützen, war die einzige Option für jemanden wie sie und ihren Bruder, nach Sonnenuntergang drinnen zu bleiben.

Sie dachte über William und ihre miserablen Lebensbedingungen nach. Wenn sie nur eine Chance hätte, sie beide von all dem fortzubringen. Fort von ihrem Vater. Fort vom Queen-Bitch-Boulevard. Fort von Arcadia. Hannah hatte keine Ahnung, wohin sie gehen würden, aber das spielte auch keine Rolle. Überall würde es besser sein als hier.

Den Kopf voller Träume von einem besseren Ort

überkam sie die Müdigkeit. Doch gerade als sie in den Schlaf sank, ließ ein Kratzgeräusch an den Fensterläden sie wieder hochschrecken.

Sie sprang auf und griff nach dem stumpfen Messer auf ihrem Nachttisch. Es war weniger ein Messer, als vielmehr ein glorifizierter Zahnstocher, aber besser als nichts. Hannah hielt die Spitze Richtung Fenster.

Nach einem Moment der Stille, in dem ihr Herz heftig gegen ihre Rippen schlug, dachte sie, ihr Verstand habe ihr nur einen Streich gespielt. Sie überlegte gerade, ob sie sich zurück ins Bett legen sollte, als sie es wieder hörte.

Sie hielt das Messer ausgestreckt, bewegte sich vorsichtig nach vorne und zog dann mit einem Ruck die Fensterläden auf.

Hannah ging fest davon aus, vor ihrem Fenster einen lauernden Einbrecher oder einen in die Regentonne kotzenden Betrunkenen zu sehen. Doch was sie sah, erstaunte sie. Zwei Augen starrten sie vom Fensterbrett aus an, das nur wenige Zentimeter von ihr entfernt war.

Sie trat überrascht zurück, halb in der Erwartung, dass die Augen verschwinden würden, aber das taten sie nicht.

Mit etwas Abstand konnte sie nun die zu den Augen gehörende Kreatur erkennen. Es war die stachelige grüne Eidechse, die sie auf dem Marktplatz verwandelt hatte. Bei allem, was heute geschehen war, hatte sie dieses seltsame Ereignis fast vergessen. Hätte sie sich daran erinnert, hätte sie es vermutlich im Nachhinein für eine optische Täuschung gehalten, oder für eine Halluzination vor lauter Angst um ihren Bruder.

Aber da saß die Echse auf ihrer Fensterbank und musterte sie im Licht des Mondes. Den Eidechsen, die in den kopfsteingepflasterten Straßen Arcadias lauerten, sah sie gar nicht mehr ähnlich. Sie war groß, größer als Hannahs alte Katze Thomas. Ihre Haut war nicht blass wie die der arcadianischen Molche, sie hatte die dunkle Farbe der Kiefern, die vor den Stadttoren wuchsen.

Und als wenn das alles nicht schon seltsam genug gewesen wäre, besaß die Kreatur ein Dutzend Stacheln, die entlang ihres schmalen Rückens verliefen und sich vor dem Mondlicht abzeichneten.

Sie trat vor, um sich die Echse genauer anzusehen. In dem Moment sprang die Eidechse von der Fensterbank direkt auf sie zu. Hannah kreischte und schlug das Ding weg. William strampelte ein wenig im Bett, offensichtlich gestört durch den Ausbruch, schlief aber weiter.

Die Eidechse landete harmlos auf ihrem Kissen und starrte sie ohne zu blinzeln an. Hannah fragte sich, ob sie wohl ihren nächsten Angriff plante.

Mit heraus- und wieder hereinschnellender Zunge stieg die Echse vom Kissen hinunter und begann, mit wedelndem Schwanz im Kreis zu gehen, bis sie sich schließlich auf der Bettdecke zu einem Ball zusammenrollte – genau wie der alte Thomas es vor dem Einschlafen immer tat.

Hannah ließ das Messer sinken und entspannte sich.

»Du bist schon irgendwie süß, aber du musst gehen«, sagte sie und überlegte, wie sie das Ding aus ihrem Bett und aus dem Haus schaffen konnte. Sie näherte sich zögerlich, da sie keine Ahnung hatte, ob die Echse vielleicht doch gefährlich war und wedelte mit den Händen. »Husch! Hau ab!«

Die Echse blinzelte und legte ihren Kopf auf die abgewetzte Bettdecke, hielt ihre Reptilienaugen aber auf Hannah gerichtet. Als Hannah ihr noch näher kam, fühlte sie wieder das energetische Summen durch ihren Körper strömen, genau wie auf dem Marktplatz. Sie streckte die Hand nach der Eidechse aus, deren Zunge schnellte hervor und leckte ihre Hand ab.

Hannah riss ihre Hand zurück, spürte aber keinen Schmerz und hielt sie erneut hin. Sie lachte, als die Zunge ihr Handgelenk kitzelte. Es fühlte sich gut an, sowohl von der kleinen Kreatur gekitzelt zu werden, als auch zu lachen.

Das war viel zu lange her.

Sie lächelte und flüsterte nach einem Moment: »Na gut, kleiner Freund. Du kannst bleiben. Aber nur für heute Nacht.«

Hannah schloss die Fensterläden und kroch zurück in ihr Bett. Sie bog ihren Körper um den Klumpen Kreatur herum, der in dem winzigen Raum, den sie und William teilten, nun schon ihr zweiter Mitbewohner war. Als sie einschlief, spürte Hannah, wie die Echse den Kopf über ihre Schenkel legte.

Kapitel 3

Sonnenschein drang durch die Lamellen der Fensterläden und holte Hannah aus ihrem Schlummer. Vor Jahren hatten schöne Wandteppiche die Strahlen in Schach gehalten. Die Fensterdekorationen waren das einzige, kostbare Erbstück ihrer Mutter gewesen; ein Schatz, der über Generationen weitergegeben worden war und irgendwie das Zeitalter des Wahnsinns überstanden hatte.

Kurz nach ihrem Tod waren sie verschwunden. Hannah hatte nie danach gefragt, aber sie nahm an, dass ihr Vater sie verkauft oder einer Hure vom Queen-Bitch-Boulevard geschenkt hatte, um ein paar Stöße und Grunzlaute im Bett ihrer armen Mutter zu erkaufen. Die Wandteppiche waren nicht der größte Verlust, aber ihre Abwesenheit bewies, dass nichts heilig war. Und es zeigte, was für ein Schwein ihr Vater war.

Die Echse rekelte sich zwischen ihren Beinen und öffnete ein Auge, als Hannah sich umdrehte, schlief dann aber sofort wieder ein.

»Faule Sau«, kicherte sie. Die Beleidigung schien dem Tier aber nichts auszumachen.

Sie hatte halb angenommen, dass die Echse am Morgen verschwunden sein würde, wie so viele Träume der Nacht, zerstört von der Realität des Folgetages. Aber was auch immer sie war – und wo auch immer sie herkam – die Kreatur war aus Fleisch und Blut und schien sich hier schon ganz wie zu Hause zu fühlen.

UNTERDRÜCKUNG

»Tja, wenn du bleibst, kann ich dir ja auch einen Namen geben.« Sie neigte den Kopf zur Seite und dachte einen Moment nach. »Wie wär's mit Sal?«

Als sie den Namen aussprach, rollte sich die Eidechse zu einem Ball zusammen. Mit ein wenig Fantasie stellte Hannah sich vor, dass sie lächelte. Sal passte wunderbar.

Aus dem Bett aufzustehen, kostete viel Anstrengung. Ihre Muskeln und Gelenke protestierten, ihr Gesicht pochte. Die Jäger hatten ihr heftiger zugesetzt, als sie gedacht hatte, jedoch nicht halb so viel, wie sie es hätten tun können. Wäre dieser dämonische Zauberer nicht aufgetaucht, würde ihr erkalteter Körper wahrscheinlich gerade im Wald jenseits der arcadianischen Mauern vor sich hin modern.

Hass brodelte in ihrem Blut und sie schwor sich, dass die Kerle eines Tages für all das bezahlen würden.

Für Narbengesicht würde sie sich besonders viel Zeit nehmen.

Der Gedanke an die Jäger erinnerte sie auch an den Dämon aus der Gasse, dessen Anblick in jeder anderen Situation schon allein ausgereicht hätte, um ihr Todesangst einzujagen. Aber je mehr sie darüber nachdachte, desto weniger beängstigend erschien er ihr.

Sie hatte von Magienutzern gehört, die die Fähigkeit besaßen, ihr Aussehen zu verändern. Im Licht des neuen Tages, mit etwas Zeit und Schlaf zwischen ihr und dem Angriff, war sie überzeugt, dass das Dämonengesicht nur eine Art Taktik gewesen war, um ihre Angreifer zu erschrecken.

Wenn ja, hatte es seine Wirkung nicht verfehlt. Das letzte, was sie gesehen hatte, bevor sie die Gasse hinunterlief, war der Dämon mit seinem Stab gewesen, der mit erhobener Hand die Jäger zurechtwies.

Vielleicht hatten die Mistkerle ja bereits bekommen, was sie verdient hatten? Sie lächelte bei dem Gedanken, doch dann runzelte sie die Stirn und betastete sie mit der Hand. Das Mal der Jäger war noch da.

Es war nicht nur eine beständige Erinnerung an die Grausamkeit dieser Männer, sondern es würde, schlimmer noch, ganz Arcadia verraten, dass sie eine Ungesetzliche war – oder zumindest als solche angeklagt wurde.

Aber angeklagt und tatsächlich schuldig zu sein waren auf der Straße im Grunde ein und dasselbe. Zumindest würden die anderen Jäger das so sehen.

Hannah zog sich an und setzte eine Wollmütze auf, um das Mal zu verdecken. Als sie in die Küche trottete, juckte die Wolle bereits höllisch. Sie würde einen Weg finden müssen, dieses magische Mal zu entfernen.

William war bereits losgegangen, was gut war. Vor zwei Jahren hatten sie noch gemeinsam auf der Straße gearbeitet, aber da sie älter geworden war, war das Betteln für sie nicht mehr ganz so rentabel wie früher.

In Arcadia war Betteln Kinderarbeit. Und trotz ihrer dünnen Statur war sie definitiv kein Kind mehr. Sie dachte über Williams Krankheit nach und betete innerlich, dass die Anfälle nicht wiederkämen, während er allein unterwegs war und arbeitete.

Sie glaubte nicht an die Götter. Falls es sie je gab, hatten der Patriarch und die Matriarchin diese Welt schon vor langer Zeit verlassen.

Aber wenn es um ihren Bruder ging? Dann war sie sogar bereit, dem Glauben eine Chance zu geben.

✶ ✶ ✶

UNTERDRÜCKUNG

Die Stimme seiner Mutter donnerte durch die kleine, heruntergekommene Wohnung. »Parker! Parker, schwing deinen faulen Allerwertesten aus dem Bett! Deine Schicht fängt bald an.«

»Ich komme.« Parker verdrehte die Augen und stolperte aus dem Bett. Seine Mutter war liebenswert und bis zum Selbstschutz naiv. Viele Frauen, die am Queens Boulevard lebten, wurden so. Er war sich nicht sicher, ob sie tatsächlich glaubte, ein Kind aus den Slums könne einen Job in der Fabrik bekommen, oder ob sie sich nur vormachte, er habe das Leben, das sie sich für ihn wünschte.

So oder so war Parker zufrieden damit, ihr bei den nächtlichen Kartenspielpartien mit billigem Wein einen Anlass zu geben, vor ihren Freunden zu prahlen. Ihr Leben war hart und jede Freude, die er ihr bereiten konnte, war den Schwindel wert.

Er schlüpfte in seine Kleidung und zog an seinen Stiefeln die Schnürsenkel fest. Einer war so abgenutzt, dass er entzwei riss.

»Scheiße«, zischte er und knüpfte einen zusätzlichen Knoten in die ohnehin schon verhedderten Schnürsenkel.

Er konnte für ihren Haushalt genug Geld zusammenkratzen, auch wenn er auf den Straßen Arcadias arbeitete und nicht in einem seriöseren Job, wie seine Mutter glaubte. Einkäufer abzuziehen bot ein stabileres Einkommen, als man vielleicht denken sollte.

Der nahende Sommer lockte immer mehr Außenstehende durch die Stadttore und sorgte für viele Arbeitsgelegenheiten. Doch Geld war immer noch rar und musste in weiser Voraussicht für die Nebensaison zur Seite gelegt werden. Arcadia war so schon grausam zu den Armen, im Winter wurde es aber noch viel schlimmer.

Mit seiner Werkzeugtasche über der Schulter verließ er sein winziges Zimmer und ging in die Küche.

»Da bist du ja, mein Schatz«, sagte seine Mutter und schob einen Teller mit Eiern und einem einzigen Streifen Speck über den Tisch zu der Stelle, an der sein Vater immer gesessen hatte. Sie lächelte ihn mit verschränkten Armen an.

Es hatte Monate gedauert, bis sie akzeptiert hatte, dass er nicht mehr nach Hause kommen würde. Am ersten Tag, an dem Parker auf dem Stuhl seines Vaters aß, wusste er mit Sicherheit, dass er nun der Mann des Hauses geworden war und das war auch der Tag, an dem er seinen ersten Laib Brot gestohlen hatte.

Parker mochte sein Leben als Dieb und Betrüger nicht gerade, aber es bezahlte die Rechnungen und bewahrte seine Mutter davor, sich andere, fragwürdigere Jobs suchen zu müssen. Zu viele Frauen in diesem Viertel waren gezwungen, unmenschliche Dinge zu tun und er hatte sich geschworen, seine Mutter davor zu bewahren.

»Danke, Mutter. Was ist dein Plan für heute?« Jeden Tag stellte er dieselbe Frage und erhielt immer dieselbe Antwort.

»Oh, ich muss ein wenig das Haus putzen und dann sehen, ob MacIntyre Arbeit für mich hat. Wenn nicht, schaue ich im Park vorbei und setze mich zu den Mädels.« Sie lächelte ihren Sohn breit an. »Wie gut, dass ich einen Mann im Haus habe.«

MacIntyre leitete den *Arcadianer*, die Lokalzeitung der Stadt. Lange war sie als seriöse Nachrichtenquelle geschätzt worden, doch in den letzten Jahren hatte sie vor allem politische Propaganda für den Gouverneur und den Rektor der Akademie veröffentlicht. Die wenigen verbliebenen Rückseiten waren für Klatsch und Werbung reserviert. Seit dieser Änderung hatte es für Leute wie seine Mutter wenig Arbeit gegeben.

UNTERDRÜCKUNG

Man munkelte, das Unternehmen sei mit speziellen Magitech-Maschinen ausgestattet worden, welche die Zeitung so ziemlich von selbst schreiben, bearbeiten und drucken konnten. Parker hielt das für Blödsinn, konnte aber nicht leugnen, dass die Arbeitslosigkeit seiner Mutter *etwas* mit dem legalen Einsatz von Magie zu tun haben musste.

Kontrolliert von den Machthabern, wurde Magie ausschließlich gebraucht, um sie noch mächtiger zu machen. Solange er sich erinnern konnte, hatte das Kapitol vor zunehmendem Fortschritt gestrotzt, während das Leben auf dem Queen-Bitch-Boulevard ins Elend umschlug.

»Klingt nach 'nem guten Plan«, sagte Parker und schaufelte sich die Eier in den Mund. »Ich mach' mich mal auf den Weg. Der Vorarbeiter hasst Zuspätkommer.« Er aß seinen letzten Bissen, küsste seine Mutter auf die Wange und machte sich auf den Weg zum Marktplatz.

Der morgendliche Nebel hing dicht, das Kopfsteinpflaster war noch taufeucht. Nur wenige Menschen kamen so früh schon auf den Platz; die meisten hatten ja keinen Grund dazu. Er tauschte flüchtige Grüße mit denen aus, die er kannte und nickte einigen bekannten Gesichtern zu.

Arcadias Wachstum war in den letzten Jahren explodiert. Aus allen Ecken Irths strömten die Menschen in die Stadt, auf der Suche nach einem neuen Leben und neuer Hoffnung.

Außerhalb der Stadtmauern verbreitete sich unter den Ausländern ein verzerrtes Bild von Arcadia, dem Herzen Irths, das angeblich reichlich schicke Häuser und Arbeitsplätze für jeden Arbeitswilligen bereithielt.

Parker hatte keine Ahnung, wie oder warum diese Lüge gesponnen wurde. Aber er wusste, dass Menschen, wenn sie neu in die Stadt zogen, allmählich die grausame Wahrheit über diesen Ort erkannten. Viele von ihnen landeten dann auf dem Queens Boulevard und verrichteten dieselbe Arbeit wie er, auf den Straßen jedem möglichen Lebensunterhalt hinterher rennend.

Deshalb musste er immer früher mit seiner Arbeit anfangen.

Und es war auch der Grund, warum sich seine Betrugsstrategien ständig ändern mussten. Alle paar Wochen musste er einen neuen Plan ausarbeiten, seine Methoden entwickelten sich ständig weiter. Auch heute Morgen hatte er vor, eine neue Strategie zu benutzen.

»Morgen, Mac«, grüßte Parker, sich durch die wachsende Menschenmenge am südlichen Ende des Marktplatzes drängend.

Ein stämmiger Mann mit einem Gesicht, das auch nur eine Mutter lieben konnte, saß auf einem leeren Bierfass und kaute auf dem Stumpf einer Zigarre herum, die älter aussah als Parker selbst.

»Hey, Kleiner. Was geht?«, fragte der Mann, während er eine Handvoll Münzen sortierte und gelegentlich aufblickte, um zu beobachten, wie sich die Menge für den ersten Kampf des Tages versammelte.

Mac leitete die Grube, eine mit Seilen abgesteckte Ecke des Marktes, die täglichen Boxkämpfen vorbehalten war. Er bot der Unterschicht Arcadias Unterhaltung und die Möglichkeit, durch die mit Mac selbst abgeschlossenen Wetten Profit zu schlagen.

Er war ein brillanter Geschäftsmann, der seine Quoten perfekt kalkulierte und die Einnahmen genau im Auge behielt. Da alle Wetten über ihn liefen, kassierte er bei jeder Transaktion auch noch eine Gebühr, von der natürlich nur ein Bruchteil an seine Kämpfer ging.

UNTERDRÜCKUNG

Sowohl der Sieger als auch derjenige, der am Ende des Kampfes als blutiger Brei auf dem staubigen Boden lag, bekamen ihren Anteil, von dem jeder wusste, dass er geringer war als Macs. Nebenwetten waren nicht erlaubt, obwohl jeder wusste, dass sie stattfanden.

»Heute will ich dabei sein«, sagte Parker.

»Beim ersten Kampf? Du weißt, ich knöpfe jedem gern das Geld ab, Junge, aber niemand hat sich bisher gemeldet, um auch nur gegen Hank anzutreten. Sein Ruf eilt ihm voraus und spätestens nach dem, was er letzte Woche Grant angetan hat, kann ich niemanden mehr finden, der sich mit ihm messen will.«

Parker sah sich um. »Nicht für eine Wette, Mac. Ich will in den Ring. Ich will gegen Hank kämpfen.«

Mac ließ die Münzen sinken, sah für einen Moment verwirrt drein und lachte dann laut auf. Parker war groß für sein Alter und hatte trotz seiner schlanken Statur ziemlich ausgeprägte Muskeln, aber angezogen sah er dennoch aus wie eine Bohnenstange. »Ernsthaft, Junge, du kannst da nicht reingehen. Du siehst aus, als könntest du nicht mal einem streunenden Hund das Wasser reichen.«

Wenn du nur wüsstest, dachte Parker und fuhr unbeeindruckt fort.

»Genau deshalb bin ich der perfekte Kandidat. Du kannst die Gewinnchancen festlegen, wie du willst und immer noch eine Menge Aufmerksamkeit anziehen.« Er probierte eine andere Taktik. »Die Leute würden es doch total feiern, mit anzusehen, wie Hank mich in zwei Hälften bricht.«

Mac schüttelte den Kopf und gestikulierte mit einer Hand vor Parkers Gesicht herum. »Auf keinen Fall. Wenn es sich rumspricht, dass ich Kinder in den Ring lasse, zieht mich das Kapitol schneller aus'm Verkehr, als du Queen Bitch sagen kannst.«

Parker überlegte kurz ›Queen Bitch‹ zu sagen, entschied aber, dass Hohn im Moment nicht gerade zu seinem Vorteil wäre. »Ich bin letzten Monat achtzehn geworden, Mac. Volljährig. Damit machst du dich nicht angreifbar.«

Mac gluckste. »Das ist nur 'ne Zahl, Kleiner, das zieht nicht als Argument. Nicht vor dem Gouverneur *oder* den Leuten.« Er zeigte auf sich selbst. »Ich bin in erster Linie Geschäftsmann, Parker. Ich kann nicht zulassen, dass meine Kunden sich abwenden, weil ich zulasse, dass du zerfleischt wirst. Das wäre schlecht fürs Geschäft.«

Parker lehnte sich über den Tisch. »Mac, noch schlechter fürs Geschäft ist es, gar keine Kämpfe zu haben, auf die die Leute wetten können«, argumentierte er. »Komm schon. Gib mir eine Chance. Wenn die Scheiße schiefläuft, ist's meine Schuld.«

Mac kratzte sich nachdenklich an seinem grauen Bart, bevor er nickte. »Na gut, Junge. Ein Versuch. Aber lass dir nicht den Arsch aufreißen, klar? Dein Vater würde mir das nie verzeihen.«

Die Erwähnung seines Vaters fachte Parkers Lust auf den Boxring nur noch weiter an. Sein alter Herr war damals losgezogen, um bei einem neuen Minenprojekt in den Bergen das große Geld zu machen.

Seine Mühen waren vergebens gewesen.

Hatte sein Vater tatsächlich die Wahrheit über seine Arbeit erzählt, dann standen die Chancen gut, dass er von einem Erdrutsch verschüttet oder zu Tode gequetscht worden war von einem Bergtroll, oder welche Kreaturen auch immer in den Bergen jenseits der Stadtmauern lebten.

UNTERDRÜCKUNG

Aber Parker vermutete, dass sein Vater eher feige als dumm gewesen war. Wahrscheinlich hatte er die neue Mine als Vorwand benutzt, um von der Stadt und seiner Familie wegzukommen. So oder so, er würde nie wieder zurückkehren.

Seine Mutter glaubte natürlich, dass sein Vater eines Tages mit einem Karren voller Diamanten und genug Geld zurückkommen würde, um sie aus den Slums rauszuholen. Aber tief in seinem Inneren nahm Parker an, dass der Mann seinen eigenen Weg aus dem Queen-Bitch-Boulevard gefunden und sie sich selbst überlassen hatte.

»Danke, Mac. Werde dich nicht enttäuschen.«

✶ ✶ ✶

Ezekiel saß am Stadttor, um seinen Beinen eine Pause zu gönnen. Der Verkehr wurde immer dichter und es hatte sich bereits eine lange Schlange von Menschen gebildet, die darauf warteten, nach Arcadia zu gelangen. Er beobachtete erstaunt, wie die Reisenden abwechselnd durch das große Tor gingen.

Ein paar Wachen des Kapitols waren auf beiden Seiten der Straße postiert. Sie kontrollierten die Einreisenden, wenn überhaupt, nur sehr flüchtig. Bei den meisten handelte es sich ohnehin um Bauern aus der Region unmittelbar vor der Stadt.

Das Land, das Arcadia umgab, war üppig bewachsen und bis weit über die Stadtmauern hinaus florierte die Landwirtschaft. Sie hatte Arcadia groß gemacht und war der Grund, warum es überhaupt an dieser Stelle gegründet worden war.

Die Stadt hatte Zugang zu genügend Frisch- und Fleischwaren für die wachsende Bevölkerung, denn aufgrund der Vorschriften des Kapitols durften alle Bauern, deren Land sich im Umkreis von zehntausend Schritten befand, ihre Erzeugnisse ausschließlich auf den Märkten Arcadias verkaufen.

Nach einer Flut von Bauernwagen schlenderte ein halbes Dutzend Mystische mit sanften Gesichtern und gepflegten Gewändern durch die Stadttore.

Die Wachen hielten sich zurück und gaben ihnen mehr Platz als nötig. Die Aura dieser klösterlichen Leute eilte ihnen voraus, sodass die meisten Arcadianer einen weiten Bogen um sie machten. Geschichten über die Fähigkeiten der Mystischen flossen hier wie Maultierkopfbier, obwohl niemand in der Stadt je selbst gesehen hatte, wie sie ihre Kräfte einsetzten.

Adrien hatte es innerhalb der Stadtgrenzen verboten. Dennoch schien es sich für diese kleine Gruppe von Männern und Frauen immer noch zu lohnen, den langen Weg von ihrem Bergtempel aus zu unternehmen. Sie brauten in den Bergen ein starkes Gebräu und waren vermutlich froh, es in Arcadia verkaufen zu können.

Soweit Ezekiel wusste, waren die Arcadianer ebenfalls froh, es kaufen zu können – wenn auch zu einem hohen Preis, den sich nur der Adel leisten konnte.

Ezekiel lächelte, als sie an ihm vorbeigingen. Ihren ruhigen Gestalten entströmte eine Aura der Kraft, die dem alten Mann durchaus vertraut war. Die Dämonenmaske, die er benutzt hatte, war eine Form der Magie, wie auch die Mystischen sie gebrauchten. Er überlegte, ob er ihnen die Hand geben sollte, hielt sich aber zurück.

Adrien hatte sich in seiner Abwesenheit stark verändert. Vielleicht waren auch diese Leute, die er einst so gut gekannt hatte, nicht länger seine Freunde.

UNTERDRÜCKUNG

Hinter den Mystischen schleppte sich eine Gruppe von Männern vorwärts, die offenkundig mehrere Tagesreisen hinter sich hatte. Sie zogen einen Karren mit sich, der randvoll war mit Wild und den Fellen kleinerer Feldtiere.

Als Ezekiel noch vierzig Jahre jünger gewesen war, bevor er sein halbes Sabbatjahrhundert angetreten hatte, hatte er gehofft, Arcadia möge ein Ort wie dieser werden – ein Ort für alle Nationen, ein Ort, der alle Menschen willkommen heißen würde.

Und, zumindest teilweise, war es das jetzt auch.

Aber in seiner Abwesenheit war die Stadt darüber hinaus auch mächtiger geworden, als er sich je hätte träumen lassen, wohlhabender und leider auch grausamer. In der Gasse des Marktplatzes hatte er dies aus erster Hand erfahren.

Ezekiel dehnte leicht seine Beine, bevor er aufstand und zurück in die Stadt ging.

Er hatte bereits den Marktplatz und alles, was den Leuten dort geboten wurde, gesehen. Die geschäftigen Menschenmengen und eifrigen Verkäufer waren für eine Stadt von der Größe Arcadias absolut angemessen. Und obwohl der Markt auch weniger ansehnliche Gestalten anzog, war er nicht großartig anders als das, was er sich damals ausgemalt hatte.

Südlich des Marktes hatte er den Queens Boulevard besichtigt, den die Einheimischen Queen-Bitch-Boulevard nannten.

Benannt nach der Matriarchin, Irths göttlicher Königin von ehedem, war dieses Viertel am niedrigsten Punkt der Stadt gelegen. Die Adeligen hatten also zumindest teilweise recht, wenn sie sagten: »In Arcadia geht es mit dem Abschaum bergab.«

Entgegen Ezekiels Hoffnungen gediehen nicht alle Einwohner dieser Stadt und die Slums waren eine bedauernswerte

Fehlentwicklung, deren Ursache er erst noch herausfinden musste.

Ihre Bewohner hielten trotz des Elends durch und waren größtenteils gute Menschen, jedoch trieb der Überlebensdrang einige von ihnen zu Taten, die selbst Prostituierte erröten lassen würden.

Der Queens Boulevard war die Beunruhigendste von Ezekiels Beobachtungen in jener Stadt, die er einst geliebt hatte. Die Verheißung von Magie und Hoffnung auf das, was sie bewirken konnte, hätten nicht zu einem Ort wie diesem führen dürfen.

Die Macht der Zauberkunst sollte Armut und Leid in Schach halten, Wohlstand und Fortschritt für alle fördern. Offenkundig war irgendetwas furchtbar schiefgelaufen.

Ezekiel brauchte Antworten. Ausgestattet mit den richtigen Informationen würde er Veränderungen bewirken können.

Später würde er auch der Akademie einen Besuch abstatten. Zusammen mit dem Kapitol bildete sie ein eigenes Viertel, das Prestigeträchtigste von allen. Doch bevor er sich in die Hallen der höheren Bildung begab, musste er noch jemanden finden. Eine alte Freundin, die in einem bescheidenen Haus inmitten der Adligen lebte.

Kapitel 4

Sie wusste, dass sie mit der Wollmütze über der Stirn an diesem warmen Sommermorgen ziemlich lächerlich aussah, aber irgendwie musste Hannah das Mal der Jäger ja verbergen. Damit auf der Stirn herumzulaufen, wäre eine idiotische Einladung für so ziemlich alle Arten von Ärger gewesen und die schäbige Strickmütze war schlichtweg die beste Verkleidung, die sie auf die Schnelle hatte finden können.

Hannah hoffte inständig, dass jene Männer, die ihr beinahe das letzte bisschen Unschuld geraubt hätten, im Krankenhaus lagen nach dem, was dieser Dämon ihnen angetan hatte. Trotz der Furcht, die sie empfunden hatte, als seine Kapuze herunterfiel, dachte sie heute nicht mit Abscheu, sondern mit Dankbarkeit an ihn. Er hatte ihr das Leben gerettet.

Sie schlängelte sich durch die Menge, bis sie hinter einer Gruppe Rearicks in der Nähe der Vorderseite der Grube einen Platz fand.

Die Rearick waren kurzgewachsene, stämmige Bergleute und Handwerker, die sich in den halb verschütteten Städten in den Bergen südlich von Arcadia, den sogenannten ›Heights‹, niedergelassen hatten.

Obwohl diese Gruppe aus erwachsenen Männern bestand, war Hannah ein wenig größer als sie. Ihr Vater sagte immer, das Leben in den Höhlen habe sie klein, aber wahnwitzig stark werden lassen. Die Rearick, die hier in Arcadia

Erz und Kristalle abluden, hatten wohl beschlossen, eine Pause einzulegen, um sich die Show anzusehen.

In der ganzen Stadt gab es keine bessere Unterhaltung als die Kampfgrube. Es hatten sich mehr Zuschauer zum ersten Kampf des Tages versammelt als sonst und sie überlegte, ob ihr Plan wohl funktionieren würde.

›Wildman‹ Hank ging im Ring auf und ab, vom Publikum angefeuert. Er wurde seinem Spitznamen nur allzu gerecht: Seit fast einem Jahr hatte er durchgehend gewonnen und jeden, der dumm genug war, ihn herauszufordern, in Stücke gerissen.

Hank hatte damit auch das gesamte Wettsystem aus den Angeln gehoben, denn kaum jemand war so verzweifelt, auf seinen Herausforderer und einen eventuellen Glücksgriff zu wetten.

Wildman schlug sich auf die nackte, muskelbepackte Brust und murmelte unverständliche Worte gen Himmel. Das Publikum hatte sich mittlerweile an diese Tradition gewöhnt, doch jedes Mal, wenn er so den Ring betrat, versetzte er sie aufs Neue in Raserei.

Mac stieg zwischen den Seilen des Rings hindurch und winkte als Veranstalter der Kämpfe mit beiden Armen, um die Menge zu beruhigen. Der rauschhafte Lärm wurde zu aufgeregtem Gemurmel.

»Willkommen zu einem weiteren Tag in der Grube!« Jubel schwoll an und Macs Lächeln wuchs mit zunehmender Lautstärke. »Tja, ich muss ehrlich zu euch sein, liebe Arcadianer. Ich hatte schon Schiss, dass in unserer Grube heute nicht viel los sein würde.« Die Menge wurde schlagartig ruhig, aus Sorge um ihren geliebten Zeitvertreib. »Wegen der gewaltigen Leistungen des Wildman in den letzten Monaten wird's für mich immer schwerer, einen Gegner zu finden, der mutig genug ist, in den Ring zu treten.«

UNTERDRÜCKUNG

»Das liegt daran, dass Ralph immer noch halbtot ist!«, rief eine Stimme aus dem hinteren Teil der Menge. Die Schaulustigen lachten, aber Hannah drehte sich der Magen um, als sie an ihren Nachbarn dachte, der vielleicht nie wieder laufen würde ... zumindest nicht, ohne zu humpeln.

Ralph war vor dem Untergang seines Geschäfts Bäcker gewesen und hatte von Anfang an keine Chance gegen Hank gehabt. Aber harte Zeiten erforderten harte Maßnahmen und das Leben auf dem Boulevard war der Inbegriff von hart.

»Wir waren schon kurz davor, für heute abzusagen.« Mac machte eine Pause und ließ einige Buhrufe über sich ergehen. »Aber zum Glück hat der Patriarch uns beigestanden! Wir haben heute einen Neuling, der sich wohl oder übel entschieden hat, dem Champion im Ring gegenüberzutreten. Ich präsentiere euch Parker den Bedauernswerten vom Queen Bitch Boulevard!«

Die Menge teilte sich und Hannah sah zu, wie ein Mann in ihrem Alter sich zum Ring durchdrängelte. Angesichts seiner schlaksigen, nur von abgewetzten Klamotten bedeckten Statur wurde die Menge ganz still.

»Wirf den zurück ins Wasser, Mac. Der ist noch nicht soweit«, rief eine Stimme von hinten.

Mac lachte. »Ah, wer bin ich, 'nem so mutigen Jungen die Chance auf Ruhm zu verweigern? Aber wenn ihr euch seiner Niederlage so sicher seid, nehm' ich gern eure Wetten entgegen.«

Parker stieg durch die Seile und streckte dem ihm gegenüberstehenden Riesen eine Hand entgegen. Hank musterte den Jungen und zog eine Grimasse, beleidigt darüber, mit diesem Amateur den Ring teilen zu müssen. Der Wildman nahm Parkers Hand, als wolle er sie schütteln, doch in letzter

Sekunde zog er ihn zu sich heran und schlug seinen riesigen Kopf gegen den seines Herausforderers.

Parker stolperte rückwärts, sichtlich benommen von dem hinterhältigen Angriff. Selbst von ihrem Standpunkt aus konnte Hannah das Blut über seine Stirn tropfen sehen.

Die Menge brach in Gelächter aus, sie wollten hier schließlich Blut sehen.

Mac trennte die beiden Kämpfer schnell wieder voneinander. Der Kampf hatte noch nicht einmal begonnen und für Parker sah es jetzt schon schlecht aus.

Die Rearick vor ihr redeten untereinander.

»Wünschte, isch hätt' meijn janzes Vermögen bei diesem Kampf jesetzt. Dat Kind is erledigt«, sagte einer zum anderen.

Der Rearick-Dialekt klingelte ihr immer in den Ohren. Hannah tippte ihm auf die Schulter. »Wie viel hast du?«

»Isch hab' immer noch die Hälfte meiner Einnahmen von der Monatslieferung, Mädschen. Aber wenn isch det alles jesetzt hätte, würd' isch Arcadia mit 'nem richstig dicken Jeldsack verlassen.«

Die stämmigen Männer, die ihn flankierten, lachten auf. »Red' nisch mit dem hübschen Mädschen über deinen Sack, Kegan.«

Sie sah, wie der Mann errötete und legte ihre Hand auf seine Schulter. »Keine Sorge, ich bin alt genug, um zu wissen, dass sich nicht nur Bergleute Gedanken über die Größe ihrer Säcke machen. Ich nehme deine Wette an, zehn zu eins.«

Der Rearick schnaubte und schaute Hilfe suchend seine Begleiter an. »Du solltest jetzt jehen, Fräuleinschen. Die Grube is kejn Ort für Mädschen wie disch.«

»Hmm«, machte Hannah. »Wenn du nicht bereit bist, auf eine so sichere Sache zu wetten, dann würde ich eher sagen, die Grube ist kein Ort für Mädchen wie *dich*.« Sie sah achselzuckend in die Runde und dann wieder zu ihm. »Anscheinend hast du *gar keinen* Sack.«

Die anderen Rearicks und einige Umstehende lachten über ihre Beleidigung. Sie holte einen kleinen Münzbeutel hervor und schüttelte ihn. Dies waren ihre kompletten Ersparnisse, die sie mit Mühe vor dem Trunkenbold von einem Vater versteckt hatte.

Es war riskant, aber mit dem richtigen Idioten und der richtigen Wettquote könnte sie Glück haben.

»Mit so 'nem Mundwerk jehörste vielleischt *doch* in die Grube«, sagte der Hinterwäldler mit einem anerkennenden Grinsen, das seinen Bart in die Länge zog. »Acht zu eins nehm' isch die Wette an.«

Hannah nickte und behielt den Jungen im Ring im Auge, der gerade seinen Umhang ablegte.

* * *

Parker und Hank umkreisten einander, während die Menschenmasse um den Ring herum weiter anschwoll. Die Leute waren hungrig auf einen guten Kampf und obwohl sie hier keinen erwarteten, bezahlten sie nur allzu gerne, um zuzusehen, wenn ein Niemand wie Parker verprügelt wurde.

Parker achtete auf jede Bewegung des Wildmans und ließ ihn nicht aus den Augen. Er hatte genug Zeit an der Grube verbracht, um zu wissen, dass Hank jede Angriffsstrategie schon gesehen hatte. Nun ja, fast jede. Parker war seit Jahren nicht mehr in einen Kampf verwickelt gewesen und dieser Kinderkram bedeutete nichts im Vergleich zu Hanks Erfahrung. Aber manchmal, wenn ein Gegner allzu siegessicher war, konnte die eigene Unerfahrenheit zum

Vorteil sein. Und das war auch so ziemlich der einzige Vorteil, den Parker besaß.

»Bringen wir's hinter uns«, knurrte Hank mit knirschenden Zähnen.

»Was?«, höhnte Parker mit einem Lächeln. »Kein Vorspiel? Gut, wir machen es schnell, da du das anscheinend so gewohnt bist.«

Hanks Grinsen verwandelte sich in eine wütende Fratze und er holte zu einem rechten Haken aus, dem Parker problemlos auswich, indem er sich an Hank vorbei duckte und ihm einen spielerischen Tritt auf den breiten Hintern verpasste. Der Tritt und Hanks eigener Schwung schleuderten ihn vornüber, sodass er fast durch die Seile in die Menge stolperte.

Die reagierte mit lautem Jubel. Parker drehte sich um und verbeugte sich tief vor seinem Publikum.

Hank war tiefrot angelaufen, als er sich wieder zu Parker umdrehte. »Alles klar, du kleiner Scheißer. Ich wollt's dir ja schonend beibringen, aber niemand macht mich hier zum Affen.«

Parker lächelte. »Ist gar nicht mehr nötig.« Die Menge lachte wieder und begann zu johlen, als Parker ironisch den kleinen Tritt von eben imitierte.

Hank griff erneut an, er wollte seinen Kopf gegen Parkers Oberkörper rammen. Wendig wie ein Tänzer wich Parker ihm aus und drückte sich im Sprung an Hanks Dickschädel ab, was den großen Mann in Staubwolken auf den Boden schlagen ließ. Parker tanzte um den Rand des Rings, winkte und gab Kusshändchen, was die Schaulustigen mit Jubel und Brüllen quittierten.

Sie begannen, Gefallen an Parker dem Bedauernswerten zu finden und Parker wiederum gefiel die Aufmerksamkeit der Masse. Doch er hörte auf zu prahlen, als er einem linken Kinnhaken nur knapp durch eine Drehung entgehen konnte. Gleich darauf folgte ein rechter Schlag von Hanks Granitfaust und Parkers Kopf verdrehte sich, als er mit Wucht auf die Knie fiel.

Hank baute sich vor seinem Opfer auf, hob beide Arme über den Kopf und brüllte wie ein heidnischer Krieger. Es war sein Markenzeichen und die Menge hatte darauf gewartet.

Genau wie Parker.

Als der Wildman über ihm stand und sich den Zuschauern zuwendete, legte Parker sein ganzes Gewicht in einen Tritt in die Leistengegend des Mannes.

Hanks Freudenschrei verwandelte sich in schrilles Quietschen und er krümmte sich zusammen. Parker vergeudete keine Zeit. Er schlug Hank mit der Faust gegen die Kehle, setzte seinen Fuß auf das Knie des größeren Mannes und drückte sich mit aller Kraft ab.

Sein atemloser Gegner fiel in den Dreck wie eine gefällte Eiche. Bevor er sich sammeln konnte, setzte Parker sich auf ihn und verteilte heftige Schläge gegen seine Rippen.

Parker rutschte seitwärts herunter und beugte sich lässig über Hank, der sich schwerfällig auf die Knie rollte. »Brauchst du Hilfe, Hank?«, fragte Parker und mimte den Tonfall eines besorgten Freundes. Unverschämtheit würde ihm den Sieg bringen, oder zumindest hoffte er das.

Hank stieß sich vom Boden ab, seine Augen blutunterlaufen und sein Atem schwerfällig. Parker musste jetzt nur noch außer Reichweite von Hanks Fäusten bleiben bis er den finalen Schlag austeilen konnte.

Er war nie stark gewesen, aber das Aufwachsen auf dem Boulevard hatte ihn gelehrt, klug und schnell zu sein. Die

Starken machten Jagd auf die Schwachen, aber nicht, wenn sie sie nicht fangen konnten. Hank war es gewohnt, gegen Männer zu kämpfen, die entweder seiner eigenen hirnlosen Brutalität entsprachen oder in Angst vor ihm kauerten.

Die Beleidigungen, Akrobatik und Schnelligkeit Parkers hatten ihn jedweder Orientierung beraubt. Aber Hank war Profi und konnte seine Strategie im Handumdrehen ändern. Er hatte noch nicht aufgegeben.

Diesmal näherte er sich vorsichtiger und tänzelte mit den Füßen wie der erfahrene Kämpfer, der er war. Nur ein einziger Treffer und Hank hätte den Jungen erledigt.

Parker bot ihm diese Chance bereitwillig an. Er ging auf Hank zu und senkte seine Schultern, als würde er sich erneut abrollen. Hank schluckte den Köder und beugte sich vor, um ihn abzufangen, da blieb Parker plötzlich stehen und wandelte seine Bewegung in einen Aufwärtshaken um. Er riss beide Hände nach oben und legte seine ganze Kraft in den Schlag.

»*Scheiße!* Der verdammte Narr«, schrie der Rearick, als der Junge seine Fäuste in das Kinn des Mannes schlug. Die Menge verstummte in Ehrfurcht und Bewunderung. Sie hatten jede Minute von Parkers Tanz geliebt, sogar die billige Nummer mit Hanks Eiern. Aber sie hatten nicht erwartet, dass der Junge tatsächlich die Oberhand gewinnen würde.

Nicht bis zu diesem Aufwärtshaken.

Dieses Mal hielt Parker nicht inne, um sich selbst zu feiern oder die Menge zu belustigen. Hannah wusste, dass ihre Wette sich gleich entscheiden würde. Sie hielt den Atem an und beobachtete, wie Parker Hank mit einem Tritt gegen das Knie in die Schranken wies. Der große Mann knickte ein, sein Bein in einem merkwürdigen Winkel abstehend. Fassungslos blickte der Champion zu seinem Gegner auf wie eine Beute, die wusste, dass der Jäger gewonnen hatte.

Parker ließ sich fallen und schwang seinen Ellbogen gegen Hanks Schläfe, um ihn ein für alle Mal zu erledigen. Die Menge verstummte und brüllte dann vor Freude angesichts der Tatsache, dass dem Wildman das Licht ausgeknipst worden war.

Hannah stützte ihren Ellbogen auf der Schulter des Rearicks ab. »Tut mir ja leid, mein Freund. Mehr Glück beim nächsten Mal.« Sie streckte ihre Hand aus, stumm um die von ihm versprochene Auszahlung bittend.

Das Gesicht des Mannes verwandelte sich unter seinem buschigen Bart von weiß in rot. »Du ... du hast misch betrojen? Du wusstest, dat der jewinnen würde? Du wusstest det die janze Zeit?«

Sie zog ihm den Geldbeutel aus der Hand und zuckte mit den Achseln.

»Ach, wie hätte ich so etwas denn planen können? Ich bin doch nur ein kleines *Mädschen*.« Ihr Unschuldsblick wich angesichts der wutschnaubenden Reaktion des Rearicks einem schiefen Lächeln. Sie verschwand schnell in der Menge, bevor er auf dumme Gedanken kommen konnte.

Während sie sich durch die Menschentraube von der Grube entfernte, zählte sie ihren Gewinn. Bei dieser Wette hatte sie alles riskiert, was sie besaß und es hatte sich ausgezahlt. Sie schaute über ihre Schulter zurück und ihr Blick traf den des neuen Champions. Blut tropfte aus Parkers Nasenlöchern, aber seine Verletzungen trübten sein breites Grinsen nicht.

Sie nickte ihm zu, drehte sich um und schlüpfte in die Gasse, die vom Markt wegführte.

Hannah würde den Zuschauern und ihrem Sieger diesen Triumphmoment lassen. Sie für ihren Teil hatte eine Tasche voller Münzen und viel Arbeit zu erledigen.

* * *

»Bleiben Sie sitzen«, befahl Adrien der Rezeptionistin mit einer Handbewegung, als er die Krankenstation des Kapitols betrat.

Die Empfangsdame stand trotzdem mit offenem Mund da, wie Adrien schon erwartet hatte. Der Rektor der Akademie war in Arcadia so etwas wie eine verdammte Berühmtheit und weil er das Akademiegelände nur so selten verließ, erzählten gewöhnliche Leute noch tagelang von den flüchtigsten Begegnungen mit ihm.

Er hatte sich schon vor Jahren in Zurückhaltung geübt, aber ein kleines Lächeln zog dennoch an seinen Mundwinkeln. »Ich bin hier, um sie zu sehen.«

»Verzeihung, Sir, wen?«, fragte sie, ihre schüchterne Stimme kaum hörbar durch das Summen der Magitech-Geräte. Das Krankenhaus war eines der technologisch fortschrittlichsten Gebäude der Stadt.

Er hob eine Augenbraue. »Die Jäger«, antwortete er, was sie erröten ließ.

»Oh, richtig, natürlich.« Sie blickte auf ein Klemmbrett hinunter und wieder zurück zu Adrien. »Ihr Zimmer ist am Ende des Flurs. Aber, Sir, der Arzt ist kurz davor, sie zu entlassen. Wäre es Ihnen nicht lieber, wenn ich sie direkt in Ihr Büro schicke?«

Er spitzte die Lippen und schüttelte den Kopf. »Oh, nein...«

UNTERDRÜCKUNG

»Helen, Sir.«

Adrien schenkte ihr ein breites Lächeln. »Nein, Helen. Ich wollte die Männer sehen, bevor sie entlassen werden. Ihre Moral ein wenig anheben, mich für ihren Dienst bedanken. Es bedeutet mehr, wenn ich das hier tue.«

»Oh.« Die Frau klang zufrieden mit seiner Antwort. »Möchten Sie, dass ich Ihnen ihr Zimmer zeige?«

»Ich bin sicher, ich schaffe das allein«, sagte Adrien und ließ die Rezeptionistin hinter sich. Kaum war er aus ihrem Blickfeld verschwunden, fiel das Lächeln von seinem Mund wie verfaulte Früchte von einem Baum.

Adrien fand den kleinen Raum, betrat ihn, ohne anzuklopfen und schloss die Tür hinter sich. Als er sich umdrehte, empfingen ihn die schockierten Blicke der muskelbepackten Jäger. Er musterte ihre Bandagen und Armschlingen, ihre Körper waren von Prellungen übersät. Alle drei Männer stellten sich eilig vor ihm auf, auch wenn einer von ihnen sich dazu sehr anstrengen musste.

Der Arm des größten Mannes war bis zum Ellenbogen vollständig bandagiert und hing schlaff an seiner Seite herab. »Herr Rektor, was für eine Überraschung ... ich meine *Ehre*«, sagte der Mann, seine Stimme vor Angst zitternd.

Adrien wusste, dass er nicht gerade begeistert war, ihn zu sehen. »Nun, Jasper, mir liegt etwas an den Männern, die diese Stadt beschützen. Der Gouverneur und ich arbeiten sehr eng zusammen, was die Strafverfolgung von Ungesetzlichen angeht. Und ich hörte, dass ihr drei in eine ziemliche Auseinandersetzung geraten seid, also wollte ich die Angelegenheit *persönlich* untersuchen.«

Adrien strich seinen Umhang glatt und lehnte sich mit dem Rücken an die Wand neben der Tür. »Bitte, Gentlemen, setzt euch und erzählt mir, was passiert ist.« Er verschränkte die Arme.

Die beiden kleineren Männer sahen Jasper an und warteten auf seine Antwort.

Nach kurzem Überlegen setzte Jasper sich folgsam hin. »Schwer zu sagen. Ich meine, am Anfang schien die Sache ganz eindeutig, Herr Rektor. Wir patrouillierten auf der Straße und ein Kind, ein Mädchen, saß auf dem Kopfsteinpflaster mit einem kleinen Jungen im Arm. Soweit wir das beurteilen konnten, ging es ihm schlecht. Sehr schlecht. Ich wollte gerade einen Arzt rufen, als ... nun ja ... es passiert ist.«

Er warf einen Blick auf seine Männer, die ihm zunickten, bevor er fortfuhr. »Es war offensichtlich, dass das Mädchen Magie eingesetzt hatte. Wir konnten es fühlen und die Auswirkungen waren sofort erkennbar. Der Junge heilte vor unseren Augen. Wir machten uns bemerkbar, wie vorgeschrieben und sie lief weg. Wir verfolgten sie und trieben sie in einer Gasse in die Enge. Bis dahin war alles ganz einfach.«

Einer der anderen Männer ergänzte: »Einfach und eindeutig und streng nach Vorschrift.«

Adrien wusste, dass sie logen. Wie töricht von ihnen. »Streng nach Vorschrift also?«

»Genau.« Jasper nickte. »Astrein. Wir haben nur unsere Pflicht getan.«

Diese unverfrorene Schwindelei ärgerte Adrien, aber sie stand nicht gerade oben auf seiner Agenda. Ihm war es eigentlich egal, wenn sich seine Männer gewisse Freiheiten herausnahmen, solange sie dabei gute Ergebnisse erzielten.

Ordnung erforderte eine starke Hand und starke Männer hatten schließlich Bedürfnisse. Aber diese Männer hatten versagt und er musste wissen, warum. Doyles Beschreibung hallte immer noch in seinen Ohren nach.

Ein Dämon, der das Wetter kontrollieren konnte.

Adrien musterte alle drei, bevor er sich wieder auf Jasper konzentrierte. »Wenn alles *astrein* war, warum seid ihr dann hier und patrouilliert nicht auf meinen Straßen? Erzählt mir von dem anderen. Von dem, der dir *das* angetan hat.« Er musterte Jaspers verbundenen Unterarm.

Allein die Erwähnung des Zauberers verunsicherte die drei Jäger sichtlich. Sie tauschten Blicke aus in der Hoffnung, der jeweils andere möge zu sprechen anfangen.

Adrien winkte ungeduldig mit der Hand. »Kommt schon, verdammt. Ich habe nicht den ganzen Tag Zeit.«

Es war der dritte Mann, der bislang geschwiegen hatte, der schließlich das Wort ergriff. Er war kleiner als die beiden anderen und stank nach Rauch. Adrien vermutete, dass er ein Feuernutzer war. »Sowas hab' ich noch nie gesehen. Es kam aus dem Nichts, hatte grüne Haut und große, rote Augen. Mit Hörnern auf dem Kopf und mächtig wie der Teufel höchstpersönlich ...«

»Du Narr.« Adrien schnitt ihm das Wort ab und knirschte wütend mit den Zähnen. »Das war keine dämonische Kreatur, sondern nur eine Illusion. Es ist offensichtlich, dass dieser Magienutzer ein Mystischer war.« Adrien rollte mit den Augen. Es stimmte offenbar, dass sich Muskelkraft umgekehrt proportional in der Intelligenz niederschlug.

Zumindest manchmal.

Er schüttelte den Kopf und fuhr fort: »Wenn ihr drei kleinen Jungs nicht solche Feiglinge wärt, hättet ihr das durchschaut.«

Der Feuernutzer schluckte schwer und blickte die anderen Hilfe suchend an, aber sie hielten die Köpfe gesenkt.

Schließlich wendete er sich wieder Adrien zu und fuhr fort: »Verzeihen Sie, Sir, aber ich dachte, diese Mystischen seien alle ganz friedlich. Ich dachte, die könnten keine physische Magie ausüben. Dieses Ding ... ich meine, dieser Magienutzer, hat physische Magie benutzt, wie ich sie noch nie zuvor gesehen habe.«

Adrien grinste abfällig. »Fahre fort.«

Der Mann blickte drein, als sei er gerade erstochen worden.

»Na ja, er hatte diesen Holzstab, mit dem er Blitze auf uns geschleudert hat. Ich hab' noch nie einen Magier gesehen, der sowas kann. Und Jaspers Magitech-Stab ... der Kerl hat ihn eingeschmolzen, als wäre er aus Wachs ...«

Der Einfaltspinsel redete weiter, aber Adrien hörte nicht mehr zu, sondern zog sich in seine eigenen Gedanken zurück. Die Beschreibung des Zauberers erinnerte ihn an seinen Mentor, der die Stadt vor Jahrzehnten in Adriens Händen zurückgelassen hatte. Er erinnerte sich gut an ihren Abschied und dachte über das Maß an Vertrauen nach, das der alte Mann besessen haben musste, um seinem Schützling den Mantel der magischen Führungsrolle zu übergeben.

Er hatte Adrien die Schlüssel zum Königreich gegeben und war dann in die Berge gewandert, hatte nie wieder etwas von sich hören lassen.

Der Rektor schüttelte den Kopf und redete sich ein, es könne unmöglich dieselbe Person sein. Jener Mann war tot. Und selbst wenn er es wie durch ein Wunder doch war, worin bestand dann seine Verbindung zu dieser jungen Ungesetzlichen?

War es reiner Zufall gewesen?

Jasper übernahm wieder das Wort. »Ich werde ihm all das heimzahlen, was er uns angetan hat. Und dieser kleinen Boulevard-Schlampe auch, Sir.«

UNTERDRÜCKUNG

»Nein, Ihr rührt den Zauberer nicht an«, zischte Adrien. »Überlasst ihn mir. Aber lasst euch das eine Lehre sein, nicht unvorsichtig zu werden. Denkt daran, ich dulde keine Anarchie. Ungesetzliche dieser Art müssen unter Kontrolle gehalten werden.«

Jasper nickte. Schweiß lief ihm über das vernarbte Augenlid. Sicher wusste er, dass der Rektor wenig Geduld und noch weniger Gnade besaß. »Ich werde es nicht vergessen, Sir.«

Adriens mattes Lächeln tat nichts, um seine Besorgnis zu mindern. »Ich weiß. Nicht, nachdem ich euch eine kleine Gedächtnisstütze verpasst habe.«

Der Rektor wandte sich dem Gehilfen links neben Jasper zu. Dieser Mann war entweder ein Feigling oder ein Idiot. Beides war inakzeptabel. Das perfekte Opfer für Adriens Lehrbeispiel.

Adrien hob seine Hand in Form eines Halbmonds und drückte sie langsam zusammen. Der Jäger versuchte vergebens, zu schreien, während Adrien ihm die Kehle zudrückte. Seine Augen rollten nach hinten und sein Körper begann langsam vom Krankenbett zu rutschen, bis sein Kopf mit dem schmatzenden Geräusch einer platzenden Melone auf dem Boden aufschlug.

Als der Körper des Jägers bewegungslos da lag, wandte sich Adrien dem Mann rechts neben Jasper zu.

»Bitte nicht ...«, stammelte der Feuermagier. Er hob beide Hände vor sein Gesicht, als ob das den Zorn des Rektors auch nur im Geringsten aufhalten könnte.

»Heute ist nicht dein Tag zum Sterben, du Narr. Zumindest nicht durch meine Hände. Findet das Mädchen, ihr beiden. Bringt sie mir lebendig. Wenn ihr grob werden müsst, sei es so, solange sie meine Fragen noch beantworten kann. Zerstört alles, was sich euch in den Weg stellt.«

Jasper blickte auf seinen deformierten Arm herab und lächelte. »Gern. Aber was, wenn wir dem anderen Magier begegnen?«

Adrien hob eine Augenbraue und dachte an die Macht, die sein alter Mentor ausgeübt hatte. Die Macht, Leben zu verändern oder zu zerstören.

»Wenn ihr klug seid, werdet ihr dann um euer nutzloses, *verdammtes* Leben rennen.«

UNTERDRÜCKUNG

Kapitel 5

Seines Wissens hatten nur wenige Arcadianer je von Eve gehört, was Ezekiel nicht sonderlich überraschte. Sie war ebenso sanftmütig wie schön und hatte damals ironischerweise wie Adrien und Ezekiel die Gelegenheit zu Reichtum, Macht oder Berühmtheit mitsamt aller Privilegien gehabt. Aber für Eve waren diese Dinge nicht wichtig.

Schon seit der Gründung der Stadt war ihr Streben ein anderes, selbstloseres gewesen. Alles, was sie sich hinter den gigantischen Mauern von Arcadia gewünscht hatte, war ein kleines Stück Land zum Gärtnern und ein Haus, in dem sie eine Familie gründen konnte. Er hatte sie unter anderem wegen dieser Bescheidenheit geliebt.

Einer ihrer beiden Wünsche war für Eve in Erfüllung gegangen.

Wie Ezekiel herausfand, war ihr Zuhause ein kleines, einstöckiges Haus mit makellosen Sandsteinwänden, hellblauen Fensterläden und einer einladenden Eichentür. Umgeben von Häusern, die im Vergleich zum übrigen Arcadia beinahe wie Paläste wirkten, erschien das gepflegte, kleine Haus überaus bescheiden. Dahinter lag ein winziger Garten. Es hatte lange gedauert, aber Ezekiel hatte endlich einen alten Mann gefunden, der genau wusste, nach wem er suchte.

Er lehnte seinen Stab gegen die Wand, strich seine wilde, weiße Haarmähne zurück und glättete seinen

Bart. Er hatte gegen Menschen und Monster aller Art gekämpft, aber vor der Tür der einzigen Frau zu stehen, die er je geliebt hatte, ängstigte ihn mehr als jede wilde Bestie. Ezekiel wappnete sich einen Moment lang und klopfte schließlich an die Tür.

Innerhalb von Sekunden flog sie auf und im Eingang stand ein schönes, junges Mädchen mit blonden Locken, die ihr über den Rücken fielen. Ihre Augen schimmerten wie Saphire. »Kann ich Ihnen helfen, Sir?«

Er trat einen Schritt zurück, während sie ihn musterte. Er vergewisserte sich kurz, dass er auch beim richtigen Haus geklopft hatte und trat dann wieder vor die Tür.

»Entschuldigen Sie, ich suche eine Frau namens Eve. Ich habe gehört, dass sie hier einst gewohnt hat?«

Das Mädchen lachte und der alte Mann spürte, dass seine Ohren rot anliefen.

»Ja, Tante Eve hat hier einst gewohnt und wohnt hier auch immer noch. Na ja, *wir* leben hier … ich meine, wir beide.«

»Tante Eve?«, wiederholte der Mann. »Na, dann musst du Jessicas Tochter sein.«

Sein Gesicht hellte sich auf, während er das Mädchen erneut musterte. Es war vierzig Jahre her, dass er Eve oder ihre Schwester gesehen hatte, aber die Ähnlichkeit zwischen dem Mädchen und ihrer Mutter war frappierend. Diese blauen Augen waren unverkennbar.

»Ist deine Mutter hier?«

Das Mädchen senkte den Kopf. »Sie ist verschwunden, als ich jung war. Ich erinnere mich nicht einmal an sie.« Ihre Augen glänzten traurig.

»Oh. Wie furchtbar … Es tut mir so …«, begann er zu murmeln, nach den vielen Jahren der Isolation unfähig, sich daran zu erinnern, was die Höflichkeit als Antwort gebot.

UNTERDRÜCKUNG

Sie hob die Hand. »Nein, verzeihen Sie mir. Das ist eigentlich nicht unsere Art, Gäste zu empfangen. Gut, dass Sie hier sind. Sie hat gewartet.«

»Auf mich?«

Das Mädchen nickte. »Kommen Sie mit.«

✳ ✳ ✳

Finger, so zerbrechlich wie Zweige, streckten sich ihm entgegen und streiften Ezekiels Wange. Ihre Berührung fühlte sich genauso an wie vor Jahrzehnten, nur war sie jetzt sanfter und gleichzeitig irgendwie stärker. Aber die Stärke täuschte ihn. Eve lag still da, ihr Gesicht so blass wie der Wintermond. Umgeben von Kissen, war ihr Bett in den vergangenen acht Monaten ihr dauerhafter Wohnsitz gewesen. Der Tod rief nach ihr, doch sie hatte ihm die Antwort verweigert und stattdessen auf diesen Tag gewartet.

Ezekiel saß neben ihr. »Tut mir leid, Eve, ich …«

Sie legte ihre Finger auf seine Lippen und schüttelte langsam den Kopf. »Nein. Nicht so. Ich wusste, dass du gehen musstest. Erinnerst du dich nicht mehr? Ich gab meinen Segen.«

Ein schwaches Lächeln breitete sich auf ihren Lippen aus. »Das Einzige, was ich dir je geben durfte.«

Er nickte, weil er wusste, dass sie recht hatte. Dies war keine Zeit für Traurigkeit. Zähneknirschend zwang er sich zu einem Lächeln. »Es ist schön, dich zu sehen, Eve. Mein Herz hat sich nach diesem Tag gesehnt. Ich stellte mir vor, du hättest geheiratet, wärst von Enkelkindern umgeben.«

Seine Worte entlockten ihr ein Lachen. »Jetzt *mutmaßt* du aber, mein alter Freund. Ich habe tatsächlich geheiratet, nicht lange nach deiner Abreise. Seine Liebe war Heilmittel für mein gebrochenes Herz, das machte ihm nichts aus. Peter war ein guter Mann. Stark. Die Matriarchin schenkte uns zwei gute Jahre miteinander, dann verlor ich ihn durch einen Unfall in der Fabrik. Man sagte mir, er sei schnell gestorben.«

Sie nickte gedankenverloren. Nach einer Weile fuhr sie fort: »Keine Kinder, zwar, aber Madelyn könnte genauso gut mein Eigenes sein. Wir sind über die Jahre gut miteinander ausgekommen.«

Der alte Mann lächelte, was ihm dieses Mal überhaupt nicht schwerfiel. »Schön. Ich freue mich für euch beide.«

»Wir haben so viel, worüber wir sprechen könnten, aber ich fürchte, uns bleibt wenig Zeit. Lass uns nicht von unseren verlorenen Lieben sprechen.«

»Arcadia«, sagte er, das Wort wie Honig auf seinen Lippen.

Ihr Gesicht erhellte sich. »Ja. Unsere Heimat und unser großes Experiment.«

»Aber was ist daraus geworden?«

Von der Schlafzimmertür kam ein Räuspern und Madelyn trat herein; sie trug ein Tablett mit Tee und Keksen.

»Ich danke dir.« Ezekiel streckte seine Hände aus und nahm das Tablett entgegen. Madelyn lächelte und verließ den Raum, um die beiden allein zu lassen.

Eve fuhr fort. »Es hat funktioniert, mein Lieber. Die Stadt. Der Ort, den wir zusammen mit den anderen erbaut haben, ist erblüht wie ein Blumenbeet, berührt von der Magie der Druiden.«

Er biss in einen Keks. »Aber wie konnte es dann so weit kommen?« Er zeigte auf die Wände. »Die Dinge, die ich seit meiner Rückkehr gesehen habe ... So viel Leid, Eve.«

Ihre Lippen pressten sich zusammen. »Ezekiel, das ist eine unschöne Geschichte, von der wir niemals gedacht hätten, dass sie sich so ereignen würde, die du aber dringend erfahren musst. Als du fortgingst, war alles an seinem angestammten Platz. Jener, dem du die Führung übertrugst, war voller Energie und Elan. Jahrelang bewirkte Adrien Gutes.

Außerhalb der Stadtmauern entstanden Bauernhöfe und der Frieden zog Leute aus allen Ecken Irths an. Arcadia wurde zu jener Gesellschaft, von der wir alle gedacht hatten, sie sei nach dem Zeitalter des Wahnsinns unmöglich.

Adrien und unser Freund Saul arbeiteten Tag und Nacht unermüdlich und zielstrebig daran, unseren Traum Wirklichkeit werden zu lassen. Mehr und mehr Leute kamen her und die Stadt füllte sich mit Leben. Es war wirklich schön. Aber je mehr Menschen die Stadttore durchfluteten, desto mehr Probleme traten auf.

Adrien und Saul gingen damit blitzgescheit um, sie versammelten uns und stellten ihren Plan vor. Unsere Magie hatte den Ort fast vollständig geformt, aber ein Viertel Arcadias war unberührt geblieben, wo Bäume wild wuchsen und Tiere frei umher streunten.

Natürlich verbrachte ich dort den Großteil meiner Zeit. Aber die Stadt brauchte nun einmal mein wildes Fleckchen und ich wusste, es war für das Allgemeinwohl, als mein Viertel gerodet und für zwei Bauwerke reserviert wurde: Das Kapitol, von wo aus Saul die Stadt regieren würde und die Akademie, in der Adrien Magier nach deinen Prinzipien ausbilden wollte.«

Die Erinnerungen an das letzte Gespräch mit seinem Schüler gingen Ezekiel durch den Kopf. Ein Lächeln huschte über sein Gesicht, verblasste aber schnell wieder, als ihm einfiel, dass die Geschichte ein trauriges Ende hatte.

»So war es dann auch jahrelang«, fuhr sie fort. »Die Stadt wuchs und wuchs. Saul ernannte Leute, die die Viertel beaufsichtigen sollten und schuf eine Regierung, die uns helfen sollte, weiter aufzublühen. Und Adrien«, seufzte sie, »war sichtlich in seinem Element. Die Tore der Akademie standen allen offen und er ließ in jedem Kursraum Zauberer unterrichten ... manchmal sogar auf den Fluren.

Zum ersten Mal fühlten wir uns nicht mehr wie kleine Kinder, die herumspielten, sondern wie wahre Gründer. Wir bauten ein neues Paradies in einer zerstörten Welt ...«

Sie bremste sich und schaute auf ihre Hände hinunter, ihre Stimme immer zaghafter. »Aber es dauerte nicht lange, bis dieses Paradies verloren war. Das geschah natürlich nicht über Nacht. Es schlich sich allmählich ein, wie das Böse es zu tun pflegt. Bald war ein Jeder, dem man begegnete, eine Art Magier. Die meisten waren ganz harmlos und nutzten ihre Kräfte für gute Taten. Aber der Schatten des Lasters verbarg sich in den Herzen mancher.

Es dauerte nicht lange, bis einige Menschen ihre Kräfte aus Selbstsucht einsetzten. Und eines Tages versuchte eine Gruppe Magier vom Queens Boulevard, gewaltsam das Kapitol einzunehmen. Macht erschafft Machtgier und diese Männer wollten mehr. Es dürstete sie danach.«

Er zog die Teetasse von seinen Lippen weg. »Und was haben sie erreicht?«

Sie schüttelte den Kopf. »Nichts. Wie konnten sie auch? Sie waren bestenfalls Amateure. Saul hatte eine Militärgarde und Adrien beaufsichtigte die mächtigsten Magier im Umkreis von Meilen. Sie schlugen den Aufstand innerhalb von Stunden nieder, aber seine Auswirkungen hielten an. Adrien nahm keine neuen Studenten mehr an, bis seine Jüngsten den Abschluss gemacht hatten.

Als er dann endlich neue Studenten zuließ, führte er damit eine Zulassungspolitik ein, die nur die Besten und

UNTERDRÜCKUNG

Klügsten aus der Oberschicht durchließ. Das Schlimmste ist, dass wir *alle* dafür gestimmt haben. Sogar *ich* habe für diese Änderung gestimmt, Ezekiel! Und warum auch nicht?«

Ihre Stimme wurde fester, als sie ihre Erinnerung erneut durchlebte. »Wir hatten alle Angst, diesen Ort zu verlieren ... Angst davor, was Magie anrichten könnte, wenn sie unkontrolliert bliebe. Und wir vertrauten Adrien mit unserem Leben. Ich vertraute ihm.«

Ihre Augen füllten sich mit Tränen und sie wandte sich beschämt Richtung Fenster. Sie blickte hinaus in den Garten, den kleinen, wilden Fleck, der ihr in Arcadia noch geblieben war. Ezekiel drückte sanft ihren Arm und ließ ihr einen Moment Zeit.

Schließlich wandte sie sich wieder ihrem Freund zu.

»Er hat alles verändert. Adrien regulierte nicht nur, welche Magie gelehrt wurde, er verbreitete auch eine ganz verfälschte Geschichte, was ihren Daseinszweck anging. Ich weiß jetzt, dass seine anderen Schüler genau aus diesem Grund zuerst den Abschluss machen mussten, bevor seine neuen Kurse beginnen konnten. Die Magie war laut seiner Devise nun nicht mehr für das Gemeinwohl, sondern für das Wohl des Staates da und das war gleichzusetzen mit dem Wohl Adriens.«

»Aber Saul hätte das nicht geduldet«, argumentierte Ezekiel.

Ihr Lächeln verschwand und mit gespitzten Lippen nickte sie. »Zuerst hatte Saul ja keine Ahnung. Adrien heilte scheinbar eine Krankheit, die wir alle nicht unterschätzen wollten. Mit der Zeit verschwanden die Aufstände, sodass wir alle dachten, Adrien habe irgendetwas richtig gemacht. Aber ein Jahr nach Adriens Sinneswandel dämmerte es uns allmählich. Er und Saul stritten bis in die frühen Morgenstunden darüber, was für Arcadia das Beste wäre. Und dann ...« Ein Hustenanfall überkam Eve und ihr blasses Gesicht wurde erst rosa, dann ganz rot.

Ezekiel beugte sich vor und hielt sie im Arm. Verglichen mit ihrem Leid schien ihm die Geschichte Arcadias wenig Gewicht zu haben. Er streckte seinen Geist nach ihr aus wie im Gebet. Seine Augen drehten sich nach hinten und winzige Kraftwellen strömten von seinem Körper in ihren.

Ihr Husten verstummte. Sie lehnte sich zurück und sah hoch zu ihm. »Du hast ja *einiges* gelernt.«

Er lächelte. »Tja, dachtest du, ich hätte in den letzten vierzig Jahren kürzer getreten? Ich habe viel gelernt. Ich könnte dir helfen, deinen Körper heilen ...«

Sie tätschelte seine Hand. »Magie vermag uns nur begrenzt zu erhalten, mein Freund.«

Er zuckte mit den Achseln. »Soweit wir wissen, ist jedwede Art von Magie begrenzt. Aber ich habe Dinge gesehen. Es gibt Kräfte der Matriarchin und des Patriarchen, die erst noch verstanden oder enthüllt werden müssen.«

Eves Gesicht hellte sich auf und ihre Augen schimmerten, wenn auch nur für einen Moment. »Darin liegt unsere Hoffnung. Aber es bleibt Hoffnung auf eine Zukunft, die ich nie sehen werde und die ich, ehrlich gesagt, auch nicht mehr sehen will. Ich bin froh, dass wir uns wiedergesehen haben. Ich muss mich jetzt ausruhen, Ezekiel, aber die Geschichte ist noch nicht zu Ende. Es gibt noch eine Sache, die du wissen musst.«

»Ja?«

»Es gab nie einen Beweis dafür und selbst wenn, hätte er zu nichts geführt. Aber dein Schüler Adrien? Er hat Saul ermordet.«

UNTERDRÜCKUNG

Ezekiel schloss die Augen und nahm den Schock in sich auf. Wenn das stimmte, dann hatte sich sein Schützling wirklich verändert. Er ließ den Kopf hängen. »Wie konnte er so etwas tun? Sie standen sich näher als alle Freunde, die ich je gekannt habe.« Sein Schmerz durchtränkte jede Silbe seiner Worte.

Ihre Stimme wurde fester, ging aber immer noch kaum über ein Flüstern hinaus. »Alles kann zerbrechen, Ezekiel, aber alles kann auch wieder aufgebaut werden. Du bist jetzt hier, um die Dinge wieder in Ordnung zu bringen. Hier, um Adriens Herrschaft zu beenden.«

✶ ✶ ✶

Parker saß auf einem Mehlsack an der Ecke des Marktes, die am weitesten von der Grube entfernt war. Sein Leinensack, eine Reliquie, die älter war als er selbst, lag zwischen seinen Beinen, vollgestopft mit seinen Werkzeugen und den Gewinnen aus seinem ersten und gleichzeitig letzten Kampf in der Grube.

Prügel einzustecken war nicht gerade seine Vorstellung eines sicheren Lebensunterhalts, aber er war einen Monat im Rückstand und verzweifelte Zeiten verlangten nach idiotischen Maßnahmen. Angesichts seines Lohns und dem Gewinn seiner Partnerin hatte es sich gelohnt, ein paar Schläge einzustecken. Ganz zu schweigen davon, dass sich seine Heldentat wahrscheinlich herumsprechen würde. Und für ein paar Wochen der knallharte Kerl vom Queens Boulevard zu sein, hätte seine Vorteile.

Mit wachen Augen suchte er die Menge nach seiner Freundin und Partnerin ab, während er an einer faden Brotscheibe nagte. Sein Kiefer schmerzte bei jedem Bissen und er wusste, dass er heute Nacht von Hanks Fäusten träumen würde. Er drückte ein Taschentuch, das ihm beim Rückzug aus der Grube irgendein Bewunderer gegeben hatte, gegen seine blutverschmierte Nase.

Seine Theatralik mochte ihm den Sieg gebracht haben, sie hatte ihn aber auch Blut und einen Schlag ins Gesicht gekostet. Ein Teil von ihm war froh, dass er diese Masche nicht wiederholen konnte. Seine Ohren dröhnten immer noch, während er beobachtete, wie sich die Menschenmenge um die Verkaufsstände schlängelte.

Der Morgen war ihm die liebste Tageszeit. Arcadia wirkte dann frisch und lebendig und gab ihm das Gefühl, die Dinge könnten sich tatsächlich irgendwann zum Guten ändern. Die meisten Marktbesucher hetzten eilig umher in der Absicht, ihren Tagesablauf zu beschleunigen.

»Was zum Teufel ist denn mit *dir* passiert?«, fragte er Hannah, als sie sich aus der Menge löste. Ihre sonst anmutige Nase war auf die Größe eines Apfels angeschwollen und blaue Flecken umgaben ihre Augen wie die eines Waschbären. Parker konnte nicht umhin, zu denken, dass sie trotz der Verletzungen immer noch umwerfend aussah. Er kicherte. »Sieht aus, als wärst *du* diejenige im Boxring gewesen.«

»Keine große Sache«, sagte Hannah und zupfte an ihrer Wollmütze. »Geht's dir gut?«

Sie setzte sich neben ihn und holte ihr eigenes Stück Brot hervor. Das machten sie jeden Tag so. Die Gewohnheiten, die sich bei ihnen eingeschlichen hatten, gaben ihrem abnormalen Leben zumindest einen kleinen Hauch Normalität. Hannah zog eine Grimasse, als sie ihren langjährigen Kumpel musterte.

»Wohl gar nicht so schlimm da drin, hm?« Sie nickte in Richtung des Boxrings. »Nur so zur Info: Du hättest Wochen gebraucht, um meine Verluste zurückzuzahlen, wenn du nicht gewonnen hättest. Und was zum Teufel sollte das mit den Kusshändchen? Du wärst fast draufgegangen.«

Parker lächelte und zuckte leicht zusammen, als ihm der Schmerz durchs Gesicht schoss. Er wartete kurz, bis das Pochen abklang. »Deswegen hab' ich überhaupt gewonnen. Musste Hank provozieren. Aber scheiß auf den Kampf. Was zur Hölle ist mit deinem Gesicht passiert?«

Sie fuhr sich mit einer Fingerspitze über die Nase. »Schwer zu erklären. Ich verstehe die ganze Sache selbst noch nicht so ganz. Will und ich waren auf dem Weg zum Park und etwas, ich weiß nicht was, hat Besitz von ihm ergriffen. Er fing plötzlich an zu zittern und zu krampfen – sein Gesicht war ganz weiß und sein Mund voller Sabber.«

»Heilige Scheiße«, flüsterte Parker.

»Ja oder? Ich wusste nicht, was ich tun sollte. Er lag in meinen Armen und ich habe geschrien und dann hat es sich auf einmal angefühlt, als würde ich von innen heraus platzen. Und dann ging es ihm wieder besser, als wäre nie was passiert.«

Sie überlegte kurz, ihm auch von der Echse Sal zu erzählen, entschied dann aber, dass es den Rahmen des Gesprächs komplett sprengen würde.

Anscheinend kein bisschen abgeschreckt, fragte Parker weiter nach. »Kommt jetzt der Teil mit den blauen Augen? Und was soll das mit der Wollmütze?«

Hannah biss sich auf die Unterlippe und sah zu Boden. Obwohl er sie seit Jahren – seit ihrer Kindheit – kannte, hatte er sie bis jetzt noch nie so erlebt. Etwas Schlimmes musste passiert sein. Etwas wirklich Schlimmes.

»Jäger«, gab sie schließlich zu.

»Ohne Scheiß?«

»Haben mich in 'ne Gasse getrieben ...« Sie verstummte. Parker wartete geduldig, bis sie wieder aufsah und ihn anblickte. Ihre Augen bargen noch etwas anderes als Schmerz, etwas Besonderes. Parker dachte wie so oft, dass sie in anderen Lebensumständen etwas Großartiges hätte werden können.

»Sie wollten mich töten ... *unter anderem*, glaube ich.«

»Warte. Warum zur Hölle sollten Jäger 'nen Scheiß auf dich geben? Ich meine, nichts für ungut, aber du hast nicht die geringste Ahnung von Magie.«

»Das ist der verrückte Teil. Ich habe keinen Schimmer, warum, aber sie waren überzeugt, ich hätte auf dem Marktplatz Magie genutzt. Genau da drüben.« Hannah zeigte nach Links. »Muss daran gelegen haben, was mit Will passiert ist ... keine Ahnung.«

»Du wurdest also von Jägern in die Enge getrieben und bist lebendig davongekommen? Hast wohl 'n paar superspezielle Fähigkeiten, die du mir bisher verschwiegen hast. Wenn das so ist«, er hob den Leinensack an und klimperte leicht mit dem Geld, »sage ich, wir werfen morgen *dich* in die Grube.«

Hannah lächelte. »Schätze, ich habe einen Schutzengel. Irgendein, na ja ... *Typ* ist im letzten Moment aufgetaucht. Ein Magier. Zumindest glaube ich, dass es einer war. Er sah aus wie 'ne Figur aus einem Kindermärchen. Lange Robe, Stab und seine Augen leuchteten rot.«

»Und?«, drängte Parker.

»Hab nicht viel von ihm gesehen. Der Typ ließ seine Kapuze fallen und sein Gesicht war total dämonisch, mit Hörnern und so. Aber jetzt frage ich mich irgendwie, ob das nur ein Teil seiner Magie war. Jedenfalls hat der Kerl den Jägern voll in den Arsch getreten. Magie ist aus ihm rausgeströmt, aber auch sein Stab wirkte irgendwie mächtig. Ich habe nicht gewartet, bis ich ihm Fragen stellen konnte, sondern bin weggerannt, so schnell ich konnte.«

Parker merkte, dass Hannah einen Teil der Geschichte aussparte, sagte aber nichts. Unter ihrer taffen Oberfläche lag noch tieferer Schmerz, das konnte er spüren.

Nach einer Weile fragte er: »Also, was hast du gemacht?«

»Hab ich dir doch gerade gesagt«, antwortete Hannah. Sie wollte ihm einen Schlag auf die Schulter geben, aber sie war nicht wütend genug dafür, wo er doch vorhin schon von Hank verprügelt worden war.

»Nein, ich meine: Was hast du mit deinem Bruder gemacht? Wie hast du ihn geheilt?«

Sie zuckte mit den Achseln und sah sich auf dem Markt um. »Ich habe nichts gemacht. Er hat sich ... einfach wieder erholt. Das Ganze war ein riesengroßer Irrtum. Sie wollten mir in irgendeiner Seitengasse ... na ja, ihr Missverständnis überstülpen. Und was noch schlimmer ist«, sie hob leicht die Wollmütze an, um das Mal zu zeigen, das noch immer auf ihrer Stirn brannte, »sie haben mir das hier verpasst. Ich weiß nicht, wie zum Teufel ich das loswerden soll, Parker. Aber abgesehen davon geht's mir gut. Wirklich. Lass uns einfach an die Arbeit gehen.«

Hannah zog eine grimmige Miene, aber Parker kaufte ihr das nicht ab. Irgendetwas belastete sie, doch er wollte sie damit in Ruhe lassen ... vorerst.

Der Morgen ließ nicht viel mehr Zeit für Geschichten und sie mussten zuschlagen, solange das Eisen heiß war.

Er legte beide Hände über sein Herz und klimperte mit den Wimpern. »Tja, ich bin jedenfalls froh, dass es dir gut geht. Ohne dich wäre ich verloren.«

»Du kannst mich mal«, lachte Hannah. »Was spielen wir heute?«

»Tja ...« Er tätschelte die Leinentasche zwischen seinen Beinen und wackelte mit den Augenbrauen, bis er vor Schmerz zuckte. »Ich dachte, ich spiel' mal mit meinen Bällen.«

Kapitel 6

Hannah setzte sich auf dem Mehlsack im Schneidersitz hin und beobachtete, wie Parker sich auf die Menge zubewegte. Er trug unterm Arm eine vom Obst- und Gemüsehändler weggeworfene Kiste und seine Leinentasche am Rücken. Wie er so durch die Marktbesucher schlenderte, stieß er gegen einen Einkäufer. Seine vorgetäuschte Tollpatschigkeit erregte ziemlich viel Aufmerksamkeit.

»Entschuldigung«, wiederholte er im Weitergehen und taumelte wie ein Betrunkener.

Käufer und Verkäufer schauten immer wieder rüber zu ihm, während er sich weiter durch die Menge bewegte. Schließlich stieß er hart gegen einen mit frischem Brot gefüllten Wagen. Der kippte zur Seite, die Brote fielen zu Boden und purzelten in alle Richtungen. Parker fiel inmitten des Durcheinanders ebenfalls aufs Kopfsteinpflaster. Der Ladenbesitzer baute sich vor ihm auf.

»Was zum Teufel ist los mit dir? Sieh dir das an …«

Parker stand auf, die Hände zur Verteidigung erhoben wie ein Kind, das erwischt wurde bei dem Versuch, Süßigkeiten zu stehlen. »Entschuldigung. Ich kann …«

»Ja, verdammt noch mal, das kannst du! Räum diesen Mist gefälligst auf und du wirst das Brot kaufen, das ich nicht verkauft kriege.«

Fast nichts zog verlässlicher eine Menschenmenge an, als eine öffentliche Auseinandersetzung. Schon hatte sich ein Halbkreis um die beiden gebildet, aber der kahlköpfige Bäcker fuhr in seiner Schimpftirade unbeirrt fort. Ein paar Zurufe kamen aus der Menge, die ganz gerne einen weiteren Kampf gesehen hätte.

»Sofort!«, knurrte der Ladenbesitzer.

»Ist ja gut«, sagte Parker. „Ich tue, was immer Sie wollen ... gleich nachdem ich *das hier* getan habe!«

Er beugte sich herunter, stellte die Kiste auf den Boden, stützte in einer schnellen Bewegung seine Hände darauf ab und hob den Rest seines Körpers zu einem perfekten Handstand, sodass seine Zehen gen Himmel zeigten. Von den Schaulustigen kam ein kollektives Keuchen und selbst der Ladenbesitzer starrte nur ungläubig.

Hannah lächelte, als ihr Freund im Handstand zehn Liegestützen vollführte und dabei laut mitzählte. Obwohl sie wusste, dass er auch locker hundert geschafft hätte, war das Publikum angesichts seiner Demonstration von Kraft und Gleichgewicht schon hellauf begeistert. Einige murmelten von seinem Sieg in der Grube.

Beim letzten Liegestütz fiel ein einzelner roter Ball aus Parkers Leinentasche. Er wechselte in einen einarmigen Handstand und fing den Ball mit seiner nun freien Hand auf, bevor er den staubigen Boden berühren konnte.

Die Menge keuchte und jubelte, der Ladenbesitzer ebenfalls.

Parker sprang von der Box und verbeugte sich vor der Menge. Er griff in die Tasche und zog zwei weitere Bälle heraus, mit denen er, zurück auf die Kiste steigend, jonglierte.

Hannah gönnte sich einen Moment, um einfach seine Showeinlage zu genießen, obwohl sie sie längst auswendig kannte. Während die Menge zusah und lachte, sah sie jede seiner Bewegungen schon vor ihrem geistigen Auge, bevor sie passierten. Sie wusste, dass die Rolle, die ihr Freund in ihrer Partnerschaft spielte, anspruchsvoller war, aber dafür war ihre Rolle bei Weitem die gefährlichere.

Überzeugt davon, dass die Marktbesucher mittlerweile völlig hingerissen waren, machte Hannah sich an die Arbeit. Sie schlängelte sich durch die berauschte Menge und stieß einige Leute im Gehen an.

Die meisten ignorierten ihre kleine Person; sie war scheinbar nur ein weiterer Körper, der sich vordrängelte in dem Bestreben, einen besseren Blick auf die Show zu erhaschen. Sie hatten keine Ahnung, dass Hannahs Hände dabei in sämtliche Manteltaschen und Handtaschen griffen.

Parkers Kasperei forderte ihre volle Aufmerksamkeit, während Hannah sich diverse Brieftaschen angelte. Sie arbeitete schnell und als sie auf der gegenüberliegende Seite des Basars ankam, hatte sie die Taschen ihres Mantels mit so vielen Wertgegenständen gefüllt, wie sie tragen konnte.

✶ ✶ ✶

Ezekiel lehnte sich im hinteren Teil des Marktes gegen eine Säule. Wäre sein Gesicht nicht durch die tief hängende Kapuze verdeckt worden, hätte man sehen können, wie sich seine Augenbrauen hochzogen und sich ein erwartungsvolles Lächeln unter seinem Bart ausbreitete.

Der junge Mann verursachte einen gehörigen Krawall, jeder drehte sich in seine Richtung, um den Narren des Marktes bestaunen zu können. Allein Ezekiel beobachtete nicht ihn.

Seine Augen waren auf das Mädchen gerichtet.

Schlau, dachte er. *Alle beide.*

Sie trug eine dicke Wollmütze auf dem Kopf, aber Ezekiel konnte die Blutergüsse um ihre Augen und Wangen erkennen. Der Vorfall in der Gasse hatte sie nicht gebrochen, sie war stärker als gedacht. Sie saß auf dem Rand eines Mehlsacks und beobachtete die perfekte Vorstellung ihres Partners.

Der Tumult der Menge schwoll an und ab mit ihrer Spannung, während der junge Mann mit einem Satz roter Jonglierbälle erstaunliche Kunststücke vollführte. Als er fertig war, reichte er eine Dose herum, der alte Mann hatte das schon oft gesehen. Straßenkünstler wie dieser nahmen mehr ein als einfache Bettler, aber nicht genug zum Überleben. Ezekiel war sich jedoch darüber im Klaren, dass diese Aufführung nicht ihre primäre Strategie darstellte.

Er sah zu, wie das Mädchen durch die Menge glitt. Ihre Hände bewegten sich geschickt und glitten unbemerkt in die Taschen der Umstehenden, die nicht einmal mitbekamen, dass sie gerade bestohlen wurden. Sie kam in seine Richtung und hatte die Menge fast hinter sich gelassen, als etwas schief ging.

»Verzeihung«, hörte er sie sagen, als sie gegen ihr letztes Opfer am Rand der Zuschauer stieß – ein übergewichtiger Ladenbesitzer in bunter Kleidung, offensichtlich kein Boulevardbewohner.

Sie versenkte ihre Hand in der Manteltasche des Mannes. Blitzschnell streckte er die Hand aus und ergriff ihren Unterarm.

Ezekiel beobachtete, wie die Wangen der jungen Diebin bleich wurden.

Der Ladenbesitzer öffnete den Mund, aber bevor er ein Wort sagen konnte, hatte Ezekiel mit der Hand in ihre Richtung gewunken. Er sprach ein Wort der Macht und seine

UNTERDRÜCKUNG

Augen glühten rot im Schatten seines Mantels. Der Ladenbesitzer erstarrte, sein Mund hing schlaff und seine Augen waren leer, als ob er schlafwandeln würde.

Ezekiel sprach ein weiteres Wort, woraufhin der gut gekleidete Mann das Mädchen losließ und seine Aufmerksamkeit wieder dem Gaukler auf der Holzkiste zuwandte.

Das Mädchen huschte davon, zog aber vorher einen Ring von der Hand des Mannes. Warum eine solche Gelegenheit vergeuden? Sie verschwand in der Menge, ohne einen Blick zurückzuwerfen.

Sie ist entschlossen, dachte Ezekiel. *Ein paar Ecken und Kanten vielleicht, aber man braucht immer ein wenig Schneid, um Erfolg zu haben.*

* * *

Parker lehnte sich mit dem Rücken gegen die große Eiche am Rande des Kapitolparks und streckte seine langen Beine von sich.

Vor ihm breitete sich eine grüne Rasenfläche aus, die an den Stufen des Kapitolgebäudes endete. Das Sandsteingebäude selbst war ein großes, stattliches Bauwerk, das auf einer Anhöhe saß und dessen Spitze nur ein wenig niedriger ragte als der Akademieturm.

Er hatte gehört, dass es hundert Zauberer einen Monat gekostet hatte, diesen Ort zu errichten und dass zwei sogar dabei gestorben waren. Allerdings flossen Lügen und Übertreibungen durch Arcadia wie Wasser im Fluss Wren.

Der Kapitolpark war das Juwel der Stadt. Kostbare Ressourcen, sowohl magische als auch physische, waren in seine Entstehung geflossen. Es war bis heute der schönste Ort innerhalb der Stadtmauern.

Öffentliche Bauwerke wie dieses wurden alle paar Jahre errichtet. Es ging doch nichts über Großmut, um das einfache Volk zufriedenzustellen. Das ermöglichte dem Gouverneur und dem Rektor der Akademie nämlich, sich den Rest der Zeit auf Projekte zu konzentrieren, die allein ihren Zwecken dienten.

Der Rasen war zu einem viel besuchten Treffpunkt für Menschen aus allen Klassen und Nachbarschaften geworden. Er wurde von der Kapitolgarde patrouilliert – Soldaten in makellosen Uniformen, die dem Gouverneur mehr als alles andere zur Dekoration dienten.

Parker beobachtete eine Gruppe von Müttern aus der Adelsschicht, die beieinander saßen und tratschten, während ihre Kinder auf dem Rasen spielten. Einige Studenten der Akademie hatten mit ihren schicken Kleidern und Bücherstapeln einen Steintisch eingenommen.

Er bemerkte, dass sich um den alten Jedidiah, den sogenannten ›Propheten‹ der Stadt, eine Menschenmenge zu versammeln begann.

Erst vor wenigen Jahren war Jedidiah in Arcadia zu einer beliebten Persönlichkeit geworden. Er kam von außerhalb, trug Lumpen und ernährte sich auf eine Art, über die selbst die Ärmsten die Nase rümpften. Die Leute sagten, er sei jahrzehntelang durch die Wildnis gewandert.

Einige behaupteten, Tiere hätten ihn großgezogen.

Der Prophet hatte, soweit man wusste, kein Zuhause. Stattdessen wohnte er bei seinen Anhängern und zog von Ort zu Ort. Seine Tage verbrachte er im Kapitolpark.

Der innere Kreis setzte sich aus den Anhängern Jedidiahs zusammen, die ihm am nächsten standen.

Draußen zog er immer eine große Menschenmenge an, viele davon wollten nur seine Worte des Tages hören, andere zogen mit Beleidigungen über ihn und seine Jünger her. Doch der Spott schürte nur die Inbrunst seiner Predigten.

Hannah humpelte vom gegenüberliegenden Ende des Rasens auf Parker zu. Er wusste ja, dass sie ihr wehgetan hatten, aber als er sie so aus der Ferne sah, wurde ihm erst klar, wie grausam die Jäger sie misshandelt hatten.

Seine Lippen pressten sich zusammen, innerlich verfluchte er die Jäger, den Gouverneur und diese Stadt. Parker wollte, die Worte des Propheten wären wahr, wären *Wirklichkeit*. Die Hoffnung, dass das Leben in Arcadia eines Tages anders sein könnte, eingeführt von jenem, den die Leute den Gründer nannten. Dieser Traum inspirierte viele.

Der Mann, der den Grundstein für diese Stadt gelegt hatte, würde laut Jedidiah zurückkommen und ihnen Gerechtigkeit wiederbringen. Aber es war schwer für Parker, diesen Traum am Leben zu halten, wenn die Welt um ihn herum so beschissen war. Na ja, größtenteils beschissen. Immerhin durfte er seine Tage mit Hannah verbringen.

Sie so leiden zu sehen, rückte den Glauben an eine bessere Welt nur noch weiter in die Ferne.

»Wie war's?«, fragte Parker, die Besorgnis in seiner Stimme unterdrückend. Hannah war stark. Sie wollte weder Mitleid von ihm, noch von sonst irgendwem.

Sie ließ sich ins Gras fallen, breitete ihren Mantel zwischen ihnen aus und leerte den Inhalt ihrer Taschen.

Da waren ein Haufen Münzen und ein paar Scheine, eine kleine Magitech-Laterne, die noch ein wenig Saft übrig hatte und anderer Plunder, der vielleicht von Wert sein könnte, wenn sie ihn auf dem Boulevard verhökerten. Das war die Sache mit der Taschendieberei: Man wusste nie, was man finden würde, sondern nahm einfach, was man kriegen konnte und versuchte dabei möglichst nicht erwischt zu werden.

Das war Regel Nummer eins. Und wahrscheinlich auch Regel zwei, drei und fünf, wenn er ehrlich war.

»Alles gut«, versicherte Hannah. »Dein kleiner Trick mit dem Brotwagen hat gut funktioniert, die Menge hat dir aus der Hand gefressen. Es ist aber auch etwas Seltsames passiert. Am Rand der Menge hab ich noch mal einem Typen in die Beule seiner Tasche gegriffen …«

»Whoa, unser Job ist, Sachen zu klauen! Nach Beulen greifen kannst du in deiner Freizeit«, sagte Parker mit einem Augenzwinkern.

»Du kannst mich mal.« Hannah erwiderte sein Lächeln.

Seine Witze machten ihr nie etwas aus, also stichelte er auch gerne.

Hannah fuhr mit ihrer Geschichte fort. »Ich griff in seine Tasche und er packte mich. So wie er gekleidet war, wette ich, dass er vorher schon einmal ausgeraubt wurde. Ich hätte ihn einfach in Ruhe lassen sollen. Wie auch immer, ich bin ausgeflippt. Ich meine, er hätte nach den Wachen gerufen! Und *der* Schock saß immer noch ziemlich tief …«

Sie zeigte auf ihre Stirn. Obwohl Parker das magische Mal der Jäger nicht sehen konnte, wusste er, dass es da war. Er schauderte bei dem Gedanken daran, was passieren würde, wenn die Kapitolgarde das Mal sehen würde.

Parker runzelte die Stirn. »Was hast du getan?«

»*Ich* hab' gar nichts getan. Dieser Typ war groß, meine Hand war in seiner Tasche, er hatte mich am Unterarm erwischt und dann hat er mich aus heiterem Himmel wieder losgelassen und sich zu deiner Vorstellung umgedreht.«

Parker lächelte. »Ich *bin* ja auch ein ziemlich guter Jongleur.« Er zog einen Stock aus dem Gras und drehte ihn zwischen seinen Fingern. »Oder er muss erkannt haben, dass mit dir nicht zu spaßen ist.«

UNTERDRÜCKUNG

Hannah legte sich ins Gras und streckte ihre Arme aus. »Jep. Mir kommt man besser nicht zu nah.« Sie musterte sein linkes Auge, das seit seiner fünfzehnminütigen Berühmtheit in der Grube weiter angeschwollen war. »Dein Gesicht …?«

»Wunderschön. Und deins?«

»Auch«, sagte sie.

»Wer weiß, vielleicht waren die Matriarchin und der Patriarch dir gewogen«, sagte er in der Hoffnung, sie zu provozieren.

Es funktionierte.

Sie schlug ihm hart auf die Schulter. »Wenn die Bitch und der Bastard existieren, dann sind Leute wie wir ihnen scheißegal. Ich hab' diese Märchen nach dem Tod meiner Mutter aufgegeben.«

Parker rieb sich den Arm und schaute zum alten Jed. »Ja, du hast wahrscheinlich recht. Wir brauchen sie nicht. Und außerdem wirken wir mit meinem umwerfend guten Aussehen und Charme *und* deinen spindeldürren, kleinen Taschendiebstahlfingern unsere eigene Magie.«

Sie lehnte sich zurück und schlug ihm erneut auf den Arm, woraufhin er eine übertriebene Grimasse zog.

»Sie sind nicht spindeldürr, sie sind zierlich. Und ich würde nicht auf dein Aussehen wetten. Vielleicht kamen die Leute nur, um zu sehen, wie'n Idiot vom Queen-Bitch-Boulevard sich zum Narren macht.«

Er lächelte. »Kennst mich doch. Ich spiele gern den Narren, wenn's bedeutet, dass wir was zu essen kriegen.«

Die beiden lagen in der Sonne, ihre Köpfe berührten sich fast. Dies war eines ihrer Rituale, die Beute zu teilen und dann einige Zeit einfach nur zuzusehen, wie die Welt vorüberzog. Außer seiner Mutter hatte Parker nur Hannah. Zusammen mit ihr auf dem Rasen zu liegen, war ein kleiner

Vorgeschmack auf das, was der Gründer, wenn es ihn denn wirklich gab, nach Arcadia zurückbringen würde.

✶ ✶ ✶

Ezekiel saß auf den Stufen des Kapitols, ein in braunes Papier gewickeltes Sandwich von *Morrissey's* in der Hand. Vieles hatte sich verändert, seit er Arcadia verlassen hatte. Viele Dinge, die einst fest zu seiner Heimatstadt gehörten, waren nun verschwunden und durch seltsame Dinge ersetzt worden. Aber *Morrissey's*, das erste in der neugeborenen Stadt eingerichtete Restaurant, war immer noch da, fast genauso wie vor vier Jahrzehnten. Eine Mischung aus Nostalgie und Sehnsucht überkam den alten Mann, wie er so dasaß, aber er drängte es von sich. Jetzt war nicht die Zeit für Traurigkeit.

Er war zurück in Arcadia und hatte eine Mission.

Ein Lächeln breitete sich auf seinem Gesicht aus, als er die verschiedenen Gruppen auf dem Rasen des Kapitolparks beobachtete. Die Unterschiede zu damals waren deutlich. Diese Ungeheuerlichkeit von einem Gebäude zum Beispiel stand an einem Ort, der einst aus dichten Wäldern bestanden hatte; das kleine, wilde Fleckchen, das er und seine Freunde innerhalb der Mauern von Arcadia erhalten hatten als Erinnerung an die Wildnis, aus der sie die Stadt geformt hatten. Aber die wilden Flecken innerhalb der Stadtmauern waren nun allesamt gezähmt worden.

Ezekiel sah zu, wie sich der Mann im zerfetzten Gewand vor seiner Gemeinde aufbaute, die Arme hoch erhoben.

»Gute Menschen«, begann der Prophet. »Ich grüße euch im Namen der Matriarchin und des Patriarchen.« Er hielt dramatisch inne und winkte mit ausgestrecktem Arm in einladendem Segen über die Menge.

UNTERDRÜCKUNG

»Du meinst die Bitch und den Bastard«, rief ein Spötter aus der Menge. »Sie haben uns verlassen, alter Mann, falls du die Nachricht noch nicht erhalten hast!«

Ihn ignorierend, beugte sich der Prophet leicht zu den eng beieinander sitzenden Menschen. »Ah, meine Lieben. Eure Anwesenheit bringt mir Frieden in dieser stürmischen Zeit und den Schimmer einer Zukunft, deren baldiges Kommen sich abzeichnet.«

Ezekiel setzte sich auf und fragte sich, wohin die Rede des Propheten wohl führen würde. Es war immer interessant, die Leute über sich sprechen zu hören.

Ein bisschen, wie an der eigenen Beerdigung teilzunehmen – ohne den unschönen Teil mit dem Sterben.

»Ja, ihr Gläubigen, der Tag wird kommen, an dem der Gründer zurückkehrt, der uns Magie gegeben und ihren Nutzen gelehrt hat. Der Gründer führte uns aus der größten Finsternis, dem Zeitalter des Wahnsinns und er wird in diese Stadt zurückkehren. Er wird sie wiederbeleben, sie mit dem Segen der Matriarchin und des Patriarchen wiederherstellen. Freut ihr euch dessen, meine Lieben?«

Die Menge murmelte zu seinen Füßen, aber die Außenstehenden verspotteten und beschimpften ihn weiter.

»Da kannst du lange warten, alter Hurensohn«, rief sein Zwischenrufer.

Der Prophet hob sein Kinn und lächelte. »Ich werde so lange warten, wie ich muss. Der Gründer wird zu gegebener Zeit zurückkehren. Man sagt, dass er den Tag ersehnt, an dem die Magie wieder richtig eingesetzt wird. An dem die Ungesetzlichen ausgelöscht werden und die Reinheit der Magie in Arcadia wiederhergestellt ist. Vergesst niemals, meine Kinder: Die ungesetzliche Magie ist die Geißel unserer Stadt. Diese Kriminellen und Heiden begehen nachts düstere Taten. Nur die Reinen werden den Segen des Patriarchen und der Matriarchin erhalten.«

Ezekiel schüttelte den Kopf, verärgert über die Worte des Predigers. Zu hören, wie sein Lebenswerk dermaßen verzerrt wurde, war ein Schock, mit dem er nicht gerechnet hatte.

Etwas stimmt nicht mit dieser Welt, dachte er, *aber es ist nicht die Schuld der Ungesetzlichen. Und wenn die Matriarchin hier wäre, wären es nicht die Armen vom Queens Boulevard, die um Gnade betteln würden. Sie hätte nachts ihre ganz eigenen düsteren Taten zu erledigen – wahrscheinlich sogar auch tagsüber. Wenn dieser Narr nur wüsste ...*

»Ich muss zurück zum Queen-Bitch-Boulevard«, sagte Hannah und setzte sich auf. Sie nickte in Richtung der kleinen Menge. »Ganz zu schweigen davon, dass ich diesem Idioten nicht länger zuhören kann.«

»Der Prophet? Wir lachen uns doch immer über ihn kaputt.« Parker blickte von der Menge zu Hannah und zurück.

»Bis gestern«, stimmte Hannah zu und dachte an die Jäger, die sie in der Gasse angegriffen hatten. Sie zog an ihrer Strickmütze, um sicherzustellen, dass das magische Mal noch verdeckt war. Sie war nun selbst genau die Art von Person, gegen die der alte Jed predigte.

»Stimmt. Ich hatte fast vergessen, dass du ja jetzt eine heidnische Teufelsanbeterin bist«, sagte Parker mit einem ironischen Lächeln, aber ein Teil von ihr fand, dass er recht hatte.

Der Prophet und seine Predigten dienten nur dazu, die Menschen von ihren richtigen Problemen abzulenken, denn sie sollten lieber den Ungesetzlichen die Schuld geben als den Adligen. Die Dekrete des Gouverneurs und die Auflagen der Akademie – die Dinge, die den Menschen wirklich schadeten – wurden durch die pervertierte Botschaft des Propheten auch noch unterstützt.

Der Rektor, der Gouverneur und der alte Jed predigten dieselben Ideen. Sie teilten Arcadia auf und eroberten es, jeder von ihnen eingenistet in den Herzen eines anderen Stadtteils. Der Prophet zog die Menschen der Unterschicht an und die Institutionen beherrschten die Oberschicht.

Hannah konnte sich vorstellen, dass Jeds Jünger Selbstjustiz betreiben würden ... mit Mistgabeln und Fackeln statt mit Magie und Magitech-Waffen. Der Prophet mobilisierte das Volk gegen die Ungesetzlichen.

Bald würde die Hexenjagd beginnen und dann wäre niemand mehr sicher.

»Ist sowieso alles Pferdescheiße«, sagte Hannah, kam auf die Beine und klopfte sich das Gras von der Hose. »Götter? Gründer? Reinheit der Magie? Alles Pferdescheiße.

Magie *ist* einfach. Man muss keine verdammte Religion drum herum schaffen. Manche Menschen werden mit ihr geboren, so wie andere reich geboren werden und andere mit 'ner hässlichen Visage wie du. Nur Glück, kein Segen der Götter.«

»Sicher«, sagte Parker. Er hätte ihren Zorn blind bemerken können.

Hannah stopfte ihren Anteil der Beute in ihre Taschen. »Gute Arbeit heute. Ich muss los. Ich muss sehen, ob ich etwas für William besorgen kann, falls er wieder krank wird.«

»Sei vorsichtig«, sagte Parker. Sie wusste genau, was er meinte. Die Jäger waren immer noch auf der Jagd und sie wollte nicht erleben, zu welchen Gewalttaten ihre Wut sie anstacheln konnte.

Kapitel 7

»Die Hälfte deiner Beute ab in die Box, Hannah.«
Jack war groß wie ein Schrank und fit wie eine Milchkuh. Er war gar nicht mal so schlimm, abgesehen von seinem Atem und der Tatsache, dass er für Horace arbeitete, dem ›Verwalter‹ vom Queens Boulevard.

Horace erpresste die Menschen unter seiner Obhut so gut er konnte und der Gouverneur scherte sich einen Dreck um das Übel, das er auf den Straßen der Slums betrieb. Die Menschen, die auf dem Boulevard lebten, hatten weder Stimmrecht noch Macht, also spielte ihre Meinung über Arcadias Regierungsangestellte ohnehin keine Rolle.

Die meisten von Horaces Männern waren schrecklich. Sie bereicherten sich an der Abgabenbox, in die jedes Straßenkind die Hälfte seiner Verdienste geben musste, um überhaupt wieder in das Viertel zu kommen.

Wenigstens führte sich Jack bei der ganzen Sache nicht wie ein Arschloch auf. Er erledigte seine Arbeit, manchmal mit einem Lächeln und machte keinen Ärger.

Hannah kramte in ihren Taschen und ließ fast die Hälfte ihrer Beute in die Box fallen. Sie spekulierte, dass Jack sie nicht allzu genau kontrollieren würde und es sich deshalb lohnte, ein wenig zurückzubehalten. »Ein geringer Preis für eine sichere Nachbarschaft, hm?«

Ihr Sarkasmus war verschwendet an Jack, dessen unbewegliche Miene ebenso dumm wie hässlich aussah. Jeder wusste, dass der Queens Boulevard das gefährlichste

UNTERDRÜCKUNG

Viertel innerhalb der Stadtmauern war. Die meisten Arcadianer wagten es nicht, in diesen Teil der Stadt zu kommen aus Angst vor Überfällen, Morden, Vergewaltigungen oder allem auf einmal. Aber es war anders, wenn man selbst dort lebte. Die Bewohner waren sicher, zumindest bei Tageslicht.

»Gutes Mädchen«, sagte Jack. »Und richte deinem alten Herrn aus, dass er seinen betrunkenen Arsch mal wieder zur Arbeit schwingen soll. Zeit, etwas beizutragen, sagt Horace.«

Hannah nickte und ging weiter. Die Chancen, dass das passieren würde, waren herzlich gering. Soweit Hannah das beurteilen konnte, lagen die Arbeitstage ihres Vaters weit hinter ihm. Wenn Horace mehr Geld von ihrer Familie erwartete, dann würde es von ihr kommen müssen.

Die Verspannung in ihrem Nacken ließ ein wenig nach, als sie Fuß in ihr Revier setzte. Den ganzen Tag war sie wegen der Jäger nervös gewesen und hatte hinter jeder Ecke halb erwartet, dass sie auf sie losgehen würden. Doch zurück auf dem Boulevard überkam sie ein Gefühl der Sicherheit.

Sie konnte nicht anders, als sich hier zu Hause zu fühlen. Sie hatte nie woanders gewohnt und würde es wahrscheinlich auch nie tun. Viele Boulevardbewohner wurden bestimmt von Hoffnungslosigkeit angesichts ihrer Lebensumstände, aber Hannah hatte sich schon vor langem damit abgefunden. Sie hatte eben beschissene Voraussetzungen abbekommen, mit einem beschissenen Vater und größtenteils einfach einem beschissenen Leben.

Sie lächelte. Umgeben von Beschissenem, konnte es für sie doch jetzt nur noch bergauf gehen. Oder eben in den Tod …

Hannahs Gedanken wanderten zu William und ihr wurde klar, dass durch ihn und Parker für sie nicht alles verloren war. Zumindest die beiden würden ihr immer beistehen und sie würde ihnen den Rücken freihalten.

Wie sie so über das schmutzige Kopfsteinpflaster schlenderte, sah sie Nachbarn, die sie für gute Menschen hielt. Sie bog nach rechts in eine Hintergasse, ging zwei Treppenstufen hinunter und klopfte an eine zerbeulte Stahltür. Weiter oben öffnete sich ein winziges Fenster; ein einzelnes, verrücktes Auge starrte auf sie herab.

»Ah, Hannah«, drang eine Stimme durch die Öffnung.

Das Guckloch schloss sich mit einem Knall. Eine Reihe von Schlössern – ob magisch oder mechanisch, wusste Hannah nicht sicher – schnappte auf, die Scharniere der Stahltür knarrten schwerfällig.

In der Tür stand Miranda, ganze 1,40 groß. Eine Gleitsichtbrille saß auf ihrer krummen Nase, deren Spitze in einer Warze endete. Um die Schultern trug sie ein Tuch, das auf dem Boden schleifte. Wenn es jemals eine Hexe im wahrsten Sinne des Wortes gegeben hatte, dann war sie es. Aber Hannah sah sich vor, sie so zu nennen.

Miranda bestand darauf, dass sie lediglich Chemikerin sei und auch das ausschließlich für Freunde. Allein das Wort Alchemie zu erwähnen, konnte dafür sorgen, nie wieder bei ihr einkaufen zu dürfen. Was fatal war, da Miranda die einzige Quelle für gute, erschwingliche Medizin auf dem Boulevard war.

Ihre Arbeit würde vermutlich unter die Verbote des Rektors fallen, dessen Akademie nicht nur die physischen Arten von Magie überwachte. Aber Hannah war sich nicht sicher, ob die Frau eine Ungesetzliche war, die im Verborgenen Magie praktizierte, oder nur besonders gut darin, Menschen zu heilen.

Nichtsdestotrotz hatten es Mirandas Gebräue in sich und waren außerordentlich effektiv, weshalb Hannah immer zu ihr kam. Deswegen und weil Hannah Miranda seit ihrer Geburt kannte. Die Frau hatte immer Mitleid mit ihrer Mutter gehabt und sobald sie nicht mehr da war, wurde dieses Mitleid auf ihre Kinder übertragen.

»Komm rein, komm rein, Liebes«, rief sie über die Schulter, während sie schon zurück in ihre Hütte wackelte. Hannah trat ein, schloss und verriegelte die Tür hinter sich. Dass Miranda ihr genug vertraute, um ihr diese Vorsichtsmaßnahme zu überlassen, gab ihr ein gutes Gefühl.

Sie folgte der winzigen Frau und setzte sich zu ihr an einen niedrigen Tisch in der Nähe des Holzofens, der das ganze Jahr über unabhängig vom Wetter brannte. Hannah legte ihren Mantel ab in der Hoffnung, die Dame des Hauses damit nicht zu beleidigen und setzte sich auf einen Stuhl. Sie setzte sich schweigend und ließ Miranda ihr Gesicht anschauen.

»Hast wohl Ärger gehabt, Mädchen?«

»Nicht so schlimm. Ein Missverständnis«, sagte Hannah schnell.

»Wenn ich jedes Mal einen Dollar bekäme, wenn eine Frau wegen eines *Missverständnisses* hierherkommt, könnte ich mich zur Ruhe setzen und in das Kapitolgebäude einziehen.«

Miranda hielt inne und überdachte ihre Worte. »Deine Mutter ... auch sie hatte einige Erfahrung mit *Missverständnissen*. Ist deins von derselben Art?«

Hannah berührte ihre geschwollene Nase und dachte an die Männer in der Gasse. Ihr Vater war nicht gerade der Typ, der sich für die Rute zu schade wäre, wenn es um Bestrafung ging. Aber weder Hannah noch William waren jemals in diesem brutalen Ausmaß von ihm geschlagen worden ... zumindest *noch* nicht. Außerdem neigte ihr Vater ohnehin eher dazu, die Narben seiner Kinder von den neugierigen Augen der Nachbarn fernzuhalten.

Miranda in die Augen schauend, sagte sie die Wahrheit. »Nicht er. Eine andere Art von Problem hat mich erwischt. Mir geht's gut.«

»Tja, Liebes«, sagte die alte Frau und erhob sich von ihrem Stuhl, »du bist an der richtigen Adresse. Ich habe etwas, das deine blauen Augen abschwellen lässt und dein Näschen wieder hübsch macht.«

»Da ist noch eine Sache«, sagte Hannah, nahm die Wollmütze vom Kopf und zeigte das auf ihrer Stirn klebende Jägermal vor. Sie hielt den Atem an und betete, dass sie der alten Chemikerin auch in dieser Sache vertrauen konnte.

»Ah, diese Art von Problem.« Sie lächelte nervös. »Liebes, ich wusste nicht, dass du eine ...«

»Das bin ich auch nicht«, unterbrach Hannah. »Keine Ahnung, was da draußen passiert ist. Es war ein Missverständnis ... die haben gesehen, was sie sehen wollten. Aber das hielt sie nicht davon ab, mich zu verprügeln, oder ... oder was auch immer. Hat mich fast mein Leben gekostet.«

Miranda nickte wissend. »Diese Mistkerle. Können weder ihre Arbeit machen, noch ihre ekligen Schwänze in der Hose behalten, mmh? Wann kommt bloß der Gründer zurück, um dieses Chaos zu entwirren?«

Hannah wurde rot und schämte sich angesichts dessen, dass die alte Freundin ihrer Mutter offenbar an Aberglauben und Kindermärchen hing.

Während der alte Jed jedoch predigte, dass der Gründer zurückkehren würde, um im Namen der Matriarchin und des Patriarchen ungesetzliche Magie aus dem Land zu vertreiben, erzählten die *wirklich* alten Hasen etwas anderes.

UNTERDRÜCKUNG

Leute wie Miranda dachten, dass es bei der Rückkehr des Gründers die Adligen und ihre Günstlinge treffen würde. Hannah hielt das so oder so für Unsinn. Magie, die stark genug war, um Arcadias Probleme zu bereinigen, existierte nicht.

Mirandas Stimme wurde leiser, als sie den Raum verließ, um in einem anderen Bereich ihres kleinen Hauses zu stöbern.

In der Wärme des Feuers fühlte sich Hannah zum ersten Mal seit Langem wieder vollkommen sicher.

Damals hatte Miranda mit ihrem winzigen Körper und ihrer Warzennase Hannah und den anderen Kindern Angst gemacht. Viele Mütter im Viertel erzählten Geschichten über ›Miranda, die Hexe‹, die nachts böse Kinder aus ihren Betten holte und daraus Zaubertränke braute.

Bis heute war Hannah sich nur zu etwa neunzig Prozent sicher, dass es sich dabei ausschließlich um Altweibergeschichten handelte. Aber wer auf dem Boulevard aufwuchs, hatte nicht den Luxus, sich seine Freunde auszusuchen und Miranda war immer gut zu ihr gewesen – egal, ob Hexe oder nicht.

Ihre kleinen Schritte kamen zurück in den Raum, sie summte leise vor sich hin.

»Da hätten wir's«, sagte Miranda und schob eine Tube über den Tisch. »Reib' das heute Abend ein und am Morgen sollte alles wieder so gut wie neu sein. Nun zu diesem Mal. Ich habe in meinem Leben schon ein paar davon entfernt. Dieser verdammte Rektor mit seiner verdammten Akademie und den verdammten Jägern, die sich jedes Jahr mehr und mehr gute Leute schnappen. Aber normalerweise nehmen sie diejenigen, die sie gezeichnet haben, auch direkt mit auf Nimmerwiedersehen. Ich kann mir nicht zusammenreimen, wie du entkommen konntest.«

Sie wandte sich ihrem Herd zu und ließ ein paar getrocknete Blätter aus ihrer linken Hand in einen dampfenden Kessel fallen, was einen schrecklichen Gestank nach Katzenpisse verursachte.

Miranda hob den Kessel vom Herd und stellte ihn auf den Tisch. »Lehn dich darüber, Liebes.«

Hannah beugte sich über den Tisch und Miranda leitete den Dampf auf die Stirn des Mädchens.

»*Scheiße*«, kreischte Hannah, als der brennende Nebel ihre Stirn traf. Doch sobald die Worte ihre Lippen verließen, löste sich das Jägermal schon von ihrem Kopf und fiel auf den Tisch. Hannah starrte es an, das Mal ging in Flammen auf und zerbröselte.

Hannah zwang sich zu einem Lächeln und rieb sich die noch immer brennende Stirn. Erleichterung überkam sie; ihre düstere Zukunftsaussicht wurde nun von einem einzelnen, die Wolken durchbrechenden Sonnenstrahl erhellt. »Danke, Miranda. Das bedeutet mir sehr viel!«

»War gar nicht so schlimm, oder?« Miranda kicherte.

Hannah schaute naserümpfend auf den Tisch hinunter, zurück zu Miranda und dann wieder auf den Tisch, während sie zur Sicherheit noch einmal über ihre Stirn rieb. »Na ja, besser als es zu trinken.«

»Das will ich meinen«, sagte Miranda lachend.

Sie drehte sich um und räumte ihre kleine Kräuterschachtel weg. Hannah nahm ihre Hand. »Eigentlich bin ich nicht nur meinetwegen hergekommen. Es geht um Will.«

»William? Ich habe den Jungen seit Ewigkeiten nicht mehr gesehen. Geht's ihm gut?«

»Wir sind uns nicht sicher.«

Darauf bedacht, nicht zu viel preiszugeben, erzählte Hannah die Geschichte des Krampfanfalls, den ihr Bruder auf dem Markt gehabt hatte. Sie ließ zum Beispiel das kleine Detail aus, dass sie den Anfall eventuell mit Magie aufgehalten hatte.

Nicht, dass sie der alten Frau nicht vertraut hätte, aber wenn Hannah wirklich eine Ungesetzliche war, dann würde das gesamte Viertel durchsucht, seine Bewohner befragt werden. Die Jäger, die sie gezeichnet hatten, würden zurückkommen, nichts würde ihnen im Wege stehen. Niemand, auch nicht Miranda, wäre dann vor ihnen sicher.

Besser, die alte Frau hatte eine stichhaltige Ausrede parat. Und je weniger Leute davon wussten, desto leichter konnte Hannah es selbst verdrängen.

Miranda ging wieder nach hinten und kam mit einer Flasche voller Pillen zurück. »Nun, ich kann es noch nicht sicher sagen, aber es klingt so, als hätten die Beben seinen Körper eingenommen. Wenn das der Fall ist, werden zwei je morgens und abends hiervon die Krämpfe abhalten. Bring William in ein paar Tagen zu mir, dann schauen wir es uns genauer an.«

Trotz all der schrecklichen Dinge, die über den Queen-Bitch-Boulevard erzählt wurden, hatte Hannah hier Menschen, denen sie wirklich etwas bedeutete, darunter auch Miranda.

Sie fühlte, wie sich ihre Kehle zusammenzog und ihre Augen glasig wurden. Hannah musste den Raum verlassen, bevor es sie überkam. Sie hasste es, ihre Gefühle zu zeigen.

»Ich danke dir.« Sie ließ fast die Hälfte ihres verbliebenen Tagesverdienstes auf den Tisch prasseln.

Miranda bedeckte Hannahs Hand mit ihrer eigenen. »Dein Geld hat hier nichts zu suchen, Mädchen.«

»Das ist nett, aber ich bin kein Kind mehr. Es ist an der Zeit, dass ich bezahle, was ich dir schulde.«

Hannah wandte sich zur Tür und ging, bevor die Alchemistin Widerstand leisten konnte.

Sie machte kurz Halt beim einzigen Lebensmittelladen ihres Reviers. Der war klein und überfüllt mit überteuertem Essen, aber Hannah wusste, wenn sie mit Geld nach Hause käme, würde ihr Vater es nehmen und in Schnaps investieren.

Wenige Minuten später stand sie auf der Türschwelle ihres Hauses. Ängstlicher, als sie es den ganzen Tag über gewesen war, lauschte sie auf ein Geräusch ihres betrunkenen Vaters.

✶ ✶ ✶

Wenn man schon das Kapitol für prachtvoll hielt, dann war die Akademie geradezu himmlisch. Ezekiel bewunderte die Mauerkunst, jeder Stein lag perfekt auf dem anderen. Er fuhr mit einem Finger an einer Naht entlang. Als sie den Bau der Stadt begonnen hatten, waren die Zauberer besonders auf die Stärke der Gebäude aus gewesen. Sie hatten gehofft, Orte zu erschaffen, in denen Harmonie herrschen würde.

Schönheit war nicht unwichtig, aber sie glaubten, dass Tugend mit einem Mindestmaß an Bescheidenheit einherging und errichteten die Mauern, Häuser und Geschäfte in diesem Sinne. Offensichtlich war diese Philosophie nach Ezekiels Aufbruch über Bord geworfen worden.

Zwei identisch aussehende Flügel streckten sich in beide Richtungen aus. Sie trafen sich in einer gewaltigen Halle mit einem von Bögen geschmückten Eingang, der an die großen Gebäude von vor dem Zeitalter des Wahnsinns erinnerte.

In der Mitte des Gebäudes ragte ein Turm gen Himmel und bildete den höchsten Punkt in ganz Arcadia – eine recht brachiale Metapher für den Aufstieg der Magie.

UNTERDRÜCKUNG

Die Rasenfläche vor der Akademie war übersät von Studierenden – allesamt Söhne und Töchter von Adeligen. Einige waren über Bücher gebeugt oder kritzelten in ledergebundene Mappen. Andere standen in kleinen Kreisen beisammen und übten die ihnen im Kurs zugewiesenen Zaubersprüche.

Ezekiel spürte die Kraft, die von den Studenten ausging und doch verblasste im Vergleich zur schieren Macht des Gebäudes. Er konnte nicht anders, als zu lächeln.

Es war Teil seines Traums gewesen, diesen Ort zu bauen: Eine Schule, in der junge Erwachsene sich Zeit nehmen könnten, Zauberkunst zu erlernen, ohne sich um andere Dinge sorgen zu müssen. Es warf einige Kosten auf und darüber hatten sie viel diskutiert. Dabei hatten sie alle gewusst, dass eine magische Universität jeden Betrag wert war.

Er stieg die breite Freitreppe hinauf, die zum überdimensionalen Eingangstor führte. Bevor er nach der Klinke greifen konnte, summten die Torflügel und schwangen zur Seite, wie um ihn willkommen zu heißen.

Clever, dachte der alte Mann.

Einer der Fortschritte, die Adrien eingeführt hatte, war seine Anwendung der magischen Künste auf Alltagswerkzeuge, ob pragmatisch oder spektakulär.

Die Magitech-Türen beeindruckten die Adligen zweifellos, boten ihnen einen unterschwelligen Anreiz, ihren Griff auf den Münzhaufen zu lockern, der ihren Kindern hier einen Platz verschaffen würde.

Wenn Ezekiel an den Markt und den Queens Boulevard dachte, wusste er, dass die Magie in den Türen auch anderswo hätte eingesetzt werden können, um das Leben der Gepeinigten und Armen zu erleichtern. In Arcadia herrschte Ungerechtigkeit und das äußerte sich schon in etwas so Banalem wie einer Tür.

»Kann ich Ihnen helfen, Sir?«, fragte ein junger Mann. Er war sicherlich ein Student, denn er trug die offizielle Akademie-Robe.

Ezekiel nickte. »Ja, ich hatte gehofft, eine kleine Rundführung zu bekommen«, antwortete er und wartete seelenruhig auf eine Antwort.

Der junge Mann musterte Ezekiel von Kopf bis Fuß, sein Blick blieb an dem schlichten Umhang hängen. Es war nicht üblich, einfachen Leuten Führungen durch die Akademie zu gewähren.

Die Menschen der Unterschicht machten sich für gewöhnlich auch gar nicht erst die Mühe, darum zu bitten. Er sah hinüber zu der Gruppe von Adligen, die sich am Empfangstisch des prächtigen Rundsaals versammelt hatten.

»Nun gut, aber Führungen sind nur nach Vereinbarung möglich. Wenn Sie einen Termin machen möchten ...«

Der alte Mann klopfte mit seinem Stab auf den Marmorboden. Der Ton hallte durch den höhlenartigen Raum. »Sieht aus, als wäre da vorne schon eine Gruppe.« Er grinste den jungen Mann an. »Ich werde mich auch nicht vordrängeln.«

Der Student errötete und schaute wieder zu seiner Gruppe. »Es tut mir sehr leid, Sir, aber ...«

Ezekiel hörte nicht hin. Er schloss die Augen und fand seine innere Mitte.

Als er sie wieder öffnete, waren seine Augen feuerrot, aber vor allen außer dem Studenten verborgen. »Es würde mir sehr viel bedeuten, diese Schule zu besichtigen. Ich erwarte, dass du mir entgegenkommen wirst.«

Der Student hielt inne, als sei er in Gedanken versunken. Dann sagte er: »Natürlich, Sir. Zum Glück gibt es eine Führung, die gerade erst losgeht.«

UNTERDRÜCKUNG

Ezekiels Augen nahmen wieder ihr normales Stahlgrau an und er lächelte verbindlich.

»Fabelhaft! Ich bin froh, dass Vernunft in Arcadia doch noch einen Platz hat.«

Wie versprochen hielt sich Ezekiel während der Besichtigung im Hintergrund und schlurfte hinter der Gruppe aus edlen Eltern und deren rotzfrechen Kindern her. Obwohl die angehenden Studenten an der Schwelle zum Erwachsenenalter standen – alle achtzehn bis zwanzig Jahre alt – sahen sie für ihn dennoch wie Kinder aus, auch wenn er selbst nicht viel älter gewesen war, als er mit dem Bau Arcadias anfing. Der Unterschied bestand darin, dass diese Kinder privilegiert aufgewachsen waren.

Ezekiel und seine Gefährten hatten in den Jahren nach dem Zeitalter des Wahnsinns schnell erwachsen werden müssen, weil ihre Welt nach einem Neuanfang rief.

Diese Mütter schwärmten von ihren Kindern und die dazugehörigen Väter scherzten untereinander, wie gut sie es hier haben würden. Ezekiel dachte bei sich, dass es den Adligen ganz gut tun würde, einen Tag auf dem Queen-Bitch-Boulevard zu verbringen, um zu sehen, wie gut *sie* es hatten, mit Regierungsjobs und Geschäften auf Kosten der Armen.

Die Dinge in Arcadia bedurften dringend einer Korrektur. Bis zu diesem Moment war er lediglich verärgert gewesen. Jetzt war er auf geradezu königlichem Level angepisst.

Der studentische Führer der Besuchergruppe blieb inmitten einer weitläufigen Halle stehen. Kunstwerke aus den Tagen vor dem Zeitalter des Wahnsinns waren auf beiden Seiten ausgestellt. Alles glänzte, als sei es gerade erst angefertigt worden.

»Die Akademie wurde nur wenige Jahre, nachdem man an der Südmauer den letzten Stein gelegt hatte, gegründet.

Die Bauarbeiten wurden noch vor denen am Kapitol begonnen. Mich beeindruckt immer wieder, dass die höhere Bildung von Anfang an in den Köpfen unserer Gründer verankert war – ein wahrer Beweis dafür, dass Magie der Grundstein für ein blühendes Arcadia ist.«

Er verfolgte mit jedem Schritt die Geschichte – zumindest die *offizielle* Geschichte – der Akademie.

»An der Konstruktion Arcadias waren mehrere Zauberer beteiligt. Für ihre Zeit galten sie als sehr mächtig, aber die damalige Magie war natürlich anders als heute. Sie wurde in den Wäldern und Trümmern der alten Welt erlernt. Wie Sie sich vorstellen können, war sie deshalb nicht so elegant wie die Magie, die heutzutage hier in der Akademie gelehrt wird. Dennoch war sie offensichtlich recht wirkungsvoll.«

Ezekiel folgte ihm und lächelte, sich an die frühen Tage Arcadias erinnernd. Der Student lag zwar falsch, war aber nahe genug dran. In jenen Tagen hatten er und die anderen mit stark lückenhaften Magiekenntnissen gearbeitet. Sie mussten damals auf der Flucht und unter Druck lernen. An der Akademie hingegen entwickelte sich Magie nun bestenfalls durch Disziplin und Training ... und für einen saftigen Preis.

Der junge Mann fuhr fort. »Aber selbst damals gab es einen Zauberer, der sich während der Gründung Arcadias von allen anderen abhob. Er war fähiger und mächtiger als die anderen, betrachtete seine Macht aber glücklicherweise nicht als ein Herrschaftsinstrument. Stattdessen verstand er, dass seine Gabe eine große Verantwortung mit sich brachte. Dieser Mann war unser heutiger Rektor Adrien. Diese Halle ist die Erfüllung seines Traums.«

Ein Schauer lief über Ezekiels Rücken angesichts dieser revisionistischen Geschichte. Eve hatte ihn ja gewarnt; die

UNTERDRÜCKUNG

verdrehte Erzählung hätte ihn also nicht so schwer überraschen dürfen. Historische Fakten umzudrehen, ermöglichte es den Machthabern, ihren Einfluss zu behalten und zu vergrößern. Adrien war immer klug gewesen, aber Ezekiel hatte einst geglaubt, er sei auch tugendhaft.

Das war der Hauptgrund, warum er ihm genug vertraut hatte, um Arcadia in seine Hände zu geben. Ezekiel hatte geglaubt, Adrien sowohl in Magie als auch in Moral geschult zu haben, aber da hatte er sich wohl geirrt.

Der Führer der Besuchergruppe schritt durch die Halle und ratterte weitere Kapitel der Akademiegeschichte herunter, bis er vor einer massiven Marmorstatue stehenblieb. Ezekiel erkannte sofort, dass sie Adrien in seiner Jugend darstellte. Die Statue sah fast so aus, wie Ezekiel ihn in Erinnerung hatte, nur dass sie ihn ein wenig verschönte. Die Gesichtszüge waren kantiger, sein Körper durchtrainiert.

Der Student schaute ehrfürchtig zur Statue auf. »Und hier ist er. Der Gründer der Akademie.«

Die Mütter starrten auf das imposante Abbild des Rektors, während ihre Kinder vor Langeweile fast einnickten. Die Eltern wussten bereits, dass der Weg zum Prestige durch die Akademie führte. Eine Führung inklusive langweiliger Geschichte war gar nicht nötig, um sie davon zu überzeugen, ihre Kinder hier einzuschreiben.

»Er war wirklich sehr eindrucksvoll«, fügte er lächelnd hinzu. »Und die meisten würden sagen, er ist genauso gealtert. Lassen Sie mich Ihnen als Student, der kurz vor dem Ende seines letzten Semesters steht, versichern, dass er so freundlich und wohlwollend ist, wie Sie gehört haben. All unsere Dozenten sind fabelhaft, aber der eine Kurs, auf den sich Studenten besonders freuen können, ist Rektor Adriens Kurs ›Magie in der Welt‹. Das ist der Schlussstein, eine

Möglichkeit für uns, den eigentlichen Zweck unserer Magienutzung zu erkennen. Ich bin gerade dabei.«

»Was lernst du denn?«, fragte das mutigste und interessierteste Kind.

Ein Lächeln hellte das Gesicht des Studenten auf. »Die Frage ist: Was lernen wir nicht? Das Semester fing damit an, dass der Rektor uns erklärte, wie es zur Akademiegründung gekommen war. Natürlich hatten wir das in unserem Kurs ›Geschichte der Magie‹ mit Professor Burns besprochen, aber es war gut, es vom Rektor selbst zu hören. Vor der Gründung der Akademie liefen die Menschen herum und taten mit Magie, was sie wollten, sodass auf den Straßen Arcadias pures Chaos herrschte. Besonders auf dem Queen Bitch … ähm … Queens Boulevard. Adrien erkannte, dass Magie in den Händen undisziplinierter Menschen die Zukunft der Stadt gefährdete und tat etwas dagegen. Heute kann man die magischen Künste, wie Sie wissen, ausschließlich hier erlernen und Magielizenzen erhalten. Macht muss richtig angewendet werden und hier lernen wir, dass Magie auf Straßenniveau eine gefährliche Verschwendung ist.«

Ezekiel konnte sich nicht länger zurückhalten. »Verschwendung?«

Zum ersten Mal wandte der Student seine Aufmerksamkeit dem alten Mann zu.

»Ja, Sir. Eine Verschwendung. Es ist nämlich so: Nur eine begrenzte Anzahl von Zauberern ist hier zugelassen. Magienutzung erschöpft den praktizierenden Zauberer, ist also eine begrenzte Ressource. Dementsprechend steht auf der ganzen Welt zu einem bestimmten Zeitpunkt auch nur eine begrenzte Menge an Magie zur Verfügung.

Diese verfügbare Magie könnte für alberne Kleinigkeiten wie das Ausbessern des nachbarlichen Zauns verschwendet werden, oder sie könnte zum Wohle der ganzen Stadt eingesetzt werden. Dafür ist Magie da, um die Stadt zu sichern und ihr Gedeihen zu fördern. Weil ...«

»Verzeih mir, mein Sohn«, unterbrach Ezekiel. Es kostete ihn alle Mühe, die Wut aus seiner Stimme herauszuhalten. »Aber sagtest du gerade, es sei albern, den Zaun eines Nachbarn zu reparieren?«

»Ja. Sehen Sie, es gibt nur begrenzt Magie ...«

»Wie wäre es damit, Magie einzusetzen, um eine Familie oder, sagen wir, ein *Kind* vor bösen Männern zu retten?«

Der Führer lachte nervös. »Auch das, Sir. Denn es steckt nur begrenzt Magie in der ...«

»Wenn du an einer unbekannten Krankheit littest, die deinen Körper wie ein ranziges Stück Fleisch bei lebendigem Leibe auffrisst und ich oder jemand anderes Magie einsetzen würde, um dein Leben zu retten, wäre das albern?«

Der Student, der es nicht gewohnt war, Fragen zu beantworten, geschweige denn, den Status quo infrage zu stellen, wurde unruhig. Ihm war beigebracht worden, vor den edlen Besuchern seine Zeilen über den Ruhm der Akademie herunter zu rattern. Ezekiel, obgleich äußerlich unberührt, stand kurz vorm Explodieren.

»Adrien ... der Rektor sagt, dass von Schwachen angewendete Magie wertlos ist. Magie ist für die Stadt und die Starken. Wenn wir gedeihen, gedeiht die ganze Stadt.«

»Nun, der Rektor ist ein verdammter *Narr*!«, rief Ezekiel mit leuchtend roten Augen, seine Wut nicht länger bezähmbar.

Er formte seine Hände vor seiner Brust zum Kelch, die Handflächen nach innen gedreht. Die Besucher starrten mit tellergroßen Augen, als ein Kieselstein vor ihm zu schweben begann und schnell auf die Größe eines Felsbrockens heranwuchs.

Die Schaulustigen traten ein paar Schritte zurück. Ezekiel schob den nun riesigen Steinbrocken mit nach außen gestreckten Handflächen durch die Luft, direkt auf Adriens Statue zu. Mit einem lauten Krachen schlug der Stein in den Marmor ein und ließ Gesteinssplitter in alle Richtungen fliegen.

Der Student und seine Gäste fielen zu Boden und bedeckten eilig ihre Köpfe.

Als der Staub sich legte, war der alte Mann verschwunden.

UNTERDRÜCKUNG

Kapitel 8

Wenn man sein ganzes Leben lang mit einem Betrunkenen zusammenwohnt, lernt man, leise zu gehen und immer wachsam zu sein. Hannah kannte die Schleichwege im Haus durch die ständigen Saufgelage ihres Vaters in- und auswendig. Die schäbigen Dielenbretter machten keinen Mucks, als sie sich an dem ohnmächtig im Esszimmer liegenden Idioten vorbei in ihr Zimmer schlich.

Beim Geräusch der Tür aufhorchend, rollte sich William auf die Seite. Er war ohnehin klein für sein Alter und hatte ein jungenhaftes Gesicht, aber heute sah der Fünfzehnjährige geradezu wie ein Kind aus.

»Ist's wieder passiert?«, fragte Hannah und setzte sich auf die Bettkante. Die alte Matratze war ungefähr so gemütlich wie ein Holzbrett.

Er sah auf und antwortete: »Mir geht's gut.«

Sie drängte ihn nicht. Das war auch nicht nötig.

Hannah kannte ihren Bruder besser als sich selbst. Sie wusste, er wollte ihr keinen Anlass geben, um noch mehr Mitleid für ihn zu empfinden und ihm war völlig klar, dass er der einzige Grund war, warum sie überhaupt noch in diesem Haus am Queens Boulevard lebte. Wäre William nicht gewesen, hätte Hannah längst die Flucht ergriffen – vielleicht sogar in eine andere Stadt, falls das möglich gewesen wäre.

»Habe gerade Miranda besucht. Sie hat mir was für mein Gesicht mitgegeben«, sagte sie ihm und berührte geistesabwesend ihre Wange.

»Na endlich. Hab mich schon gefragt, ob wir nicht endlich was gegen deine hässliche Visage unternehmen können.« William lachte.

Hannah verpasste ihm einen spielerischen Schlag auf den Arm und griff dann in ihre Tasche. »Sie hat mir auch das hier gegeben.« Sie schüttelte die Pillenflasche. »Hat gesagt, die könnten gegen die Anfälle helfen.«

Ihr Bruder schaute zu Boden. »Hannah, du hättest nicht …«

»Natürlich hätte ich das tun sollen«, konterte Hannah.

»Nein«, sagte eine tiefe, nuschelnde Stimme hinter ihr. »Hör auf deinen Bruder. Du hättest das nicht tun sollen.«

Hannahs Vater stand in der Tür und sah aus, als hätte er sich seit Monaten weder rasiert noch gewaschen. Sie sagten immer, ihr Vater ginge auf Sauftouren, aber das implizierte fälschlicherweise, dass es zwischendurch noch nüchterne Tage gab.

»Wo ist der Rest?«, fragte ihr Vater.

»Der Rest wovon?«

»Der Rest vom Geld, verdammte Scheiße! Ihr zwei geht jeden Tag da raus und sollt gefälligst was Vorzeigbares mit nach Hause bringen. Also, wo ist es?«

Hannahs Kehle schnürte sich zu und ihr Körper kribbelte elektrisch, wie auf dem Marktplatz. »Ich habe Lebensmittel und Medikamente zum Vorzeigen. Deshalb arbeite ich – um diese Familie zu versorgen. Nicht, um dein beschissenes Feuerwasser zu finanzieren!«

Sie stockte. Es war immer die klügere Strategie, ihren Vater zu besänftigen, aber jetzt hatte sie ins Hornissennest gestochen.

Sein Gesicht lief puterrot an, seine geschwollenen, betrunkenen Augen quollen hervor.

UNTERDRÜCKUNG

»Tja. Schätze, du bist wie deine Mutter – ein undankbares, kleines Miststück.«

Er kam auf sie zu, eindeutig in der Absicht, etwas zu Hannahs ramponiertem Gesicht beizutragen. Sie zuckte in Erwartung des Schlags zusammen, aber die fleischige Faust ihres Vaters blieb nur wenige Zentimeter vor ihrer Nase in der Luft stehen. Nicht nur seine Hand – sein ganzer Körper war plötzlich so unbeweglich wie eine Statue.

Hannah wagte es nicht, sich zu rühren, bis der Schlag eindeutig zu lange auf sich warten ließ.

Was zur Hölle?

»Wie ist Ihr Name, Sir?«, rief eine klare Stimme aus dem Flur hinter ihrem Vater.

Ein Mann in einem bodenlangen Gewand, mit weißem Haar und dazu passendem Bart, betrat den kleinen Raum. Er hielt einen Holzstab in der Hand und seine Augen glühten feuerrot.

»Arnold«, antwortete ihr Vater. Hannah blickte mit offenem Mund zwischen dem Neuankömmling und ihrem Vater hin und her.

»Arnold, ich möchte, dass du mir sehr genau zuhörst. Du wirst nie wieder Hand an deinen Sohn oder deine Tochter legen. Von diesem Augenblick an wirst du deine Kinder nicht mehr belästigen. Verlass sofort dieses Haus und kehre nicht zurück, bis du Arbeit gefunden hast. Da du eine betrunkene Laus bist und es auf dem Boulevard gerade Nacht ist, glaube ich nicht, dass du in nächster Zeit Glück haben wirst. Nichtsdestotrotz ist dies jetzt deine oberste Priorität. Nicke, wenn du mich verstanden hast.«

Arnold nickte. Hannah traute ihren Augen nicht.

»Gut. Jetzt verschwinde, du armseliges Exemplar eines Samenspenders.«

Der alte Mann winkte abfällig mit der Hand. »Ich muss mit deiner Tochter sprechen. Und noch etwas: Von diesem Tag an wird jedweder Schnaps, der deine Lippen berührt, wie Eselspisse schmecken. Hast du das verstanden?«

Ihr Vater nickte und verließ wie in Trance den Raum, wobei er vorsichtig um den alten Mann herumtrat. Das Gesicht des Besuchers wurde milder, als er sich Hannah und William zuwandte.

»Nun, das wäre erledigt. Lasst uns also zu den wichtigen Angelegenheiten kommen, ja?«

Hannahs Mund hing immer noch ungläubig offen. »Wer bist du?«

Sie hörte die Haustür hinter ihrem Vater zuschlagen.

»Und was zum Teufel ist gerade passiert?«

✶ ✶ ✶

Die meisten würden es wohl einsam finden, jeden Abend allein zu essen, trotz der majestätischen Speisetafel, aber Adrien wollte es nicht anders. Er verbrachte seine Tage mit der Leitung der Akademie und, im Grunde genommen, der gesamten Stadt Arcadia.

Ohne ihn wäre der Gouverneur verloren; Adrien hatte den zahnlosen Bürokraten im Grunde zu seiner Marionette gemacht. Der Gouverneur konnte in seiner Position rein gar nichts bewirken, genau wie der Rektor es wollte.

Das Abendessen wurde von einem Chefkoch zubereitet, der ihm rund um die Uhr zur Verfügung stand, aber an diesem Abend nahm Adrien kaum Notiz von der Qualität seines Dinners.

Seine Gedanken kreisten um den Bericht, den Jasper und die anderen Jäger über den Dämonenzauberer auf dem Markt abgegeben hatten. Ezekiel hatte solche Magie erwähnt, bevor er Arcadia verließ, aber es war unmöglich, dass sein Mentor zurückgekehrt war. Jeder wusste, dass er *für immer* fort war.

Magie bedeutete große Macht, aber die Toten kehrten dennoch nicht zurück.

Schweiß perlte auf seiner Stirn und er tupfte sie eilig mit einer Stoffserviette ab.

Wenn der Meister allerdings doch zurückgekehrt war, dann musste Adrien bereit sein.

Der Alte wäre sicherlich nicht einverstanden mit der Richtung, in die der Rektor die Stadt gelenkt hatte. Aber was wusste er schon? Adriens alter Lehrer hatte in einer Fantasiewelt voll fälschlicher Moralvorstellungen gelebt. Er wusste nichts von *echter* Politik, geschweige denn von echter Bildung.

»Cynthia!«, rief Adrien, seine Frustration vor lauter Angst offengelegt.

Schritte klackerten den Flur hinunter in Richtung Speisesaal. Eine schöne Frau im Dienstmädchengewand kam herein und blieb gegenüber von Adrien stehen. »Ja, Herr Rektor, was kann ich für Sie tun?«

»Horace ist der Verwalter vom Queens Boulevard, nicht wahr?«

»Ja, Sir. Das ist er.«

»Schicken Sie einen Botenjungen, um ihm zu sagen, dass ich ihn in einer Stunde in meinem Privatbüro sehen muss.«

Die Frau bot etwas dar, das zwischen Verbeugung und Knicks lag, bevor sie davoneilte – sichtlich erleichtert, den Saal wieder verlassen zu dürfen.

✶ ✶ ✶

Hannah war noch nie so schockiert gewesen, wie als sie ihren Vater auf Kommando hinausgehen sah. Niemand konnte ihm was vorschreiben, nicht in seinem eigenen Haus. Sie drehte sich dem alten Mann zu, der nun in der Mitte ihres Schlafzimmers stand.

»Lass mich das ansehen, mein Sohn«, sagte er zu William.

Ihr Bruder streckte ihm mit zitternder Hand die Pillenflasche entgegen. Der Alte schüttelte sie ein wenig, öffnete sie und roch an ihrem Inhalt. Er zog eine Pille heraus, hielt sie hoch und inspizierte sie.

»Interessant«, sagte er, mehr zu sich selbst als zu den Jugendlichen.

Hannah beobachtete, wie er die Pille entzweibrach und das enthaltene Pulver auf seine linke Handfläche schüttete, wo er es mit dem rechten Zeigefinger ein wenig umrührte. Er hob eine Augenbraue und sah zu William hinüber. »Wo hast du das her?«

Wortlos blickte Will erst zu seiner Schwester und dann zurück zum Alten, der sich prompt Hannah zuwandte.

»Junge Dame …?«

Wenn sie als Kind auf dem Queens Boulevard irgendetwas gelernt hatte, dann war es, keine Petze zu sein. Klar, der Typ hatte sie vor dem sicheren Tod bewahrt, aber sie traute ihm trotzdem nicht. Sie hielt den Mund fest geschlossen.

»Ah, eine Frau mit Prinzipien, wie ich sehe.« Der Mann lächelte und seine Augen schimmerten. Sie waren nun stahlgrau und nicht länger glühend rot. »Lass es uns so spielen: Was immer du tust, denk jetzt nicht an den Namen des Alchemisten.«

Unvermittelt schoss ihr natürlich Mirandas Name durch den Kopf – zusammen mit einem Bild, wie sie Hannah in ihrem kleinen Kellerraum gegenübersaß. Während sie daran dachte, glühten die Augen des Magiers kurz rötlich und wurden dann wieder grau.

»Miranda?«, murmelte er.

Hannah schloss verärgert die Augen. »Wie hast du ...«

Er neigte den Kopf zur Seite. »Wirklich? Das überrascht dich? Nun, ich kenne sie nicht, aber diese Miranda hat eine sehr gute Mischung für den Jungen hergestellt. Ich bin sicher, dass es nach einiger Zeit gewirkt hätte. Ein paar Tage, um den Dreh ... Alchemie ist eine so unpräzise Wissenschaft.«

»Ich erkenne dich.« Hannah zeigte auf ihn. »Auch ohne die grüne Haut und die Hörner.«

Die angestaute Wut verließ sie schlagartig und die Frustration verschwand aus ihrer Stimme wie Gift, das aus einer Wunde gesaugt wurde. »Aber wer zum Teufel *bist* du?«

Der Mann lachte wieder und Hannah fand, dass der Klang etwas Tröstendes an sich hatte. »Das ist die brennende Frage, nicht wahr, junge Dame?«

Der Alte löste die Schnur um seinen Hals und ließ seinen Mantel mit einer schnellen Armbewegung zu Boden fallen. Darunter kamen strahlend weiße Gewänder zum Vorschein.

Vor ihren Augen verwandelte er sich; seine Haarmähne und der Bart blieben zwar weiß, doch ansonsten sah er nun um Jahrzehnte jünger und stärker aus. Außerdem stand er viel aufrechter da, was ihn größer erscheinen ließ.

Hannah machte einen Schritt zurück und setzte sich neben William aufs Bett.

»Whoa«, sagte er fast flüsternd.

Hannah legte ihm beruhigend eine Hand aufs Bein. »Kannst du laut sagen.«

»Ach ja«, sagte der verwandelte Mann. »Das sieht schon mehr nach mir selbst aus. Aber ohne ein Mindestmaß an Verkleidung könnte ich da draußen nicht herumlaufen.« Er ließ seinen Hals knacken, als ob er noch ein paar Macken seines Körpers beseitigen wollte. »Ich bin jener, den die Leute den Gründer nennen. Mein Name ist Ezekiel.«

»Whoa«, sagte William schon wieder.

»Schwachsinn«, befand Hannah, erhob sich vom Bett und zeigte auf den Mann. »Den Gründer gibt es nicht. Er ist wie Waldnymphen oder ... oder ...« Sie warf die Hände in die Luft. »Ich weiß nicht ... wie noch etwas, das nicht real ist! Der Gründer ist ein Märchen, das Leute erzählen, um andere zu manipulieren, oder um sich selbst zu trösten.« Sie drohte Ezekiel mit dem Finger, als würde sie ein Kind schelten. »Der Prophet zum Beispiel ist nichts als ein alter Kultist! Er zieht alle mit seinen Gründergeschichten an und nährt sich an Bewunderung und Aufmerksamkeit. Und seine Jünger?«

Ihre Stimmlage hob sich um eine Oktave. »Die sind sogar noch schlimmer! Die Art, wie der Prophet über den Gründer spricht, gibt ihnen falsche Hoffnung für die Zukunft. Aber so funktioniert die Welt nicht! Nicht hier in Arcadia. Und ganz sicher nicht für *mich*.«

Hannah merkte, dass sie schwitzte und sich in ihren Augenwinkeln die Tränen stauten.

Plötzlich war es ihr unmöglich, ihre Gefühle zu verbergen und sie hatte keine Ahnung warum. »Du bist *nicht* der Gründer und wir werden ganz sicher nicht deine Jünger sein.«

Sie atmete tief durch und drängte die Tränen zurück, während sie Ezekiel mit Blicken durchbohrte. »Verpiss dich und zieh deine Gehirnwäsche mit jemand anderem durch, du Irrer! Nur weil du mich gestern in der Gasse gerettet hast ... und ... und jetzt vor meinem eigenen Vater ...«

Hannah wurde übel, was ihr heute mehrmals passiert war.

UNTERDRÜCKUNG

Sie ballte ihre Hände zu Fäusten und überlegte, ob sie angreifen sollte, aber etwas tief in ihrem Inneren sagte ihr, dass sie aufhören musste.

Warte einfach.
Hör zu.
Und schau.

Nach einem Moment angespannten Schweigens wandte sich der Zauberer von Hannah ab und trat vor William. »Junger Mann, teilst du die Überzeugungen deiner Schwester?«, fragte er mit erhobenen Augenbrauen.

Wills Augen weiteten sich, er blickte zwischen Hannah und Ezekiel hin und her. »Ähm, ja. Ich denke schon.«

Der Alte schürzte nachdenklich die Lippen. »Wie geht es dir? Die Anfälle …«

»Gut.«

»Nein.« Ezekiel schüttelte heftig den Kopf. »Sag mir die Wahrheit.«

William sah kurz zu Hannah herüber, als wartete er auf ihr Einverständnis. Sie nickte ihm zu. Ein Teil von ihr wollte ja glauben, was der Alte erzählte, aber alles in ihr sträubte sich dagegen. Ihr Leben war einfach nicht für Märchen gemacht.

»Na gut.« Will zuckte mit den Achseln. »Ich fühl' mich total schlecht. Als ob sich die Welt die ganze Zeit dreht. Gerade ist es nur langsam, aber manchmal wird's schneller und dann kommt das Beben. Ich kann nichts dagegen machen.«

»Ich schon«, sagte Ezekiel mit einem gutmütigen Augenzwinkern. »Möchtest du das?«

Ein weiterer Blick Wills in Hannahs Richtung und sie wusste, dass sie ihm bei der Entscheidung helfen musste. Ein Leben voller Misstrauen hinderte sie daran, diesem Fremden blind zu vertrauen, aber wenn es um ihren Bruder ging, war keine Wette zu hoch.

»Tu es«, sagte sie schließlich, beinahe flüsternd.

Schweigend trat Ezekiel vor und beugte sich über Will, wobei seine Augen wieder rot zu glühen anfingen. Hannah spürte die Kraft, die der Zauberer ausstrahlte, genau wie in der Gasse.

Der Alte legte seine Hände auf William und stand für einen Moment ganz regungslos da, als sei nur noch sein Körper, nicht aber sein Geist anwesend.

Nach einer gefühlten Ewigkeit erhellte sich Williams Gesicht und nahm eine gesündere Farbe an als jemals zuvor. Ezekiel trat ein paar Schritte zurück und sackte auf einen Stuhl in der Ecke.

»Whoa!«, rief William und besah seine Hände. »Das war der Wahnsinn!«

Hannah eilte zu ihm. »Was? Was ist denn?«, fragte sie und musterte ihn von Kopf bis Fuß.

»So hab ich mich noch nie gefühlt.« Seine Augen glänzten fröhlich. »Ich fühl' mich ... ich fühle mich ... einfach großartig!«

Soweit Hannah zurückdenken konnte, hatte ihr Bruder immer Momente gehabt, in denen sein Gesundheitszustand schlecht gewesen war – manchmal mehr als schlecht.

Jetzt aber zersprang ihr Herz beinahe vor Freude.

Sie sah herüber zu Ezekiel, ein kleiner Funke des Misstrauens in den Augen. »Du hast ihn geheilt?«

Der alte Mann betrachtete sie einen Moment lang und nickte dann.

»Jetzt, wo ich wieder da bin«, er blickte erst bedeutungsschwer zu Will und dann aus dem Fenster, »habe ich mir vorgenommen, eine Menge Dinge zu heilen.«

Er wandte sich den beiden zu. »William hier ist nur der Anfang. Es ist an der Zeit, Arcadia zu dem zu machen, was es damals werden sollte. Zeit, ein Königreich zu schaffen, in dem Magie endlich zum Wohle aller eingesetzt wird.«

Als er sich von dem anspruchsvollen Heilzauber erholt hatte, stand Ezekiel auf. Er sah nicht mehr so aus wie der gebrechliche Mann, der vor wenigen Minuten das Haus betreten hatte.

Obgleich immer noch grauhaarig, war er jetzt voll innerer Stärke und Lebensmut.

»Mein Problem ist nur, dass ich Hilfe brauche. Allein kann ich die Welt nicht verändern. Vor allem, weil sich viele gegen den Wandel sträuben werden. Wir reden hier nicht von Kleinigkeiten – auch wenn die nicht unwichtig sind. Was ich anstrebe, ist eine ganz neue Ordnung der Dinge.«

Hannah stand auf, die Arme vor der Brust verschränkt. »Selbst wenn ich dir das alles abkaufen würde, was kann *ich* schon ausrichten?« Sie flüsterte fast, so niedergeschlagen, wie sie bisher nie gewagt hatte, sich vor anderen zu zeigen. »Ich bin ein Niemand.«

»Hannah ... Du bist eine *Magierin* mit dem Potenzial, eine Macht zu entfesseln, von der du kaum zu träumen wagst. Die Frage ist nicht, was du tun *kannst*, sondern vielmehr, ob du dazu auch den *Willen* hast.« Der alte Mann hielt ihr eine Hand hin. »Also, beantworte mir eines.«

Die Farbe seiner Augen wechselte in einem scheinbar endlosen Spektrum.

»Willst du mir helfen, die Menschen hier zu retten?« Er gestikulierte Richtung Queens Boulevard. »Bist du bereit, bei der Rettung ganz Arcadias zu helfen?«

Kapitel 9

Ein *eingesperrter Vogel vergisst, wie man singt,* dachte Hannah, als sie durch die Stadttore Arcadias dem Unbekannten entgegenging. Es war ein Spruch, den ihre Mutter immer wieder zu ihr gesagt hatte, als sie klein war. Er entstammte einer Erzählung, die, soweit sie wusste, älter war als Irth selbst.

In Kindertagen hatte sie nie wirklich verstanden, was es bedeuten sollte, doch als sie älter wurde, stellte Hannah fest, dass ihr Leben der Käfig war – mit Gitterstäben, die jedes Jahr dicker wurden. Erst heute begriff sie, dass ihre Mutter selbst ein solcher Käfigvogel gewesen war und nicht gewollt hatte, dass Hannah ihrem Beispiel folgte.

Als sie nun zum ersten Mal durch das breite Stadttor und aus Arcadia heraus trat, ließ sie alle Furcht zurück, die prompt ersetzt wurde durch ein Gefühl von Befreiung, von dem sie noch nicht so recht wusste, ob sie ihm trauen konnte.

Es schmeckte süß und weckte ihren Hunger auf mehr.

Über die Schulter blickend, warf sie einen letzten Blick auf die Mauern von Arcadia und folgte dem Zauberer in die Freiheit.

Diese Wahl hatte sie alles andere als leichtfertig getroffen.

Jahrelang hätte sie fliehen *können*, aber die Verantwortung gegenüber ihrem Bruder hatte sie innerhalb der Mauern gehalten. Sie hatte Liebe gegen Freiheit getauscht und sich mit dieser Entscheidung abgefunden. Niemals hätte sie Will in Krankheit oder wehrlos in den Händen dieses Säufers zurücklassen können, deshalb hegte sie für ihr jahrelanges Bleiben weder Bedauern noch Groll.

Aber Ezekiel hatte alles verändert.

Er hatte seine Hände auf William gelegt und alle Anzeichen von Schwäche vertrieben. Will hatte sich von einem gedrungenen, kränkelnden Jungen in den starken, jungen Mann verwandelt, von dem sie immer schon gewusst hatte, dass er in ihm steckte.

Mit Williams Krankheit war Hannahs Hauptgrund, bleiben zu müssen, verschwunden. Wenn Ezekiels magischer Bann auf ihren Vater genauso gut funktionierte, machte das ihre Entscheidung nur noch einfacher.

Der Zauberer hatte mit ihrem Vater gesprochen und der hatte zugehört. Er durchstreifte nun die Straßen Arcadias auf der Suche nach Arbeit – etwas, das er schon lange vor dem Tod ihrer Mutter nicht mehr getan hatte.

Aber selbst mit der scheinbaren Umkehrung der Ausgangssituation war Hannahs Skepsis nicht leicht zu überwinden gewesen. Ihr Leben hatte sie gelehrt, dass es immer noch schlimmer kommen konnte. Diese Lektion hatte es schwer gemacht zu akzeptieren, dass eine allmächtige, gottähnliche Gestalt einfach vor ihrer Tür aufgetaucht war und mal eben kostenlos ein paar lebensverändernde Zauber gewirkt hatte.

Es dauerte Stunden, aber irgendwann hatte Will sie schließlich überzeugt, dass es einen Versuch wert sei, mit Ezekiel zu gehen ... zumindest auf Probe.

Selbst wenn das Ganze ein ausgeklügelter Betrug sein sollte, überwogen die Vorteile doch die Risiken. Und der Typ *hatte* Will geheilt. Hannah war bereit, eine Menge Regeln zu brechen, wenn es um Williams Gesundheit und Glück ging.

Will war ein kluges Kind und sollte es mal nötig sein, würde Parker ihm helfen. Erst nach diesem Argument ihres Bruders hatte sie schließlich eingewilligt, sich den Plan des Magiers anzuhören. Noch während sie die ersten Schritte jenseits der Mauern taten, fragte sie sich: *Warum ich? Was habe ich schon dem mächtigen Gründer zu bieten, über den jahrzehntelang gesprochen wurde?*

Offenbar war dieser alte Mann überzeugt, dass sie Magie nutzen konnte. Sie zweifelte ja gar nicht daran, dass ihr etwas Seltsames passiert war – die grüne Echse, die sich in ihrer Tasche versteckte, diente gewissermaßen als Beweisstück A – dennoch konnte sie sich nicht vorstellen, dass sie jemals in der Lage sein würde, Dinge zu tun, wie es der Gründer in ihrem Haus getan hatte.

Da waren so viele Fragen, die beantwortet werden mussten, aber sie drängte sie zurück und nahm stattdessen ganz bewusst die neue Welt um sich herum wahr.

»Also, ähm, Gründer ...«

»Ezekiel.«

»Ja, okay. Zeke.« Sie musterte die dichten Bäume zu beiden Seiten ihres Pfads und sah dann fragend zu ihm. »Wo zum Teufel gehen wir eigentlich hin?«

Er hob seinen Stab und zeigte gen Horizont. Über den schwerbehangenen Ästen der Kiefern erhob sich in der Ferne ein Turm. Selbst von hier aus wirkte er wie ein Relikt der alten Welt. Hannah konnte Stellen erkennen, an denen das Bauwerk in sich zusammengefallen war, als habe die Hand eines Gottes nach unten gegriffen und die Spitze abgerissen.

Da sie in ihrem Käfig von einer Stadt aufgewachsen war, konnte sie Entfernungen wie diese, die über vier Stadtviertel hinausgingen, überhaupt nicht einschätzen, aber sie hatte eine Vermutung. »Wir werden bis dorthin Stunden brauchen.«

»Ja, das würden wir wohl, wenn wir laufen würden.«

Ezekiels Augen blitzten rot auf und eine spürbare Welle der Macht umspülte sie beide. Die Härchen auf ihren Armen stellten sich senkrecht auf, ein mächtiger Wind riss an ihrem Haar. Sie blinzelte und registrierte etwas verspätet, dass sie gar nicht mehr vor dem Stadttor standen, sondern in einer großen Halle mit hohen Gewölbedecken. Zerbröckelter Fels und Schienen aus Stahl – Metall aus der Zeit vor dem Zeitalter des Wahnsinns – lagen überall verstreut. Sie räusperte sich und das Geräusch hallte durch den höhlenartigen Saal hundertfach wider.

Na ja, höhlenartig zumindest im Vergleich zu ihrer kleinen Hütte auf dem Queen-Bitch-Boulevard.

»Was zur Hölle?«, stieß sie aus und drehte sich mit neugierigen Augen langsam um sich selbst.

»Keine Hölle. Das hier wird unser kleiner Himmel sein«, verbesserte sie Ezekiel, gerade als ein Klumpen Dachziegel wenige Meter entfernt zu Boden stürzte. »Oder zumindest unser Fegefeuer. Hier können wir trainieren und die ersten Schritte zur Rückeroberung Arcadias vorbereiten.« Er kratzte sich am Bart, während er sich bedächtig umschaute. »Muss vielleicht ein bisschen in Schuss gebracht werden, aber das bekommen wir schon hin.«

Hannah fiel auf, wie eingefallen und kränklich sein Gesicht plötzlich aussah. Er stand sogar noch gebeugter da als vor seiner Verwandlung in ihrem Zimmer und stützte sein ganzes Gewicht auf seinen Stab. »Aber jetzt muss ich mich erst einmal ausruhen.«

Hannah zögerte, bevor sie eine Hand nach ihm ausstreckte. »Geht … geht es dir gut?«

Der Mann lachte. »Natürlich, aber Magie hat ihren Preis. Teleportation ist eine der anstrengendsten Künste, die ich kenne und es verlangt noch einiges mehr, gleich zwei Personen zu teleportieren.« Er deutete mit seinem Stab ans Ende der Halle. »Ich habe dir dort einen kleinen Unterschlupf geschaffen.« Er schwenkte den Stab nach links. »Meiner ist dort drüben. Ich muss ein wenig von meiner Kraft zurückgewinnen und du solltest dich erst einmal hier eingewöhnen. Dies wird für einige Zeit dein Zuhause sein. Bleibe aber vorerst im Turm. Dieser Wald ist nicht so zahm wie Arcadia.«

Er öffnete den Mund, als wollte er mehr sagen, besann sich aber eines Besseren. Letztendlich nickte er nur und schlurfte in Richtung seines Zimmers davon. Hannah sah ihm schweigend hinterher und ging dann ihre neue Bleibe erkunden.

Eine dünne Matratze lag in der Ecke. Abgesehen von einem Beistelltisch und einem winzigen Schreibtisch mit Stuhl war der Raum kahl. Es gab nicht gerade viel zu erkunden, doch dies war mehr, als sie je gehabt hatte und sie war dankbar. Obwohl sie William von ganzem Herzen liebte, hatte es wenig bis gar keine Privatsphäre bedeutet, mit ihm das Zimmer zu teilen. Sie öffnete ihre Ledertasche und zog ein Ersatzhemd und ihren Mantel heraus – die einzige Kleidung, die sie besaß.

Zwei glänzende Augen starrten zu ihr hoch. »Da sind wir, Sal. Ich weiß zwar nicht, was vor uns liegt, aber ich bin echt froh, nicht allein zu sein.«

Sie legte das Geschöpf auf der Matratze ab, wo es sich zu einem Ball zusammenrollte.

So ein faules Tier. Sie meinte zu erkennen, dass er seit gestern Nacht ein ganzes Stück gewachsen war. Verschmitzt lächelnd überlegte sie, ob sie ihn auf dem Bett herumrollen sollte.

UNTERDRÜCKUNG

Sie konnte sich kaum noch daran erinnern, wie Sal aussah, als sie ihn zum ersten Mal gesehen hatte, aber er musste wohl ein ganz gewöhnlicher Molch gewesen sein. Wenn Ezekiel recht hatte, dann war vielleicht ihre Magie der Grund dafür, dass die Echse ihre Form verändert hatte. Wie dem auch sei, Sal schien mit seinem neuen Leben nicht allzu unglücklich zu sein.

Hannah legte ihre Kleider zusammen und räumte sie in eine Schublade, ging dann im Raum auf und ab und fragte sich, was dieses seltsame Gebäude in den Tagen vor dem Zeitalter des Wahnsinns wohl gewesen war. Die Mauern in Arcadia waren mit magischer Präzision gebaut worden, aber die Wände ihres neuen Zimmers waren anders ...

Irgendwie *noch* präziser.

Sie hatte von Maschinen der alten Tage gehört, die wie Magitech-Apparate liefen, aber dafür keinen Zauberer brauchten. Es schwirrten so viele Geschichten über die Vergangenheit Irths umher, dass man nie wusste, welche wahr und welche Schwachsinn waren.

Für Gewöhnlich entschieden die Leute, den Geschichten, die ihnen in den Kram passten, zu glauben und die anderen zu verwerfen.

Nachdem sie den Raum dreimal durchquert hatte, setzte die Langeweile ein. Zu dieser Tageszeit arbeiteten sie und Parker normalerweise an irgendeinem Betrug.

Freie Tage war sie nicht gewohnt.

Hannah drehte sich zur Tür und ging in die große Halle, in der sie vorhin gelandet waren. Sie legte staunend den Kopf in den Nacken und betrachtete die hohen Deckenbögen. Das Getrappel von Sals Schritten folgte ihr und sie drehte sich zu dem kleinen Kerl um. »Langweilst du dich auch?«

Seine Zunge zischte hervor und verschwand wieder in seinem Mund. Sie lächelte bei der Erinnerung daran, wie sehr diese Zunge am Handgelenk kitzeln konnte.

Neugier war in ihr erwacht und so rüttelte sie an allen Türen, die von der Halle abzweigten, doch keine einzige rührte sich. Sie war sich nicht sicher, ob sie von fliehenden Menschen verschlossen worden waren, oder ob Ezekiel dies bei seiner Rückkehr selbst erledigt hatte.

Eine der Türen musste in ein Treppenhaus führen, denn sie klemmte am Boden.

Bleibe vorerst im Turm. Die Worte des Zauberers hallten in ihrem Kopf nach.

Natürlich wusste sie, dass die Welt außerhalb Arcadias anders war, aber es würde sicher nicht schaden, sich nur ein wenig die Beine zu vertreten, oder?

Sie fand die Tür nach draußen, stemmte sie auf und registrierte überrascht, dass sie alles andere als verschlossen war. Hannahs Neugierde überlagerte sowohl Vorsicht als auch Gehorsam und sie tat ihre ersten Schritte hinaus in eine neue Welt.

* * *

Hannah merkte erst, wie muffig es im Turm gewesen war, als ihr die kühle Nachmittagsbrise ins Gesicht schlug. Es war vollkommen andere Luft als der Muff, den sie ihr ganzes Leben lang in der Stadt eingeatmet hatte.

Sie atmete tief ein und lächelte freimütig. Es roch nach Kiefern, Erde und Freiheit.

Hannah streckte ihre Arme gen Himmel und ließ die Waldbrise durch ihr Haar wehen. Es war erst ein paar Stunden her, dass sie ihren Bruder auf dem Queens Boulevard zurückgelassen hatte, aber schon jetzt wollte sie unbedingt mit ihm sprechen – und sei es nur, um diese Aussicht zu beschreiben.

Während ihres Gesprächs, in dem er ihr seinen Segen gegeben hatte, war sie noch geneigt gewesen, zu versuchen, ihn hierher mitzunehmen. Aber William hatte darauf bestanden, dass sie allein mit dem Gründer auf diese Mission gehen sollte.

Sie rekapitulierte noch einmal alles, was geschehen war – die Hoffnung, die Ezekiel ihr geschenkt hatte, als er ihren Bruder heilte – und schlenderte auf einen schattigen Platz unter den Bäumen zu. Kaum sieben, acht Meter in den Wald hinein suchte sie Ezekiels Ermahnung abermals heim. *Bleibe im Turm.*

»Solange ich nicht zu weit gehe, wird schon alles gut sein.« Sie sah sich um und versuchte, durch das Dickicht zu spähen.

Hannah war ein Kind des Boulevards, hatte ihr Leben in ständiger Gefahr verbracht.

Welchen Schaden könnten denn bitteschön ein paar Bäume anrichten?

Mit einem Blick über die Schulter vergewisserte sie sich, dass die Tür des Turms noch nah genug war und sie jederzeit zurücklaufen konnte, falls etwas Komisches geschah.

Das Knirschen von Sals kleinen Füßen auf dem Waldboden war gut zu hören, als er vom Gebäude herüberhuschte und in ihre Arme sprang. Geistesabwesend streichelte sie seinen schuppigen Körper und betrachtete den Wald.

Er zuckte genießerisch, während sie ihm mit dem Fingernagel über den Rücken und an jedem Stachel entlang fuhr. Als sie fertig war, krabbelte er auf ihre Schulter.

»Autsch!« Sie zuckte zusammen, denn seine scharfen Krallen piekten in ihre Haut. »Ich bin nicht dein Nadelkissen,

Freundchen.« Er legte sich um ihre Schultern, den Schwanz über ihren Rücken baumelnd.

Hannah wartete, bis der Schmerz abklang und dachte darüber nach, wie sehr sich ihr Leben in ein paar Stunden verändert hatte. Wären die Jäger auf dem Markt oder gar Williams Krampfanfälle nicht gewesen, dann wäre all das nicht passiert.

Das Leben hatte ihr immer nur die Arschkarte zugeteilt, aber es schien, als hätte sie endlich mal eine Glückskarte gezogen.

Aber wird diese Glückssträhne auch anhalten?

Die Antwort auf ihre Frage kam früher, als sie erwartet hatte.

Als sie ein Stück weiterging, hallten Grunzlaute durch die Bäume, gemischt mit Getrappel, das sie an die Ziegen auf dem staubigen Marktplatz erinnerte.

Ihren Blick vom Kiefernnadelboden hebend, entdeckte sie vor sich eine Kreatur, die aussah wie die Schweine, die Bauern zum Schlachten nach Arcadia brachten. Nur, dass dieses Schwein etwa doppelt so groß war und Stoßzähne hatte, die aus seinem Maul hervorragten. Dickes schwarzes Borstenhaar bedeckte seinen Buckelrücken.

»Oh Mist«, flüsterte sie und sah von rechts nach links und wieder zum Wildschwein.

Das Tier starrte stumpf zurück und scharrte auf dem Boden. Es schnaubte und warf seinen massigen Kopf hin und her, was Speicheltropfen in hohem Bogen von seinen Stoßzähnen fliegen ließ.

Hannah machte ein paar vorsichtige Schritte nach hinten und stieß prompt mit dem Rücken gegen einen Baumstamm. Sal bewegte schnell seinen Schwanz, damit der nicht zerquetscht wurde.

UNTERDRÜCKUNG

»Alles gut, Junge ... Mädchen ... was auch immer du bist«, sagte Hannah mit der beruhigendsten Stimme, die sie gerade zustande brachte, aber ihre Worte taten nichts, um die Bestie zu beschwichtigen. Hannahs Augen richteten sich auf die Tür des Turms und sie fragte sich, wie schnell sich das Tier wohl bewegen konnte.

Den Stoßzähnen nach zu urteilen, konnte das Ding erheblichen Schaden anrichten. Sie versuchte einen Testschritt in Richtung Turm und das Grunzen des Wildschweins steigerte sich zu quickender Raserei, lange Speichelstränge liefen aus seinem Maul. Dann sprang das überdimensionale Kriegsschwein plötzlich ohne Vorwarnung los und rannte auf sie zu. Ihre Lebenserfahrung, instinktgeschärft durch die Gefahren des Boulevards, ließ Hannah schnell reagieren. Sie wirbelte herum und sprintete zurück zum Turm.

Sals Füße krallten sich in ihre Schulter.

Zweige peitschten ihr über Gesicht und Arme, aber sie ignorierte den Schmerz. Sie konnte hören, wie das Schwein hinter ihr herraste. Der Turm lag direkt vor ihr, aber sie wusste, sie würde es nicht rechtzeitig schaffen. Sie wollte im Rennen über die Schulter schauen, um zu sehen, wie viel Abstand sie noch hatte, aber da verhakte sich eine Wurzel in ihrem Fuß und ließ sie zu Boden stürzen.

Sie landete unsanft, rollte sich aber schnell ab, sodass sie hinter sich schauen konnte. Das Ungetüm ragte über ihr auf, die Stoßzähne scharf wie Speere. Hannah hob ihre Arme zur Verteidigung – ein erbärmlicher Versuch, die Attacke der Kreatur abzublocken.

Sie weigerte sich, aufzugeben, aber sie wusste in ihrem Herzen, dass der Tod nah war.

Im Augenwinkel registrierte sie eine Bewegung von links, ein Gegenstand sauste durch die Luft und traf die

Bestie am Kopf. Das Tier fiel zu Boden, rollte von der Wucht des Schlags noch ein Stück und blieb nur wenige Meter von ihr entfernt liegen. Sein Schädel war bis zur Unkenntlichkeit zertrümmert.

Das Geschoss, ein riesiger Metallhammer mit einem Stachel am Ende des Griffs, lag blutverschmiert auf dem Boden.

Während Hannah noch mit großen Augen auf die Waffe starrte, hörte sie hinter sich einen Zweig knacken.

»Wat zum Deufel macht 'n kleines Mädschen alleijn im Wald?«, fragte eine raue Stimme im Rearick-Dialekt.

Ein Mann mit dichtem Bart und langen Haaren, die offen über seine Lederrüstung fielen, näherte sich dem Wildschwein und hob seinen Hammer auf. Er musterte das Tier und grummelte in sich hinein, dann wandte er sich Hannah zu.

Er war halb so breit wie groß und seine Miene ließ kein Anzeichen von Freundlichkeit erkennen. Im Gegenteil, er schien absolut unbeeindruckt zu sein.

Hannah stammelte ihren Retter an. »I-ich …«

»Hier draußen ist's nisch sischer, wie de siehst. Und wer zum Deufel biste überhaupt? Und wat is dat?«, fragte er und zeigte mit dem Hammer auf Sal.

Das seltsame Prickeln von Macht elektrisierte ihre Haut, doch Hannah atmete tief durch, um es zurückzudrängen. »*Das* ist mein Haustier. Und ich bin mir nicht sicher, ob ausgerechnet jemand von Ihrer Statur jemand anderes klein nennen sollte, Sir.« Sie lächelte schmal und hob eine Augenbraue.

Ohne Vorwarnung zog der Mann ein Messer aus seinem Gürtel. Hannah machte einen Satz von ihm weg. Der Mann war ein Monster, wenn er sie nur vor dem Kriegsschwein gerettet hatte, um mit ihr seinen eigenen, perversen Spaß zu haben!

UNTERDRÜCKUNG

Doch bevor sie anderweitig reagieren konnte, drehte der Rearick das Messer in der Luft um und packte es an der stumpfen Seite der Silberklinge. Er hielt ihr den kunstvoll gearbeiteten Griff entgegen.

Sie stand auf und klopfte sich den Schmutz und die Kiefernnadeln von der Kleidung. Tatsächlich war der Rearick einen ganzen Kopf kleiner als sie.

»Du bist vielleisst nischt sehr klug, aber du hast Mut, dat jefällt mir. Und fresch biste ooch noch. Det is fürs nächste Mal, wenn du wat Dummes wie jerade anstell'n willst.«

Er deutete mit der Klinge in Richtung Wildschwein.

Hannah nahm das Messer entgegen und drehte es ein paar Mal in ihrer Hand, die Handwerkskunst bestaunend. Ihre geschulten Augen erkannten, dass es einen gewissen Wert hatte.

Der Mann streckte ihr seine kräftige Hand entgegen. »Isch heiße Karl.«

Hannah schüttelte seine Hand bereitwillig. Verdächtig oder nicht, er hatte sie gerade davor bewahrt, mal eben ausgeweidet zu werden.

»Hannah«, antwortete sie lächelnd. Sie blickte zum Schwein hinunter und zurück auf das Messer. »Ich weiß nicht wirklich, was ich damit anfangen soll.«

Karl zuckte mit den Schultern und zeigte auf den Schweinekopf. »Bei sonem Dier sollte man immer auf die Kehle ziel'n. Funktioniert auch bei nem Mann, aber dat is schon n' bisschen schwieriger.« Er zwinkerte und ein Lächeln breitete sich unter seinem dichten Bart aus.

Sie blickte zurück zum Pfad, auf dem Karl gekommen war.

»Wohnst du hier in der Gegend?«

»Hier in der Jegend? Bah. Nee.« Er hob sein Kinn Richtung Horizont. »Isch komm' aus den Heights. Aber isch kann 'ne Menge Jeld verdienen, wenn isch Bauern und Händler durch diese Wälder nach Arcadia geleite. Isch hab' jerade eine Gruppe abgesetzt und hol' se morgen wieder ab.«

»Oh. Was machst du dann hier draußen?«

»Warste schon ma in Arcadia, Kleene?«, fragte er.

Hannah lachte. »Ich bin zum ersten Mal *außerhalb* von Arcadia! Ich habe mein ganzes Leben dort verbracht.«

»Dat erklärt schonma deine Leistung mit dem Wildschwein. Aber wenn du aus der Stadt kommst, weißte ja, dat Arcadia keijn Ort für nen Mann ist, der den Schatten der Bäume und dat Jefühl von Wind im Bart liebt. Mir wird da drin so verdammt klaustrophobisch, dat isch nich' ma weit übers Tor hinaus komm'.«

»Ich wusste gar nicht, dass euch Rearicks klaustrophobisch werden kann.«

Der Mann neigte den Kopf. »Unter der Erde ist det wat anderes. Isch vertraue den Schäschten, die wir in die Felsen graben. Den Menschen hinjegen nisch so sehr. Und jetz' lasst misch Eusch zu Eurem Palast eskortieren, meijne Dame.«

Hannah errötete ein wenig und steckte das Messer in den Ledergürtel um ihren Mantel. »Was ist damit?«, fragte sie und nickte zu dem Wildschwein.

»Dat ist dat Abendessen, wenn de mir Jesellschaft leisten willst.«

Sie rümpfte die Nase. »Eklig.«

Er lachte. »Nee, nisch eklig, sondern *jut*. Verdammt jutes Fleisch und dat Vieh war auch noch janz schön fett. Noch n' bisschen Hitze und viel Salz dran, dann kann isch mit vollem Bauch schlafen.«

UNTERDRÜCKUNG

Sie gingen gemeinsam zum Turm zurück und Hannah bemerkte, dass sie sich doch weiter davon entfernt hatte als gedacht.

Karl blieb vor der Eingangstür stehen.

»Willst du mit reinkommen?«, fragte Hannah. »Ich könnte dir meinen Freund vorstellen, falls er schon wieder wach ist.«

Karls Blick wanderte den Turm auf und ab. »Nischt da drin.«

»Wieder Klaustrophobie?«, fragte sie schmunzelnd.

»Sicher, Kleine. So wat in der Art.« Karl nickte und ging dann ein paar Schritte rückwärts. »Es war mir ein Verjnügen, disch kennen zu lernen, Mädschen.« Er deutete auf ihren Gürtel. »Jetzt tu mir nen Jefallen: Lass dat Messer stets bei dir und hör auf, in diesem Wald so verdammt naiv herumzustreunen.« Seine Worte waren schroff, aber Hannah bemerkte die Wärme unter seiner steinernen Fassade.

Sie sah zu, wie er sich den Riesenhammer über die Schulter legte und im Wald verschwand, dann zog sie sich in die Sicherheit des Turms zurück, mit Sal auf den Fersen.

Kapitel 10

Kommen Sie schon, nur noch einmal, Sir. Geben Sie einem Jungen vom Queen-Bitch-Boulevard die Chance, sein Geld zurückzugewinnen.«

»Klar, einmal noch«, sagte der Mann mittleren Alters, der gerade auf ausgestreckter Handfläche seine Münzen zählte. Seine teure Kleidung und das gestutzte Haar verrieten, dass er ein Adliger war, der ausnahmsweise mal sein Viertel verlassen hatte.

»Aber ich warne dich, mein Sohn: Wenn ich gewinne, behalte ich die Münzen. Sonst lernst du ja nichts.«

Parker faltete die Hände vor der Brust und verbeugte sich.

»Ich bin gerne bereit, von Älteren eine Lektion zu erhalten. Besonders von jemandem, der so weise *und* kultiviert ist.« Er wandte sich den Schaulustigen zu, die sich am Rande des Marktplatzes versammelt hatten. »Was meint ihr, Leute? Soll ich's noch mal versuchen? Er ist ziemlich gut und ich habe nur noch eine Handvoll Münzen.«

Die Zuschauer johlten lauthals und drängten Parker, weiterzumachen.

»Okay, okay, ich will die guten Leute Arcadias nicht enttäuschen. Aber diesmal kann ich nur zehn setzen. Meine liebe Ma braucht schließlich noch ihre Medizin.« Parker hob ein imaginäres Glas und tat so, als würde er trinken. Die Menge brüllte.

»Dann wollen wir mal. Drei Muscheln, eine Kugel. Wie jeder sehen kann, ist die Kugel hier, unter dieser.« Parker deckte die mittlere Schale auf und zeigte eine kleine, grüne Erbse vor. »Nun, Sir, letzte Chance! Und ich brauche das Geld, also werde ich die Sache diesmal etwas schwieriger gestalten. Bereit?«

Der Adlige behielt die Muscheln im Auge und nickte.

Parkers Hände bewegten die Schalen rasch hin und her, dabei plapperte sein Mund in doppelter Geschwindigkeit. »Behalten Sie Ihre Augen auf die Muscheln gerichtet. Wo ist die Erbse, hm? Erbse oder Nicht-Erbse, das ist hier die Frage. Wo ist die Erbse? Können Sie's mir sagen?«

Noch dreißig Sekunden wirbelte er die Muscheln umher, dann zog er seine Hände zurück. »Wie geht's Ihnen?«

Schweiß glitzerte auf der Stirn des Mannes. »Gut. Ich schaffe das.«

Sein Finger schwebte eine Weile über den Muscheln, bis er sich schließlich für die entschied, die am weitesten rechts von ihm lag. »Diese hier.«

»Sind Sie sich da sicher?«, fragte Parker. »Ganz sicher?«

»Ja, diese hier. Ich bin mir sicher.«

»Letzte Chance.«

Die Spannung unter den Zuschauern war spürbar. Sie alle beugten sich vor und erwarteten die Auflösung. Parker schloss die Augen und ließ den Kopf hängen. Er drehte die Muschel um. »Tja, man sagt, die Adligen seien klug, freundlich und gut aussehend. Zumindest scheinen Sie eins von dreien zu sein.«

Unter der Muschelschale kam die grüne Erbse zum Vorschein.

Der Edelmann vergeudete keine Zeit und sammelte eilig seinen Gewinn ein. »Such dir eine ehrliche Arbeit, Junge. Die Straßen zu fegen wäre eine sichere Sache und du bist nicht sehr geschickt mit diesen Muscheltricks.«

Der Mann stand auf und ging, Parker jedoch suchte die Zuschauer schon nach dem nächsten Kandidaten ab. »Sieht aus, als müsse meine Ma heute mal nüchtern zu Bett gehen. Warum dann nicht gleich noch einen Versuch wagen? Wer hält sich für schlau oder zumindest für 'nen Glückspilz?«

Die Menge teilte sich, ein Mann kam nach vorne und legte einen Haufen Münzen auf Parkers Kiste. »Ich bin mit zwanzig dabei.«

»Entschuldigung, Sir, aber nach dem Adligen muss ich vorsichtig sein. Ihrer Mütze nach zu urteilen sind Sie Farmer …?«

Der Mann schüttelte den Kopf. »Trapper. Und ich hab' gerade 'ne Wagenladung Pelze verkauft.«

»Ah und Sie wollen mit *mehr* nach Hause gehen. Na gut, probieren wir's.«

Parker schob die Münzen an die Seite der Kiste und begann wieder mit seiner Routine. Seine Hände flogen, ebenso wie sein Mund. Schließlich kam er zur Ruhe.

Der Mann inspizierte die Muscheln nachdenklich und zeigte dann auf eine.

»Diese hier.«

»Ah, nah dran.« Parker drehte eine andere Muschel um, unter der die winzige Erbse lag. Er heimste die Münzen des Mannes ein und stopfte sie in seine Tasche.

»Nochmal versuchen?«

»Nein. Das war's. Meine Alte hat gesagt kein Glücksspiel.«

»Perfekt!«, rief Parker. »Das hier ist nämlich ein Geschicklichkeitsspiel!«

Er schob die Erbse unter die mittlere Muschel und drehte die Leeren um.

»Sie haben sie gesehen, oder? Hier, schauen Sie noch mal.« Er kippte die Schale wieder nach oben. »Diesmal kriegen Sie drei Züge und Sie müssen kein Geld drauf setzen, wenn Sie sich nicht sicher sind.«

Parker schob die Muscheln langsam umher, wobei er jede von ihnen um einen Platz versetzte. »Letzte Chance für eine Wette. Ich lasse Sie ihr Geld schon zurückgewinnen.«

Der Mann rieb sich den Nacken. »Wie wär's, wenn ich es zurückgewinne und auch noch verdopple?«

Parker zuckte mit den Achseln. »Ich gebe ihnen gern die Chance dazu. Vierzig Münzen?«

Der Mann lachte verächtlich. »Dummer Junge. Ist doch klar, dass die Erbse hier ist.«

Parker grinste und drehte die ausgewählte Muschel um. Sie war leer.

»Tut mir leid, Kumpel. Aber danke fürs Mitspielen.«

Die Menge jubelte gröhlend, während er nach den Münzen griff.

»Du kleiner Betrüger!«, schrie der Trapper.

»Sir, ich muss schon sehr protestieren. Ich bin ein *ehrlicher* Mensch …« Ohne zu Ende zu sprechen, stieß Parker dem Mann die Kiste gegen die Beine und rannte durch die Menge davon. Er musste das ganze Viertel umrunden, bevor er meinte, endlich sicher zu sein.

Als Parker auf einer Bank nahe des Queen-Bitch-Boulevards zusammenbrach, zählte er seine Münzen und verschnaufte. Das Hütchenspiel war immer ein riskanter Betrug. Es dauerte nie lange, bis man von verärgerten Touristen oder der Kapitolgarde unterbrochen wurde, aber er hatte für heute ohnehin genug verdient.

»Nochmal versuchen?«

Der Edelmann stand vor ihm und blickte auf ihn herab.

»Ziemlich weit weg von Ihrem Viertel, oder, Sir?«, schnaubte Parker.

Der Mann blickte den Queens Boulevard hinunter und lächelte. »Tja, weiß nicht … Sieht netter aus, als ich gedacht hatte. Vielleicht ziehe ich ja her.«

Parker lachte. Der Mann setzte sich neben ihn und zupfte an seinem Kragen.

»Kann's kaum erwarten, aus diesem steifen Umhang rauszukommen, Mann. Ich fühl' mich spießig, wie diese adeligen Bastarde. Was haben wir heute gemacht?«

»Nicht wenig, Sam. Ungefähr zwei-fünf. Du warst gut – beinahe glaubwürdig als feiner Herr aus dem Nobelviertel.«

Parker gab Sam fairerweise die Hälfte der Einnahmen, obwohl er wusste, dass er selbst eigentlich einen größeren Anteil verdient hätte. Aber mit Hannah hatte er immer gleichmäßig geteilt und kein Gauner kam lange ohne Partner aus. »War ein guter Tag.«

Sam nickte, steckte seinen Anteil ein und schlenderte Richtung Queens Boulevard. Er blieb noch einmal stehen und drehte sich um. »Ich weiß, normalerweise arbeitest du mit Hannah zusammen, aber wenn du mich mal brauchst, freue ich mich über die Arbeit.«

»Klar, Mann. Wir müssen morgen unsere Strategie ändern, aber vielleicht brauche ich dich trotzdem noch mal.«

Parker stopfte seine Hälfte der Münzen in seine Stiefel und folgte Sam auf den Boulevard. An der Abgabenbox hielt er brav an und bezahlte den geforderten Anteil an Jack. Das Leben auf dem Queens Boulevard war so schon hart genug; es fühlte sich jedes Mal noch schlimmer an, wenn er Horaces ›Beamten‹ sein hart verdientes Geld überlassen musste.

Er war auf halbem Weg den Boulevard hinunter, als er eine leise Stimme seinen Namen rufen hörte. Parker lächelte. Es war William.

»Komm mit mir!«

»William?« Parker warf einen schnellen Blick über die Schulter und zischte: »Wo zum Teufel ist Hannah?«

»Komm einfach mit. Ich erzähle dir alles.«

Ergeben folgte Parker dem Jungen, der sich durch eine Gasse schlängelte und über einen kaputten Zaun kletterte. Sie überquerten gerade ein mit Müll übersätes Grundstück, da blickte William misstrauisch an Parker vorbei und verschwand dann eilig durch eine Hecke am Rand der Müllhalde. Auf der anderen Seite traten sie durch ein zerbrochenes Fenster in ein Gebäude, das abrissreif aussah. Die Fassade war in sich zusammengefallen, das Innere jedoch überraschend sauber und ordentlich. Ausrangierte Möbelstücke säumten die Wände und es sah aus, als hätte jemand kürzlich die abgenutzten Holzdielen gefegt. Auf dem Queens Boulevard gab es ein Dutzend gammeliger Gebäude, aber er hatte noch nie eines gesehen, das so sehr gepflegt wurde.

»Was ist das für ein Ort?«, fragte Parker und sah sich staunend um.

»'ne Art Clubhaus, könnte man sagen. Hannah und ich haben es vor Jahren gefunden. Wir sind hierhergekommen, wann immer wir die Gelegenheit hatten. Du weißt schon, Kinderkram. Wir haben Mutter-Vater-Kind gespielt, oder Schule oder Zauberduell. Es war unsere Zuflucht. Vor zwei Jahren, als Hannah angefangen hat, mit dir durch die Straßen zu ziehen, haben wir aufgehört, uns hier zu treffen. Aber ich wollte mich weiter darum kümmern. Fühlt sich richtig an.«

Parker durchquerte den Raum und drehte probehalber am Knauf der einzigen Tür. »So sieht auch der Rest des Hauses aus?«

»Nö. Nur dieser Raum. Weiß nicht, warum, aber wir sind meistens hier drin geblieben und haben uns nur 'n paar Mal in den Rest des Hauses gewagt. Es riecht da nach Katzenpisse und Tod und alles ist total chaotisch. Aber, weißt du, wenn man sich nur eine kleine Ecke der Welt aussucht, merkt man, dass man tatsächlich was verändern kann. Wir haben klein angefangen, dachten, irgendwann würde das hier wirklich uns gehören und dann könnten wir den Rest auch restaurieren. Aller Anfang ist schwer.«

William setzte sich auf einen Stuhl in der sorgsam angeordneten Sitzecke, fuhr mit der Hand über die Armlehne und lehnte den Kopf an.

Parker ließ sich auf einen Stuhl gegenüber von William fallen. Er registrierte die gesunde Farbe im Gesicht des Jungen und das fehlende Zittern seiner Hände. Hannahs kranker, kleiner Bruder sah wie ein ganz anderer Mensch aus.

Er wollte schon danach fragen, überlegte es sich aber noch einmal. »Wo ist sie, William? Es ist schon Tage her. Ich will jetzt nicht der aufdringliche Straßenpartner sein, aber ich mache mir langsam Sorgen. Du weißt schon, wegen der Sache in der Gasse.«

»Ja, deshalb habe ich nach dir gesucht. Ich denke, sie würde dich wissen lassen wollen, dass sie weg ist.«

»Weg?«, fragte Parker entgeistert. »Wann? *Wohin?*«

Sein Verstand ratterte, aber nach dem ersten Schock wurde ihm klar, dass er nicht allzu überrascht sein sollte.

Sie alle hatten es schwer auf dem Boulevard, aber Kinder wie Hannah und William hatten es noch schlimmer. Wenigstens hatte Parker eine Mutter, die ihn liebte und sich um ihn kümmerte. Und er war gesund. Das war bei den beiden anders. Ihre Mutter war tot und begraben und ihrem Vater wünschten sie, er wäre es.

Aber er hätte nie gedacht, dass Hannah William je hier zurücklassen würde. Sie hatte doch immer nur von ihm gesprochen.

UNTERDRÜCKUNG

»Ich weiß nicht, für wie lange, aber sie ist weg, um zaubern zu lernen.«

Parker lachte. Die Leute aus ihrem Viertel waren nicht gerade Magieanwärter.

»Komm schon, wo ist sie wirklich?«, hakte er nach, seine Sorge vorerst unterdrückt angesichts dieser abenteuerlichen Erklärung.

William blickte ernst drein. »Wirklich. Ein mächtiger Magier hat ihr Potenzial erkannt. Er hat auf dem Marktplatz mitbekommen, wo ich meinen Anfall hatte. Keine Ahnung, was er da in Hannah gesehen hat, aber er hat definitiv was gesehen.«

Parker dachte über Hannahs Erzählung nach. Wenn die Jäger hinter ihr her gewesen waren, dann konnte sie vielleicht tatsächlich zaubern.

»Sie ist also an der Akademie?«, fragte er.

William rang die Hände, als sei er sich nicht sicher, wie viel er Parker erzählen durfte.

Schließlich blickte er entschlossen auf. »Parker, es war der Gründer. Er kam in unser Haus und heilte mich. Und dann hat er meine Schwester gebeten, mit ihm zu gehen, zum trainieren oder so was. Er sprach immer wieder davon, Arcadia zu retten, so wie er ihr Leben gerettet hatte. So wie er *mich* gerettet hat.«

William füllte nun bereitwillig die Lücken der Geschichte aus, aber Parker lächelte nur, ohne von seiner inneren Überzeugung, dass es gar keinen Gründer gab, abzuweichen. Hannah hatte auch nicht daran geglaubt. Er fragte sich, in was für Ärger seine Freundin wirklich steckte.

»Wo sind sie hin?«, fragte er schließlich.

William zuckte mit den Achseln. »Zu einem Turm außerhalb der Stadt. Zumindest hat das der Gründer gesagt.«

✶ ✶ ✶

Hannah saß in der großen Halle und dachte über den Vorfall mit dem Wildschwein und Karl nach. Sie verfluchte sich selbst, weil sie seine Hilfe gebraucht hatte. Sie musste stärker werden. Der Mut war da und ihre Hartnäckigkeit bewiesenermaßen auch, aber sie brauchte dringend die Art von Fähigkeiten, die ihr nur hartes Training geben konnte.

Ezekiel hatte sie in diesen Turm gebracht, um ihr Magie beizubringen. Trotz aller Vorbehalte war sie jetzt offen fürs Lernen.

»Können wir anfangen?« Die Stimme des Zauberers hallte durch den Saal.

»Ich bin bereit, seit du uns hierher gezappt hast. *Du* bist hier die Schlafmütze.« Sie schenkte ihm ein freches Lächeln und fragte sich, ob der alte Mann wohl Sinn für Humor hatte.

»Wenn man in meinem Alter ist, Mädchen, verlangen einfache Dinge wie Arschtritte und Teleportation einem ganz schön was ab.« Er nickte ihr zu. »Das wirst du noch früh genug sehen.«

»In Ordnung. Bring mir Magie bei, Zeke.«

»Nenn mich Ezekiel. Die Magie kann warten, bis du etwas über den historischen Kontext unserer Mission gelernt hast. Gehen wir ein Stück.« Er drehte sich um und ging auf die ihr nur allzu vertraute Außentür zu.

Er wartete auf der Türschwelle, bis sie ihn einholte, dann begannen sie ihren Spaziergang an der Außenmauer des Turms entlang.

Hannah entschied, ihre kleine Erkundungstour nicht zu erwähnen, während sie sich abmühte, mit Ezekiels langen Schritten mitzuhalten.

UNTERDRÜCKUNG

Sie hatte keine Ahnung von seiner tatsächlichen körperlichen Statur, da sie ihn bisher entweder in Verkleidungen gesehen hatte, die ihn schwächer aussehen ließen, oder ihn massiv und monströs machten. Die Leichtigkeit seiner Schritte war nun der erste Hinweis auf seine wahre Stärke, was Sinn ergab, wenn er den größten Teil seines Lebens quer durch Irth spaziert war.

»Was weißt du über Arcadias Geschichte?«, fragte er.

Sie dachte darüber nach. Was *wusste* sie? Sie war versucht, entweder ungefiltert all das wiederzugeben, was man sich auf dem Markt erzählte, oder aber zu wenig preiszugeben von dem, was sie wirklich glaubte. Wenn sie ausgebildet werden wollte, musste Ezekiel wissen, womit er arbeitete.

»Nicht viel. Ich weiß, was jedes andere Kind vom Queen-Bitch-Boulevard weiß. Ich meine, ich bin nie zur Schule gegangen oder so. War eher 'ne Ausbildung auf der Straße. Meine Mutter erzählte mir ein paar Dinge, bevor sie ...« Hannah stockte.

»Starb?«

Hannahs Kehle schnürte sich zu, aber sie nickte.

»Ja. Sie ist gestorben. Die Eltern meiner Mutter sind in die Stadt gezogen, kurz nachdem das Zeitalter des Wahnsinns endete. Arcadia war damals neu, die Möglichkeiten scheinbar unendlich. Mein Großvater bekam eine Arbeitsstelle beim Bau der Stadtmauern. Da waren zwar auch viele Magier am Werk, aber er brachte die Muskelkraft mit. Magie liegt nicht in meiner Familie.«

Der Zauberer nickte bedächtig. Es war ein Armutszeugnis für Arcadia, dass ein kluges Kind wie sie vor Hunger und Verzweiflung auf der Straße stehlen musste, statt ein Leben voller Lernmöglichkeiten zu genießen.

Ezekiel hatte großes Glück, sie gefunden zu haben.

»Nun, Hannah, du kennſt einen Teil der Geschichte, aber deine Annahme über Magie iſt nur teilweise richtig, wie auch die meiſten Wahrheiten. In der alten Welt vor dem zweiten Dunklen Zeitalter und dem Zeitalter des Wahnsinns gab es keine Magie, wie wir sie heute kennen.

Dennoch wären die damaligen Staaten uns heute als unglaublich fortschrittlich erschienen, zumindeſt was ihre Technologien betrifft. Für die Menschen der alten Zeit waren nämlich Wissenschaft und Technologie ihre Art der Magie und viele verehrten sie wie Götter.«

Ezekiel zeigte auf die Ruinen, an denen sie vorbeikamen. »Sie schufen riesige Bauwerke, die bis in den Himmel reichten und entwickelten diverse Arten von Maschinen und Technologien, sogar fliegende Schiffe! Kurz bevor der Wahnsinn begann, beherrschten die Menschen ihre Kommunikationstechnologien meiſterhaft. Ihre Technologien ermöglichten es ihnen, mit jedem Menschen auf der Welt zu ſprechen.« Der alte Mann deutete zum Himmel. »Und sogar mit Sphären jenseits der Himmel.«

»Warte mal.« Hannah blieb ſtehen und deutete auf die Wolken. »Menschen haben im verdammten *Himmel* gewohnt?«

Der alte Mann wandte sich um, bemerkte ihren ungläubigen Gesichtsausdruck und lachte. »Irgendwann, ja. Anfangs waren es nur Erkundungsreisen, aber für manche wurde der Weltraum zur Heimat.«

»Aber wie zur Hölle ging das? Magitech?«, fragte sie, als sie beide weitergingen.

Ezekiel schüttelte den Kopf. »Magitech iſt etwas, das Adrien in die Welt gebracht hat. Früher machten sich die Menschen die Energie der Sonne zunutze und gruben Treibſtoff aus dem Boden. Das war wirklich etwas Besonderes.

UNTERDRÜCKUNG

Kurz vor Ende der alten Zeit hatten sie sogar gelernt, wie man ein Atom spaltet, um eine Energie zu erzeugen, die unsere Vorstellungskraft übersteigt. Jenseits dessen, was *jedweder* Magienutzer bewirken kann.«

»Gelernt, *was* zu spalten?«, fragte sie und registrierte nebenbei, dass sie den Turm nun schon zum siebten Mal umrundet hatten und sie jedes Mal in dieselbe Matschstelle getreten war.

»Hm, ja. Ein Atom.« Aus irgendeinem Grund schien Ezekiel das ungleichmäßige Gelände nicht zu stören. Sie versuchte, ihn beim Schummeln zu erwischen, aber es schien nicht so, als ob er beim Gehen irgendeine Magie benutzte.

Er war anscheinend einfach agiler als sie.

»Die technischen Einzelheiten sind nicht so wichtig. Aber du solltest wissen, dass ebendiese Energiequelle den Menschen eine Menge Ärger gemacht hat. Es schien, je klüger die Menschen wurden, desto törichter wurden sie in ihrem Umgang. Letztendlich wurde die Kraft der Atome benutzt, um die Welt und fast alles in ihr zu zerstören.

So gut wie niemand überlebte die Freisetzung dieser Energie und die wenigen, die überdauerten, bauten Irth wieder auf. Doch während dieses Prozesses entstand etwas noch Schrecklicheres als ihre Wissenschaft. Etwas noch Tödlicheres.«

Hannah füllte die Lücke in seiner Erzählung aus: »Der Wahnsinn. Die Strafe der Götter gegen die Bösen.«

Das brachte Ezekiel zum Lachen. Offenbar hatten die Kinder Arcadias – zumindest diejenigen, die im Queens Boulevard aufgewachsen waren – Bruchteile der Geschichte zusammengeschustert, aber sie hatten die Lücken über die Jahre mit Fiktion gefüllt.

»Auch hier kennst du nur einen Teil der Wahrheit. Der Wahnsinn war ebenfalls das Ergebnis einer schiefgelaufenen Technologie, die jedoch ganz anders war als die Bomben und Flugzeuge. Sie kam von innen.«

Hannah überdachte seine Worte, die für sie teilweise keinen Sinn ergaben bis auf die Vorstellung, von innen angegriffen zu werden. Das erschien ihr völlig klar.

»Du meinst wie eine Krankheit …«

Sie konnte hören, wie Ezekiels Füße den Boden berührten, er schwebte also nicht. Sie musste herausfinden, wie er auf diesem Terrain so mühelos laufen konnte.

»Hmm, ja, genau! Es war eine Krankheit, die jederzeit jeden angreifen konnte. Aber anstatt den Leuten Fieber oder wie deinem Bruder Krampfanfälle zu verpassen, griff diese Krankheit den Verstand an. Sie verwandelte die Menschen, gute und schlechte, in Monster. Jemand, der gestern noch ein völlig harmloser Dorfbewohner war, konnte schon am nächsten Tag die eigenen Kinder lebendig auffressen.«

Hannahs angewiderte Grimasse brachte Ezekiel beinahe erneut zum Lachen.

»Bah, widerlich! Jetzt weiß ich auch, warum es das Zeitalter des Wahnsinns genannt wird.«

»Ja. Es hatte im Laufe der Jahrzehnte mehrere Namen, aber dieser scheint hängen geblieben zu sein. Wahrscheinlich, weil er so passend ist. Zu Beginn des Ausbruchs waren die Menschen über die ganze Welt verteilt. Kleine Gemeinschaften versuchten, sich vor anderen Gruppen zu schützen. Es waren eher … unzivilisierte Gesellschaften. Aber als die Epidemie ausbrach, wurde den Menschen klar, dass Massen Sicherheit boten. Die Krankheit zwang sie, sich zu versammeln und zusammenzuarbeiten. Auf diese Weise entstanden die ersten Städte.«

UNTERDRÜCKUNG

»Gibt es, ähm, noch andere bewohnte Orte?«

»Oh ja. Es ist schwer zu ergründen, wie groß die Welt wirklich ist. Es gibt Orte wie Arcadia, Städte voller Menschen. Aber große Teile von Irth sind jetzt unbewohnt – Orte, an denen die Infektion die Menschen völlig ausgelöscht hat.«

Sie liefen eine Runde lang schweigend nebeneinander her. Geschichten aus der alten Zeit hatten in ihren Ohren ebenso wie die Götter und der Gründer immer nach Kindermärchen geklungen. Aber jetzt, da Hannah Seite an Seite mit einem Mann ging, der mächtig genug war, um ihren Bruder zu heilen, fiel es ihr leichter zu akzeptieren, dass einige der alten Geschichten vielleicht wahr waren.

Tief in ihrem Inneren, das sie jahrelang abgeschottet hatte, spürte sie einen kleinen Funken Hoffnung aufkeimen.

* * *

Ezekiel blickte auf seine neue Schülerin hinunter und versuchte einzuschätzen, wie gut sie diese Informationsflut verkraftete.

Sie wirkte zu Recht schockiert.

Er hatte gerade eine ganz schöne Bombe platzen lassen: Die Welt, in der sie lebte, war nicht so, wie sie gedacht hatte. Ihr Schweigen verriet ihre Skepsis, aber das war in Ordnung.

Glaube musste man sich erst aneignen.

Er hatte schon zu viele Menschen getroffen, die sich durch geschickte Rhetorik manipulieren ließen. Sie musste die Wahrheit als ihre eigene anerkennen. Er zog in Erwägung, ihre Geschichtsstunde für heute zu beenden, doch sie hakte weiter nach.

»Und an dem Punkt ist der Gründer, ich meine, bist ... *du* ... aufgetaucht. Wenn du der Gründer bist, dann hast du uns die Magie gebracht. Man sagt, du hätteſt das Zeitalter des Wahnsinns beendet, der Prophet nennt dich sogar 'nen Gott, wie die Matriarchin und den Patriarchen. Also was iſt? Soll ich mich verbeugen, allmächtiger Zeke?«

Sie grinſte ihn frech an.

Nur, weil sie langsam zu glauben anfing, war sie anscheinend noch um keinen Deut ehrfürchtiger.

Er lachte gutmütig. »Für dich immer noch Ezekiel und nein, ich bin *kein* Gott. Und soweit ich das beurteilen kann, waren die Matriarchin und der Patriarch auch keine Götter. Aber das iſt eine Geschichte für ein andermal. Was ich verraten *kann*, iſt allerdings, dass ich das Zeitalter des Wahnsinns nicht allein überwunden habe. Ich hatte Hilfe. *Wirklich* mächtige Hilfe.«

Sie blieb nachdenklich ſtehen, die Arme verschränkt. Er hielt ebenfalls inne und wartete darauf, dass der Damm brach und all ihre Fragen hervorſprudelten.

»Aber ... wie haſt du das gemacht? Wenn es Magie vorher nicht gab, woher kam sie dann?«

Ezekiel nickte bedächtig. Ihre Fragen trafen genau ins Schwarze. Sie war sogar noch klüger, als ihm bewusſt gewesen war.

»Die Antwort auf deine beiden Fragen iſt ein und dieselbe. Aber lass mich zuerſt *dich* fragen: Als du deinem Bruder an jenem Tag auf dem Marktplatz geholfen haſt, wie fühlte sich das an?«

Hannah hob den Kopf, ihre Antwort überdenkend. Ezekiel wartete geduldig.

»Ich glaube, ich hatte das Gefühl, dass etwas in mir war, das ausbrechen wollte. Meine ganze Angſt und Fruſtration, die Sorge um meinen Bruder ... es war, als würden sie etwas nähren. Etwas, das hungrig nach mehr war.«

UNTERDRÜCKUNG

»Genau!«, rief er erfreut. »Diese Kraft in dir ist es, die dich zaubern lässt. Sie ermöglicht es dir, eine Sphäre reiner Energie anzuzapfen, den Aether. Von dort kommt unsere Magie. Aber diese Kraft muss kontrolliert werden. Zuerst hatten nur wenige Auserwählte Zugriff darauf – das waren jene, die du als Matriarchin und Patriarch bezeichnest. Dann breitete es sich auf ganz Irth aus, aber die meisten hatten nicht den Willen, es zu kontrollieren. Anders als du konnten sie die ätherische Energie nicht anzapfen. Also verwandelte sich ihr Verlangen in Hunger. Fleisch und Blut waren die einzigen Möglichkeiten, ihr Bedürfnis zu befriedigen, an jene Energie zu kommen.«

Sie setzten ihre Runden um den Turm fort. »Der Wahnsinn verbreitete dieses Potenzial in der ganzen Welt und vernichtete viele Menschen. Aber aus der Asche ging etwas Gutes hervor. Eine Art Schalter wurde umgelegt, der diesen Hunger vom Monströsem ins Wunderbare kehrte. Vom Wahnsinn zur Magie.«

Ezekiel hatte sich in seinen Worten verloren. Als er geendet hatte, sah Hannah ihn tatsächlich mit einem Ausdruck der Ehrfurcht an.

»Das ist es, was du herausgefunden hast?«, fragte sie, ebenfalls fasziniert von seiner Geschichte.

»Ich?« Er winkte ab. »Nein. Ich *bekam* meinen Schalter umgelegt. Das Orakel fand heraus, wie man das macht. Wie man die Menschen retten konnte.«

Hannahs Blick der Ehrfurcht verschwand und sie verdrehte ärgerlich die Augen.

»Scheiße. Willst du mir etwa sagen, dass das Orakel *auch* echt ist?«

Er betrachtete die junge Frau stirnrunzelnd. »Natürlich ist sie echt. Warum sollte sie es nicht sein?«

Hannah schüttelte den Kopf. »Zeke, du hast echt 'ne Menge verpasst, während du in Irth spazieren gegangen bist. Arcadia ist jetzt ein anderer Ort. Die meisten von uns gehen nicht zur Schule, wir lernen auf der Straße, wie wir überleben. Und dem Kapitol gefällt das. Unsere Ahnungslosigkeit und Machtlosigkeit geben ihnen Kontrolle. Ich habe in meinem Leben so viele Geschichten gehört und nie eine vertrauenswerte Quelle gehabt, die mir verraten hätte, welchen Erzählungen ich glauben kann.«

Sie atmete tief durch und fuhr dann fort: »Meine Mutter erzählte mir vom Orakel. Aber ich dachte, diese Geschichten wären genau wie die von der Queen Bitch und ihrem Bastard. *Nette* Märchen, die uns den Kopf unten und die Hoffnung hochhalten lassen.«

Ezekiel spürte bei den Worten des Mädchens, wie sein Gesichtsausdruck ins Wanken geriet. Er musste sich daran erinnern, dass sie die wahre Geschichte der Welt erfahren musste.

Als er sprach, lagen sowohl Überzeugung als auch Mitgefühl in seiner Stimme.

»Hannah! Erstens: Sprich niemals auf diese Weise von der Matriarchin und dem Patriarchen. Sie sind so real wie du und ich und sie verdienen – nein, sie *gebieten* unseren Respekt.«

»Aber …«, begann sie, von seiner erhobenen Hand unterbrochen.

»Kein Aber. Hör mich an. Mit dem, was du glauben magst, kannst du später noch ringen. Fürs Erste brauchst du einfach nur Informationen. Zweitens: Das Orakel *ist* real und hat einen Namen, nämlich Lilith. Sie ist eine *sehr* mächtige Kreatur, deren Wissen dermaßen komplex ist, dass auch nur ein Hauch dieses Wissens deinen Verstand in Scherben legen würde.«

UNTERDRÜCKUNG

Er konnte sehen, wie schnell ihr Gehirn angesichts seiner Schilderung zu arbeiten begann.

»Warte mal: Kreatur? Sie ist *kein* Mensch?«

Ihm dämmerte, wie viel sie noch lernen musste. »Lilith kann nicht in derlei einfachen Kategorien erfasst werden. Eines Tages werde ich sie dir zeigen, aber jetzt ist nicht die Zeit dafür.«

»Na fein, Doktor Supermysteriös. Also zurück zu den Zombies des Wahnsinns.«

Ezekiel nickte. »Meine Kollegen und ich befolgten die Anweisungen von Lilith und konnten die Auswirkungen des Wahnsinns stoppen – in einigen Fällen sogar rückgängig machen! Es war eine erstaunliche und äußerst gefährliche Zeit. Wir haben einige unserer besten und mutigsten Mitstreiter verloren. Aber wir fanden heraus, dass etwas anderes den Platz der Krankheit einnahm, wenn wir sie aus den Menschen vertrieben hatten.

Jene Macht, die in jedem Menschen steckte – eine Macht, die manche ihrer Wirte vergiftete – war die Quelle der Magie in unserer Welt. Wir begannen zu begreifen, dass sie in uns allen steckte, aber immer noch gefährlich war. Nur diejenigen, die stark genug waren, um sie zu kontrollieren, konnten daraus Magie schaffen. Einige starben bei dem Versuch, dies zu tun. Andere, die Angst vor den Auswirkungen hatten, haben dieses Potenzial in sich eingesperrt.«

»Willst du mir damit sagen, dass *jeder* zaubern kann?«

»Nicht ganz. Jeder hat die Grundvoraussetzungen in sich, nicht nur Adlige. Doch schon damals haben wir dieses Wissen nicht öffentlich bekannt gemacht. Zu versuchen, diese Macht zu nutzen, ist *sehr* gefährlich. Viele Menschen schaden dabei sich selbst. Man sollte nur dann versuchen, die Energie des Aethers zu schöpfen und damit Magie zu praktizieren, wenn man von einem Mentor angeleitet wird – von jemandem, der unterrichten und notfalls einschreiten kann.

Meine Freunde und ich konzentrierten uns auf die Einsatzmöglichkeiten der Magie. Durch sie konnten wir langsam anfangen, die Welt zu heilen. Und wir wollten dieses Wissen verbreiten. Also erbauten wir mit Hilfe der Magie Arcadia.«

»Und jetzt hast du Angst, dass Adrien das alles mit Magie kaputtmacht?«

Ezekiel sah seine neue Schülerin an und fragte sich, wie viel er ihr verraten sollte. Wie viel Wahrheit sollte er ihr vorenthalten, um sie zu beschützen? Aber ihr Gesichtsausdruck nahm ihm die Entscheidung ab.

Sie hatte bereits Höllenqualen gelitten. Nun war sie stark genug, um dem Teufel ins Gesicht zu sehen.

Er atmete resigniert aus – entschlossen, ihr die ganze Wahrheit zu sagen, sosehr es ihn auch schmerzte. »Genau das wird passieren. Es sei denn, wir halten ihn auf.«

UNTERDRÜCKUNG

Kapitel 11

Adrien quälte sich durch den Papierkram, während draußen die Sonne hinter den Mauern Arcadias unterging. Ein Dokument, das ihn über die Fortschritte der Magitech-Maschine auf dem Laufenden hielt, besagte, dass die Dinge zwar besser, aber immer noch nicht schnellstmöglich liefen. Der Chefingenieur hatte das Tempo erhöht, aber zu einem hohen Preis. Mehrere Männer, die an dem Projekt arbeiteten, waren ausgebrannt.

Das konnte leicht passieren, wenn die jungen und unerfahrenen Magier ihre Macht zu weit trieben. Nun wurden sie einer nach dem anderen in die Krankenstation gebracht. Das machte jedoch nichts. Es war ein Preis, den diese Stadt tragen konnte. Er schüttelte den Kopf und wandte sich der Liste der angehenden Studenten zu, die der Dekan ihm geschickt hatte.

Schließlich hatte er ganz nebenbei auch noch eine Akademie zu leiten.

Am Seitenrand neben den Namen stand eine Zahl, die wiedergab, wie viele Studenten angenommen worden waren. Viel wichtiger war in Wirklichkeit jedoch die Zahl derjenigen, denen der Zugang verweigert worden war. *Die* war der Schlüssel.

Zugang verweigern. Knappheit schaffen. Prestige erhöhen. Das verankerte die wenigen, die aufgenommen wurden, in Dankbarkeit gegenüber ihrem Rektor.

Er nahm seinen Stift, zog einen Strich durch die Zahl und erhöhte sie um zwanzig Prozent. Was sind schon ein paar mehr? Besonders wenn die, die wir haben, fallen wie die Fliegen?

Das, was bevorstand, verlangte nach zusätzlichem Futter.

Ein Türklopfen unterbrach seine Berechnungen. »Herein!«, rief er, den Blick nicht von der Studentenzahl abwendend.

Doyle trat ein, schloss die Tür und kam schweigend zum Schreibtisch getrippelt.

Adrien schaute entnervt von seiner Planung auf. »Sprich, verdammt. Was gibt es?«

Doyle erhaschte einen Blick auf die veränderte Zahl auf dem Dokument. Der Mann hatte ein verflucht schlechtes Timing. Wenn Adrien wütend wurde, litten alle um ihn herum.

»Sir, Sie ordneten an, dass die Jäger und Wachen nach jemandem Ausschau halten sollen, auf den die Beschreibung dieses ... *Dämonenmagiers* zutrifft. Nun, ich glaube, wir haben bei unserer Suche einen Treffer gehabt.«

Ein unheimliches Lächeln breitete sich auf dem Gesicht des Rektors aus. »Ist dem so?«

»Ja, Sir. Ich meine, er sieht nicht aus wie ein Monster, aber alles andere scheint zu passen. Möchten Sie, dass ich ein Team von Jägern schicke, um diesen Ungesetzlichen festzunehmen?«

Adrien stand abrupt auf. »Nein. Ich werde mich selbst darum kümmern.«

Bevor Doyle antworten konnte, warf Adrien sich seinen blutroten Umhang um die Schultern und ging zur Tür.

* * *

UNTERDRÜCKUNG

Der Rektor verließ die Akademie kaum, erst recht nicht, um eines der anderen Stadtviertel zu besuchen. Während er sich seinen Weg durch die Menschenmenge bahnte, glotzten die Leute ihn unverwandt an. Er war eine Berühmtheit und näher als einer Begegnung mit ihm würden die einfachen Leute wahrer Größe nie kommen. Er folgte dem Weg, den Doyle beschrieben hatte und wand sich durch die schmutzigen Straßen zum Herzen des Marktviertels durch.

Der Gestank von verfaulenden Lebensmitteln und anderem Schmutz drang aus den Straßenrinnen und erinnerte ihn daran, warum er normalerweise innerhalb der Akademiemauern blieb. Natürlich auch daran, warum Magie verschwendet war an Menschen, die keinerlei Würde besaßen. Als er um eine Ecke bog, traf er auf eine Bettlerin, die ihm die Hände entgegenstreckte.

»Almosen, Herr?«

»Aus dem Weg«, knurrte er und stieß die alte Frau mit dem Ellbogen um.

Er stand nun mitten auf dem Marktplatz und drehte sich um sich selbst, suchend nach dem Mann, der ihn Magie gelehrt hatte. Adrien hatte das Königreich großgemacht, zu dem Ezekiel ihm den Schlüssel überlassen hatte, aber irgendetwas sagte ihm, dass sein alter Lehrer nicht von den Toten zurückgekehrt war, um ihm zu seinem Erfolg zu gratulieren.

Die Arcadianer *beteten* für den Tag, an dem ihr großer Gründer zurückkehren würde. Adrien würde dafür sorgen, dass ihre Gebete vergebens waren.

Aus dem Augenwinkel erhaschte er einen Blick auf einen alten Mann, der einen langen, braunen Umhang trug. Der Alte bog gerade um eine Ecke, warf Adrien über die Schulter aber noch ein Lächeln zu.

Ezekiel. Hab ich dich, alter Freund.

Adrien ging schnellen Schrittes auf ihn zu. In etwa zehn Metern Abstand wandte sich der Alte nach links, Adrien folgte ihm so zügig wie möglich, ohne allzu viel Aufmerksamkeit zu erregen. Obwohl Adrien sich beeilte und der alte Mann sich Zeit zu lassen schien, blieb der Abstand zwischen ihnen unverändert.

Der Rektor spürte seinen Puls steigen und den Schweiß seinen Rücken hinunterlaufen. Er verwarf jeden Anschein von Selbstbeherrschung und begann zu rennen. An der Nahtstelle, wo der Markt in den Queens Boulevard überging, bog er um eine Ecke und stand seinem alten Mentor gegenüber.

»Hallo, Adrien«, sagte Ezekiel. »Ich fragte mich, wann wir uns wiedersehen würden. Es ist schon lange her. Du siehst gut aus. Besser als du solltest.«

Adriens Magen verknotete sich. Er versuchte, seine Atmung zu beruhigen, konnte aber nicht umhin, seinen alten Mentor anzustarren. »Das kann ich nur zurückgeben. Die ganze Zeit über dachten wir, du seist tot.«

Die Stirn des Zauberers legte sich in Falten. »Tut mir leid, dich zu enttäuschen. Aber stell dir mal *meine* Enttäuschung vor, als ich nach Hause zurückkehrte und erfahren musste, dass ich dir fälschlicherweise vertraut habe.«

Adrien zwang sich zu einem galanten Lächeln. »Komm schon, Ezekiel, du musst das verstehen. Nach einem Jahr schickten wir auf Eves Drängen Suchtruppen nach dir aus. Sie durchkämmten erfolglos alle Ecken von Irth und doch bist du hier. Endlich kehrst du in unser geliebtes Arcadia zurück.«

»Ja, Adrien. Oder sollte ich lieber *Herr Rektor* sagen?« Ein spöttisches Grinsen machte sich unter dem Bart des Magiers breit.

UNTERDRÜCKUNG

»Adrien reicht völlig aus«, knurrte er und besänftigte sich mit der Vorstellung, wie es sich anfühlen würde, seine Finger um die runzlige Kehle des alten Mannes zu legen und *zuzudrücken*.

»Ah, dann Adrien. Gut zu wissen, dass du so besorgt um mich warst. Ich habe Eve getroffen. Und wie seltsam, dass sie damals angeblich auf das Aussenden von Suchtrupps bestanden hat, wo sie doch genau wusste, wohin und warum ich ging ... ganz abgesehen davon, dass sie nicht mit meiner Rückkehr rechnete.« Ezekiel hielt bedächtig inne. »Und was unsere Stadt anbelangt, ist sie denn wirklich so großartig?«

Er machte eine Handbewegung, die das Elend des Queens Boulevards umfasste. »Sieh, was du angerichtet hast. Du hast unseren Traum in einen vermaledeiten Alptraum verwandelt! Die Menschen hier leiden unter deiner Hand, Adrien.«

Der Rektor schnaubte höhnisch. »Du bist wahrlich ein Narr, oder, Ezekiel? Ich dachte, dass deine Pilgerreise dich vielleicht läutern könnte, aber offensichtlich bist du noch genauso stur wie damals. Du warst schon immer der hoffnungslose Idealist und ich glaube, an diesem Punkt wirst du nicht mehr dazulernen. Ideale sind was für Kinder und Narren. Wir waren beide einmal Kinder. Unsere Träume wuchsen gemeinsam, aber einer von uns hat sich zu einem Mann weiterentwickelt, der andere«, er musterte Ezekiel abschätzig, »blieb ein Narr. Ja, du kannst mich in deinem Hochmut bevormunden.« Er zeigte umher. »Du kannst den faulen Abschaum vorschieben, der sich auf dem *Queen-Bitch-Boulevard* zusammenrottet, du kannst über die Perversion deines *allerliebsten* Königreichs klagen«, er schlug sich mit der Faust gegen die Brust, »durch meine ach so durchtriebenen Machenschaften. Aber du hast keine Ahnung, was ich aufgebaut habe und wie weit Arcadia wirklich ist. Und wenn erst alles bereit ist, dann wird es die größte Stadt Irths sein – und weit darüber hinaus! Wir schaffen hier ein Vermächtnis, das mit der alten Zeit mithalten kann! Du und deine erbärmlichen Träume werden *nichts* sein dagegen.«

Adrien spuckte dem alten Zauberer diese letzten Worte förmlich entgegen.

Ezekiel verengte die Augen und zeigte auf seinen abtrünnigen Schüler. »Genug. Du spinnst Ausreden und legitimierst deine Machenschaften, aber in Wahrheit bringst du nur Ruin. Aber eines Tages«, er sah sich vielsagend um, »wird der Ruin dich einholen. Welche Pläne sind dieses Risiko wert?«

Adrien zuckte mit den Achseln. »Irrelevant, da du nicht lang genug leben wirst, um ihre Vollendung zu erleben.«

Diesmal war es Ezekiel, der abfällig lachte. »Adrien, Adrien, Adrien. Wie niedlich! Schon damals konntest du mich nie besiegen. Wie kommst du darauf, dass du es jetzt kannst?«

Er hob seine buschigen Brauen und zwinkerte.

Wut und Zorn wucherten im Inneren des Rektors, sein Blut kochte und die Magie prickelte unter seiner Haut. Er, der neue Meister Arcadias, würde diese Angelegenheit gleich hier beenden, in einer Gasse, die wahrscheinlich nicht mal einen Namen hatte.

»Ich bin nicht mehr der Junge, den du damals hier zurückgelassen hast.«

Adrien lachte finster, schöpfte aus den brodelnden Emotionen – vor allem dem Hass – in sich. Seine Augen wurden kohlschwarz.

Er winkelte die Hände vor der Brust an und kanalisierte die Macht, die ihn durchströmte. Sobald er seine Finger

UNTERDRÜCKUNG

spreizte, formte sich eine Kugel strahlend blauen Lichts in seiner Handfläche, die sich schnell so groß und intensiv auflud, dass er den Alten nicht mehr sehen konnte.

Er nährte diesen Lichtball mit allem, was er hatte und gerade als er fühlte, wie das letzte bisschen Energie seinen Körper zu verlassen drohte, stieß er seine Arme nach vorne und zielte auf seinen alten Mentor.

Adrien beobachtete keuchend, wie die prächtigste Bündelung von Magie, die er je geschaffen hatte, einfach durch Ezekiel hindurchglitt und zehn Meter hinter der Illusion mit einer Ziegelmauer kollidierte. Die Mauer explodierte und schickte Splitter in alle Richtungen.

Schnell schirmte Adrien seine Augen ab. Als er aufblickte, war der Zauberer genau dort, wo er gerade gestanden hatte, mit einem abartig gelassenen Lächeln auf dem Gesicht.

»Ich bin bestürzt, wie wenig ich dir beizubringen vermochte, Adrien, aber ein wenig Zeit bleibt mir noch.« Sein Lächeln gefror zu Eis. »Bald werde ich dir eine letzte Lektion erteilen und du wirst nicht lange genug leben, um sie zu vergessen.«

Bei diesen Worten flackerte die Projektion von Ezekiel auf und verschwand. Adrien blieb keuchend und allein in der namenlosen Gasse zurück.

* * *

Hannah stolperte aus ihrem Bett und rieb sich den Schlaf aus den Augen. Sal, der sie aufgeweckt hatte, trippelte vergnügt neben ihr her. Er sah ganz so aus, als wäre er schon wieder gewachsen.

»Was zur Hölle hast du gefressen?«, fragte sie die Eidechse. Er blinzelte nur träge, während sie in ihre Kleidung schlüpfte. »Ist ja auch egal. Ich glaube, der alte Mann wartet schon.«

Sal folgte ihr gehorsam aus dem Zimmer und in den Korridor.

Als sie die große Halle betrat, fand sie Ezekiel vor, der auf einer Matte auf dem Boden saß, den Rücken gerade wie ein Brett, die Beine im Schneidersitz. Seine Augen standen offen, aber sie leuchteten rot und starrten in die Ferne. Sie war an die schwarzen Augen der Magier in Arcadia gewöhnt, diese Farbe hatte sie bislang nur bei Ezekiel gesehen.

Sie fuchtelte mit der Hand vor seinem Gesicht herum – keine Reaktion. Neben ihm lag eine zweite Matte und darauf stand ein Becher, der eine geheimnisvoll dampfende Flüssigkeit enthielt.

Sie nahm den Becher und schnüffelte wenig begeistert an seinem Inhalt. Es roch nach Dreck, sofern Dreck auch noch sterben und verrotten konnte. Sie nippte vorsichtig daran und das Elixier schmeckte überraschend gut, überhaupt nicht wie sein Geruch.

»Wurzeltee. In den Heights habe ich gelernt, wie man ihn aufbrüht«, erklärte Ezekiel, was Hannah so heftig zusammenfahren ließ, dass sie besagten Tee fast verschüttete. Die Augen des Zauberers waren nun wieder stahlgrau und sie wanderten von Hannah zu der Echse, die an ihrer Seite saß.

Hannah riskierte einen weiteren Schluck Tee.

»Nicht schlecht. Riecht aber wie der Arsch eines Orks.«

Der Alte lachte freimütig. »Welch blumige Beschreibung. Die Kraft liegt nicht im Geschmack, sondern in der Wirkung. Trink einfach weiter. Der Tee wird dir zusätzliche Konzentration verleihen und die wirst du brauchen.«

»Mehr Geschichtsunterricht?« Hannah täuschte ein Gähnen vor. »Du machst mich fertig, Zeke.«

UNTERDRÜCKUNG

»Ezekiel. Und jemand *wird* dich fertig machen, wenn du deine Geschichte nicht kennst. Die Wege unserer Zukunft sind eng verknüpft mit der Vergangenheit. Und zwar immer. Wir haben jedoch nicht die Zeit, all das zurückzuverfolgen. Heute beginnen wir mit deiner Ausbildung in physischer Magie.« Er stand langsam auf. »Sitz gerade.«

Hannah zog ihre Schultern zurück und bog ihre Wirbelsäule so gerade wie einen Zauberstab. »Krass bequem.«

»Das wird es sein.«

»Klar, was immer du sagst, Zeke. Was hast du eigentlich gemacht, als ich reinkam?«

Sie zeigte auf seine Matte. »Das sah nicht aus wie physische Magie.«

Es lag Traurigkeit in seinen Augen. »Hannah, ich habe ... einen alten Freund besucht. Es ist nicht gut gelaufen. Aber genug davon. Heute konzentrieren wir uns auf dich.«

»Du wirst mir also beibringen, wie ich Magie herbeirufe oder was?«

Er starrte noch eine Weile lang stumm die Wand an, ohne zu blinzeln, dann runzelte er die Stirn und schien ins hier und jetzt zurückzukehren.

»Du rufst nichts *herbei*. Hast du denn gestern nicht zugehört?«

»Größtenteils schon«, entgegnete sie und versuchte, einen Schluck Tee zu nehmen, ohne den Gestank einzuatmen.

Seine Stimme hallte in ihren Ohren und ihrem Geist nach.

Was zum Teufel ist bitteschön in diesem Tee?

»Die Magie *ist* bereits in dir, in mir und allen anderen. Die Arbeit des Magiers besteht nicht darin, etwas von außen zu beschwören, sondern die Kraft aus dem Inneren zu schöpfen und ihr eine Richtung zu verleihen. Das ist natürlich eine

Praxis, die völlige Konzentration erfordert. Also nichts für Klugscheißer wie dich.«

Sie schaute hoch und sah Ezekiel lächeln.

»Okay. Konzentration.« Sie nickte.

»Gut. Nun, Magie lässt sich am leichtesten lenken, wenn der Anwender den Wunsch hat, die Welt in irgendeiner Weise zu verändern. Je tiefer und stärker der Wunsch, desto mächtiger die Magie. Erinnerst du dich an den Krampfanfall deines Bruders? Da strömte aus dir Magie – ohne dass du überhaupt wusstest, wie man sie einsetzt – um deinem stummen Wunsch nachzukommen und William zu heilen. Jemand schwächeren hätte ein so törichter Versuch umgebracht. Wenige haben eine Willensstärke wie deine.«

Er schaute sich im Raum um und fuhr fort: »In dieser Phase brauchst du Übung und Anleitung. Wir werden auch darüber sprechen, wofür Magie gedacht ist und wofür *nicht*.«

Er setzte sich wieder auf seine Matte, mit kerzengeradem Rücken.

»Du meinst, damit ich nicht zu so einem Drecklutscher mutiere wie dein erster Schüler?«

»Drecklutscher? Ich habe nicht die leiseste Ahnung, was das bedeutet«, antwortete er pikiert.

»Ja, schon gut. Konzentration also.« Sie stellte sicher, dass sie ihren Rücken genauso gerade hielt wie er.

Quälend lange – gefühlt mindestens eine Stunde – saßen sie einfach nur so da und schwiegen. Hannah begann schon fast, sich eine weitere Geschichtsstunde zu wünschen.

Irgendwann gehorchte ihr Mund einfach nicht mehr.

»Hey, Zeke?«

»Mm hmm?«

»Bin mir ziemlich sicher, dass ich jetzt konzentriert genug bin, um Feuerbälle aus meinem Arsch zu schießen.«

»Das wäre ein recht unorthodoxer Stil«, sagte Ezekiel genervt. »Jetzt sei still.«

Nach einer weiteren gefühlten Ewigkeit rührte sich der Alte endlich.

»In Ordnung. Komm mit mir«, sagte er und stand auf.

Sie wollte nicht zugeben, dass ihr Rücken schmerzte. Wenn jemand in Zekes Alter sich nicht beschwere, würde sie es auch nicht tun.

Zumindest noch nicht.

Hannah folgte dem Zauberer in einen Raum, der bei ihrer Ankunft verschlossen gewesen war. Sie erwartete, hinter der Tür etwas Sonderbares vorzufinden – leuchtende Kelche, seltsame Kreaturen, mystische Tafeln – aber da war nichts. Zumindest fast nichts. In der Mitte des Raumes lag ein Stein von der Größe einer gut gewachsenen Kartoffel.

»Mordsspannend«, murmelte sie und starrte verständnislos darauf.

»Du beginnst nun mit physischer Magie, der einfachsten der magischen Künste. Nun, zumindest empfand *ich* das so. Mit ihr sind wir Menschen am natürlichsten verbunden. Nach dem Zeitalter des Wahnsinns war es die Art Magie, die wir zuerst entdeckt haben.«

Hannah dachte an die Jäger und ihre Feuerbälle. Sie fühlte, wie Schweiß ihren Körper herunterlief, begleitet von dem vertrauten Summen sich sammelnder Magie. Deshalb war sie hier. Deshalb *war* sie.

Ezekiel fuhr mit seiner Erklärung fort. Wenn er ihren brodelnden Gemütszustand bemerkte, ignorierte er ihn zumindest. »Physische Magie gibt dir die Fähigkeit, unbelebte Materie zu kontrollieren und sogar zu verändern. Je besser du sie beherrschst, desto komplexer kann deine Magie sein.«

Er musterte sie, sich ihrer Aufmerksamkeit vergewissernd.

»Ich habe physische Magier mächtige Taten vollbringen sehen. Sie haben Türme hochgezogen und Felsformationen geschaffen. Das Zusammentreffen von physischer Magie und einer gesunden Vorstellungskraft könnte es dir ermöglichen, Dinge zu tun, die deine Kindheitsgeschichten verblassen lassen.«

Sie sah von ihm auf den Kartoffelstein. »Schon klar. Und was soll ich jetzt tun?«

Ob sie ihn wohl in Stücke sprengen konnte?

Er lachte freimütig. »So einfach geht das nicht, Hannah. Magie funktioniert nicht aufgrund einer Handlung oder eines Zaubers, den du ausführst. Das Einzige, was du *tun* musst, um Magie zu nutzen, ist, deine Energie zu bündeln und sie darauf zu lenken, was geschehen soll. Aber wir stellten damals schnell fest, dass dies leichter gesagt als getan war. Als wir die Kunst der physischen Magie entwickelten«, er bewegte seine Arme umher, hielt seine Hände in bestimmten Formationen, »legten wir daher Bewegungsabläufe und Methoden fest, die jeweils eine andere Art von Zauber verursachten.«

Er hielt inne und sah sie schelmisch von unter seinen buschigen Augenbrauen an.

»In den Bewegungen liegt aber keine Macht. Die liegt nur in dir selbst.«

Sie presste die Lippen zusammen und neigte den Kopf.

»Der Jäger mit den Feuerkugeln. Er hat seine Arme über der Brust geschwungen«, erinnerte sie sich und versuchte, besagte Bewegungen nachzumachen.

»Beeindruckend, nicht wahr?«, fragte Ezekiel strahlend.

»Ähm, nicht so richtig. Ich wurde von der Bande beinahe vergewaltigt und getötet, das hat die Bewunderung 'n bisschen abgedämpft.«

UNTERDRÜCKUNG

Er ignorierte ihren Einwurf geflissentlich. »Diese Bewegung habe ich erfunden! Nicht alle Magier benutzen dieselben Bewegungen, um ihre Magie zu fokussieren, aber die bewährten Rituale werden über Generationen von Lehrer zu Schüler weitergegeben. Ich lehrte Adrien diese Bewegung vor über vierzig Jahren. Er gab sie an seine Schülerin weiter, die Dozentin der Akademie wurde.«

»Und die hat sie wiederum diesen Monstern mit Appetit auf wehrlose Mädchen beigebracht.«

Er nickte. »Deshalb musst auch du sie lernen. Diese wehrlosen Mädchen werden jemanden wie dich zu ihrem Schutz brauchen, wenn wir Arcadia zurückerobern.«

Die Erwähnung seines großen Plans brachte ihren Energiestrom leicht ins Wanken, aber die Vorstellung, mit diesen Jägern abzurechnen, stachelte sie weiter an. »Okay, lass uns anfangen.«

Ezekiel nickte zu dem Stein in der Mitte des Raumes. »Bewege ihn.«

Hannah ging einen Schritt darauf zu, Ezekiel hielt sie am Arm zurück.

»Mit Magie.« Seine stahlgrauen Augen funkelten.

»Gut. Gut, ich schaffe das.« Hannah starrte auf den Stein und stellte sich vor, wie er sich bewegte. Und dann? Nichts.

Sie stellte sich vor, wie er über dem Boden schwebte. Und was sah sie? Nichts. Sie hob ihren rechten Arm und schnippte mit den Fingern. Wieder nichts. Enttäuscht ließ sie ihre Schultern hängen. »Wie zum Teufel soll ich …?«

»Es ist viel schwieriger, wenn man sich bemüht«, antwortete er kryptisch.

Sal, der ihnen in den Raum gefolgt war, hatte damit offensichtlich kein Problem, denn er drehte sich genau ein Mal im Kreis und legte sich dann faul auf den Boden.

Sie schnaubte wütend. »Zeke, du bist ein verwirrender, weißhaariger Mistkerl.«

Er nickte zustimmend; er hatte das alles schon einmal gehört.

»Denk daran, wie mühelos du in der Halle auf der Matte gesessen hast. Leere deinen Geist und dann konzentriere dich nicht auf den Stein. Es geht nicht um den Stein. Es geht darum, was hier drin ist.« Er beugte sich vor und deutete auf ihre Brust. Hannah konnte schwören, dass von seinen Fingerspitzen das Kribbeln der Magie ausging.

Sie nickte und versuchte, ihren Kopf freizumachen.

Der Gedanke ans Scheitern überfiel sie, doch sie schob die Angst weg, als ob ihr Leben davon abhinge.

Vor ihrem geistigen Auge erschienen die mordlüsternen Jäger in der Gasse. Sie schob sie weg. Bilder von William. Von Parker. Von ihrem Vater.

Der Turm. Die Eidechse. Jeden einzelnen Gedanken schob sie von sich, bis nichts mehr da war.

Ruhig atmend wandte sie ihren Geist nach innen, zu der Kraft, die ein Teil ihrer Existenz und ihres Bewusstseins geworden war. So mit ihrer inneren Energie im Einklang hatte sie das Gefühl, selbst ihr eigenes Herz zum Stillstand bringen zu können, wenn sie es nur wollte.

Sie lenkte diesen inneren Energiestrom nach außen, ein aufgeregtes Lächeln auf dem Gesicht.

Es passierte nichts.

»Scheiße!«, rief sie tobend.

Ezekiel trat neben sie. »Du bist frustriert. Gut. Leite diese Frustration *jetzt* weiter. Lass sie durch dich strömen, halt sie nicht zurück. Wir können sie nutzen. Tu jetzt, was ich dir zeige. Mach es mir nach.«

Ezekiel stellte sich schulterbreit hin, den rechten Fuß weiter nach außen gerichtet als den anderen. Er hob die rechte

Hand mit der flachen Handfläche nach oben und beugte den Ellenbogen.

Hannah ahmte jede seiner Bewegungen nach, so gut sie konnte.

»Gut. Genauso.«

Er streckte den Arm aus und drehte seine Handfläche nach unten Richtung Boden. Er zog seine Finger ein und streckte dann schnell zwei wieder aus, als wollte er ein unsichtbares Objekt wegschnipsen. Der Felsen in der Mitte des Raumes flog gegen die Wand. Er drehte seine Hand um und zog die Finger wieder zu sich heran, diesmal langsam.

Gehorsam rutschte der Felsen zurück in die Mitte des Raumes.

»Tu *das*.«

Hannah lachte. »Total einfach.«

Der Zauberer trat zurück und gab Hannah ihren Freiraum. Sie musste erst einmal wieder ihren Geist leeren, kehrte ihr Bewusstsein dann erneut nach innen und machte die Handbewegung, die er ihr gezeigt hatte. Energie strömte durch ihren Körper und schoss nach außen.

Der Stein flog nicht direkt durch den Raum, aber er rollte einmal um und kam schätzungsweise zehn Zentimeter weiter seitlich zum Stehen.

»Hast du das gesehen?«, rief sie aufgeregt. »Ich bin eine verdammte *Zauberin*!«

Sie atmete heftig aus. »Whoa!«

Sie schwankte und fiel etwas benommen auf die Knie.

Ezekiel kicherte. »Ja, das bist du. Mit deinem frechen Mundwerk passt du auch sehr gut zu den physischen Magiern. Übe nun allein weiter. Wenn ich wiederkomme, möchte ich Fortschritte sehen. Und achte darauf, dich zwischen den Versuchen auszuruhen. Energie ist Energie und wenn du etwas von deiner Kraft in die Welt hinaussendest, musst du dich erst mal erholen.«

»Wie du nach der Teleportation?«

Ezekiel nickte. »Exakt.«

Sie hörte, wie er den Raum verließ. Sal streckte sich ein wenig und rollte sich dann wieder ein.

Hannah betrachtete den Stein und genoss das Gefühl des Triumphes, das ihr erster absichtlicher Zauber ihr verliehen hatte.

Natürlich würde es weitaus schwieriger sein, die Jäger zur Strecke zu bringen, als einen Stein zu stoßen und es würde auch tausendmal mehr Energie benötigen.

Ihre Augen verengten sich vor Entschlossenheit. »Legen wir los.«

Sie kam auf die Beine und nahm die Ausgangsposition ein.

UNTERDRÜCKUNG

Kapitel 12

Ezekiel hatte sich in den Bereich zurückgezogen, den er zu einer notdürftigen Küche umfunktioniert hatte.

Die kleine Klugscheißerin war etwas Besonderes, daran bestand kein Zweifel, aber da er nun gesehen hatte, wie viel Energie es ihr abverlangte, einen einzelnen Stein zu bewegen, machte er sich Sorgen, dass ihre Ausbildung ein ganzes Stück länger dauern könnte, als er kalkuliert hatte.

In ihrem Alter war sie recht spät dran damit, die magischen Künste zu erlernen. Hannah hatte gelernt, normal zu sein. Zur Selbsterhaltung hatte ihr Körper sich seit ihrer Geburt antrainiert, ihre Magie zu unterdrücken.

Welch außergewöhnliche Anstrengungen Körper leisteten, um sich selbst vor der Zerstörung zu bewahren, faszinierte ihn immer wieder.

Die Studenten an der Akademie begannen mit ihrer Magie nicht bei null, denn Adrien hatte eine Vorschule eingeführt, in der jüngeren Kindern nicht direkt Magie, sondern Meditation und Achtsamkeit beigebracht wurde. Sobald diese Jugendlichen dann in die Akademie kamen, waren sie bereit für das dortige Lernpensum.

Hannah hatte diesen Luxus nicht.

Ezekiel würde die Abwehr ihres Körpers gegen ihre eigene Magie brechen müssen, dabei wusste Hannah nicht einmal, dass sie so etwas unterbewusst entwickelt hatte.

Ihm kam der Gedanke, dass sie nach dem Üben sicherlich hungrig wäre und die verbrauchte Energie wieder auffüllen müsse und er nahm ein Tablett zur Hand.

Das könnte schiefgehen, dachte er, während er vorsichtig die Tür zum Übungsraum öffnete.

Doch kaum war er eingetreten, schoss ihm der Stein mit Lichtgeschwindigkeit entgegen. Hannah schrie eine Warnung, doch er hob lässig einen Finger, stoppte den Felsen kurz vor seinem Gesicht und ließ ihn in der Luft schweben. Auf sein Fingerschnippen hin zersprang der Stein in tausend Stücke, umgeben von einer glühenden Energiesphäre, die er vor langer Zeit entworfen hatte.

Hannah starrte die kleinen Steinstücke an, die in der Sphäre wie schwerelos schwebten. Ezekiel wischte seine Hand beiseite und ließ die Leuchtsphäre damit verschwinden, sodass die Steinchen zu Boden prasselten.

Er genehmigte sich den Anflug eines stolzen Lächelns angesichts dessen, dass er die ganze Zeit auch noch das Tablett festgehalten hatte.

Meine Zweifel waren unbegründet. Sie ist bereit für das Feuer.

»Wie ich sehe, machst du Fortschritte«, sagte er heiter und hob die Augenbrauen.

»Scheiße«, seufzte Hannah. »Ich habe nicht …«

Ezekiel hielt einen Finger hoch. »Entschuldige dich niemals für deine Magie. Lass uns gehen. Es ist Zeit für deine nächste Lektion.«

Er führte sie durch die große Halle zu einer weiteren, ehemals verschlossenen Tür. Dahinter befand sich ein Raum, der genauso aussah wie der letzte, nur dass hier ein Holzstapel und ein Eimer in der Raummitte standen. Eine Ledercouch nahm eine Seitenwand ein, mit einem kleinen

Beistelltisch, auf dem Ezekiel das Tablett mit klirrenden Schüsseln abstellte. »Setzen wir uns. Warum isst du nicht etwas, während ich dir erkläre, wie es weitergeht?«

Hannah lehnte sich auf der Couch zurück und stürzte sich auf die Mahlzeit – eine fleischige Suppe mit knusprigem Brot. Sie krümelte was das Zeug hielt, während Ezekiel sich milde lächelnd neben sie setzte und von der Feuerzauberei zu erzählen begann.

Obgleich sie eine physische Kunst war, hatte Ezekiel sie erst nach drei Jahren entdeckt. Das erste Mal war sogar ein Versehen gewesen – seine Fähigkeit, Materie zu manipulieren, war gewachsen und er hatte begonnen, Adrien zu unterrichten. Der Junge war damals nicht viel jünger als Hannah jetzt und zeigte großes Potenzial.

Ezekiel hatte ihn, ein Waisenkind, schon früh bei sich aufgenommen. Er bewies großes Geschick, wenn es darum ging, seine Magie mit einfacher Mechanik zu kanalisieren und Ezekiel hatte ihn zu seinem Schützling auserkoren.

Eines Nachts ging er mit dem Jungen weit über die Grenzen des kleinen Dorfes hinaus, das eines Tages Arcadia sein würde. Während sie liefen, erzählten sie sich Geschichten und philosophierten über Magie. Der Junge wusste nicht, dass die Reise eine Lektion war, die Ezekiel seit Tagen plante.

Als sie erst einmal tief im Wald waren, täuschte der Zauberer Verwirrung vor und behauptete, sie hätten sich verlaufen. Die Wärme verschwand mit der Sonne und die Nacht zog herauf. Sie machten Rast am Fuß einer riesigen Eiche.

»Sieht so aus, als müssten wir die Nacht hier draußen verbringen«, hatte Ezekiel gesagt. »Es ist schon eine Weile her, dass ich nicht in einem Haus geschlafen habe, dabei war der Wald vor ein paar Jahren das einzige Zuhause, das ich kannte.«

Ezekiel hatte gelacht, aber der Junge war mit ihrer Situation überhaupt nicht glücklich gewesen. Immer wieder hatte Adrien sich über die Kälte beklagt und gesagt, sein Mantel sei einfach zu dünn.

Schließlich sagte sein Mentor: »Du bist jetzt ein Zauberer. Tu etwas dagegen.«

Die Augen des Jungen wurden schwarz und er rieb seine Hände aneinander, als ob er sie wärmen wollte. Einen Augenblick später gingen die Zweige an ihren Füßen in Flammen auf.

»Bei der Matriarchin!«, hatte Ezekiel gerufen. »Wie zum Teufel hast du das gemacht, Adrien?« Zum ersten Mal war der Schüler zum Lehrer geworden.

Während Ezekiel nun Hannah beim Mittagessen beobachtete, erwartete er insgeheim, dass das junge Mädchen ihm noch viel beibringen würde – zum Beispiel den Trick mit der Eidechse. Denn so etwas hatte er noch nie zuvor gesehen.

»Ich brauchte nicht lange, um die Feuermagie zu verstehen und sogar zu beherrschen, nachdem ich sie erst einmal *gesehen* hatte. Doch ich war unwissend, bis mir jemand den Weg aufzeigte«, gab er zu.

»Sie alle lieben Feuermagie«, erzählte Hannah. »All diese Arschlöcher von Studenten, die in Arcadia herumlaufen. Weil sie so viel Eindruck schindet.«

Ezekiel lachte. »Ja, gut, aber nützlich ist Feuermagie dennoch. Wenn auch nicht die nützlichste von allen Künsten.«

»Wie funktioniert sie?«, fragte Hannah an ihrem Suppenlöffel vorbei.

»Alle Magie kommt aus deinem Inneren, auch Feuermagie. Je stärker die Leidenschaft, desto heißer die Flamme. Erinnerst du dich an den Jäger in der Gasse?«

UNTERDRÜCKUNG

»Wie könnte ich dieses Arschloch vergessen?«

»Er ging eigentlich ganz geschickt vor mit seiner Verspottungstaktik. Wie er die Feuerbälle in die Luft und dann über deinen Kopf geworfen hat. Das war schon ganz schön magisch.«

»Nein, das war ganz schön *arschig*.«

Ezekiel lächelte angesichts ihrer wütenden Grimasse. Er musste sie nur noch ein wenig mehr provozieren.

»Ja, aber seine Technik war wirklich sehr schön«, sinnierte er.

»In dieser Nacht ist in der Gasse *nichts* Schönes passiert!« Zornig stieß sie mit ihrem Löffel auf den Schüsselboden.

»Oh, sei doch nicht so eine einfältige, kleine …«

Hannah sprang auf die Füße und ließ ihre Schüssel fallen, aber Ezekiel fing sie auf. Seine Schülerin bemerkte es nicht, sie drehte ihre Handflächen vor der Brust, wie es der Mann in der Gasse getan hatte. Die Holzscheite gingen in Flammen auf.

»Ja!« Ezekiel jubelte und beobachtete begeistert, wie ihre Augen rot wurden. »Das ist es! Leidenschaft! *Gerichtete* Wut und Zorn. Wirklich bemerkenswert!«

Hannah streckte ihre Hand aus, wie sie es schon bei dem Stein im Nebenraum getan hatte und hob den Eimer in die Luft. Sie drehte ihr Handgelenk und Wasser ergoss sich aus dem Eimer und durchtränkte das Holz, sodass das Feuer erstickte. Rauch und der Geruch von verbrannter Eiche erfüllten den Raum.

Sie brach wieder auf der Couch zusammen und schaute ihren breit lächelnden Mentor wütend an. »Das war ein richtiger Scheißtrick.«

Ezekiel zwinkerte. »Davon hab ich eine ganze Menge auf Lager und dieser Trick hat wunderbar funktioniert. Deine

Magie ist da und sie ist bereit. Wir müssen dich nur noch so weit bringen, sie vollkommen zu kontrollieren. Dann wird das Feuer bald dein sein, wie eine zweite Haut. Aber du musst gleichzeitig deine Wünsche und Leidenschaften im Zaum halten. Wie bei deinem Freund auf dem Boulevard.«

Hannahs Wangen liefen rot an, als Ezekiel Parker erwähnte. »Was meinst du?«

»Es ist ein Balanceakt. Wie sein Trick mit den Handstandliegestützen. Du musst in der Lage sein, deine tobenden Emotionen mit deinem Kontrollwunsch in Einklang zu bringen.«

»Sonst was?«

»Sonst wird die Welt in Flammen aufgehen und du wirst der Brandstifter sein. Nur der Patriarch weiß, dass das Letzte, was Irth jetzt braucht, ein weiterer Adrien ist. Wenn du deine Leidenschaft ohne jedwede Kontrolle entfesselst, könntest du diesen ganzen Turm in die Luft sprengen.« Ezekiel neigte den Kopf. »Ansonsten sind die Negativfolgen auch nicht immer so drastisch.«

»Ach?« Sie sah zu ihm herüber. Sal spähte zur Tür herein und kostete mit herausschnellender Zunge die rauchige Luft, bevor er schnurstracks auf die rauchenden Holzscheite zutrappelte.

Ezekiel zuckte mit den Achseln. »Manchmal sind die Auswirkungen ein wenig ... lokaler. Ich habe Zauberer gesehen, die in Flammen aufgingen oder ihre eigenen Knochen einschmolzen. Einmal hat sich ein Hitzkopf einfach in Asche aufgelöst – aber immerhin hat er niemandem um sich herum Schaden zugefügt.«

Hannah schluckte. »Tja, äh, das ist total beruhigend.«

* * *

UNTERDRÜCKUNG

Karl lief neben dem Wagen her und beobachtete nicht ohne Genugtuung, wie die raue Straße Falk und Stirling durchschüttelte. Sie hatten ihn als Geleit für ihre Reise nach Arcadia und den Heimweg in die Heights engagiert. Sie hatten angeboten, ihn auf der Ladefläche mitfahren zu lassen, da sie die Ladung kostbarer Edelsteine innerhalb der Stadtmauern verkauft hatten, aber er hatte abgelehnt.

Rearicks sollten eigentlich auf dem Boden bleiben – nur hatten die beiden Trantüten auf dem Wagen diese Lektion anscheinend nie gelernt.

Karl musste sich jedoch eingestehen, dass zumindest Falk, der Sohn seiner engsten Freunde, ihm ans Herz gewachsen war. Er hatte schließlich in Craigston, ihrer Heimat in den Bergen, mitangesehen, wie der junge Rearick aufwuchs. Da der Handel mit Arcadia zugenommen hatte und nicht wenig Wohlstand in ihre Gemeinschaft brachte, bestand auch Falks Mutter darauf, ihr Baby zum Handel zu schicken und von den Minen fernzuhalten.

»Versuch es doch mal mit einem anständigen Leben!«, hatte sie ihn mehr als einmal gescholten.

Aber ein anständiges Leben nährte Schwäche. Daher konnte sich Karl auch nicht gerade über die verweichlichten Händler beklagen. Er war nun mal ihr Leibwächter und die Milde dieser Jünglinge bescherte ihm Arbeit. Die beiden konnten kaum ein Schwert heben, also bezahlten sie besser als die meisten.

Im Gegensatz zu Falk hatte Stirling die Persönlichkeit eines tollwütigen Ebers und das passende Gesicht dazu. Er bestand darauf, die Leute bei jeder sich bietenden Gelegenheit darüber zu informieren, dass sein Name in der Alten Sprache ›reinen Herzens‹ bedeutete.

Wat für 'ne Nervensäge, dachte Karl jedes Mal.

»Ey, Karl, warum steigst du nischt in den Wagen?«, fragte Stirling nun schon zum dritten Mal, seit sie die Stadt verlassen hatten. »Nisch dat du völlig bedröppelt bist, wenn wir dich brauchen!«

»Danke, Jungschen. Aber isch bin jetzt schon über ein halbes Jahrhundert jut zu Fuß unterwegs.« Karl ließ seine Wirbelsäule knacken. »Mein alter Rücken verträgt dat janze Jeruckel von dem Karren eh net mehr. Isch benutze besser nur, wat mir die Jötter gegeben haben. Janz zu schweigen davon, dat mein Arsch nisch so breit werden soll wie *Ophelia's* Biertheke.« Er warf einen vielsagenden Blick auf die expandierende Taille des jungen Rearicks.

Stirling grinste und klopfte sich auf den Bauch. »Da magste Rescht haben, aber isch würd' lieber mit 'nem Lächeln aufm Jesicht und 'ner dicken Plautze sterben, als so schrullig wie du, Mann.«

Falk lachte über seinen Freund, wie es seine Gewohnheit war, aber Karl konzentrierte sich lieber auf den Wald, der sich links von ihnen erstreckte. Seine letzten paar Reisen waren ohne Probleme verlaufen und obwohl der Rearick keinen Aberglauben hegte, konnte er nicht umhin, sich zu fragen, wann dieses Glück nachlassen würde.

»Ey, Karl«, fuhr Stirling fort, »tun dir nischt deine Qualmfüße weh?«

Er schnaubte. »Iwo. Diese Füße laufen erst noch ein paar Meilschen, bevor se schlapp werden.« Er blickte stirnrunzelnd zu dem Jungen hoch. »Aber wat is mit dir, Junge? Tut dir dein Jesicht weh oder wat?«

Stirling blickte verständnislos zurück. »Nee, warum?«

»Weil et mir jedenfalls wehtut, disch anzugucken.« Er grinste schief und Falk lachte ausnahmsweise mal auf Kosten seines Freundes. »Vielleischt kannste jetzt mal für 'n

UNTERDRÜCKUNG

paar Minuten dat Schnäuzchen halten und mich meinen verdammten Job machen lassen.«

Stirling zog eine Grimasse und ließ nicht locker. »*Scheiße, du bist wirklisch der mürrischste Dröövsack weit und breit, wah?*«

Karl klopfte seelenruhig auf den Griff seines Hammers. »Du bezahlst misch nisch für meinen Charme, nisch wahr, Jungschen?«

»Dat ist die Wahrheit«, seufzte Stirling. »Wenn du nisch der taffste Mistkerl in den Heights wärst, könntest de sischer sein, dat ich disch gar net bezahlen würde. Du würdest nisch ma den verdammten Job abkriegen, die Betrunkenen von der Bar nach Hause zu eskortieren.«

Karl lachte über das zweifelhafte Kompliment. »Wahrscheinlich dat erste Wahre, wat du jesagt hast, seit wir …«

Ein scharfes *Surren* und das *Zischen* eines Pfeils ließen Karl abrupt innehalten. Er suchte den Himmel nach dem Geschoss ab, aber die Sonne blendete ihn.

»Verdammte Dreckskacke!«, schrie Stirling, in dessen Schulter sich der Pfeil gebohrt hatte.

»Jeht verdammt noch ma in Deckung!«, schrie Karl, doch da flogen schon drei weitere Pfeile auf sie zu.

✶ ✶ ✶

Hannahs Nackenhärchen stellten sich auf, als sie in den Schatten der dichten Bäume trat. Im Wald war es sehr viel kälter als in der Sonne.

Sie kamen an der Stelle vorbei, wo Karl sie wenige Tage zuvor vor dem Wildschwein gerettet hatte. Der Boden war noch immer gezeichnet von Schleifspuren des Kadavers. Sie hoffte stillschweigend, dass sie den Rearick eines Tages wiedertreffen würde und hielt die Augen offen, falls die Familie des Kriegsschweins hier irgendwo lauerte. Kurz überlegte sie, ihre Wildschweinerfahrung mit Ezekiel zu teilen, entschied sich aber, den Mund zu halten.

Der Zauberer hatte ihr damals gesagt, sie solle im Turm bleiben und er wäre bestimmt sauer, wenn er wüsste, dass sie gleich am ersten Tag ungehorsam gewesen war. Aber jetzt, da sie sich seiner Macht bewusst war, erkannte sie auch, dass er wahrscheinlich bereits von ihrem Ausflug wusste.

»Deine physische Magie entwickelt sich gut«, lobte Ezekiel, der vor Hannah her schritt. »Das ist auch das Grundlegendste, also wären wir in Schwierigkeiten geraten, wenn es nicht so schnell geklappt hätte. Nun aber ist es an der Zeit, etwas Komplexeres auszuprobieren. Bei der physischen Magie geht es darum, Objekte in der Welt zu manipulieren. Sie ist leichter zu kontrollieren und deshalb hast du in Arcadia auch schon oft gesehen, wie sie eingesetzt wurde. Aber hast du jemals etwas von Naturmagie gehört?«

Hannah überlegte, ob sie flunkern sollte, um ihn zu beeindrucken, verwarf den Gedanken aber schnell wieder.

»Nö. Nie davon gehört.«

»Nun, das überrascht mich nicht. Als ich das letzte Mal hier war, kannten nur wenige in Arcadia die Naturmagie. Ich kann mir vorstellen, dass Adrien sie noch weiter in Vergessenheit gedrängt hat … womöglich, weil sie seine Vorstellungskraft übersteigt.«

»Was macht Naturmagie denn so viel schwieriger?«, fragte Hannah neugierig.

»Nun, wenn man einmal verstanden hat, wie es funktioniert, dann ist es gar nicht mal so viel schwieriger. Es besteht jedoch ein grundlegender Unterschied und wenn man sich dessen nicht bewusst ist, fällt es schwer, zwischen den magischen Künsten zu wechseln. Diejenigen, die Naturmagie ausüben, sind mit ihr aufgewachsen. Sie haben sie in der belebten Natur gesehen, jeden einzelnen Tag ihres Lebens. Deshalb fällt es ihnen schwer, physische Magie anzuwenden.

Du hingegen fängst so ziemlich bei null an. Deshalb kannst du beide Arten von Magie gleichzeitig lernen, sodass sie mit der Zeit hoffentlich zusammenwachsen werden.«

Sie dachte an die Zaubervorschule in Arcadia. »Aber wir fangen ganz schön spät an, oder?«

»Oh, ich habe schon weitaus älteren Hunden neuere Tricks beigebracht«, antwortete er gelassen.

Ihre Augen blitzten auf. »Hey, Zeke? Ich weiß, du hast 'ne Weile im Wald gelebt, aber nenn' besser *niemals* eine Dame einen Hund. Nicht cool.«

Ezekiel lachte und fuhr fort. »Ich bitte um Entschuldigung, holde Maid. Wie ich schon sagte, ist physische Magie die Ausrichtung unserer inneren Kraft nach außen in die Welt. Wir können Dinge, die bereits existieren, beeinflussen und verändern. Und manche Dinge, wie zum Beispiel Feuerbälle, können sogar aus dem Nichts erschaffen werden. Physische Magie ist gewiss mächtig, hat aber wie alle Künste ihre Grenzen. Jede Form hat ihre Stärken und Grenzen.«

Die beiden gingen einen Trampelpfad entlang und bald erfüllte das Rauschen fließenden Wassers die Luft. Am Ufer des Flusses Wren setzten sie sich unter eine Weide.

Ezekiel fuhr fort. »Im Gegensatz zur physischen Magie erfordert Naturmagie die Bereitschaft, die Kraft zu rufen, welche in der Natur verborgen liegt«, er zeigt umher, »und nicht die Kraft, die in *dir* steckt. Während die physische Magie eine Form der Beherrschung ist«, er ließ eine kleine Flamme auf seiner Handfläche tanzen, »ein starker Wille, der sich dem Unbelebten aufdrängt, ist die Naturmagie eher ein Bitten. Mit physischer Magie befehlen wir dem Objekt, zu handeln.«

Er drückte seine Handfläche weg, die kleine Flamme sprang aus seiner Hand und schlug einen weiten Bogen in der Luft. Er klatschte die Hände zusammen und sie verschwand. »Mit der Natur hingegen fragen wir höflich und sie antwortet. Es braucht viel Zeit, um diese Verbindung mit unserer Umgebung herzustellen – das geschieht nicht über Nacht.«

Wie aufs Stichwort sprang Sal aus Hannahs Tasche und rollte sich zu den Füßen seiner Gebieterin zusammen. Sie streichelte ihm liebevoll über den Kopf. »Erklär das mal diesem Kerlchen.«

Ezekiel beobachtete die beiden und kratzte sich am Bart. »Ja, die Eidechse.«

»Sal.«

»Du hast die Kreatur *Sal* genannt?«

»Weißt du, wie ...«

»Oh, ich verstehe. Wie *Salamander*. Tja, um ehrlich zu sein dachte ich, du wärst ein wenig kreativer.«

Der Zauberer behielt das stachelige Tier im Blick. »Du und Sal, ihr seid in der Tat ein ganz mysteriöser Fall. Eure magische Bindung war es, die meine Aufmerksamkeit auf dich lenkte. Ich sah, wie sich das Reptil unter deinem Einfluss veränderte und wusste, dass ich über etwas ganz Besonderes gestolpert war. Soweit ich weiß, praktiziert in Arcadia *niemand* Naturzauberei, nicht einmal die Ungesetzlichen.«

Er zeigte lächelnd auf Sal. »Und dennoch ... ist er ein Unikat. Ich glaube nicht, dass die Meister der Naturmagie bewirken könnten, was du mit deinem kleinen Freund getan hast. Zumindest habe *ich* so etwas noch nie gesehen. Und als ich dich fand, warst du noch nicht mal eine Magierin – oder zumindest warst du selbst davon überzeugt, normal zu sein. Aber ich wusste von diesem Moment an, dass du etwas Besonderes an dir hast.«

Hannah blickte zu Boden. Sie war es nicht gewohnt, gelobt zu werden, nicht auf diese Art. »Verstanden. Ich bin 'ne *ganz* besondere Schneeflocke. Jetzt aber mal zurück zur Magie, ich habe nicht den ganzen Tag Zeit. Warum sollte jemand mit einem Baum plaudern wollen, wenn er genauso gut ein paar Bösewichte abfackeln könnte? Wozu ist Naturmagie sonst noch gut?«

Ezekiel lächelte nachgiebig. Er streckte einen Finger aus und schnalzte mit der Zunge. Seine Augen blitzten rot auf und ein braun-weißes Rotkehlchen mit orange gefiederter Brust kam herbei geflogen und setzte sich auf seinen Finger. Es zwitscherte und neigte den Kopf.

Ezekiel schnippte erneut und der Vogel flog davon.

»Schön. Schneewittchen-Alarm. Der Trick ist bestimmt lebensrettend, wenn mir mal wieder ein Jäger das Hemd vom Leib reißen will«, murmelte Hannah unbeeindruckt.

»Sei nicht so kurzsichtig. Was, wenn es kein Vogel wäre, sondern ein riesiger Grizzlybär, der bereitwillig nach deiner Pfeife tanzt? Oder wenn es etwas noch Mächtigeres wäre? Etwas Mystisches.« Der alte Mann musterte Sal wissend.

»Du verstehst. Aber das ist noch längst nicht alles. Die Natur hat so viel zu bieten wie die stärkste Vorstellungskraft. Ich kann das Wetter kontrollieren, Blitze herbeirufen, Pflanzen beleben und sogar den Fluss Wren gleich hier bitten, anzuhalten und mich passieren zu lassen. Es hat lange gedauert, dies alles zu meistern, aber ich benutze die Naturmagie mittlerweile sogar mehr als die physischen Künste. Es hat etwas Erfüllendes, *mit* den Dingen zu arbeiten, statt nur *an* ihnen.«

»Okay, das klingt ziemlich cool«, musste Hannah zugeben. »Daran hatte ich nicht gedacht. Wird aber 'ne Weile dauern, das komplett zu verstehen. Sonst noch etwas?«

»Ja, der wichtigste Aspekt fehlt noch. Die geheime, in der Naturmagie verborgene Kraft ist das Heilen. Die Welt gewährt uns einen Teil ihrer Lebensenergie, wenn wir darum bitten und die können wir in ein anderes Wesen umlenken.«

Ihr Blick schweifte in die Ferne. »Wie bei Will.« In ihren Augenwinkeln glänzten Tränen, während sie sich an den Moment seiner Heilung erinnerte.

»Genau wie bei Will.« Ezekiel ordnete seine Gewänder und streckte sein Bein aus, bevor er fortfuhr. »Die Natur gibt mit Freude, wenn wir ihre Gaben mit einem tiefen Sinn für Verantwortung und Sorgfalt empfangen. Die Beziehung ist recht symbiotisch. Das Zusammenspiel der Kraft in uns und der Energie in der Welt ist wie ein Tanz. Wir müssen nur führen, ohne der Umwelt auf die Zehen zu treten.«

Er kratzte sich am Bart. »Leider konnte ich noch nie sehr gut mit Tieren. Dafür braucht man eine besondere Art von Bindung. Ich kann Vögel rufen und noch ein paar andere Dinge.« Er zeigte auf ihre von Sal umklammerten Füße. »Aber ich habe nichts vorzuweisen, was der Bindung zwischen dir und dieser Echse nahe kommt.«

Hannah warf einen kleinen Stein in den Wren und sah zu, wie er langsam stromabwärts gespült wurde. »Du meinst Sal.«

»Schrecklicher Name, aber ja. *Sal.* Ihr beide seid miteinander verbunden. Ein Teil von dir lebt in diesem kleinen Geschöpf weiter und ein Teil von ihm ist in dir.«

UNTERDRÜCKUNG

Sie beugte sich vor, hob die Echse hoch und legte ihn auf ihren Schoß. Sie spürte definitiv eine Verbindung zu ihm, aber sie konnte das Gefühl nicht in Worte fassen.

»Vielleicht hätte ich besser einen Bären nehmen sollen.«

Der alte Mann lächelte. »Scheint so, als hätte eher er dich erwählt als du ihn. Keine Sorge, ich habe das Gefühl, der Kleine ist voller Potenzial.«

»Ja. Echt Schade, dass niemand mehr Naturzauber praktiziert.«

Der Mann klatschte in die Hände und lachte. »Nun, warum im Namen des Patriarchen nimmst du an, dass sie niemand praktiziert? Mein Mädchen, dein Weltbild ist so klein wie Arcadia selbst. Die Druiden zum Beispiel praktizieren ausschließlich Naturmagie.«

Sie hörte für einen Moment auf, Sal zu streicheln und wandte sich Ezekiel zu. »Druiden? Ach, komm schon. Ich dachte, das wäre nur noch mehr Märchen-Pferdescheiße.«

Ezekiel verdrehte die Augen, milde schockiert angesichts ihrer Unwissenheit. »Natürlich existieren sie. Wobei sie denken könnten, dass jemand wie du, der sein ganzes Leben in einer einzigen Stadt gelebt hat, *Pferdescheiße* ist.«

»Hast du sie gesehen?«

»Ich habe sie nicht nur gesehen, ich habe jahrelang mit ihnen zusammengelebt. Entzückendes Volk, aber viel zu geheimnisvoll. Kaum jemand bekommt die Druiden je zu Gesicht. Im Gegensatz zum Rest ihrer Sippe, die physische und psychische Magie betreibt, haben *sie* das Leben in der Natur vorgezogen. Sie haben sich aus der Gesellschaft anderer Menschen zurückgezogen und sich tief im Dunklen Wald eingelebt, wo sie mit der Natur in völligem Einklang leben. Und wie Arcadia bauen sie eine Zivilisation auf, die ihren Idealen entspricht. Zumindest waren sie gerade dabei, als ich sie das letzte Mal sah. Als ich aus dem Dunklen Wald herauskam, war ich erst mal froh, die Sonne wiederzusehen.«

Hannahs Mund hing vor Erstaunen offen. »Warte mal. Du hast mit verdammten *Druiden* gelebt? Das ist doch verrückt! Haben sie dir die Naturmagie beigebracht?«

Der Alte errötete. »Eigentlich war *ich* es, der *sie* unterrichtet hat. Nicht andersherum. Obwohl sie ihren Meister bei Weitem übertroffen haben.«

Hannah schaute ihn ungläubig an.

Er hielt seine Augen in die Ferne gerichtet. »Die arcadianischen Legenden über den Gründer kommen nicht nur von der physischen Magie und dem Bau unserer Stadt. Sie reichen tiefer. Natürlich verachte ich den Namen, denn er beansprucht, was der Matriarchin und dem Patriarchen zusteht.«

Ihre Stimme war diesmal ruhiger, nicht ganz so aufdringlich. »Wo hast du das alles gelernt?«

»Das ist eine lange Geschichte für einen anderen Tag. Die Kurzfassung lautet wie folgt: Das Orakel Lilith bildete mich in den Künsten aus. Ich gab sie lediglich an andere weiter. So wie Adrien mein Schüler in Arcadia war, unterrichtete ich andere Völker Irths in verschiedenen Künsten und vertraute jedem von ihnen die Leitung einer anderen Disziplin an. Aber genug für heute.«

Er stand langsam auf. »Zeit für Magieübungen, Hannah.«

Ezekiel zeigte auf eine winzige Wildblume, die zu ihren Füßen wuchs, mit mehreren Knospen, die allesamt darauf warteten, zu erblühen. »Lass die Kleine blühen und komm dann zu mir in den Turm.« Er drehte sich um und ging zum Gebäude zurück.

»Warte! Soll ich Handbewegungen benutzen wie bei der physischen Magie?«

UNTERDRÜCKUNG

Der Zauberer zuckte mit den Schultern. »Wahrscheinlich könntest du das, obwohl die Druiden es nicht tun.« Er deutete auf seine Brust. »Vergiss nicht: Die Magie ist in *dir* und die Macht liegt darin, ihr eine Richtung zu verleihen.« Diesmal zeigte er auf sie. »Deine Aufgabe ist es, deine Energie mit jener der Natur zu verbinden. Physische Magie braucht Handbewegungen, um Konzentration und Genauigkeit des Energiestroms zu fördern. Für die Druiden jedoch ist *Berührung* das Wichtigste. Dieser Stab«, er blickte auf den knorrigen Stock in seiner Hand, »ist mehr als ein dekorativer Spazierstock für einen alten Mann. Er verbindet mich mit der Natur.

Die meisten Druiden tragen einen ähnlichen Talisman bei sich, um jederzeit die Natur zu spüren. Ziemlich clever. Eines Tages nehme ich dich vielleicht mit in den Dunklen Wald und die Druiden werden dir helfen, deinen Talisman zu finden. Aber versuche im Moment einfach, dich von allein mit der Umwelt zu verbinden.« Damit drehte sich der Alte um und ging davon.

Hannah schob Sal von ihrem Schoß und setzte sich auf die Knie. Sie beugte sich über die Pflanze, starrte sie lange und intensiv an, bis ihr die Frage dämmerte, wie genau sie sich eigentlich mit der Natur verbinden sollte.

Als Straßenmädchen hatte sie kaum Zeit in einer solchen Umgebung verbracht. Der Kapitolpark kam dem malerischen Ort hier vielleicht noch am nächsten und wirkte im Vergleich geradezu mickrig.

»Okay, Freundchen«, sagte sie zu der Knospe. »Wie wär's, wenn du dich für mich öffnest?«

Es passierte nichts, außer dass sie sich blöd vorkam. Nicht zum ersten Mal in den letzten Tagen war sie heilfroh, dass Parker nicht da war, um sich über sie lustig zu machen.

191

Sie dachte daran, wie sie beide im Kapitolpark nach langen Arbeitstagen herumgefläzt hatten. Wenn sie ihre Chance nicht vermasselte, dann mussten Parker und sie vielleicht nie wieder stehlen. Sie starrte auf die Blume und schüttelte enttäuscht den Kopf.

»Das wird schwieriger als ich dachte.«

Sie beugte sich noch weiter vor und legte ihre Hände schalenförmig um die Pflanze. Sie schloss die Augen und verdrängte alle Gedanken aus ihrem Kopf, wie sie es im Turm geübt hatte. Hier draußen an der frischen Luft ging das viel einfacher.

Stunden schienen an ihr vorüberzuziehen, während sie sich in der Friedlichkeit dieses Ortes verlor. Wenn wieder Gedanken ihren Kopf einnehmen wollten, war es ihr ein Leichtes, sie loszulassen und sich zurück in die Ruhe fallen zu lassen.

Als sie schließlich die Augen öffnete, hatte Hannah nur noch Augen für die hartnäckige, kleine Knospe.

Anstatt zu versuchen, ihr etwas zu befehlen, stellte sie sich eine schöne Blüte anstelle der Knospe vor.

Ihre Augen glühten rot und die Blüte entfaltete sich bereitwillig. Sie lächelte, pflückte sie dann sanft und hielt sie sich an die Nase, um den süßen Duft einzuatmen.

Es war, als würde sie zum ersten Mal Blumen riechen.

Sie schaute sich um und schwelgte in der Ruhe und Stille des Flussufers. Dann stand sie auf, nahm Sal in die Arme und machte sich auf den Weg zurück zum Turm.

»Gut gemacht, Hannah«, lobte Ezekiel bei ihrer Ankunft. »Ich hatte halb damit gerechnet, dass du die Nacht da draußen verbringen würdest. Aber diese Blume und dein Reptiliengefährte sind klare Beweise dafür, dass deine Verbindung zur Natur sehr stark sein muss. Höchstwahrscheinlich

UNTERDRÜCKUNG

stärker als meine eigene. Du musst von nun an jeden Tag da draußen meditieren. Das wird dich stärken, bis deine Verbindung erwidert wird. Die Natur wird deine Bitten gewähren, aber sie könnte auch etwas im Gegenzug von dir verlangen.«

»Wenn sie mir hilft, es diesen Jäger-Bastarden heimzuzahlen, bin ich bereit, jeden Preis zu zahlen.«

Sie schaute zu dem alten Mann auf. In seinen Augen lag ein seltsamer Blick – beinahe traurig. Er öffnete den Mund und schloss ihn wieder.

»Leidenschaft ... ist gut, Hannah. Aber für den Moment ... warum holst du dir nicht etwas zu essen und ruhst dich aus? Wir machen morgen weiter.«

»Bist du sicher?«

Er nickte. »Ich bin mir sicher. Unrecht zu rächen, kann schließlich keine Vollzeitbeschäftigung sein. Außerdem wäre ich kein guter Lehrer, wenn ich meiner Schülerin nicht gelegentlich eine Pause gäbe.«

»Du bist ein verdammter Heiliger, Zeke!«

Die Augen des alten Magiers blitzten rot auf, er wandte sich nach Süden.

»Auf einem schmalen Grat zwischen einem Heiligen und einem Sünder, fürchte ich«, sagte er und seine Augen kehrten zu ihrem normalen Grau zurück. Er blickte ernst drein. »Es scheint, als hätte ich etwas Unerwartetes zu erledigen. Du musst mich entschuldigen. Ich nehme an, du kommst zurecht.«

Bevor sie antworten konnte, verschwand Ezekiel in einem Lichtblitz und einer Rauchwolke.

Kapitel 13

Karl lief Haken schlagend über das offene Feld, während Dreiersalven von Pfeilen auf ihn herabregneten. Seine Taktik machte den unbekannten Angreifern das Zielen unmöglich und er hoffte inständig, sein Glück möge anhalten.

Das Herz klopfte heftig gegen seinen Brustkorb und der Rearick spürte einen Pfeil an seiner Rüstung abprallen, während sich zwei weitere neben seinen Stiefeln in die Erde gruben.

Er wusste, dass er das Gestrüpp am Waldrand in wenigen Sekunden erreichen würde und solange es *nur* drei Banditen waren, würde der Kampf von kurzer Dauer sein.

Den linken Arm schützend vor sich erhoben und den Hammer in der Rechten schwingend, brach er mit einem mörderischen Schrei durch das Unterholz.

Als er auf die Lichtung kam, blieb er ruckartig stehen. Die drei Schützen hatten ihre Bögen bereits fallen gelassen und kurze Schwerter gezogen, Mordlust in ihren Augen.

Karls Hoffnung schwand, als er fünf weitere Männer am Rand der Lichtung entdeckte, die ebenfalls bewaffnet und kampfbereit waren. Nur eines der Gesichter kam ihm bekannt vor.

»Ey, Murph«, grunzte Karl. »Dachte, du ziehst so 'nen Scheiß nisch mehr ab?«

Der Größte der Männer lachte. Eine hässliche Narbe wand sich von seinem Hals über die eine Hälfte seines Gesichts bis zu seinem unnatürlich hohen Haaransatz. »Ich muss nunmal meine Familie durchbringen, Karl. Es herrschen harte Zeiten!«

Er hielt einen Morgenstern lässig an der Seite, dessen Stacheln noch von seinem letzten Opfer rotbraun verkrustet waren.

»*Klar*, du hässlischer Dreckskerl! Mit 'nem Jesicht wie deinem stehen die Frauen sischer Schlange, um mit dir 'ne Familie zu gründen.«

Murph sah auf seine Waffe hinunter und dann wieder zu seinem Gegner. »Ich bin 'ne Ein-Mann-Familie, Karl. Also, ich sehe das folgendermaßen: Du bist verdammt gut mit dem Hammer – hab' dich ja schon in Höchstform gesehen. Aber du bist *auch* acht zu eins in der Unterzahl. Also überlass uns die Schwächlinge und ihre Fracht, dann lasse ich euch gehen ... jedenfalls bis zum *nächsten* Mal.«

Karl zuckte mit den Achseln. »Tja, 'tschuldige, Murph. Wir sind aufm *Rückweg* in die Heights. Der Wagen ist leer.«

»Was du nicht sagst, kleiner Mann. Aber ihre Münzbeutel sind so prall gefüllt wie meine Hose.« Er griff sich selbstgefällig in den Schritt und schüttelte ihn, was die anderen Banditen zum Lachen brachte.

Karl hob die Augenbrauen. »Eigentlisch, Murph, haben die Jungschen mehr als einen halben Penny für ihre Edelsteine verdient, wat bedeutet, dass ihre Taschen ein jutes Stück voller sind, als der bemitleidenswerte Raum zwischen deinen Beinen.«

Murphs Augen verengten sich, während seine Männer johlten und ihn zum Rückschlag anstachelten.

»Du nimmst jetzt diese Gruppe von Sackjesichtern und jehst zurück in dat Loch, aus dem du jekrochen bist, dann muss isch mich nisch damit abgeben, deinen Stecknadelschwanz abzuschneiden. Wie wär's mit *dem* Deal?«

Murph deutete wütend auf Karl. »Schnappt euch die Winzlinge, Jungs. Lasst euch mit diesem hier schön viel Zeit. Ich will seine Schreie genießen.«

Zwei Männer liefen mit erhobenen Schwertern auf Karl zu und hieben unkontrolliert nach unten, sodass er mit einer Halbdrehung ausweichen und dem größeren der beiden mit voller Wucht seinen Hammer gegen die Wirbelsäule schlagen konnte. Der Bandit fiel zu Boden wie ein gefällter Baum.

Karl drehte sich zu dem zweiten Angreifer um, der ihn provokativ umkreiste – wie die anderen schien auch er angesichts der grausamen Hinrichtung seines Gefährten in einen rasenden Blutrausch versetzt. Karl blendete ihre geschmacklosen Sticheleien aus und fokussierte sich auf den Schwertkämpfer.

»Komm schon, du kleines Arschloch!«, grummelte Karl, den Griff um seinen Hammer festigend. »Isch muss zurück in die Heights. Isch bin bisschen durstig.«

»Du gehst nirgendwo hin!«, zischte der Mann und stürzte auf ihn zu – ein wenig geschickter als Karls letztes Opfer, doch er wehrte den Schwertschlag mit seinem Hammer ab. Sofort folgte ein zweiter Schwerthieb auf Karls Schädel, den der Rearick etwas mühsamer durch den mit beiden Armen über sich ausgestreckten Schaft seines Hammers abfing.

Schwertklinge und Hammerlauf wurden mit voller Gewalt beider Männer gegeneinander gepresst in dem Bestreben, sie in dem Schädel des jeweils anderen zu versenken. Karl war milde beeindruckt von der Stärke des Banditen, bemerkte aber, dass er seine Beine zu gespreizt hielt und nutzte diese Chance. Er gab sich einen Ruck, drückte den Hammer nach oben und nutzte den neu gewonnen Spielraum, um seinem Angreifer kräftig zwischen die Beine zu treten. Mit einem schmerzerfüllten Stöhnen fiel der Bandit zu Boden und Karl erledigte ihn mit einem einzelnen Hammerschlag.

Blut spritzte durch die Luft und Karl fühlte den Adrenalinschub in seinen Adern pulsieren. Er wollte sich gerade dem nächsten Angreifer zuwenden, als sich vier gleichzeitig auf ihn stürzten – Fäuste, Füße und Klingen schlugen von allen Seiten auf ihn ein.

Sie gewannen die Oberhand. Zwar erwischte er sie ein paar Mal mit dem Hammer, doch wann immer er einen auf Abstand gebracht hatte, nahmen gleich zwei andere seinen Platz ein und griffen erneut an. »*Scheiße!*«, rief er, als sie ihn gewalttätig zu Boden drückten.

Murph baute sich mit gezogener Klinge über ihm auf. »Ich glaube, diese Freude will ich nur für mich allein haben, Jungs. Haltet ihn still.«

»Fick disch ins Knie, Murph!«, schrie Karl. Aber er wusste, dass seine Worte nichts bewirkten. Sein Blick fixierte sich auf die schartige Silberklinge in der Hand seines Feindes. Sie war ebenso gut wie jedes andere Werkzeug, um ihn ins Jenseits zu befördern.

Murphs Blick war beinahe mitleidig. »Ist wirklich eine Schande, Rearick. Ich hab' dich immer gemocht, obwohl du schlecht fürs Geschäft warst. Ich werde unsere kleinen Kabbeleien vermissen, ehrlich.« Wie ein aufbrausender Sturm verfinsterte sich sein vernarbtes Gesicht. »Aber es ist Zeit, dass du endlich zur Hölle fährst.«

Er hob seine Klinge, Karl starrte ihm ohne mit der Wimper zu zucken entgegen. Er war sein ganzes Leben lang auf den Tod vorbereitet gewesen, jetzt würde er ihm mutig entgegentreten.

Die Silberklinge senkte sich auf ihn herab, doch da explodierte hinter Murph ein strahlend weißes Licht.

»Das denke ich nicht«, brüllte eine Stimme, gefolgt von einem strahlend blauen Energiestrahl, der auf Murphs Rücken traf und ihn wie eingeschmolzen zu Boden fallen ließ, direkt auf Karl drauf.

Karl stieß den widerlich stinkenden Leichnam von sich und rappelte sich auf, um das verrückte Schauspiel mitanzusehen.

Aus dem hellen Lichtstrahl hatte sich ein alter Mann mit weißem Gewand und dazu passendem Haar und Rauschebart gelöst, der nun umherwirbelte, blaue Energiebündel abschoss und mit seinem Holzstab gegen die Köpfe der Banditen schlug. Schmerzensschreie erfüllten den Wald und während Karl zusah, wie sein Retter die Banditen niederstreckte, fühlte er seine Knie nachgeben – ob aus Ehrfurcht oder Angst, wusste er nicht.

Schließlich stürzte sich der letzte verbliebene Bandit auf den Alten. Er war schnell, aber Karls Retter war schneller und packte seinen Angreifer an der Kehle. Er hob ihn hoch, sodass seine Beine hilflos über dem Boden strampelten und blickte ihn aus flammend roten Augen drohend an.

»Irth gehört euch nicht. Du und deinesgleichen werdet hier nicht noch mehr Schaden anrichten.«

Der Körper des Banditen erzitterte wie ein Blatt.

Die Augen des Alten glühten, als er sein Opfer zu Boden fallen ließ und einen Arm mit ausgestreckter Handfläche gen Himmel hob. Es grollte und ein Speer aus glänzend schwarzem Stein, der wie Onyx aus den Minen der Heights aussah, materialisierte sich in seiner Hand.

Der Bandit krabbelte hilflos rückwärts, auf jeden Zentimeter Abstand erpicht.

Der Zauberer holte ihn mit einem lässigen Schritt wieder ein und legte die Spitze seines Onyxspeers an seine Kehle.

UNTERDRÜCKUNG

»Heute lasse ich dich gehen, nicht aus Barmherzigkeit, sondern weil du mir nützen sollst. Durchstreife dieses Land, von jetzt an bis zu dem Tag, an dem du sterben wirst und lass jede Seele wissen, dass der Gründer zurückgekehrt ist, um Irth Gerechtigkeit zu verschaffen.« Er drückte den Speer fester gegen die Haut, sodass ein Blutstropfen die Kehle des Mannes herunterlief. Tränen quollen ihm aus den Augen und auf seiner Hose hatte sich ein feuchter Fleck gebildet. Trotzdem rang er sich zu einem Nicken durch und kam heftig zitternd auf die Beine. Er warf einen flüchtigen Blick auf Karl und rannte davon, bis die Dunkelheit des Waldes ihn verschluckte.

Der Zauberer wandte sich Karl zu, der sofort seinen Hammer fallen ließ und beschwichtigend die Hände hob. Wenn er etwas wusste, dann, dass er unterlegen war. »*Scheiße*, alter Mann … dat war ma 'ne Wahnsinnsshow.«

Die Augen des Alten wurden stahlgrau, seine Schultern sackten leicht ein. »Du bist unverletzt?«

»Unverletzt und verdammt beeindruckt! Sowat hab' ich nisch mehr jesehen seit … na ja … noch nie!« Karl streckte seine grobe Hand aus und der Zauberer ergriff sie.

»Isch bin Karl.«

Der Mann nickte. »Ezekiel.«

Karls Beine zitterten noch immer von dem Schock, dem Tod nur um ein Haar entkommen zu sein. »Danke, Ezekiel. Isch verdanke dir mein Leben. Isch stehe in deiner Schuld.«

Der alte Mann schenkte ihm ein schmallippiges Lächeln.

»Glaub mir, Karl, *ich* bin derjenige, der eine Schuld zu begleichen hat. So sollte die Welt sein und eines Tages wird sie es auch. Gerechtigkeit wird herrschen und das Böse vertrieben.«

Karl lachte. »*Zum Deufel*, im Moment will isch nur 'n Steak und 'n kaltes Bier, aber … okay.«

Er ließ Ezekiels Hand los und trat einen Schritt zurück. »Dat Manöver mit der Gründergeschichte, dat war 'n netter Zusatz. Hat dem escht ne Heidenangst eingejagt!«

Der Alte hob die Brauen. »Wer sagt, dass ich nicht wirklich der Gründer bin, Rearick?«

Bevor Karl antworten konnte, verschwand sein Retter in einem Lichtblitz, begleitet von Donnergrollen.

✶ ✶ ✶

»Sag mal, was weißt du über Mentalmagie?«

Ezekiel blickte auf Hannah herab und öffnete die Tür zu einem weiteren Übungsraum. Ihr Training verlief gut, jeden Tag meditierte sie am Fluss und konnte anschließend Fortschritte vorweisen, die Ezekiels Überzeugung bestätigten, dass sie ihn eines Tages in der Naturmagie übertreffen würde.

Ihre physische Magie war ebenso beeindruckend, obwohl ihr dabei noch jedwede Finesse fehlte. Für Hannah funktionierte alles über Wut. Dabei war das ein ebenso gutes Ausgangsgefühl wie jedes andere.

Erst nach wochenlangem Training hatte Ezekiel nun die Entscheidung getroffen, mit der Arbeit an der dritten Kunst zu beginnen.

»Nicht viel. Nur, dass es die Magie der Mystischen ist«, sinnierte Hannah, während sie den Übungsraum betraten. Dieser stand größtenteils leer wie die anderen, doch neu war eine Reihe von großen Standspiegeln, die auf die Raummitte ausgerichtet waren.

Hannah strich instinktiv ihr Haar zurück, als sie ihr Spiegelbild sah. Sie wusste, dass andere sie für hübsch hielten – das hatten seit ihrer Kindheit genug Jungen gesagt. Aber das Anzapfen des Äthers mit ihrer inneren Kraft schien sie irgendwie auch äußerlich zu verändern. Die Tage, die sie nun im Turm verbracht hatte, um Magie zu lernen, ließen sie reifer aussehen, nach ... mehr. Sie konnte es nicht wirklich benennen.

Sie befand sich mitten in einer Verwandlung vom Mädchen zur Frau.

»Sehr gut. Was weißt du über die Mystischen?«, fragte Ezekiel geduldig.

»Tja, im Gegensatz zu den Druiden besuchen sie Arcadia manchmal. Obwohl sie nie lange bleiben«, sie runzelte die Stirn, »Egal, wo ich innerhalb der Stadt rumlaufe: Meistens ist einer von diesen Typen in der Nähe. Meine Mutter hat immer gesagt, dass ich mich von ihnen fernhalten soll, weil sie mich sonst dazu zwingen, die arcadianische Staatskasse auszurauben oder sowas.«

Der alte Mann starrte erst verständnislos und brach dann in lautes Gelächter aus.

»Das hätten sie vermutlich auch tun können, aber das würden sie nie. Sie sind eine sanfte, herzliche Gemeinschaft, die durch ihren Lebensstil zwar ein wenig seltsam geworden ist ... wobei, vielleicht hat sie auch erst ihre Schrulligkeit für das Studium der psychischen Kunst prädestiniert. Wie dem auch sei, trotz der Furcht, die die Arcadianer gegenüber den Mystischen empfinden, setzen sie ihre Macht selten für Gewalt ein.« Ezekiel hielt inne. »Aber sie kann bei Bedarf *ziemlich* gewaltig sein.«

Hannah nickte, als ihr eine ganz konkrete Erinnerung in den Sinn kam. »Dein kleiner Dämonentrick in der Gasse?«

»Ganz genau. Mentalmagie. Wie, denkst du, hat sie funktioniert?«

»Beim Patriarchen, wenn ich das wüsste! Ich bin hier nur die Schülerin, schon vergessen?«

»Sicher, aber du bist eine Schülerin mit einem Gehirn. Also ...«

Hannah rieb sich den Nacken, biss sich auf die Lippe und überlegte.

Im Laufe der Tage hatte sie sich glücklicherweise bei Ezekiel eingelebt. Es war offensichtlich, dass ihre Kräfte ihn beeindruckten und das nährte wiederum ihr Vertrauen. Aber wo er sie jetzt abfragte – ganz der Zauberlehrer – spannte sie sich an. Sie wollte nicht falsch antworten, sondern ihn stolz machen.

Schließlich sagte sie: »Mit physischer Magie manipulieren wir unbelebte Materie unserer Außenwelt. Naturmagie kommuniziert mit der natürlichen Umwelt und arbeitet mit ihr. Ich schätze mal, dass Mentalmagie die Art und Weise verändern kann, wie andere denken? Damals in der Gasse dachte ich, du wärst ein dämonisches Monstrum. Ich beschloss, du musstest dich irgendwie in ein Monster verwandelt haben – wie ein Formwandler oder so. Aber wenn es psychische Magie war ...«

Sie hielt einen Moment inne und legte sich ihre nächsten Worte sorgfältig zurecht.

»Ja?«, fragte er und tippte mit dem Fuß auf den Boden.

»Du hast dich überhaupt nicht verändert. Diese Jäger und ich haben uns verändert – in unserer Wahrnehmung! Du hast unser Denken verändert.«

Er zwinkerte ihr zu. »Ausgezeichnet. Und das ist auch schon der Schlüssel zu dieser Form von Magie. Mentalmagie arbeitet ähnlich wie Naturmagie ... nur eben ein wenig ... na ja, *problematischer*.«

»Weil man damit den Verstand anderer Leute durcheinanderbringen kann?«

»Ja, das könnte man so sagen. Wie du schon erkannt hast, ist sie außerdem die Magieform mit dem größten Potenzial für Böses. Glücklicherweise neigen diejenigen, die nach Macht streben, dazu, das brachiale Werk der physischen Magie zu bevorzugen. Mentalmagie erfordert eine Geduld, die böse Absichten auszusondern pflegt und ist daher nicht nur die Seltenste, sondern auch die Reinste magische Kunst.«

»Ich mag mir gar nicht ausmalen, was die Arschlöcher in Arcadia tun würden, wenn sie diese Art von Macht besäßen«, murmelte Hannah. »Sie könnten die Menschen wirklich fertig machen.«

Ezekiel nickte. »In der Tat. Zum Glück sind die Mystischen von Natur aus Einsiedler. Ganz zu schweigen davon, dass ihre Lebensphilosophie darauf ausgerichtet ist, sich von der materiellen Welt loszusagen, um inneren Frieden zu erlangen. Sie glauben an einen Himmel, der genau hier oben ist.« Er tippte mit dem Zeigefinger gegen seine Stirn. »Wenn es nach ihnen ginge, würden sie ihren Bergtempel in den Heights nie verlassen. Sie pilgern nach Arcadia und in andere Städte, um ihre mentale Bindung zu normalen Menschen zu wahren.

Und das ist natürlich auch der Grund, warum sie alle so viel trinken. In die Gedanken anderer Menschen zu reisen kann sehr verstörend sein. Es erfordert bei Weitem mehr, als einen Vogel herbeizurufen oder einen Stein zu bewegen. Um jemandem etwas einzuflüstern, muss man zuerst jedwede mentale Mauer überwinden. Ich habe den Mystischen beigebracht, wie sie auch ihren eigenen Verstand manipulieren können, um andere auszuschließen.«

»Okay«, sagte Hannah gedehnt. »Also sie können mich Monster sehen lassen. Was noch?«

»Wie bei den anderen Künsten ist die eigene Vorstellungskraft die einzige Grenzziehung, Hannah. Die besten Mentalmagier können allerlei tun.« Ezekiel begann, im Raum auf und ab zu gehen, die Spiegel reflektierten sein Ebenbild untereinander, bis es aussah, als würde eine ganze Schar Ezekiels zu Hannah sprechen.

»Die Mystischen sind Illusionisten, können mit ihren Worten ganze Welten erschaffen. Aber sie können ihre Kräfte auch dazu nutzen, den Willen anderer zu untergraben, den Verstand anderer zu unterwerfen. Sie können die besten Spione davon überzeugen, geschworene Geheimnisse zu verraten und die mutigsten Männer vor Angst zittern lassen. Aber wie gesagt, die meisten Mystischen sind Pazifisten und setzen ihre Gaben nur in sehr verzweifelten Situationen für solche Taten ein. Sie ziehen es vor, das Leben zu genießen, Geschichten zu erzählen und ihre Umwelt ein Stück heller zu machen. Sie können außerdem telepathisch miteinander kommunizieren und sogar ihr Bewusstsein in weit entfernte Teile des Universums projizieren.«

Hannah, die ihre Augen geschlossen hatte, um nicht mehr Ezekiels tausend Spiegelbilder sehen zu müssen, öffnete sie erstaunt. »Whoa. Mentalreisen? Das ist ziemlich krass!«, befand sie. »Und jetzt? Soll ich versuchen, deinen Verstand durcheinander zu bringen?«

Er blieb stehen und klopfte sich gegen die Stirn. »Keine Chance, dass ich dich in meinen Schädel lasse. Es ist ein viel zu gefährlicher Ort.« Er zwinkerte humorvoll, aber Hannah fragte sich, wie viel Wahrheit sein Witz wohl verbarg. »Du wirst an dir selbst arbeiten.«

Sie verzog verständnislos das Gesicht. »Was soll das bringen? Ich will mich nicht aus Versehen einer Gehirnwäsche unterziehen.«

UNTERDRÜCKUNG

Ezekiel lächelte nachsichtig. »Sich selbst zu kennen ist nicht ganz unpraktisch. Du wärst vielleicht überrascht, was ein wenig Selbsthirnwäsche bewirken kann.«

Er gab ihr grundlegende Anweisungen, wie sie ihre Kräfte auf ihren eigenen Verstand konzentrieren und lenken konnte. Sie sollte vor einem Spiegel stehen und sich selbst davon überzeugen, dass ihre Haut von Kopf bis Fuß völlig blau war.

Er erklärte, dass die Mystischen die einzigen Magier seien, die tatsächlich Worte benutzten, um ihre innere Energie zu fokussieren – also das, was Menschen seit jeher für Zaubersprüche hielten.

»Für diesen Zauber«, sagte er, »wiederholst du die Worte *ego sum hyacintho*.«

Hannah sprach es wieder und wieder nach, bis sie sich die Worte eingeprägt hatte.

»Was bedeutet das eigentlich?«

»Das spielt keine Rolle«, sagte Ezekiel. »Denk daran: Magie funktioniert nicht so, wie die meisten Menschen denken. Genau wie die Handbewegungen sind auch die Worte nur ein Hilfsmittel, um dich zu fokussieren. Sie könnten genauso gut Kauderwelsch sein. Für dich sind sie es ja auch tatsächlich – zumindest, bis ich dir ihre Bedeutung verrate. Doch selbst wenn ich es dir nie verrate, würden sie trotzdem funktionieren.«

Sie sah ihn kopfschüttelnd an. »Du kannst manchmal ein Arcadia-großer Arsch sein, Zeke.«

Er lachte. »Tja, das muss von selbst kommen, denn ich befleißige mich keines bewussten Versuchs der Arschigkeit. Und der Satz, den ich dir gegeben habe, bedeutet einfach nur ›Ich bin blau‹. Es sind Worte in einer Sprache, die lange vor dem Zeitalter des Wahnsinns verloren gegangen ist. Nun, genug der Fragen. Zeit für die Arbeit. Wiederhole die Worte und konzentriere dich dabei auf ihre Struktur und Kadenz. Mal sehen, wozu dein Verstand fähig ist.«

Ezekiel schloss die Tür hinter sich und ließ Hannah allein. Sie kam sich natürlich mehr als nur ein bisschen komisch vor. Diese Fremdwörter immer und immer wieder aufzusagen, während sie versuchte, sich selbst einzureden, sie sei blau, war so ziemlich der Gipfel der Albernheit.

Irgendwann begann sie darüber nachzugrübeln, ob Ezekiel ihr nur etwas vorspielte, ob der mentale Zaubertrick nur Schikane war. Aber sie versuchte, sich so gut sie konnte zu konzentrieren. Der Gedanke, Adriens Jägern eine Höllenangst einzujagen, war ein zuverlässiger Motivator.

Es dauerte über zwei Stunden, aber irgendwann öffnete Hannah die Augen und die Person, die sie vom Spiegel aus anstarrte, sah genauso aus wie sie, bis auf zwei kleine Unterschiede. Ihre Augen leuchteten rot und ihre Haut hatte einen hellen Blauton angenommen.

Zuerst dachte sie, die dämmrige Beleuchtung spiele ihr einen Streich, oder vielleicht hatten die Stunden intensiver Konzentration ihren Verstand komplett gebrochen. Sie ging hinüber zur hellsten Stelle des Raumes und untersuchte ihre Haut. Es gab keinen Zweifel mehr: Sie war tatsächlich blau!

Sie schrie vor Freude auf und der alte Mann kam sofort hereingestürmt, als habe er direkt vor der Tür gewartet.

»Also, hast du es getan?«, fragte er aufgeregt.

»Sieh doch selbst!« Hannah fuchtelte mit der Hand vor seinem Gesicht herum und grinste breit.

Er hob seine buschigen Augenbrauen. »Du hast *mich* nicht verzaubert, Hannah. Du hast lediglich versucht, dich selbst zu überzeugen, schon vergessen? Um den Verstand anderer zu untergraben, braucht es mehr als zwei Stunden Übung.«

»Oh«, sagte Hannah und dachte kurz nach. »Dann hat es ja funktioniert. Ich bin so blau wie der Himmel!«

Ezekiel lächelte, dann glühten seine Augen rot auf. »Du bist vielleicht ein kleinwenig blauer, aber ich würde sagen, du siehst eher kränklich blau aus als Himmelblau.«

Sie runzelte die Stirn. »Hey! Ich dachte, du kannst es nicht sehen?«

»Du bist nicht die Einzige, die hier Mentalmagie praktiziert. Ich habe in deinen Geist geschaut und gesehen, dass du mir nur eine Halbwahrheit gegeben hast. Und noch dazu eine halbherzige.« Trotz seiner Zurechtweisung sah sein Gesicht sanfter aus denn je. »Gute Arbeit.«

Hannah strahlte. »Mich blau zu färben ist eine Sache. Aber *Gedanken* zu lesen, das ist 'n ziemlich cooler Trick.«

Ezekiel hielt eine Hand hoch. »Es ist Magie, Hannah. Tricks sind das, was du und dein Freund Parker früher für ein paar Münzen abgezogen habt. Das hier ist etwas ganz anderes. Wir«, er gestikulierte zwischen ihnen hin und her, »praktizieren *Magie*.«

»Ja, was auch immer. Aber wenn ich wirklich gut darin wäre, wie weit könnte ich es bringen? Könnte ich mich als eine andere Person tarnen? Könnte ich mich einfach wie dein allerliebster Adrien aussehen lassen und durch die Eingangstore der Akademie spazieren?«

»Tarnen ist eine Sache. Sich genau wie ein anderes Wesen aussehen zu lassen, ist nahezu unmöglich. Zu viele Details. Zu viele Menschen, die gleichzeitig beeinflusst werden müssen. Bedenke: Die ganze List ist ein mentaler Vorschlag, von dem du verdammt viele Leute überzeugen müsstest. Ich selbst habe es schon viele Male versucht und bin gescheitert.

Die Dämonenmaske in der Gasse funktionierte, weil meine bildliche Vorstellungskraft sehr groß ist. Aber es gab einen Magier …«

Hannah verdrehte die Augen. »Lass mich raten. Dein Schüler?«

Er zuckte mit den Achseln. »Aber natürlich. Dieser Schüler übertraf seinen Meister in der Mentalmagie. Und vielleicht wirst du das ja eines Tages auch tun. Wir machen jetzt besser eine Pause. Es wäre gefährlich, weiterzumachen, bevor du ein wenig von deiner Energie zurückgewonnen hast.«

Erst als er eine Pause erwähnte, fiel Hannah auf, wie müde sie eigentlich war. Die stundenlang wiederholten Übungen hatten ihr die Kraft geraubt, die angestrengte Konzentration ihren Willen erschöpft. Sie verließen den Raum und Hannah ließ sich auf eine Couch in der großen Halle fallen. Sal kam aus ihrem Zimmer getrippelt und sprang auf ihren Schoß, wo er sich zusammenrollte. Ezekiel holte Teller mit Fleisch und Gemüse herbei und drückte ihr einen Kelch mit stark duftendem Wein in die Hand.

»Heute Abend haben wir etwas zu feiern. Du hast deine ersten Schritte in den drei primären, magischen Künsten getan.« Er zwinkerte. »Der Gründer höchstselbst würde behaupten, dass dies ein großer Anlass ist.«

Er trank heiter einen Schluck Wein. Als Hannah ebenfalls ihr Glas anhob und in die rote Flüssigkeit schaute, kam ihr eine Idee.

»Zeke«, setzte sie an, »die Augen der Zauberer in Arcadia werden kohlschwarz, wenn sie Magie nutzen. Aber deine Augen werden blutrot. Vorhin habe ich im Spiegel gesehen, dass meine Augen beim Zaubern auch rot geworden sind. Warum ist das so?«

UNTERDRÜCKUNG

Ezekiel nahm immer noch lächelnd einen weiteren großen Schluck. »Du bist wirklich scharfsinnig. Sag mir, wie viele Magienutzer in Irth können wohl alle drei Formen der Magie ausüben? Ich sagte dir bereits, dass es selten ist, aber ich habe dir nicht verraten, *wie* selten. Kannst du es erraten?«

Hannah schüttelte den Kopf und stopfte sich, statt zu antworten, ein Stück Fleisch in den Mund.

»Ich werde es dir sagen. Lass mal sehen ...«

Ezekiel sah nachdenklich zur Decke und hob die Finger, als ob er eine Art Knobelrechnung nachverfolgen wollte. »Soweit ich das beurteilen kann, gibt es nur zwei, die alle Formen nutzen können. Ich«, er schaute sie an und hob sein Glas wie zum Tribut, »und jetzt *du*.«

Hannah erstickte fast an ihrem Essen. Sie hatte gewusst, dass Ezekiel sie zu großen Taten antreiben würde, aber auf einer Stufe mit ihrem Lehrer zu sein, überstieg ihre kühnsten Träume.

Ezekiel lachte, als er ihre Reaktion bemerkte. »Bilde dir bloß nichts darauf ein. Du weißt von den drei Künsten noch so gut wie nichts. Jemand, der nur eine von ihnen gemeistert hat, würde dir in einem Duell gehörig deinen unerfahrenen Arsch versohlen.«

Hannah lachte über seine Ausdrucksweise. So etwas hörte sie von ihm nicht allzu oft.

»Warum können es nicht mehr Leute?«, fragte sie schließlich zwischen zwei Bissen.

»Wie ich bereits sagte, ist der Einsatz von Magie mit Risiken verbunden, vor allem wenn jemandem ein so erfahrener Lehrer wie meine Wenigkeit fehlt. Aber als ich anfing, war ich noch nicht annähernd so erfahren wie jetzt. Meine Schüler fanden es einfacher, sich auf nur einen

Zweig der Magie zu konzentrieren – jener, der ihrem Gemüt jeweils am nächsten lag. Ich befürwortete dies, da es bedeutete, dass sie weniger in Gefahr waren, sich zu übernehmen.

Mit der Zeit verfestigten sich die Disziplinen mehr und mehr in den jeweiligen Kulturen und es wurde fast unmöglich, sie zu verbinden. Zu lange sind sie nun schon in geografischer und kultureller Hinsicht getrennt.«

Sie schüttelte den Kopf und nahm einen Schluck von ihrem Wein. »Aber das beantwortet noch immer nicht meine Frage nach unseren roten Augen.«

»Die Kraft, die in uns – in unserem Blut – ist, färbt unsere Augen, wenn wir mit ihr das Ätherische anzapfen. Du und ich haben, da wir alle drei Formen praktizieren, eine reinere Verbindung zur ätherischen Sphäre. Die Farbe unserer Augen spiegelt das wider. Unsere roten Augen sind so einzigartig wie unsere Fähigkeit, alle drei Künste zu praktizieren. Aber ich stelle mir vor, wenn die Menschen erst einmal sehen, was wir beide erreichen können, dann werden vielleicht die alten Mauern zwischen den Magieformen zusammenbrechen.

Kombinationen von Magie sind mächtig und, was vielleicht noch wichtiger ist, unvorhersehbar. Sie ermöglichen eine Kreativität, die bei so ziemlich allen Bemühungen von Vorteil sein kann. Bei dem Kampf in der Gasse zum Beispiel habe ich physische und Naturmagie miteinander kombiniert.«

Hannah erinnerte sich. »Der Blitz!«

»Ganz genau. Meine Verbindung zur Natur erlaubte es mir, einen Sturm heraufzubeschwören, aber es war meine Kenntnis physischer Magie, die es mir erlaubte, jene Kraft in einen präzisen Angriff zu kanalisieren. Ich habe mit der

UNTERDRÜCKUNG

Dämonenmaske außerdem Mentalmagie praktiziert, aber das war ein separater Zauber, ohne Mischung. Stell dir nur mal vor, welche Möglichkeiten du haben wirst, sobald du alle drei Künste beherrschst. Du wirst dann nicht mehr zu stoppen sein.«

»Woher weißt du, ob ich überhaupt so weit kommen werde?«

»Weil ich schon einmal gesehen habe, wie du alle drei Künste kombiniert hast, ohne auch nur zu wissen, dass du Magie in dir trägst.«

Sie blickte auf Sal herab, der sich auf ihrem Schoß eingerollt hatte.

»Du sprichst von ihm.«

Der Zauberer nickte. »Richtig. Ich habe physische Magier gesehen, die Glas in Stahl verwandeln und Druiden, auf deren Geheiß Felder gedeihen. Ich habe erlebt, wie Mystische den Himmel meilenweit eingefärbt haben. Aber ein Lebewesen zu verändern, es in ein anderes zu verwandeln – das ist eine Mischung aus Magie, die ich in all meinen Jahren noch *nie* gesehen habe, Hannah. Deine Echse ist nicht nur eine größere Version der in dieser Gegend üblichen Molche. Sie ist eine grundlegend neue Kreatur.

Die Naturmagie erlaubt uns, die Umwelt zu gestalten und ihr Potenzial wiederzuerwecken. Aber man kann kein Leben erschaffen, wo vorher keins war. Um ein altes Sprichwort anzubringen: *Man kann einen Tiger heilen, aber seine Streifen nicht verändern.*

Die Mystischen hätten die Echse ebenfalls so verändern können, aber nur im Geist, nur als *Illusion*. Eine solche Veränderung wäre nicht von Dauer.

Die Anwender physischer Magie können dauerhafte Veränderungen bewirken, aber nur bei leblosen Gegenständen.

Ihre Macht stößt an ihre Grenzen, wenn es um Belebtes, Organisches geht.

Als du diese Kreatur verändert hast, war es, als hättest du alle drei Künste gleichzeitig herangezogen. Und das ist einer der Gründe, warum ich dich auserwählt habe. Ich will dir nichts vormachen: Der Kampf, in den ich dich mit hinein gezogen habe, wird schwer. Adriens Macht ist groß. Um zu gewinnen, müssen wir das Spiel verändern, neue Magie und neue Kraftquellen gebrauchen … und selbst das reicht vielleicht nicht aus. Aber mit jemandem wie dir, der so reinen Herzens ist, haben wir zumindest eine Chance.«

UNTERDRÜCKUNG

Kapitel 14

Adrien trommelte mit den Fingern auf der Lehne seines Ledersessels herum und blickte durch das Erkerfenster hinunter auf Arcadia.

Noch vor wenigen Tagen war ihm alles, was er erschaffen hatte, so mächtig und unzerstörbar erschienen. Und jetzt, da der Gründer zurückgekehrt war, fühlte er sich zum ersten Mal seit Langem ... unsicher.

Noch Tage nach der Konfrontation mit seinem alten Mentor hatte er über dessen scheinbare Wiederauferstehung nachgegrübelt und sich darüber geärgert, dass er nicht vorsichtiger gewesen war. Wie viele große Männer hatte er einen Anflug von Hybris zu vermerken. Sich auf die Rückkehr Ezekiels vorzubereiten, war ihm nicht einmal in den Sinn gekommen.

Und nun war es zu spät.

In den Tagen seit ihrer Begegnung war seine Wut allmählich zu Furcht geworden.

Der Projektionstrick des alten Mannes war bezeichnend dafür, wie viel er auf seiner Pilgerreise gelernt haben musste.

Die Illusion, mit der er Adrien so verdammt überzeugend getäuscht hatte, war keine Magie aus Arcadia. Hier praktizierten sie physische Magie, das Studium der materiellen Dinge und ihrer Manipulation und gaben dieses Wissen an die nächste Generation weiter.

Er wusste, dass das Studium magischer Künste keineswegs den Arcadianern vorbehalten war, sondern sich über die Stadtmauern hinaus bis in die entlegensten Winkel und Völker Irths erstreckte. Unterschiedliche Regionen und Gemeinschaften waren Spezialisten für verschiedene Arten von Magie, obwohl sie alle aus derselben ätherischen Sphäre ihre Kraft bezogen. Aber die Magie war nicht gerade ein leichtes Mädchen, das sich jedem einfach so darbot.

Die Magier waren schon gesegnet genug, über die spezifischen Fähigkeiten ihres jeweiligen Feldes zu verfügen und die Vorstellung, dass man in mehr als einem Fachgebiet arbeiten könnte, war schon immer für alle unvorstellbar gewesen. Für alle ... außer Ezekiel.

Als sein Mentor sie verließ, konnte er bereits alle drei Künste anwenden, brillierte jedoch nur in der physischen Magie.

Die Projektion, mit der sich Adrien auf dem Queens Boulevard unterhalten hatte und die er törichterweise zu töten versucht hatte, war ein Beweis dafür, dass sein Lehrer alles andere als untätig gewesen war, was die psychischen Künste anging.

Und obgleich man als Meister der Magie vielleicht ein paar billige Tricks aus einem anderen Fachgebiet aufschnappen konnte, war die Projektion des eigenen Wesens in dem Maße, wie Ezekiel es vollbracht hatte, eine ganz andere Nummer, die vermutlich die vollkommene Beherrschung der Mentalmagie voraussetzte.

Genau diese Erkenntnis hatte Adrien zu Tode erschreckt.

Der Rektor war von seiner eigenen magischen Kompetenz im höchsten Maße überzeugt, aber angesichts eines Mannes, der gleich mehrere Künste beherrschte, würde physische Magie vielleicht nicht ausreichen. Was, wenn Ezekiel die letzten Jahrzehnte damit verbracht hatte, an diesen anderen Fähigkeiten zu feilen? Der Gedanke war erschreckend.

Aber er brachte Adrien auf eine Idee.

»Doyle!«, rief Adrien in Richtung der geschlossenen Tür. Sie schwang auf und sein Assistent betrat den Raum, der prompt einen Blick auf den Stuhl gegenüber vom Schreibtisch warf und vermutlich rätselte, ob er sich setzen sollte.

»Was kann ich für Sie tun, Herr Rektor?«

»Der Magier, ist er heute schon gesehen worden?«

Adrien wusste sehr wohl, wie sinnlos seine Frage war. Ezekiel würde nur gefunden werden, wenn er es auch wollte. Und dann würde der Zauberer sicher bereit für einen Kampf sein.

»Nein, Sir. Keine Spur. Unsere Männer haben rund um die Uhr Wache gehalten und die Kapitolgarde war durchgehend auf der Jagd nach ihm, aber vergeblich.«

»Vielleicht suchen wir an den falschen Orten«, überlegte Adrien. »Ich brauche eine Mannschaft. Keine große, aber mit Männern, denen wir uneingeschränkt vertrauen können und die sich auch außerhalb der Stadtmauern behaupten können. Stellst du mir eine solche Truppe zusammen?«

Doyle lächelte, offenbar hocherfreut, ausnahmsweise mal nützlich zu sein.

»Natürlich, Sir. Für eine Aufgabe wie diese kommt mir eine ganz bestimmte Ressource in den Sinn: Stellan und seine Männer. Sie sind genau dafür ausgebildet und tauchen in den Unterlagen der Kapitolsadministration nicht auf. Man weiß ja nie, wann man mal eine Geheimoperation braucht.«

»Ausgezeichnet, Doyle.«

Adrien erklärte seinem Assistenten, dass er aus seiner Begegnung mit Ezekiels Projektion gefolgert hatte, sein Mentor habe zur Verbesserung seiner Mentalmagie selbst die Rolle des Schülers eingenommen.

»Nun«, sagte Adrien gedehnt, »die einzigen, die laut unserer Kenntnis in diesem Maße Mentalmagie beherrschen, sind die Mystischen. Das bedeutet, Ezekiel hat möglicherweise eine Zeit lang mit ihnen gelebt. Womöglich hat er sie dann auch überredet, ihm mit seiner närrischen *Rettungsmission* zu helfen. Und diese einfältigen Mönchsköpfe sind genauso idealistisch wie der alte Mann.«

»Ja, Sir. Sie könnten Ärger machen.« Doyle räusperte sich. »Wenn ich so kühn sein darf ... was wäre, wenn wir etwas Offensives auf die Heights loslassen würden? Vielleicht ist es an der Zeit, die Maschine zu testen?«

Adrien winkte ab. »Nur ein Schuljunge greift mit Anlauf an, Doyle. Wir brauchen etwas Eleganteres. Ich möchte, dass du die Männer losschickst, damit sie diese Sterngucker im Auge behalten und mir einige Informationen liefern. Sie können ruhig grob werden, wenn nötig, aber ich will keinen Krieg vom Zaun brechen. Verstanden?«

»Vollständig.«

Adrien verengte seine Augen zu funkelnden Schlitzen. »Kann ich darauf zählen, dass dieser Stellan es nicht vermasselt?«

»Ich würde ihm mein Leben anvertrauen, Sir.«

Adrien nickte. »Nun gut, aber diese Mission ist weit mehr wert als dein Leben, Doyle. Vielleicht traust du dir und deinem Stellan ein bisschen zu viel zu.«

Doyle errötete bis über beide Ohren. »Ähm, na ja, Sir. Mir selbst vielleicht.«

Adrien lachte. »Ich ziehe dich doch bloß auf, mein Sohn. Nun lass mich allein und schicke diese Männer an die Arbeit. In spätestens zehn Tagen erwarte ich einen Bericht.«

Wieder allein mit seinen Gedanken, wandte sich Adrien zurück zum Fenster und überlegte, wie im Namen der

UNTERDRÜCKUNG

Matriarchin er Ezekiel wohl aus seinem Versteck locken könnte.

Er wusste, dass die kollektive Macht innerhalb der Akademie weit größer war als das, was Ezekiel sich auf seiner Pilgerreise hätte aneignen können – selbst wenn er ein Jahrhundert lang gebüffelt hätte. Schließlich war er nur ein einzelner Mann.

Er wusste sicherlich nicht viel über die Magitech-Waffen und die Maschinen, die in der Fabrik von Arcadia gebaut wurden. Aber Ezekiel war nicht dumm. Wenn er einen Angriff plante, würde er nach stärkeren Verbündeten suchen als den Mystischen.

Und da traf es ihn. »Das Mädchen!«, rief er aus.

Von den wenigen Berichten, die er seit Ezekiels Rückkehr erhalten hatte, war sein augenscheinlich einziger Kontakt dieses Mädchen vom Queens Boulevard gewesen.

Etwas war faul daran, aber Adrien konnte es noch nicht genau benennen. An dieser Göre musste etwas Ungewöhnliches sein, das Ezekiels Aufmerksamkeit rechtfertigte.

Er betrachtete sein fein gearbeitetes Schachspiel aus Marmor, das auf der anderen Seite des Raumes stand und ihm fiel ein, dass sie auch nur eine Schachfigur sein könnte. Ein Bauernopfer. Adrien musste nur noch herausfinden, wer ihr nahestand, dann könnte er Ezekiel dazu zwingen, sich seinem Willen zu unterwerfen.

Er rief Doyle zurück und beauftragte ihn mit der Aufspürung des Bauernopfers vom Queen-Bitch-Boulevard.

✳ ✳ ✳

Hannah öffnete ihre Augen und beendete damit ihre Meditation. Eine Stunde war vergangen – zumindest war sie sich da ziemlich sicher – aber angefühlt hatte es sich wie fünf Minuten.

Die Stunden der Arbeit, die sie jeden Morgen allein in ihre Meditation investierte, machten sie zwar zu einem verrückten Mönch, aber die Resultate waren der Wahnsinn.

Sie hatte immer geglaubt, bei der Beherrschung von Magie ginge es darum, die richtigen Bewegungen oder Zaubersprüche zu lernen oder die richtigen Magitech-Waffen zu führen. Aber Ezekiel hatte recht.

Sie machte die schnellsten Fortschritte – und erholte sich am ehesten – wenn sie sich auf ihr Inneres konzentrierte. Sie hielt ihrem Lehrer einen ausgestreckten Finger entgegen und prüfte mit der anderen Hand den Puls an ihrem Handgelenk. Das dumpfe Pochen unter ihrer Haut war stetig und sehr langsam. Hannah war sich ziemlich sicher, dass sie mit mehr Übung in der Lage sein würde, ihr gesamtes Blut zum Stillstand zu bringen.

Sie blickte hoch und verkündete: »Pocht noch, Zeke. Aber kaum.«

»Gut. Nichts ist wichtiger als das, was hier drin ist.« Er deutete auf ihre Brust an der Stelle, die ihr Herz barg. »Kontrolliere das und du kontrollierst alles.«

Hannah nickte. »Aber du hast auch schon mal davon gesprochen, Leidenschaft zu entfesseln. Was ist mit dem Tag, an dem mein Bruder fast gestorben wäre? Da hat mein Herz ganz sicher höllisch gepumpt.«

»Sicher. Und du hast verdammtes Glück gehabt, dass deine Kraft dich nicht an Ort und Stelle verbrannt hat.«

»Jep, das wär echt bitchig gewesen. Wie die Matriarchin!« Sie zwinkerte Ezekiel zu. Sie hatten immer noch nicht viel über die Matriarchin und den Patriarchen gesprochen, obwohl er eindeutig ein wahrer Verfechter der beiden war.

Verdammt, vielleicht war er sogar alt genug, sie selbst gekannt zu haben!

Religion hoben sie sich für später auf, im Moment stand ihre Ausbildung im Mittelpunkt. Er machte oft genug Bemerkungen über die Gottheiten, benutzte ihre Namen häufig und nicht als Schimpfwörter wie sie und die anderen auf dem Boulevard.

Aber er versuchte nicht, ihr seinen Glauben aufzudrängen – was sie positiv überraschte, denn anfangs hatte sie ihn in Gedanken mit dem Propheten verglichen.

Das einzige, was sie sicher wusste, war, dass der alte Jedidiah laut Ezekiel in Bezug auf öffentlichen Magiegebrauch so ziemlich alles falsch verstanden hatte. Die magischen Künste waren nicht nur für die Reichen gedacht, sondern für jeden, der die Kraft in seinem Inneren gefahrlos zu nutzen vermochte.

Sie folgte Ezekiel ein paar Stufen hinunter, die von ihrem Turm in den Wald führten. Heute stand Naturmagie an, kein Zweifel. Er verfolgte einen ausgeklügelten Lehrplan, denn er wollte sicherstellen, dass sie nicht in einer Kunst vorpreschte, sondern in allen gleichmäßig vorankam. Dass sie eine Polymagierin wurde, hatte oberste Priorität, also galt es: Je ein Tag für jede Zauberkunst. Ihre Trainingseinheiten wurden an ihrem Fortschritt gemessen, nicht nach Zeit.

Ezekiel hatte während seiner eigenen Ausbildung viel vom Orakel gelernt, war aber auch durch Negativerfahrungen gebrandmarkt. So bedauerte er zum Beispiel, dass seine physischen Zauber bis heute viel stärker waren als die psychischen oder natürlichen, denen er sich bediente. Wenn es nach ihm ginge, würde Hannah stärker werden als ihr Meister.

Wenn es hart auf hart käme und die Frage wäre, welche Zauberkunst sie benutzen sollte, wollte er, dass sie mit ›JA!‹ antwortete. Verdammt noch mal alle drei zusammen.

»Was steht heute an?«, fragte sie, als sie sich dem Waldrand näherten. »Plaudern wir mit ein paar Bäumen?«
»Nö.«
»Wasserskulpturen?«
»Nein.«
»Sodomie? Bisschen den Huftier-Fetisch bedienen?«
»Hannah, *bitte*!« Ezekiel schüttelte missbilligend den Kopf, wie so oft entsetzt angesichts ihrer vulgären Natur. »Nichts von alledem. Deine Fähigkeiten schreiten schnell voran. Es ist an der Zeit, den nächsten Schritt in Richtung *neue* Magie zu wagen.«

Als sie auf Sal hinunterblickte, der mit peitschendem Schwänzchen neben ihr her wuselte, wusste sie, dass Ezekiel auf seine Verwandlung anspielte. Sie hatte gewusst, dass sie dieses Thema irgendwann vertiefen würden, hatte sich aber nicht gerade darauf gefreut.

Wie die Echse in einen ... *was auch immer* verwandelt wurde, blieb ihr ein Rätsel und falls der alte Mann verlangte, dass sie es wiederholte, war Hannah nicht sicher, ob sie der Herausforderung gewachsen war.

Nicht, dass sie es nicht selbst in Betracht gezogen hätte. Sie hatte sogar versucht, ohne Ezekiels Wissen eine Ameise zu verwandeln. Aber das verdammte Ding war einfach weiter gekrabbelt.

Sie erreichten ihren üblichen Platz am Fluss und setzten sich auf die Felsen. Hannah schloss die Augen und genoss das Gefühl von Sonnenstrahlen auf ihrer Haut. Die Tage, die sie in den kargen Übungsräumen des Turms verbrachte, zogen sie runter. Egal, wie heiß es draußen wurde, der Turm war immer kalt, feucht und stank nach Schimmel.

Sie beobachtete schweigend die Strömung des Wren und konnte sich dank all der Übung schon in eine Art lockere

Meditation versetzen, während sie darauf wartete, dass ihr Mentor endlich mal zur Erklärung ansetzte.

»Jep, er steht mir bei«, witzelte sie. »Ich habe ihn total lieb, verdammt noch mal! Soll ich ihn mehr im Zaum halten oder was?«

Nach einer weiteren, quälend langen Runde des Schweigens antwortete Ezekiel endlich.

»Ich möchte, dass du Sal veränderst.«

Sie tauschte einen Blick mit der Echse aus. Sals Zunge zischte hervor und blieb an seinem geschlossenen Augenlid kleben. Ezekiel hatte ihn noch nie zuvor beim Namen genannt, das kam ihr seltsam vor. »Die Eidechse?«

»Er ist keine Eidechse, Hannah. Nicht mehr. Du hast ihn verändert. Das Wesen, dem du auf dem Markt begegnet bist, ist jetzt ein vollkommen anderes.«

»Ähm, okay. Und was zum Teufel soll ich bitteschön mit ihm machen?«

Er zuckte mit den Achseln. »Diese Entscheidung liegt nicht bei mir. Das ist eine Sache zwischen euch beiden. Ich habe keine Verbindung zu deinem Freund. Für mich ist er nur ein Geschöpf von vielen. Seit du dich an Sal gebunden hast, wurde die Möglichkeit, dass sich ein anderer Magier mit ihm verbindet, unmöglich gemacht – soweit ich weiß. Das von euch geteilte Band kann weder leicht gebrochen noch untergraben werden.«

»In Ordnung.« Sie blickte auf Sal herab und inspizierte die Stacheln, die aus seinen Wirbeln herausragten. Hannah war sich nicht sicher, aber sie schienen seit dem Tag, an dem sie ihn aufgenommen hatte, gewachsen zu sein wie der Rest von ihm.

Sie malte sich aus, was sie sonst noch alles mit ihm anstellen könnte. Ihn weiter wachsen lassen? Seine Farbe ändern? Ihm Daumen verleihen? Nichts davon schien ihr richtig.

Sie schloss die Augen und versuchte, seine Gedanken zu lesen.

Dann überkam es sie: Das perfekte Bild von dem, was Sal werden sollte.

»Ich glaube, ich hab's im Kopf. Was soll ich jetzt tun?«, fragte sie und zwang sich, das Bild in ihrem Kopf nicht verblassen zu lassen.

Ezekiel schenkte ihr ein sanftes Lächeln. »Ich habe nicht die geringste Ahnung. Das ist deine Magie, nicht meine. Wir befinden uns hier auf ganz neuem Territorium.«

»Nicht. Sehr. Hilfreich.«

»Wie alle Formen der Magie wird es vornehmlich eine Frage der Konzentration sein. Also konzentriere dich auf deine Vorstellung von ihm. Vielleicht funktioniert das ja.«

Sie schnaubte. »Okay, aber wenn etwas schief geht und *mir* Stacheln wachsen, halt mich bitte auf.«

Hannah schloss ihre Augen. Sie schob Gedanken an Ezekiel, das Rauschen des Wrens und sogar an Sal selbst aus ihrem Kopf, bis sie ihre innere Mitte fand. Alles waberte nun im Hintergrund und alles, was übrigblieb, war sie mit der Kraft, die durch ihren Körper floss.

Kurz schlichen sich Zweifel ein, aber auch die schob sie routiniert beiseite.

Hannah *war* eine Magierin. Ihr Mentor sagte, sie habe etwas getan, zudem seines Wissens nach *niemand sonst* in der Lage war. Sie erinnerte sich selbst mehrmals daran und baute so gezielt ihr Selbstvertrauen auf.

Dann schob sie auch das weg.

Wieder einmal waren da nur sie und die Kraft aus dem Äther. Sie öffnete ihre Augen und konzentrierte sich auf Sal, der still zu ihren Füßen saß. Ihre Verbindung zu ihm war stark und er wusste genau, was sie vorhatte. Er präsentierte sich wie ein williger Klumpen Lehm – begierig, sich nach ihren Vorstellungen formen zu lassen.

Dem Gedanken folgend, dass Formveränderung der physischen Magie recht ähnlich war, hielt sie ihre Hände vor sich und führte eine Reihe komplizierter Bewegungen aus, von denen sie keine je praktiziert oder auch nur in Betracht gezogen hatte. Aber sie fühlten sich natürlich an, wie eine altbekannte Routine, deren Bewegungen sie immer wieder wiederholte.

Ihre Finger und Hände kreisten immer schneller umeinander und sie versuchte, die Energie unter ihrer Haut in Richtung ihrer Hände und hinaus in die Echse zu leiten, aber da floss nichts. Es war, als gäbe es immer noch eine Barriere zwischen ihr und Sal.

Nach einer Weile fielen Hannahs Arme schwach an ihre Seiten, schwer wie Blei.

»Nichts.« Sie blickte zu Ezekiel und wischte sich den Schweiß aus dem Gesicht. »Es funktioniert nicht.«

Er nickte. »Niemand hat gesagt, dass es leicht sein würde. Versuch es noch einmal. Bitte, Hannah. Das Schicksal von Arcadia könnte davon abhängen.«

Sie nickte zähneknirschend und versuchte, wieder ihr vorheriges Konzentrationsstadium zu erreichen. Sie schloss die Augen und schob das Gefühl von Versagen und Enttäuschung weg. Ezekiels Erwartungen kamen ihr in den Sinn, auch die musste sie weit wegstoßen.

Als ihr Kopf wieder angenehm leer war, wählte sie diesmal die Methode der Naturmagie. Sie wandte ihre Handflächen nach oben zum Himmel und verfiel in eine Art Trance. Ihre mentale und emotionale Energie flossen ungebremst durch ihre Adern. Jetzt musste sie das nur noch in Sal hineinleiten und bettelte seinen Körper an, sich ihrer Magie zu öffnen, doch nichts geschah.

Sie beugte sich erschöpft vornüber und stützte sich auf dem Felsen ab. Diesmal war es ihr schnuppe, was Ezekiel dachte, sie wollte einfach nur weggehen. Ein Jahr lang schlafen.

Zur Hölle mit Arcadia. Sollte Adrien es ruhig haben. Die Magie war zu schwer und sie viel zu schwach.

Ezekiel hatte einen schrecklichen Fehler begangen, als er sie erwählte.

»Du schaffst das, Hannah«, beharrte er. »Verdammt, du *musst* es tun.«

Sie brauste auf. »Ich *kann* das nicht! Ich habe das noch nie gemacht! Das mit Sal ist irgendwie anders passiert.«

Seine Antwort kam wie ein Peitschenknall. »Sei keine verdammte Närrin. Magie passiert nicht einfach so. Magier *sind* Magie. Du *bist* eine Magierin. Du *bist Magie.*« Er brüllte beinahe und das gab ihr den Rest.

»Lass mich *verdammt noch mal* in Ruhe, du Freak! Ich bin nur ein Kind!«

Er blieb unnachgiebig. »Du bist kein Kind. Du bist eine *Magierin.* Du bist dafür geschaffen. Hör auf, dein Leben zu verschwenden.«

Ihre Wut entbrannte, ihre Augen flammten rot auf. »Ich kann nicht!«

»Du kannst!«, rief er, seine Worte begleitet von einem fernen Donnerschlag. »Lass es raus!«

Ein Blitz traf das Wasser, so hell, dass es sie für einen Moment blendete.

Hannah brach über Sal zusammen und bedeckte ihn mit ihren Armen. All die Angst und Frustration, die sie

UNTERDRÜCKUNG

stundenlang methodisch ausgeblendet hatte, strömte aus ihr heraus.

Aber mit dem Einbruch dieser Emotionen kam auch etwas anderes – Sals Präsenz, die sich nach ihr ausstreckte, sie umklammerte – als ob sie eins wären.

Unmöglich zu sagen, wo ihr Körper endete und seiner begann.

»Bitte«, rief sie und visualisierte das Potenzial des Tieres vor ihrem inneren Auge. »Tu es. Für mich.«

Ihr Verstand flackerte, sie verlor den Überblick, wo und wann sie sich befand. Sie dachte vage, sie würde die Welt erbeben und eine intensive Hitze spüren, doch alles, was sie mit Sicherheit fühlen konnte, war das Zucken des Tieres unter ihrer Brust.

Etwas stieß ihr in den Bauch und in die Brust und Hannah sprang zur Seite aus Angst, sie würde ihm wehtun. Als sie nach unten blickte, sah sie, wie sich die Haut auf Sals Rücken zu wölben begann, als ob zwei Bälle sich direkt hinter seinen Schultern durch seine schuppige Haut gruben. Sal sah zu ihr hoch, sein Gesicht so leidvoll verzerrt, dass sie zu schluchzen begann. Sie spürte seinen Schmerz, aber auch seinen Wunsch, ihr zu gefallen, ihr zu gehorchen.

Das Reptil wollte nichts mehr, als seine Qualen zu beenden, doch er weigerte sich, aufzugeben. Sal kreischte, als seine Schuppen die Veränderung schließlich nicht mehr zurückhalten konnten. Die Bälle platzten durch seine Haut, aber es waren gar keine Bälle, sondern etwas Langes und Knochiges auf jeder Seite, das sich nach oben aus seinem Rücken drängte, während seine Schreie über den Fluss hallten. Die Strukturen streckten sich nach beiden Seiten etwa eine Armlänge aus und bildeten zwei herrliche Flügel.

Das letzte, was Hannah sah, bevor sie das Bewusstsein verlor, war ihr Haustier – eine Eidechse, die sich vom Boden abdrückte und mit gespreizten Flügeln gen Himmel stieg.

Aber ich lag falsch, dachte sie, kurz bevor sie auf dem Boden aufschlug. *Er ist überhaupt keine Eidechse.*

UNTERDRÜCKUNG

Kapitel 15

Ezekiel öffnete die Tür einen Spaltbreit, um nach Hannah zu sehen – sie war ganz klar die beste Schülerin, die er je unterrichtet hatte und diese Erkenntnis ließ ihn vor Freude strahlen.

Er hatte das Paranormale intensiver erforscht als jeder andere Magier Irths und war gerade dennoch Zeuge des vermeintlich Unmöglichen geworden. Hannah hatte aus dem Ätherischen eine Kraft geschöpft, wie sie Ezekiel nie zuvor gesehen hatte.

Mit der Entfesselung ihrer Frustration hatte der Boden zu beben begonnen, Bäume und selbst die Grashalme hatten sich in ihre Richtung gebogen, als würde sie jeden einzelnen von ihnen anrufen. Feuer brodelte sichtbar unter ihrer angespannten Haut. Und dann, inmitten dieses schrecklichen Anblicks, war etwas Schönes geschehen. Hannahs Haustier, jene Kreatur, die einst nichts weiter als ein gewöhnlicher Molch gewesen war, verwandelte sich in etwas weitaus Majestätischeres.

Hannah hatte ihre Vorstellung sich manifestieren und etwas völlig Neues entstehen lassen. Und nun lag Sal zusammengerollt auf dem Schoß seiner Herrin, blickte zu Ezekiel auf und streckte seine neuen Flügel aus, als wolle er sich von ihrer Echtheit überzeugen.

Ezekiel nickte bedächtig und flüsterte: »Du bist ganz neue Magie, kleine Kreatur.«

Die Eidechse ließ ihre Zunge hervorschnellen und schmiegte sich enger an das Mädchen. Von dieser Bewegung alarmiert, riss sie die Augen auf.

»Ezekiel«, stöhnte sie, »war es ein Traum?«

»Es war völlig real«, antwortete er ruhig. »Und es war erstaunlich. So etwas habe ich in meinem beträchtlich langen Leben noch nicht gesehen.«

Ein müdes Lächeln überzog ihr Gesicht und ihre Augen schlossen sich wieder. Wie Ezekiel so seine schlafende Schülerin besah, dämmerte ihm, dass er nicht ganz die Wahrheit gesprochen hatte. Zwar hatte er noch nie einen Magier gekannt, der eine lebendige Kreatur derart verändert hatte, aber er hatte durchaus gesehen, wie Magier all ihre Energie aufwandten.

Vielleicht bestand darin die Verbindung zu Hannah.

Diese Frage konnte Ezekiel noch nicht beantworten. Er brauchte Hilfe und es gab nur einen Ort, an dem er sie finden würde.

»Ich muss mich um etwas Wichtiges kümmern. Etwas Ernstes. Bleib hier und sei vorsichtig.«

Sie öffnete ihre Augen, doch Ezekiel war schon verschwunden.

✶ ✶ ✶

Sich von dem, was zwischen ihr und Sal passiert war, zu erholen, dauerte ganze anderthalb Tage. Hannah lag schlapp im Bett und fühlte sich, als hätte sie die Grippe, mit Gliederschmerzen und einem Energielevel, der so etwas wie Toilettengänge oder Essen schon zur äußersten Anstrengung machte.

Die bisherigen, täglichen Übungen hatten sie nie mehr erschöpft als ein langer Arbeitstag mit Parker auf den Straßen Arcadias. Das hier aber war etwas ganz anderes und es bereitete ihr eine Heidenangst. Was, wenn ihr Körper in einem Kampf derart heftig reagierte? Dann wäre sie leichte Beute und den Jägern – verdammt, viel schlimmer: *Adrien* – ausgeliefert.

So oder so würde sie Ezekiel fragen müssen, wie man sich in erschöpftem Zustand am besten verteidigte.

Auf ihrem Nachttisch entdeckte sie einen Teller mit Abendessen. Sie berührte das Fleisch probehalber, um zu sehen, ob es noch warm war. Dies war nun schon die dritte Mahlzeit, die scheinbar aus dem Nichts erschien, bevor sie aufwachte. Ezekiel hatte doch gesagt, er musste sich um etwas Wichtiges kümmern.

Das Essen, das also scheinbar von selbst an ihrem Bett auftauchte, war seltsam, aber zugegeben hatte sie sich in ihrer Zeit im Turm an Ungewöhnlicheres gewöhnt.

Sie streckte eine Hand aus und kratzte Sal am Rücken. Ihre Finger streiften seine Flügel und sie setzte sich überrascht auf. Irgendwie hatte sie den Zauber völlig verdrängt, der sie die letzten sechsunddreißig Stunden ans Bett gefesselt hatte.

Sal stand auf und bewegte langsam seine Flügel, als wolle er ihr eine ganz persönliche Demonstration zuteilwerden lassen. Die Stacheln entlang seines Rückens waren weiter gewachsen und seine Schuppen schimmerten dunkelgrün. Seine Flügel waren der Wahnsinn, noch nie hatte sie etwas Vergleichbares gesehen. Obwohl die Flugmembranen recht dünn waren, konnte Hannah die Kraft in ihnen förmlich spüren und sie rätselte, wie hoch sie ihn wohl tragen konnten.

»Sieht gut aus, du kleines Monsterchen«, sagte sie liebevoll. »Schon gelernt, sie zu benutzen?«

Daraufhin watschelte Sal zur Seite des Bettes und begann, kräftig mit den Flügeln zu schlagen. Hannahs Haare wurden nach hinten geweht, während sein kleiner Körper über der Matratze schwebte. Er stieg noch ein paar Meter höher, dann plumpste er zurück aufs Bett und von dort auf den Boden. Mit hervorschnellender Zunge sah er zu ihr hoch und Hannah konnte schwören, dass er zu lächeln versuchte.

»Nicht übel. Wir brauchen wohl beide noch etwas Zeit, um uns an unsere neuen Kräfte zu gewöhnen.«

Sie schwang ihre Beine über die Seite des Bettes, griff nach dem Teller und machte sich auf den Weg in den großen Saal.

Essen war gut, aber Routine war besser. Auch, wenn sie sich von Sals Verwandlung noch immer ein bisschen schummrig fühlte, hatte sie das Bedürfnis, wieder an die Arbeit zu gehen. Arcadia würde sich nicht von selbst retten und wenn sie an der Erlösung teilhaben wollte, musste sie auf den Kampf vorbereitet sein.

* * *

Heute war Naturmagie dran. Ezekiel war noch immer nirgends zu finden, aber sie brauchte ihn nicht für ihre Übungen. Schnell machte sie sich auf den Weg nach draußen.

Die kühle Luft auf ihrem Gesicht fühlte sich erfrischend an, während sie zum grasbewachsenen Flussufer zwischen ihrem Turm und dem Wald hinunter spazierte.

An ihrem Lieblingsplatz blieb sie stehen. Etwas war heute anders. Die Weide schien sich ein wenig mehr herüber zu beugen als sonst und an dem Fleck, wo sie für gewöhnlich saß, zeichnete sich ein verbrannter Ring im Gras ab. Hannah dachte an die Kraft, die es gekostet hatte, Sal zu verwandeln und fragte sich, ob sie zu mehr überhaupt in der Lage war.

Sie ließ sich im Schneidersitz nieder, schloss die Augen und konzentrierte sich. Eine Stunde flog an ihr vorbei, dann öffnete sie die Augen und tastete nach ihrem Puls.
Langsamer denn je.
Sie nahm sich ein paar Minuten Zeit und durchlief dann einige der einfacheren Zauber, die Ezekiel ihr in ihrer ersten Woche beigebracht hatte. Erfreut darüber, dass die immer noch mit wenig Kraftaufwand zu bewältigen waren, stand sie auf und beschloss, etwas Anspruchsvolleres zu versuchen.
Was wäre wohl der nächste Schritt, wenn Ezekiel hier wäre?
Die Sonne brannte unnachgiebig auf Hannah herab und sie schwitzte unter dem robusten Stoff ihres Mantels.
»Ich wünschte, wir hätten ein bisschen Schatten«, sagte sie zu Sal, der auf dem Rasen herumflatterte und seine eigenen Übungen machte. Er erinnerte sie an ein unbeholfenes Kleinkind, das gerade zu laufen lernte und das brachte sie zum Lachen. Sal sah zu ihr rüber und rollte sich zu einem engen Ball zusammen.
»Schatten«, wiederholte sie, den Blick auf den kobaltblauen Himmel gerichtet. Es war keine einzige Wolke in Sicht und das brachte sie auf eine Idee.
Sie streckte die Hände seitlich aus, Handflächen gen Himmel gerichtet und stellte sich eine Gewitterwolke vor, die über ihr brodelte, aber nichts geschah.
Die anderen Künste ergaben in ihrer Funktionsweise einen gewissen Sinn und auch die Verbindung zu den physischen Aspekten der Natur – den Bäumen, dem Fluss und sogar Sal – hatte sie einfach drauf. Aber wie sie sich mit etwas so Ungreifbarem wie dem Wetter verbinden sollte, blieb ihr ein Rätsel.

Sich vorzustellen, sie würde dort oben schweben und die Wolken um sich herum ausbreiten, funktionierte auch nicht. Sie versuchte, ein paar einfache Worte aufzusagen in dem Bestreben, Naturmagie mit Mentalmagie zu mischen, jedoch vergebens.

»Sieht aus, als bräuchtest du vielleicht einen Stab«, sagte eine Stimme hinter ihr.

»Zeke!«, rief Hannah und drehte sich um – unterschwellig überrascht, wie sehr sie den Alten vermisst hatte. »Du bist wieder da!«

»In der Tat. Und du übst fleißig weiter, das freut mich. Aber das Wetter zu kontrollieren, könnte für dich noch ein paar Nummern zu groß sein.«

Sie grinste schief. »Mit Sonnenbrand sehe ich immer aus wie ein Ferkel. Ich versuche doch nur, meinen Porzellanteint zu schützen.« Sie zwinkerte. »Ich war nicht sicher, wie lange du weg sein würdest. Ich wollte bei den Übungen keinen Rückschritt machen ... nicht jetzt.«

»Sehr weise. Beharrlichkeit ist der Schlüssel, um jede Disziplin zu meistern. Mach nur weiter so. Und mir scheint, der kleine Sal war ebenfalls fleißig.«

Sie lachte. »Ja, armes Kerlchen. Ich bin mir nicht sicher, ob er versteht, was mit ihm passiert ist. Ich meine, er hat sich sehr viel stärker verändert als ich mich.«

»Nun«, sagte Ezekiel. »Er weiß über seine Veränderung schätzungsweise so viel wie du, was kein schlechter Anfang ist. Dein Drache wird es schon noch früh genug herausfinden.«

»Drache?« Sie sah auf Sal herunter, der ihren Blick erwiderte. Seine Zunge zischte heraus und wieder hinein. »Was zum Teufel ...?«

Der alte Mann kicherte. »Sieh ihn dir an. Willst du ihn allen Ernstes weiterhin *Eidechse* nennen? Ich meine, du könntest, aber wir wissen doch beide, woran wir hier sind. Wenn Sal in seine neue Natur hineinwachsen soll, wird er Fürsorge brauchen. Der erste Schritt wäre, seine neue Natur einzugestehen und zu benennen.«

»Heilige Scheiße. Ich habe einen Drachen!«, rief sie.

»Ja, das hast du.«

Sie runzelte die Stirn. »Ziemlich klein für einen Drachen.«

Sal senkte den Kopf und weigerte sich, Augenkontakt herzustellen.

»Tut mir leid, Kumpel. War nicht so gemeint.«

Hannah wandte sich Ezekiel zu. »Warte. Heißt das, Drachen existieren wirklich? Ich meine, abgesehen von Sal?«

Der Zauberer zuckte mit den Achseln. »Das glaube ich nicht. Zumindest habe ich nie welche gesehen. Aber das ist eben die Besonderheit deiner neuen Magieform. Du hast etwas Neues erschaffen, etwas zum Leben erweckt, das früher, soweit ich weiß, nur in Träumen existierte. Die Mystischen widmen ihr gesamtes Leben einer Traumverwirklichung, die nur ein Schatten ist gegen das, was du mit Sal getan hast. Aufgrund eurer Bindung würde ich vermuten, dass er für immer deinen Befehlen folgen wird.«

Sie blickte liebevoll auf Sal herunter. »Und ich seinen.«

Ezekiel stützte sich auf seinen Stab. »Ja, die Verpflichtung reicht in beide Richtungen. Aber bedenke, dass du die Magierin bist, nicht er. Und nun zu der Sache mit dem Stab.« Ezekiels Blick streifte durch die sie umgebenden Bäume auf der Suche nach dem perfekten Ast.

»Hey, Zeke? Könnte ich vielleicht auch einen Zauberstab bekommen?«

»Einen Zauberstab?«

»Na ja, du weißt schon. So ein Gehstock schreit schon sehr *alter Mann*, ein Zauberstab hingegen wäre kleiner und ein bisschen ... na ja, schnittiger. Und wenn es darum geht, sich zu konzentrieren ...«

Ezekiel besah stirnrunzelnd seinen bodenlangen Stab. »Ich habe den hier, seit ich ungefähr in deinem Alter war.«

»Kein Grund, darüber jetzt in Unsicherheit zu verfallen, Zeke. Nichts für ungut. Ich meine, du hattest es wahrscheinlich eh noch nie so mit Mode und ...«

Ezekiel hob eine Hand, bevor sie in noch mehr Fettnäpfchen treten konnte. »Das können wir ein anderes Mal besprechen. Wahrscheinlich werden die Druiden ohnehin mehr Glück haben als wir beide, wenn es darum geht, dir ein Werkzeug für die Verbindung zur Umwelt zu schaffen. Lass uns damit warten, bis wir ihnen begegnen.«

»Jep, kommt auf unsere To-Do-Liste, gleich nach *Scheiße in die Luft jagen*.«

Sie schenkte Ezekiel ein breites Grinsen. »Also, wo zum Teufel warst du?«

Das Gesicht des alten Mannes verdüsterte sich ein wenig, er schien bedrückt.

»Das kommt darauf an. Willst du die Wahrheit hören oder die *Wahrheit*?«

Sie lachte verständnislos. »Was zum Teufel ist das jetzt wieder für ein Zauberer-Unsinn?«

»Vertrau mir, junge Dame. Du wirst bald schon selbst diese Art von Unsinn von dir geben. Aber um die Frage zu beantworten: Ich bin durch Irth gereist, während ich auf der Spitze unseres Turms saß. Ich bin überall gewesen, ohne mich auch nur einen Zentimeter zu bewegen.«

Hannah blinzelte angesichts dieses neuen Rätsels angestrengt, bis ihr die Antwort einfiel. »Du warst astro... Dings. Du bist mit deinem Verstand gereist!«

Ezekiel nickte stolz. »Ganz genau.«

»Aber wo bist du hingereist?«

Da wurde sein Gesicht wieder schwermütig. »Du solltest dich vielleicht hinsetzen.«

Sie ließ sich im Schneidersitz ins Gras fallen und er nahm neben ihr Platz.

»Während du in den letzten Wochen trainiert hast, war ich geistig recht aktiv. Zuerst streifte ich durch die Straßen Arcadias – diesmal aus der Sicherheit unseres Turms heraus. Immerhin bin ich seit fast einem halben Jahrhundert nicht mehr dort gewesen, ich muss mein Territorium wieder neu kennenlernen. Und als ich körperlich dort herumspazierte, bin ich innerhalb kürzester Zeit über dich gestolpert, wie du eine Gruppe Jäger mit rüden Gesten aufgestachelt hast.«

Hannah nickte. Sie erinnerte sich nur zu gut an diesen Tag.

»Natürlich«, fuhr Ezekiel fort, »musste ich dich von der Stadt wegbringen. Aber sobald wir hier waren, beschloss ich, mental zurückzukehren. Es wird schließlich unser Schlachtfeld sein! Also beobachtete, bewertete und plante ich. Aber sich auf eine Schlacht vorzubereiten, bedeutet mehr als nur die Arena zu kennen. Man muss auch seinen Feind kennen.«

»Adrien«, sagte Hannah zwischen zusammengepressten Zähnen.

Der Name des Akademierektors brummte in ihren Ohren. Während viele Arcadianer ihn wie einen göttlichen Superstar – ähnlich der Matriarchin und dem Patriarchen – behandelten, verachteten ihn Hannah und viele andere. Selbst auf dem Queens Boulevard war man sich uneinig: Die eine Hälfte war ganz verzaubert vom Prestige der Akademie und des Kapitols und träumte davon, sich dort eines Tages durch harte Arbeit einen

Platz zu verdienen. Der Rest erkannte, dass die Mächtigen ihren Wohlstand nie teilen würden und ihnen das Gemeinwohl am Arsch vorbeiging.

Hannah und William hatten Glück gehabt, dass ihre Mutter ihre Weisheit früh an sie weitergegeben hatte. Die Moral der Geschichten, die sie ihnen erzählt hatte, waren in Hannahs Gedächtnis eingebrannt – egal wie sehr ihr betrunkener Vater die Tugenden der Obrigkeit pries, konnte er nicht mehr korrumpieren, was sie bereits verinnerlicht hatte.

»Erzähl mir von Adrien. Ich will wissen, was passiert ist. Warum wurde er so wie er ist?«

Der alte Mann nickte. »Interessante Frage. Die Antwort möchte auch ich gerne wissen. Obwohl ich mittlerweile *einige* Informationen gesammelt habe, habe ich keine Ahnung, was seit meiner Abreise konkret mit Adrien geschehen ist. Ich kann dir zumindest alles sagen, was ich sicher weiß. Als das Zeitalter des Wahnsinns zu Ende ging, arbeiteten wir in einer kleinen Gemeinschaft zusammen, um Irths Heilung zu bewirken. Wir waren voller Hoffnung und in diesen dunklen Tagen war das fast alles, was wir hatten. Etwa fünf von uns begannen, ernsthaft über die Gründung einer neuen Stadt nachzudenken. Arcadia.

Eines Nachts – ich erinnere mich, es war Winter – kauerten wir an einem Ofen in unserem Unterschlupf. Ein Junge, etwa in Williams Alter, kam durch die Tür gestolpert, Hände und Gesicht voller Frostbeulen und abgemagert. Wir taten unser Bestes, um ihn wieder gesund zu pflegen.

Er erzählte uns von dem Verlust seiner Eltern, die von Wahnsinnigen – *Zombies*, wie du sie nennst – gefressen worden waren. Er hatte sich lange Zeit allein durchgekämpft und wusste nicht, wohin. Vertrauen gehörte nicht gerade zu seinen Tugenden und wir konnten es ihm nicht verübeln, denn er hatte das Schlimmste der Menschen gesehen. Nur wegen des strengen Winters willigte der junge Adrien damals ein, sich uns anzuschließen.

Im Laufe einiger Wochen lebte er sich bei uns ein und ich erkannte, dass er Fähigkeiten besaß, die sein Wissen überstiegen. Wie bei dir. Also bot ich ihm an, ihn auszubilden, wenn er nur bei uns bleiben und beim Bau unserer Stadt helfen würde. Wir waren ein gutes Team. Er war von Natur aus begabt, ich war von Natur aus dickköpfig. Übrigens dachten viele, die ich unterrichtete, ich sei ebenfalls als etwas Besonderes geboren. Das war ich nicht. Ich habe einfach nur hart gearbeitet und hartnäckig meine Ziele verfolgt.

Jedenfalls zogen immer mehr Menschen in unsere aufblühende Stadt und Adriens Begabung entfaltete sich entsprechend. Er übernahm die Leitung der magischen Konstruktionstechnik und half anderen, ihre physische Magie für den Bau der Stadt einzusetzen.

Währenddessen arbeitete ich mit den Flüchtlingen, die in die Stadt strömten und half vielen von ihnen, ihre Magie zu kontrollieren. Damals gab es so etwas wie Magitech noch nicht, aber ich nehme an, dass Adrien die Idee zu diesen magischen Maschinen schon damals entwickelt hat. Es ist auch wirklich clever und ich selbst wäre nie darauf gekommen.«

»Ja«, warf Hannah ein. »Magitech ist wirklich cool, hilft bei allen möglichen Dingen … beim Bau, im Krankenhaus … das Problem ist nur, dass sich das in meinem Viertel niemand leisten kann.«

Der Alte nickte. »Das ist in der Tat ungerecht. Aber ich fürchte, es wird noch schlimmer. Adrien entwickelt Magitech stetig weiter. Er plant etwas Großes, etwas Gefährliches.«

»Woher weißt du das?«

Ezekiel lächelte schmal. »Wie gesagt: Kenne deinen Feind. Ich habe die Konfrontation mit meinem alten Schützling gesucht.«

Er erzählte, wie er Adrien mit seiner Projektion ausgetrickst hatte, sodass der einen Teil seines bösen Masterplans verriet und dann nichts als Ezekiels Schatten angegriffen hatte. Hannah war schwer beeindruckt. Ezekiel steckte wirklich voller Tricks.

»Ich weiß nicht, was genau«, fuhr der alte Mann fort, »und ich weiß nicht, wann. Aber Arcadia *wird* uns brauchen. Irth wird uns brauchen. In den letzten Tagen habe ich, eingeschlossen in meinem Zimmer, außerhalb der Stadt nach Antworten gesucht ... in den tiefsten Winkeln von Irth.«

»Und? Hast du was herausgefunden?«

Ezekiel seufzte. »Ja, aber nicht die Antworten, die ich gesucht habe. Ich wollte einen alten Freund um Rat fragen, der uns – dir – helfen könnte. Aber ich kann ihn nicht finden.«

Die beiden saßen eine Zeit lang schweigend da, jeder in seine eigenen Gedanken vertieft. Hannah staunte über die neue Informationsflut und erkannte, dass ihr Leben nie mehr dasselbe sein würde, wenn sie bei Ezekiel blieb.

Die Gelegenheit, die der Magier ihr aufgezeigt hatte, überstieg buchstäblich ihre kühnsten Träume, aber auch ihre wildesten Alpträume.

Lohnte es sich, ihr altes Leben, das zugegeben nicht gerade viel bot, aufzugeben?

Sie vermisste ihren Bruder und Parker wie verrückt, sie musste einen Weg finden, die beiden bald wiederzusehen. Vielleicht würde Zeke ihr dieses Astralprojektions-Dings beibringen.

»Wie hast du es letzten Endes geschafft, Hannah?«

»Was?« Sie hatte ihm kaum zugehört – hatte sie etwas verpasst?

»Sals Flügel. Wie hast du das geschafft? Wenn wir eine Chance gegen Adrien und seine Truppen haben wollen, brauchen wir jeden unfairen Vorteil, den wir ausspielen können. Im Moment bist du alles, was wir haben.«

Hannah lachte. »Dann fordern wir mal besser Verstärkung an. Ich habe noch immer keinen blassen Schimmer, was ich mit Sal auf dem Marktplatz oder hier draußen gemacht habe. Es ist einfach passiert. Ich habe es mit Methodik versucht ... Mit physischer Magie, Naturmagie ... das hat aber nicht funktioniert.«

»Was dann?«

»Du. Du hast ständig gemeckert und mich geärgert. Ich war frustriert und ... *so* wütend. Es war ein Gefühl, als würde ich explodieren und dann ist es einfach passiert.«

Ezekiel strich über seinen Bart und seufzte. »Nun, wir wissen, dass es mit deinen Emotionen zusammenhängt, was keine Überraschung ist. Magie ist immer mit unserem Gemütszustand verbunden, das allein dient aber nicht als Katalysator.«

Hannah hob einen Stein auf, betrachtete ihn und drehte ihn hin und her.

»Wenn es Emotionen sind, die uns diese machtgierigen Arcadia-Arschgeigen besiegen lassen, dann werde ich den Katalysator noch herausfinden. Das verspreche ich dir.«

Sie warf den Stein in die Fluten des Wren.

Kapitel 16

Du sitzt da seit 'ner Stunde und hast noch kein einziges Wort gesagt. Kannst du mich wirklich nicht hören, wenn du sternprojizierst oder astro... was auch immer?«

Hannah ging auf und ab, Sal trippelte hinter ihr her. Aber die Augen des Zauberers blieben auf einen unsichtbaren Punkt an der gegenüberliegenden Wand gerichtet. »Na ja, okay. Ich hatte kurz ein bisschen Angst, dass du vielleicht nicht mehr alle Tassen im Schrank hast, aber ansonsten alles supi.«

Ezekiel zuckte nicht einmal.

»Oh, danke der Nachfrage!«, fuhr Hannah fort. »Mir? Mir geht's blendend, außer dass ich in einem Gebäude mit schätzungsweise drei Räumen eingesperrt bin, mit nichts als einer mutierten Echse und einem Zauberer, der den halben Tag lang Mönch spielt, statt mir Gesellschaft zu leisten. Ansonsten alles in *bester* Ordnung!«

Der Zauberer schwieg weiterhin.

Seit einer gefühlten Ewigkeit hatte Hannah nun schon im Turm trainiert und sie spürte mehr und mehr, wie es sie belastete, hier gestrandet zu sein. Mal ganz abgesehen von der Tatsache, dass es außer den Zauberübungen absolut nichts zu tun gab, war ihr Mentor nicht gerade unterhaltsame Gesellschaft.

Seit sie Sal in einen Drachen verwandelt hatte, verbrachte Ezekiel immer mehr Zeit damit, im Geiste durch Irth zu wandern. Er wollte nicht verraten, was er suchte, abgesehen von ein paar ominösen Andeutungen.

Hannahs Bauch fühlte sich an, als würde er sich zusammenziehen. Wenn sie raten müsste, dann war es wahrscheinlich das, was andere Leute als Heimweh bezeichneten.

Sie nannte es lieber *vermissen*.

Das Elend und der Missbrauch ihres alten Lebens lösten nicht gerade nostalgische Gefühle in ihr aus, aber sie musste sich eingestehen, dass sie sich doch nach vielem zurücksehnte.

An William. Und Parker. An ihr Bett. Sogar an den Queen-Bitch-Boulevard selbst. Alles, was ihr vertraut war – alles, was ihre Existenz jahrelang ausgemacht hatte, schien so weit entfernt. Hannah beugte sich runter und nahm Sal in die Arme. Er faltete seine Flügel über seinem Rücken, damit sie ihn leichter halten konnte. »Wenigstens habe ich dich, kleiner Kerl.«

Seine Zunge schnellte hervor und schleckte über ihre Wange.

»Die Eidechse ist nicht dein einziger Freund«, dröhnte die Stimme des Zauberers durch den Saal. Sie drehte sich um.

»Dem Patriarchen sei Dank. Ich dachte schon, du wärst gestorben und deine Augen glühen nur noch nach.«

Ezekiel löste seinen Schneidersitz, stand auf und ließ sich auf das im Vergleich zum Boden weitaus gemütlichere Sofa fallen. »Eines Tages, Kind, wirst du feststellen, dass Magie zu einem Teil aus Lernen, zum anderen aus Üben und dann noch zu fünfzig Prozent aus Einstellung besteht. Während meiner Zeit außerhalb von Arcadia habe ich vor allem gelernt, wie ich mein Leben auf meine Mission der Wiederherstellung ausrichten kann. Und auch du wirst gut daran tun, es eher früh als spät zu lernen.«

»Meine Meditationen laufen gut«, murrte Hannah.

Der Mann lachte. »Ich bin nicht zu alt, um mich zu erinnern, wie es ist, in deinem Alter zu sein. Ich war nur ein paar Jahre älter als du, als wir uns anschickten, Arcadia zu bauen. In diesem Jahr wusste ich einfach *alles*. Und dann, zwei Jahre später, erkannte ich, dass ich mich geirrt hatte und erschreckend wenig wusste. Das Leben ist eine endlose Straße voller Perspektivwechsel. Nenn es Geschwafel, ich nenne es Wachsen an Weisheit. Sie ist die größte unter all den Künsten.«

»Ah ... okay. Schon klar. Ändere deine Perspektive, werde weise ... das schreibe ich in mein kleines Buch.«

Ezekiels Gesicht erweichte sich, ein Lächeln breitete sich unter seinem Bart aus. »Du bist eine hoffnungslose Klugscheißerin, nicht wahr?«

»Ja«, sagte Hannah und lächelte schief zurück. »Das kann auch Magie nicht ändern.«

Der Alte erhob sich vom Sofa und sein Lächeln verblasste, woraus Hannah las, dass er etwas sehr Ernstes bereden wollte. Obwohl sie mittlerweile herausgefunden hatte, dass der Zauberer ein Lebemann war, der auch gerne mal ein paar Witze riss, war er, was die Rettung der Welt anbelangte, alles andere als zu Scherzen aufgelegt.

»Ich verstehe dich nicht«, grummelte er.

»Das tun die meisten nicht.«

»Nein, ich meine deine Fähigkeiten. Sie sind roh, brutal ... und versuchen irgendwie, dir zu entschlüpfen. So ist es zu Sal gekommen.« Er nickte dem kleinen Drachen zu. »Mir scheint, du übst eine unnatürliche Kombination aller Künste aus.«

»Tja, verdammt, soweit ich weiß, ist Magie generell unnatürlich«, gab sie achselzuckend zurück. Der Zauberer lachte, was sie ein wenig tröstete.

UNTERDRÜCKUNG

»Im Gegenteil, es gibt auf der Welt nichts Natürlicheres als Magie. Sie ist in jedem einzelnen von uns, man muss nur stark genug sein, sie nach außen zu tragen. Menschen, die in den Künsten unterrichtet wurden wie ich, wurden natürlich gelehrt, sich beim Magiegebrauch nicht selbst in tausend Stücke zu sprengen.

Stell dir nur vor, wie ungemein verärgert die Menschen wären, wenn sie in ihren besten Kleidern hinausgingen, nur um mit dem Blut vom Erstbesten, der von seiner Magie verzehrt wird, vollgespritzt zu werden. Wieder andere werden nie die Stärke besitzen, ihre Kraft überhaupt erst zu erkennen. Aber du bist anders, Hannah. Du trägst deine Magie nicht nach außen, doch sie lässt sich nicht einsperren. So wurde Sal erschaffen und dafür gibt es keine Erklärung.«

Ihr fiel ausnahmsweise mal kein Klugscheißer-Kommentar ein, der die Ernsthaftigkeit seiner Worte dämpfen konnte.

»Was soll ich also tun?«

»Das, meine Liebe, ist die ewige Frage. Wenn ich die Antwort wüsste, würde ich sie dir geben. Aber ich kenne einige Leute, die sie kennen könnten.«

»Noch mehr Freunde aus alten Zeiten?«

Ezekiel nickte. »So etwas in der Art. Ich habe es eine Weile auf die lange Bank geschoben, aber ich fürchte, jetzt habe ich keine andere Wahl mehr. Ich muss sie aufsuchen.«

Hannah blinzelte misstrauisch. »Okay, wann brechen wir auf?«

Ezekiels Gesichtsausdruck beantwortete ihre Frage noch bevor er sprach. »Es tut mir leid, Hannah. Ich fürchte, du kannst nicht mitkommen.«

»Warum zum Teufel nicht? Ich habe jeden Tag geübt, wie du es verlangt hast! Ich bin besser geworden. Und wenn diese Leute mir helfen können, dann sollte ich mitkommen.«

»So einfach ist das nicht. Ich habe mit meinem Verstand versucht, sie zu erreichen, aber es gab keine Antwort. Das kann zweierlei bedeuten. Entweder haben sie sich von mir abgewandt, was bedeutet, dass sie zu einer ebenso großen Bedrohung geworden sind wie Adrien. Vielleicht sogar noch schlimmer.«

»Ich habe keine Angst.«

»Ich weiß, aber ich schon. Denn der alternative Grund, warum ich meine Freunde nicht erreichen konnte, wäre, dass sie tot sind. Es könnte eine Gefahr bestehen, die ich nicht vorhergesehen habe. Du bist zu wertvoll für unsere Sache, um ihr blind entgegenzulaufen.«

Hannah sah stirnrunzelnd zu Boden. Nach allem, was sie durchgemacht hatte, sah Ezekiel in ihr noch immer das schutzbedürftige Kind vom Queen-Bitch-Boulevard. Wann würde er einsehen, dass sie ihm helfen konnte? Dass sie Magie nutzen konnte, wie er es tat, um andere zu beschützen?

Als sie wieder zu ihm hochsah, war sie voller Frust und Resignation.

»Gut. Was soll ich tun?«

»Ich möchte, dass du hier in Sicherheit bleibst und weiter übst, nur eine Weile noch. Meine Reise könnte … nun, sie könnte sehr lange dauern. Aber wenn ich zurückkomme, musst du bereit sein. Ich kann nicht sagen, was als Nächstes kommt, Kind. Aber was auch immer es ist: Mit der Sicherheit wird es dann erst mal vorbei sein.«

Der Zauberer verschwand ohne ein weiteres Wort und ließ Hannah diesmal wirklich allein im Turm zurück.

* * *

Parker ging gesenkten Kopfes auf den Queen-Bitch-Boulevard zu. Seine Tasche war bis zum Rand gefüllt mit Werkzeug und schwer, genau wie der Sack voll frisch verdienter Münzen, den er am Gürtel trug.

Trotzdem geisterte ihm durch den Kopf, dass er mit Hannah im Team locker doppelt so viel erbeutet hätte. Zu sagen, dass sich seine Gedanken dem Mädchen zuwandten, wäre nicht ganz richtig, denn es würde vertuschen, dass sie *immer* da war, zumindest in seinem Hinterkopf. Er konnte nicht umhin, zu lächeln, während er an sie dachte.

Wie die meisten Jungs auf dem Boulevard fand auch Parker sie schön, aber sie hatte ihn nicht damit für sich eingenommen, sondern mit ihrem zynischen Humor und ihrem Talent. Wenn Will sich die Geschichte mit ihrer Magie nicht ausgedacht hatte, dann reichte ihr Talent sogar viel tiefer, als er es sich je vorgestellt hatte. Und der kleine Junge erzählte höchstselten Scheiße.

»Die Hälfte deiner Beute, Arschloch«, verlangte eine raue Stimme.

Parker blickte zu der dazugehörigen, hässlichen Visage hoch, konnte in dem fettleibigen Mann aber keinen von Horaces üblichen Abgabenposten erkennen.

»Wer zum Teufel bist du denn?«

»Spielt keine Rolle. Was zählt, ist, für wen ich arbeite. Jetzt gib mir die Abgaben und geh weiter, du kleiner Scheißer.«

»Wo ist Jack?«

»Weiß ich nicht und es ist mir auch schnurzegal. Ist wahrscheinlich bei dir zu Hause und vögelt deine Ma. Jetzt her mit den Münzen und tschüss.«

Parker fühlte, wie ihm das Blut ins Gesicht schoss. Der Typ brach mit Absicht Streit vom Zaun, wahrscheinlich weil er sich für unbesiegbar hielt. Er war aber nicht so dumm, auf die Provokationen einzugehen, sondern schwieg geflissentlich und griff in den Sack mit den Münzen.

»Oder er treibt es vielleicht mit diesem süßen Stück, mit dem du immer rumhängst.« Ein ekelhaftes Lachen ließ das Doppelkinn des Mannes beben. »Hab gehört, sie steht auf Kapitol-Männer, also echt nett von dir, sie mit den Jägern zu teilen.«

Blind vor Wut schlug Parker dem Kerl seinen Sack Münzen ins fette Gesicht, aber der wich erstaunlich schnell aus und packte Parker am Arm. Der Mistkerl knallte ihn mit dem Gesicht voran gegen die Wand und ein rauer Ziegelstein riss die Haut an seiner Wange auf.

»Sollte dich anzeigen, allein wegen der Dreistigkeit«, zischte der Kerl in Parkers Ohr. »Aber zum Glück für dich hab ich keine Lust auf den Papierkram. Jetzt lass mich dir die Münzlast abnehmen, dann kannst du gehen.«

Er stieß Parker noch einmal mit dem Kopf gegen die Wand und riss ihm den Sack mit den Münzen vom Gürtel.

»Du verficktes Drecksschwein!« Parker spuckte dem Mann ins Gesicht. Er war versucht, einen zweiten Angriff zu wagen, wusste aber, dass Horaces Leute skrupellos waren und er damit nicht nur sich selbst, sondern auch seine Mutter gefährden würde. Die Beleidigungen über seine Mutter und seine beste Freundin dröhnten noch in seinen Ohren und er spuckte dem Mann noch einmal auf die Füße.

Der fette Mann schnaubte wie ein Schwein. »Übrigens kannst du dem süßen Stück ausrichten, dass die Jäger nach ihr suchen. Sie haben ein Kopfgeld auf sie ausgesetzt, befohlen vom Rektor höchstselbst. Natürlich kannst du sie auch jederzeit hier ausliefern. Brauchst wahrscheinlich das Geld.« Er schüttelte selbstzufrieden Parkers Münzsack und stopfte ihn sich in die Tasche.

Dieser Hurensohn wird sich noch umsehen, dachte Parker. Er würde dieses Unrecht korrigieren, aber zuerst musste er Hannah finden und sie vor dem Kopfgeld warnen.

* * *

Ihre Hände kreisten mit zunehmender Intensität und Geschwindigkeit, bis sie vor ihren Augen verschwammen. In dieser Trance war Hannah mehr mit ihrem eigenen Körper im Einklang als je zuvor.

Das tägliche Üben zahlte sich aus – zumindest, was ihre innere Mitte betraf. Sie verschränkte ihre Finger, drehte sie nach außen und fächerte den im Raum verstreuten Papieren zu. Die Blätter flogen raschelnd aufeinander zu, stoben dann aber wieder ungeordnet auseinander, statt einen Stapel zu bilden.

»Scheiiiiiiße!«, schrie sie in den leeren Raum.

Sal versteckte sich unter dem Stuhl, dem einzigen Möbelstück im Raum. Hannah setzte sich darauf und deutete auf ihr Bein. Der kleine Drache gehorchte, kroch hervor und sprang seiner Herrin in den Schoß. Seine Zunge zischte und kitzelte ihren Arm; er wollte sie trösten.

»Danke, Kumpel. Ich schätze, ich muss mich zwischendurch mehr ausruhen. Deine Flügel haben mich einiges gekostet.«

Sal rieb seinen glatten Kopf an ihrem Arm und sie streichelte ihn.

»Ja. Wir kommen schon zurecht. Mal sehen, ob ich das hinkriege, bevor du lernst, über den Turm zu fliegen. Klingt für mich nach 'nem kleinen Wettbewerb.«

Sie war froh, Sal zu haben, besonders jetzt, wo Ezekiel zu seiner Mission aufgebrochen war. Der Alte steckte wirklich voller Geheimnisse und sie wünschte sich, er würde ihr mehr zutrauen. Aber immerhin hatte er angeboten, was niemand vorher zu geben bereit war: Einen Ausweg aus dem Elend … für sie und ganz Arcadia.

»Lass uns etwas essen gehen. Ich bin …«

Ein markerschütternder Schrei von draußen unterbrach sie. Sie lief in den großen Saal und schaute aus dem Fenster in Richtung der Hilferufe. Die Entfernung war beachtlich, aber sie konnte geradeso noch eine Person erkennen, die in der Astgabel eines Baumes saß, dessen Stamm von einem Wesen auf allen Vieren umkreist wurde.

»Verdammt. Manchmal vermisse ich echt die Scheißstadt«, murmelte sie.

Ezekiel hatte ihr gesagt, sie solle vorsichtig sein. Sie vermutete, er würde wollen, dass sie im Turm blieb, aber war es nicht auch sein Lebensziel, Unrecht wiedergutzumachen? Wenn sie nicht einmal einem armen Wanderer helfen konnte, indem sie ein Tier verscheuchte, dann hatte sie gegen Adriens böses Imperium ja mal gar keine Chance.

Sie ging durch die Tür, zückte die Silberklinge, die ihr der Rearick Karl gegeben hatte und machte sich auf den Weg zum Waldrand.

Auf halbem Wege über das Gras meinte sie, verstehen zu können, was der Mann in der Astgabel schrie. Dann merkte sie, dass es *ihr* Name war. Die Stimme kam ihr bekannt vor.

»*Parker*? Was zum Teufel?!«

Ihre Freude wurde schnell getrübt durch die Angst um ihren Freund. Warum ließ er sich von so einem wilden Köter belagern wie das letzte Weichei?

»Nein, Hannah! Geh zurück!«, schallte seine Stimme um sie herum, von den Mauern des Turms wiederhallend. »*Lauf*!«

Sie lief, allerdings auf ihn zu und nicht zurück zum Turm. Nichts von alledem ergab Sinn.

Nach ein paar weiteren Schritten drehte sich die am Baumstamm lehnende Kreatur zu ihr um. Da traf es sie. Das Ding lehnte gar nicht am Baum: Es stand auf zwei Beinen!

Es neigte den Kopf, schnupperte und stieß ein blutrünstiges Heulen aus.

Ein Lykanthrop, dachte sie. *Das kann nicht sein. Diese verdammten Dinger existieren nicht.*

Sie hatte die Geschichten gehört von finsteren Kreaturen, die eine Mischung aus Mensch und Wolf waren, hatte diese angeblichen Nachkommen der Werwölfe aber wie Drachen und Druiden immer für Sagengestalten gehalten.

Die Kreatur sah aus, als sei sie während der Rückverwandlung zum Menschen stecken geblieben und auf ewig in diesem Zwischenstadium auf zwei Beinen gefangen. Ihre langen Arme reichten bis zu den Knien und endeten in rasiermesserscharfen Klauen.

Sie schnüffelte erneut, machte einen Schritt in Hannahs Richtung und hielt dann inne. Hannah hielt ihre Arme hoch und überlegte fieberhaft, ob sie zaubern sollte. Aber angesichts der magischen Fehlschläge, die sie gerade erst im Turm erlebt hatte, zweifelte sie stark an ihrer Fähigkeit, überhaupt etwas zustande zu kriegen. Wahrscheinlich konnte sie das Ding nicht einmal mit einem herumfliegenden Papier schneiden.

»Ruhig ...«, beschwor sie und hoffte inständig, das Ding sei mehr Tier als Mensch.

Der Lykanthrop sah hoch zu Parker, dann wieder zu Hannah.

»Schätze, wir sind leichte Beute«, flüsterte sie zu Sal, der sich zwischen ihre Beine gezwängt hatte. »Also falls du auch noch Feuerspucken kannst, wäre jetzt der Zeitpunkt für 'ne Demonstration. Wie wär's?« Er sah zu ihr auf und blinzelte zweimal. »Ja, ich glaube es auch nicht.«

Sie behielt ihre Hände erhoben und sagte: »Wir wollen dir nichts Böses.«

Der Lykanthrop heulte und rannte auf sie zu, mit Speichel, der in langen Fäden aus seinem Maul tropfte und aufblitzenden Krallen.

»Scheiße!« Sie schnappte sich Sal und rannte zurück zum Turm.

Der Lykanthrop war schnell. Nie im Leben würde sie es rechtzeitig schaffen, bevor die Bestie sie einholte. Sie verfluchte sich selbst dafür, dass sie sich wieder mal in eine solche Situation gebracht hatte und etwas sagte ihr, dass Karl dieses Mal nicht auftauchen würde. Also änderte sie ihre Taktik.

Hannah wandte sich seitwärts und rannte nun bergab, den steilen Hang ausnutzend, der im Norden in den Wald hineinführte. Vielleicht konnte sie das Killertier zwischen den Bäumen abschütteln.

»Komm schon, Sal«, keuchte sie.

Sie drang durch das Dickicht und kam auf der anderen Seite auf dem grasbewachsenen Ufer des Wren wieder heraus.

»Scheißdreck!«, fluchte sie. Sie hatte sich gehörig verschätzt.

Schon brach die Bestie durch das Dickicht direkt hinter ihr, mit einem weit geöffnetem Maul voller Reißzähne.

Hannah hob Sal mit ihrer rechten Hand hoch und warf ihn in Richtung des nächstgelegenen Baumes in die Luft, so hoch sie konnte. »Zeit zu lernen, wie man fliegt, Sal!«

Der winzige Drache schlug hastig mit den Flügeln wie ein verwundeter Vogel und schaffte es geradeso auf einen Ast, der für den Lykanthrop unerreichbar war.

UNTERDRÜCKUNG

Hannah atmete heftig aus, erleichtert, dass zumindest einer von ihnen in Sicherheit war. Plötzlich kam es ihr sehr seltsam vor, dass der Tod sie durch die Reißzähne eines Märchenmonsters ereilen sollte und nicht im Racheakt für Arcadia.

»Nur du und ich, du räudiges Stück Scheiße.« Sie zog ihr Messer, während sich die Bestie zum Angriff kauerte.

Es sprang mit zischenden Krallen auf sie zu und Hannah zog alle Kraft an sich, die sie in ihren gespreizten Fingern sammeln konnte. Wenige Meter bevor es sie erreichte, prallte das Monster gegen ein Energiefeld, aber Hannahs Schild brachte es nur aus dem Gleichgewicht.

Der Lykanthrop wirbelte umher, schlitzte mit seinen blitzenden Krallen durch die Luft, sodass Hannah schnell ausweichen musste. Mit einem weiteren, mächtigen Sprung flog das Tier über sie hinweg und landete im Fluss – leider an einer sehr flachen Stelle.

Weglaufen war zwecklos, die Kreatur hatte wahrscheinlich mehr Ausdauer als sie.

Hannah stellte sich breitbeinig hin, faltete ihre Arme vor der Brust und zog das Feuer tief aus ihrem Inneren. Noch während der Lykanthrop aus dem Fluss kletterte, schoss sie zwei Feuerbälle auf ihn. Ein lautes Zischen, der Gestank von verbranntem Fell erreichte sie und das Monstrum schrie, aber es kam trotzdem auf sie zu.

Sie hatte ihm nicht mehr viel entgegenzusetzen, hob aber Karls Messer zur Verteidigung.

Der Lykanthrop umkreiste sie siegessicher, doch bevor er auf sie zu stürzen konnte, traf ihn ein Stein heftig am Kopf und er taumelte zu Boden.

»Was zum Teufel machst du da bitteschön?«, schrie Parker, der gerade durch das Dickicht brach. »Du musst abhauen!«

»Und dir den ganzen Spaß überlassen?«

»Das ist mein Mädchen.« Er grinste flüchtig.

»Ich bin niemandes Mädchen!«, rief sie zurück. »Aber dieses Monster mache ich jetzt zu meiner Bitch.«

Sie verschwendete keine Zeit und schlitzte die benommene Kreatur an der Brust auf. Gellende Schmerzensschreie hallten über den Fluss, eine Krallenpranke schoss ihr entgegen und grub sich in dicken Furchen in ihre Schulter. Mehr noch als den brennenden Schmerz konnte Hannah fühlen, wie warmes Blut ihren Arm hinunterfloss.

Das Mistviech schlug erneut nach ihr. Dieses Mal war sie vorbereitet. Sie duckte sich und rollte in Sicherheit. Parker warf treffsicher einen Stein nach dem anderen auf die Bestie, was sie brüllend auf ihn lostaumeln ließ.

Hannah schob alles aus ihrem Kopf und verband sich mit ihrer inneren Mitte. Sie ließ das starke Gefühl der Angst unter ihrer Haut anschwellen.

Ihre Augen glühten heller rot als je zuvor, während sie ihre Kraft in Form eines Lichtstrahls auf das Monster entlud.

Der Lycanthrop landete im Dreck zu Parkers Füßen.

Ihr Partner verschwendete keine Zeit und zerschmetterte den Kopf der Bestie mit einem großen Stein. Das Geräusch brechender Knochen hallte in Hannahs Ohren nach.

Parker, der wohl auf Nummer sicher gehen wollte, ließ den Stein ein weiteres Mal krachen und verteilte damit Schädelknochensplitter, Blut und Gehirnmasse am gesamten Flussufer. Erst als nichts mehr davon übrig war, brach Parker zusammen.

»Parker!«, schrie Hannah und lief zu ihm. Sie umarmte ihn und legte ihre Hände an seine Schläfen. »Heilige Scheiße. Geht's dir gut?«

UNTERDRÜCKUNG

»Ich *bin* ziemlich gut. Aber habe ich dich da *Feuerbälle* werfen sehen?«

Hannah konnte nicht anders, als zu lachen. »Nicht schlecht, was? Wir haben das Monster zu *unserer* Bitch gemacht.«

Kapitel 17

Es bedurfte mehrerer anstrengender Teleportationssprünge, bis Ezekiel den Tempel der Mystischen im Süden erreichte. Teleportation verlangte jedem Magier viel ab und selbst Ezekiel konnte eine derart große Entfernung nicht ohne Pausen zurücklegen. Aber die lange Reise hatte sich gelohnt, nach einem letzten Sprung erschien Ezekiel mitten in den Heights, jener großen Bergkette, welche die Südgrenze des Arcadia-Tals bildete.

Sich auf seinen Stab stützend, erklomm Ezekiel einen Felsvorsprung und ließ sich darauf nieder. Von hieraus, knapp oberhalb des Kiefernwaldes, hatte er einen perfekten Ausblick auf den Tempel.

Dies war exakt der Platz, den er schon damals benutzt hatte, als er das letzte Mal in die Heights gekommen war. Seinen Mantel um sich ausbreitend, ließ er die Umgebung auf sich wirken.

Die Sonne ging hinter den Berggipfeln unter, die teilweise trotz der Hitze des Sommers immer noch schneebedeckt waren und sich im Dämmerlicht erst rot, dann blau und schließlich violett färbten. Die Matriarchin und der Patriarch malten dem alten Magier einen erstaunlichen Willkommensgruß an den Himmel.

Bis in die Ferne erstreckten sich die imposanten Bergketten, deren Anblick Ezekiel trotz seiner vielen Besuche in den Heights jedes Mal den Atem raubte. In einer so majestätischen und friedvollen Landschaft war es kein Wunder, dass die Mystischen die Mentalmagie gemeistert und die Kunst der Meditation so gut wie perfektioniert hatten. Natürlich blieb das für sie nicht folgenlos: Die Mystischen waren zwar physisch auf Irth anwesend, aber kaum vollständig dort. Ihre verträumte, scheinbar geistesabwesende Art war ebenso berüchtigt wie die Tatsache, dass sie zur Dämpfung ihrer mentalen Fähigkeiten gerne mal einen tranken.

Der letzte Teleportationssprung hatte gehörigen Tribut gefordert, also verbrachte Ezekiel einige Zeit damit, aus dem Ausblick Kraft zu schöpfen und sich auf seine Herzfrequenz zu konzentrieren. Es war nicht mehr weit bis zum Tempel, aber er wollte ihn gestärkt betreten. Schließlich wusste er nicht, was ihn dort erwartete.

Nachdem er sich ausreichend erholt hatte, machte er sich auf den Weg und bestieg den gewundenen, in Fels gehauenen Pfad hoch zum Zuhause seiner alten Freunde.

Sein letzter Besuch war Jahrzehnte her, doch jede Wendung des Pfades war noch in sein Gedächtnis eingebrannt. Den Atem anhaltend, erklomm er die letzten paar Stufen und kam direkt vor dem hoch aufragenden Tempel zum Stehen.

Obgleich groß, war das Gebäude recht schlicht gehalten und strahlte so eine heimelige Bescheidenheit aus. Die hellen Mauern waren wie eine leere Leinwand. Ezekiel wusste, dass hinter ihnen ein weitläufiges Gelände mit Gärten, Wohnhäusern und Übungsplätzen lag.

Nervös blieb er an der Eingangstür stehen. Adrien ging ihm durch den Kopf. Einer seiner Schüler war bereits gefallen – ausgerechnet derjenige, von dem er nie erwartet hätte, sich Selbstverherrlichung und Propaganda hinzugeben. Die Furcht, dass sein Schüler in den Heights sich ähnlich entwickelt haben könnte, traf ihn in die Brust wie der Kriegshammer eines Rearicks.

Aber er musste Gewissheit haben.

Er verbannte die Angst aus seinem Kopf, klopfte mit dem Ende seines Stabs gegen die große Eichentür und wartete auf Antwort. Sie kam nicht schnell, aber das überraschte ihn nicht.

Die Mystischen hatten ein anderes Zeitgefühl als die Tieflandbewohner der Städte und Wälder. So wie Ezekiel und Hannah oft während der Meditation die Zeit vergaßen, geschah es auch den Mystischen. Für sie war Meditation fast schon zum Dauerzustand geworden, so alltäglich wie für den Rest der Welt das Atmen.

Gerade, als er ein zweites Mal anklopfen wollte, geriet die Tür in Bewegung. Ein Mann, der schätzungsweise ein Viertel so alt war wie Ezekiel, mit schmalem Gesicht und einer noch schmaleren Nase, stand vor ihm. Er trug einfache Gewänder, die Ezekiels sehr ähnlich waren, bis auf die fehlenden Gebrauchsspuren.

Der Mann trat zur Seite und neigte den Kopf, um seine Einladung und Gastfreundschaft zu bekunden. Ezekiel nickte, lächelte und betrat den großen Eingangsflur, dessen gewölbte Decke den Blick zum Himmel lenken sollte. Er blieb direkt hinter der Türschwelle stehen und wartete, doch der Mystische starrte Ezekiel nur schweigend an, sodass er sich fragte, ob sein Gastgeber wohl ein Schweigegelübde abgelegt hatte. Diese Praxis war für die Mystischen nicht ganz unüblich.

Schließlich sprach er doch: »Ezekiel, Ihr seid herzlich willkommen in der Heimat der Mystischen von Irth. Wir haben Euch erwartet.« Ein heiteres Lächeln breitete sich auf seinem Gesicht aus und Ezekiel fragte sich, ob er wohl schon zu tief ins Glas geschaut hatte.

UNTERDRÜCKUNG

Er selbst, der bis zu einem gewissen Grad der Mentalmagie fähig war, kannte ihre Gefahren und Konsequenzen. Die Erde durch Astralprojektion zu bereisen und in den Verstand anderer einzutauchen, war weder eine leichte, noch besonders hehre Angelegenheit.

»Danke dir, Bruder. Es ist lange her, dass ich in den Heights war. Mir scheint, die Gemeinschaft hat die letzten Jahre gut überstanden.«

Der Mystische nickte. »Nur wenige nehmen die Reise in die Heights auf sich. Und wer es doch tut, ist voll guter Absichten. Das macht das Leben auf Irth für uns zu einem Traum.«

Ezekiel lächelte und fragte sich insgeheim, ob dieser Traum wohl überdauern würde.

»In der Tat. Ich bin hier, um mit dem Meister zu sprechen. Leider wird der Friede der Heights nicht ganz Irth zuteil und ich brauche Rat von jenem, den ich vor Jahren unterwiesen habe.«

»Folgt mir. Ich werde mit dem Meister sprechen und ein Treffen arrangieren, aber Ihr müsst müde sein, denn der Sprung aus dem Flachland hierher verlangt selbst einem so begabten Magier wie Euch viel ab. Lasst mich Euch Euer Zimmer zeigen und Euch Trank und Speise bringen.«

»Nur Tee für mich.«

Das Elixier, das sie in den Kellern des Tempels zubereiteten, war das Beste im ganzen Land und Ezekiel würde es nur zu gerne nach seinem Treffen trinken, aber vorerst musste er einen klaren Kopf bewahren. Der starke Alkohol wäre sicherlich hilfreich beim Einschlafen, aber er war nicht in die Heights gekommen, um sich zu erholen.

Der Mystische nickte und führte Ezekiel auf sein Zimmer, wo er ihn allein ließ.

Bald kam ein Kind, das kaum älter als vierzehn sein konnte, herein und stellte schweigend ein Tablett mit Essen auf dem kleinen Tisch ab.

In seinem Alter hatte das Kind sicherlich bereits mit der magischen Ausbildung begonnen, denn die Mystischen schöpften einen Teil ihrer Kraft daraus, sehr viel früher damit anzufangen als die Arcadianer. In Kombination mit der Abgeschiedenheit ihres behüteten Berglandparadieses verlieh der frühe Zauberunterricht den Kindern schon frühzeitig ihre Macht.

Kaum war Ezekiels Bauch gefüllt, kehrte ein beachtlicher Teil seiner Energie zurück. Er goss sich einen Becher mit heißem Tee ein und machte es sich auf einem Stuhl vor dem Kamin gemütlich. Die Flammen tanzten und ließen ihn in Grübelei verfallen.

In einem Zustand zwischen Wachen und Schlafen dachte er an seine neueste Schülerin.

Hannah hatte etwas an sich, das anders war als alle anderen. Anders als Adrien.

Ezekiels Vorteil war immer sein Fleiß gewesen, bei ihr war es ihr Geist, der ihre Energie reiner und kraftvoller machte, als seine je sein würde.

Wie wünschte er sich, er könne mit dem Orakel über Hannah sprechen. Lilith würde sicherlich das Geheimnis ihrer Macht entwirren.

Aber für diese spezielle Reise blieb keine Zeit und er hoffte, dass zumindest der Meister der Mystischen einige Antworten auf seine Fragen haben würde.

Sein Geist wanderte von seiner neuesten Schülerin zu seinem ältesten. Als Junge war auch Adrien anders gewesen als alle anderen. Damals hatte Ezekiel seine griesgrämige Grundeinstellung und seinen Zynismus der Tatsache zugeschrieben, dass er ein Waisenkind war, das zum Überleben schon Unsagbares hatte tun müssen. Ohne Zweifel hatte dies maßgeblich zu der Person beigetragen, zu der sich Adrien entwickelt hatte. Aber es musste noch etwas anderes geschehen sein.

Eigennatur und Erziehung hatten aus ihm ein Monster geschaffen und Ezekiel war nicht da gewesen, um ihm zu helfen und seine gute Seite zu bestärken. Der Zauberer verfluchte seinen damaligen Leichtsinn, Arcadia Adrien zu überlassen. Wäre er doch nur geblieben, dann hätten der Junge und die Stadt sich womöglich zum Besseren entwickelt.

Das Quietschen der Holztür riss ihn aus seinen von Schuldgefühlen getränkten Gedanken.

»War das Mahl angemessen?«

Ezekiel konnte nicht umhin, über die eigentümliche Ausdrucksweise der Mystischen zu schmunzeln, während er dem Mann den Flur hinunter folgte. »Sehr angemessen, wie auch der Rest eurer Gastfreundschaft.«

Der Mystische nickte und starrte Ezekiel stumm an. Das Klosterleben war auf Effizienz getrimmt und die Kommunikation innerhalb ihrer Gemeinschaft für Außenstehende nicht gerade leicht zu durchschauen. Nach einer gefühlten Ewigkeit sprach der junge Mann endlich.

»Unser Meister wird Euch nun empfangen.«

✱ ✱ ✱

Als Ezekiel die Treppe zum Haus des Meisters hinaufstieg, wuchs die Vorfreude in seinem Herzen. Selah, der Meister, war während Ezekiels Zeit im Tempel sein primärer Schüler gewesen. Ihre gemeinsame Arbeit hatte nicht nur den Grundstein für die Gemeinschaft der Mystischen gelegt, sondern auch eine Freundschaft begründet, von der Ezekiel wusste, dass sie Zeit und Entfernung überdauerte.

Es gab zwar viel zu besprechen über Adrien, Arcadia und Ezekiels neue Schülerin, aber er konnte es kaum erwarten, einen seiner liebsten Freunde wiederzutreffen.

Sein Geleit öffnete Ezekiel die Tür und ließ ihm den Vortritt.

Der Zauberer trat über die Schwelle und sah sich um in der Hoffnung, seinen Freund zu sehen. Doch statt eines großen, dunkelhäutigen Mannes mit fröhlichem Lächeln war da eine Frau, die nicht älter als Mitte zwanzig sein konnte, mit einem Gesicht, das in seiner Schönheit ganze Kriege hätte auslösen oder aufhalten können. Ihr Haar war dunkel, schimmerte aber teilweise kastanienrot.

Sie erhob sich, als er eintrat, und schenkte ihm ein Lächeln aus sternweißen Zähnen.

»Meister Ezekiel. Lange habe ich auf diesen Tag gewartet.«

Er stockte unentschlossen. »Ihr seid …«

»Eine Frau? Ja. Jung? Durchaus.«

»Nicht Selah«, schloss er vorsichtig.

Sie schlug die Augen nieder. »Verzeiht mir. Ich dachte, Ihr wüsstet von seinem Ableben. Selah ist vor zwei Jahren in die nächste Ebene fortgeschritten.« Sie sprach gefasst und beinahe im Dialekt des Tieflandes, bis auf einige verbliebene Eigenheiten in der Aussprache. »Seine Abreise verlief schnell und angemessen. Nun habe ich den Vorsitz inne. Bitte, setzt Euch.« Sie deutete auf einen Stuhl am Kaminfeuer.

Ezekiel nahm gehorsam neben ihr Platz. Offenbar war Hannah nicht die einzige junge Frau mit besonderen Talenten.

Einige glaubten, das Zeitalter des Wahnsinns habe bei all seinen Grausamkeiten zumindest die Gleichberechtigung

UNTERDRÜCKUNG

aller Menschen unabhängig von Hautfarbe, Stand und Geschlecht erreicht. Aber Arcadia bewies, dass es sich dabei nur um eine idealistische, realitätsferne Hoffnung handelte. Reiche, weiße Männer waren noch immer an der Macht, aber diese Frau und Ezekiels neue Schülerin könnten erste Anzeichen für den nahenden Untergang der Patriarchalgesellschaft sein. Immerhin hieß es, auch die *Queen Bitch* sei ungewöhnlich gewesen.

Eine Frau, die in einer von Männern dominierten Welt aufstieg und die Macht, Größe und Gerechtigkeit des schönen Geschlechts ein für alle Mal bewies.

Ezekiel jedenfalls musste man, was das anging, gar nichts mehr beweisen, er glaubte daran: *Veränderung war nah.*

»Mein Name ist Julianne. Und es ist mir eine Ehre, die Mystischen in unserem gemeinsamen Streben nach Frieden anzuführen.«

Ezekiel nickte. »Wie habt Ihr …?«

Sie lächelte und hielt einen Finger hoch. »Zuerst einen Toast. Wir müssen angemessen vorgehen.«

Sie nahm zwei kristallene Kelche vom Tisch, welche die Flammen des Feuers tanzend an die Wände reflektierten, und reichte einen davon Ezekiel. Sie hob ihren eigenen feierlich.

»Auf die Matriarchin und den Patriarchen.«

Ezekiel hob sein Glas ebenfalls und stieß mit ihr an. Der Duft des starken Gebräus stieg in seine Nase, noch bevor die Nässe seine Zunge bedecken konnte. Er nippte behutsam und nahm so wenig wie möglich zu sich, ohne unhöflich zu erscheinen.

Seine Vorsicht war verschärft angesichts der Tatsache, dass er es hier nicht wie gedacht mit einem alten Freund zu tun hatte. Die Mystischen waren gute Menschen, aber es hatte ihnen noch nie sonderlich viel ausgemacht, den Verstand Anderer zu durchstöbern.

Statt Vertrauensbruch sahen sie darin ein offenes Angebot zum Schmökern.

Und nichts öffnete die mentalen Barrieren eines Telepathieopfers so verlässlich wie Alkohol. Er musste so lange auf der Hut bleiben, bis er ihr vertrauen oder zumindest feststellen konnte, ob sie wie Adrien der Dunkelheit zugetan war.

Sie fuhr sich mit der Zunge über die Lippen und stützte ihr Kinn auf eine Hand.

»Eure Abwehr ist stark, Magier.«

»Ja. Verzeiht mir. Ich pflege Fremde nicht in meinen Geist zu lassen.«

»Verständlich. Wo Ihr herkommt, ist es üblich, dass Menschen Magie für ruchlose Zwecke missbrauchen. Wir aber sind nicht wie die Tieflandbewohner. Die Gedanken seines Gegenübers zu kennen, erhöht die Vertrautheit und beschleunigt das Kennenlernen.«

»In der Tat. Nun, ich bitte um Vergebung, aber wir werden es langsam angehen müssen. Lebenslange Erfahrung hat diesen alten Mann zu einem Geschöpf der Vorsicht gemacht.«

Sie nickte. »Wie Ihr wünscht, Meister Magier. Ich bin zu jung, als dass ich Euch hätte kennen können, als Ihr das letzte Mal diese Hallen betratet. Aber Ihr seid hier eine Legende, fast wie die Matriarchin und der Patriarch. Ich wurde in einem kleinen Dorf nördlich von Arcadia geboren, aber Meister Selah hörte auf einer seiner Pilgerreisen von meinen Gaben und brachte mich hierher. Meine Eltern waren mehr als glücklich, ihre verrückte Tochter loswerden.

Ich lebte mich hier im Tempel schnell ein und wurde als eine von dreien ausgewählt, um direkt von Meister Selah zu lernen. Die Frage nach seinem Nachfolger beschäftigte ihn – etwas, das er zweifellos von Euch gelernt hat. Er lehrte uns Achtsamkeit und die alten Künste, wir waren viel jünger als die meisten Magieschüler. Es war nicht vorgesehen, dass ich so früh seinen Platz einnehme, aber Selahs Übergang kam Jahre früher, als wir alle erwartet hatten.«

Ezekiels Kehle schnürte sich zu und er hätte gerne gefragt, wie es zu Selahs Tod gekommen war, entschied sich aber dafür, seine Gastgeberin in ihrem Tempo fortfahren zu lassen.

»Kurz vor seinem Übergang erwählte er mich als seine Nachfolgerin. Wie Ihr Euch sicher vorstellen könnt, waren die Menschen um ihn herum ... überrascht. Meine Berufung war eine große Herausforderung, aber da ich genug Beruhigungstrunk und Zeit allein hatte, war es bisher eine Ehre.«

Ezekiel grinste verständnisvoll und nippte wieder an seinem Kelch. Er wollte nicht unhöflich sein – ganz zu schweigen davon, dass das feinste Getränk in ganz Irth förmlich nach ihm rief. Mit dem zweiten Schluck fühlte er, wie die wohlige Wärme in seinem Bauch bis zu seinem Gesicht wanderte. »In der Tat, es gibt für uns alle einen Anlass zum Trinken.«

Julianne lachte in sich hinein. »Wir Mystischen sind da ganz Eurer Meinung, allerdings ist jener Anlass für uns allgegenwärtig. Zugegeben, wir sind Experten darin geworden, das Ausmaß der Wirkung unseres kleinen Tranks zu beurteilen – immer darauf bedacht, nicht zu übertreiben. Wir haben die Kontrolllektionen nicht vergessen, die Ihr Selah gelehrt habt, denn er gab sie an uns weiter.« Sie hielt inne und starrte eine Weile lang in die Flammen des Kaminfeuers.

Ezekiel verstärkte alarmiert seine mentalen Barrieren, da er befürchtete, sie könnte erneut versuchen, sich einzuschleusen. Sie wirkte tatsächlich leicht enttäuscht, als sie fortfuhr.

»Es wird noch Gelegenheit geben, uns besser kennenzulernen, aber darf ich mich jetzt schon erkundigen, was Euch zurückgeführt hat zu unserem bescheidenen Heim hier in den Heights?«

»Natürlich. Ich wünschte, ich wäre nur aus persönlichen Gründen gekommen, aber die Ereignisse des Tieflandes haben mich hierher getrieben.« Ezekiels Ausdrucksweise passte sich ein wenig der Juliannes an – eine Gewohnheit, die er im Laufe jener Jahre entwickelt hatte, die er inmitten der verschiedensten Völker Irths verbracht hatte.

Ezekiel bemühte sich, die furchtbare Verfassung Arcadias und die Geschichte von Adriens Herrschaft so anschaulich wie möglich zu erzählen.

Sie hörte ihm aufmerksam zu und nippte an ihrem Kelch.

Als er geendet hatte, nickte sie bedächtig. »Ja, Selah war lange Zeit misstrauisch gegenüber Eurem ehemaligen Schüler – eine Einstellung, die ich teile. Jene von uns, die nach Arcadia und in andere Gebiete von Irth reisen, berichten mir und manchmal teleportiere ich mich selbst in die Ferne, um die Entwicklungen mit eigenen Augen zu sehen. Adriens unersättlicher Machthunger ist offenkundig. Aber glaubt nicht, dass sich seine Besessenheit nur innerhalb der Mauern Arcadias ausbreitet. Seine dunklen Absichten reichen weiter, in noch besorgniserregendere Gefilde.«

»Magitech?«

Langsam hob sie ihr Glas an die Lippen und trank, wobei sie den Augenkontakt zu Ezekiel nicht brach. »Ja. Unsere Nachforschungen haben ergeben, dass jene Waffen und Werkzeuge, die er mit magischer Kraft versieht, lediglich als Teststücke gedacht sind. Er hat es auf Größeres abgesehen als magiebetriebene Lampen und automatische Türen. Etwas Globales. Adrien möchte seine Doktrin über Magiegebrauch in ganz Irth verbreiten … und damit auch seine Macht.«

Ezekiel runzelte die Stirn. »Euer Volk pilgert immer noch, trotz der Bedrohung?«

Julianne stellte ihren Kelch auf einem Tisch ab, hielt den kristallenen Stiel jedoch umklammert. »Manche wagen es noch, aber es werden immer weniger und das bringt uns in eine schwierige Lage. Unsere Magie ist am stärksten, wenn wir die Pilgerreise machen, aber dadurch, wie Adrien den Verstand der Tieflandbewohner korrumpiert hat, geht von ihnen nun ein wachsendes Risiko aus. Er benutzt einen Mann namens Jedidiah – genannt der *Prophet* – um Falschinformationen über den Gebrauch von Magie zu verbreiten. Es ist eine äußerst raffinierte Täuschung, denn er tut es in *Eurem* Namen.«

Sie warf ihm einen Seitenblick zu, der ihm einen Schauer über den Rücken jagte. Ezekiel erinnerte sich an den alten Mann im Kapitolpark und wie seltsam es gewesen war, ihn über den Gründer predigen zu hören, während er Ezekiels Position zum Magiegebrauch aufs Schlimmste pervertierte. Jetzt ergab das alles einen Sinn. Der Prophet war nur ein weiterer Teil der Doktrin, die Adrien zu verbreiten suchte. Sein ehemals brillanter Schüler war offenkundig zum bösen Superhirn mutiert.

»Das größere Problem für uns«, fuhr Julianne fort, »ist, dass wir auf der Pilgerfahrt nach Menschen mit der mystischen Gabe suchen und sie aufnehmen, wie Selah es damals bei mir tat. In jenen Gebieten, die Adrien korrumpiert hat, erfahren wir jedoch bestenfalls Misstrauen und schlimmstenfalls Gewalt. Niemand will sich uns mehr anschließen. Unsere Zahl schrumpft, und bald könnte unsere Kunst ganz vom Antlitz Irths verschwinden.«

»Magische Ausrottung.«

»Von der schlimmsten Art«, stimmte sie zu. In dem Bewusstsein, dass seine Audienz bald vorbei sein würde, trank Ezekiel beherzt noch mehr von dem Gebräu, um sein schweres Herz zu erleichtern.

»Julianne, deswegen bin ich zurückgekehrt. Adrien ist eine Bedrohung für die Magie – für ganz Irth – und er muss aufgehalten werden. Aber ich kann es nicht allein tun, und nur die Matriarchin weiß, wie wenig Unterstützung Arcadia für unser beider Sache bereithält. Ich brauche die Hilfe von Verbündeten jenseits der Stadtmauern.«

»Ich verstehe Euren Vorschlag, jedoch muss ich Euch wohl daran erinnern, dass wir Mystischen kriegerische Angelegenheiten nicht gewohnt sind. Wir sind ein friedliches Volk. Wir verkehren mit der barmherzigen Seite der Gerechtigkeit.«

Genau dieses Argument hatte er damals aus Selahs Mund gehört, der die Glaubensdoktrin an ein friedliches Leben an seine Schafsherde weitergegeben hatte. Dies war der Grund, warum sich die Mystischen in den Heights verbargen.

»Julianne, es gibt eine Zeit und einen Ort für Barmherzigkeit und sie ist ein guter Begleiter des zornigen Schwerts. Doch Gnade ganz ohne Zorn bedeutet Machtlosigkeit. Es ist an der Zeit, eure Lebensweise zu verteidigen. Der Schlange den Kopf abzuschlagen, bedeutet Barmherzigkeit für die Unterdrückten.«

Sie nickte erneut und er hoffte inständig, dass sie seine Argumente anerkannte. Aber er brauchte mehr als bloß passive Zustimmung. Er beschloss, seine letzte Karte auszuspielen.

»Da ist noch mehr«, verkündete er. »Ich unterrichte seit Neuestem jemanden Besonderes, der eine einzigartige Gabe hat und uns helfen könnte, dieses Land zurückzuerobern.«

Sie hob eine Augenbraue. »Wie ist sein Name?«

»Nicht sein, sondern ihr Name. *Hannah*. Und sie entstammt der Wurzel von Adriens Unterdrückung, was in ihr eine unumstößliche Entschlossenheit genährt hat, sein Imperium zu stürzen und Arcadia wieder zu dem zu machen, was es einst werden sollte. Wenn wir die Wurzel allen Übels ausgraben, verhindern wir, dass sein Einfluss weiter wuchert. Wir können ihn von den Heights fernhalten.«

Er trank seinen Wein aus und stellte den Kelch auf seinen Beistelltisch. »Aber wenn Ihr die Bedrohung weiterhin ignoriert, Euch in Eurer Bergfestung verschanzt, dann werden sie kommen. Vielleicht nicht heute oder morgen, aber eines Tages werden sie kommen, und dann wird es euer Ende sein.«

Kapitel 18

Stellan, der Kapitolgardist, hatte von dem Zickenkrieg zwischen Dirk und Dietrich, den jungen Gardisten, die man ihm zugeteilt hatte, gehörig die Nase voll.

Sie waren praktisch noch Kinder, ebenso lästig wie unerfahren. Doyle, der Schoßhund des Rektors, hatte Stellan auf eine Mission zur Informationsbeschaffung in die Heights geschickt.

Offenbar hegten Arcadias Machtführer den Verdacht, dass die Mystischen aufmuckten und er sollte nun einige Fragen stellen. Es würde eine Sache von wenigen Minuten sein.

Schließlich waren die Mystischen zugedröhnte Träumer und je eher Stellan ihren Braukeller plündern konnte, desto besser.

Schon jetzt hätte er gut etwas Hochprozentiges vertragen können, um das Gezänk der beiden Dumpfbacken zu überstehen. Dirk, der jüngere der beiden, keifte gerade: »Wie weit ist's noch? Meine Füße bringen mich um, verdammt noch mal!«

»Wenn du weiter rumquengelst, werden es nicht deine Füße sein, um die du dir Sorgen machen musst«, antwortete Stellan, ohne sich umzudrehen.

Er hatte diesen Bergrücken oft genug bestiegen, um zu wissen, dass sie nah dran waren, aber von hier an wurden die Heights nur noch steiler. Als er die Klippe rechts neben ihm hinabblickte, erwog er stumm, dass ja einen der jungen Gardisten ein kleiner Kletterunfall ereilen könnte und er bekam sofort bessere Laune.

»Stellan?«, jammerte Dietrich, »Was genau sollen wir überhaupt mit diesen Geistesgestörten anstellen?«

»*Wir* tun schon mal gar nichts. Du bist auf dich allein gestellt, Junge.« Er blickte zwischen den beiden hin und her. »Also haltet verdammt noch mal eure Fresse. Rektor Adrien will in Erfahrung bringen, ob die Leute der Heights sich mit jemandem verbünden, der eine Bedrohung für Arcadia darstellen könnte.«

Dirk meldete sich erneut zu Wort. »Wer wäre denn schon eine Bedrohung für Arcadia? Ich meine, wir sind doch die mächtigste Stadt in ganz Irth, oder?«

»Klar«, grummelte Stellan. »Und wir wollen, dass das auch so bleibt. Ein Feind allein könnte unsere Mauern nicht durchbrechen. Aber ich glaube, dass der Rektor und der Gouverneur einen Hinterhalt wittern, einen Angriff von innen. Ganz zu schweigen davon, dass diese Leute, die ihr *geistesgestört* nennt, mächtig sind. Die unterschätzt man besser nicht.«

Stellan schüttelte den Kopf. Es war ein Fehler gewesen, diese Grünschnäbel mitzunehmen. Er für seinen Teil hatte genug Erfahrung, um zu wissen, dass die Mystischen den Verstand eines Mannes schneller auseinandernehmen konnten als ein Betrunkener sein Bier hinunterschlang.

Und sie konnten, wenn sie sich im Verstand ihres Opfers erst mal eingerichtet hatten, ernsthaften Schaden anrichten. Er hatte den Grünschnäbeln zu viel verraten und das konnten die Mystischen alles in Erfahrung bringen, wenn sie wollten.

Insgeheim nahm er aber an, dass die ganze Mission auf der Übervorsicht – vielleicht sogar Paranoia – des Rektors gründete. Schließlich waren die Mystischen eigentlich Pazifisten und mehr an ihrem Seelenheil als an weltlichen Angelegenheiten interessiert. Es würde ein Leichtes sein, dort einzudringen, ein paar Fragen zu stellen und nach einem netten Umtrunk wieder heraus zu spazieren.

Hinter der letzten Kurve konnte Stellan endlich ihr Ziel sehen, den Tempel der Mystischen. Er blieb stehen und sah die Grünschnäbel streng an.

»Denkt daran: Haltet eure verdammten Mäuler. Ihr wisst von der Mentalmagie, oder?«

Die beiden nickten einstimmig. »Gut. Jemand *wird* versuchen, in eure Köpfe einzudringen – nicht mal als Angriff, das machen die einfach so, wie 'n Händeschütteln. Haltet also eure mentale Abwehr oben, wie man's euch auf der Akademie beigebracht hat.«

Sie nickten wieder wie idiotische Wackeldackel. Stellan wusste, dass sein Rat Perlen vor die Säue war. Selbst wenn sie einmal gelernt hatten, sich mental zu verteidigen, hatten sie die Lektionen wahrscheinlich längst vergessen. Die Akademie war streng, was die Aufnahme von Studenten anging, aber mit dem Haufen, der hereinkam, waren sie im Folgenden viel nachlässiger. Und leider landete die Riege der schlechtesten Absolventen nur allzu oft bei der Kapitolgarde.

Sie dienten in Arcadia ja ohnehin hauptsächlich zur Einschüchterung. Am Stadttor rumzustehen und grimmig zu gucken, war da noch so ziemlich die anspruchsvollste Aufgabe und dafür brauchte man nun wirklich keinen Meisterzauberer.

Stellans Team jedoch war anders.

Sie waren die Garde, von der niemand wusste – diejenigen, die in Wahrheit die Drecksarbeit erledigten und Bedrohungen beseitigten. Aber Doyle hatte darauf bestanden,

UNTERDRÜCKUNG

dass diese Mission ruhig und behutsam ablaufen sollte, und so waren Stellan anstatt einer bis an die Zähne bewaffneten Expertentruppe die Deppen Dideldei und Dideldum hier unterstellt worden.

Glücklicherweise war Stellan auch allein fähig, mit jeder Bedrohung fertig zu werden, die ihn außerhalb der arcadianischen Mauern erwartete.

* * *

Mit vollem Bauch und angenehm schwirrendem Kopf lehnte Ezekiel sich zurück.

Die Mystischen brillierten in vielen Disziplinen und am allermeisten, was Gastfreundschaft anbelangte.

Julianne hatte nach ihrer Besprechung beschlossen, Ezekiel – seines Zeichens immerhin eine lebende Legende – dem Rest der Tempelbewohner vorzustellen. Nun, da das gemeinschaftliche Abendessen beendet war, wirbelten die verschiedensten Gespräche um ihn herum. Da seine Rückkehr nach Arcadia eine so bittere Enttäuschung gewesen war, tat es gut, eine Nacht hier in den Heights zu verbringen, wo sich in den letzten Jahrzehnten kaum etwas verändert hatte. Diese kleine Gemeinde erinnerte ihn daran, dass es noch Gutes in der Welt der Magie gab, und das war Balsam für sein müdes Herz.

Seine Augen suchten Julianne, die seinem Blick standhielt und bedächtig nickte, was wohl darauf hindeutete, dass ihr seine Worte im Gedächtnis geblieben waren. Ezekiel konnte nur hoffen, dass ihr Gespräch auch Folgen nach sich zog.

Inmitten einer so glücklichen Gemeinschaft schien der Gedanke an Krieg abwegig. Aber Ezekiel wusste, dass

Julianne alles Notwendige tun würde, um ihre Leute zu schützen – ihre Familie.

Er hoffte inständig, dass ihr Wunsch nach Frieden sie ausnahmsweise *in* den Kampf führen würde und nicht von ihm weg.

Nachdem die Teller abgeräumt waren, stellte sich eine junge Mystische, deren Gesicht engelsgleiche Züge hatte, am Kopf des Tisches hin. Das Stimmengewirr erstarb und wurde ersetzt von freudigen Mienen. Ezekiel kannte die Tradition der Abendgeschichte gut.

Damit die mündliche Überlieferung der mystischen Kultur nicht versiegte, sollte rituell jeden Abend ein anderer Tempelbewohner eine Geschichte erzählen.

Das Mädchen lächelte und schloss konzentriert die Augen. Als sie sie wieder öffnete, war alle Farbe aus ihren Pupillen gewichen, sodass sie wie weiß-leuchtende Murmeln aussahen.

Ezekiel dachte bei sich, dass die Augen von physischen Magiern schwarz wie der Nachthimmel wurden und die Augen der Mystischen dagegen zu funkelnden Sternen.

Das Mädchen begann ihre Geschichte und auf der Tischplatte erschienen nebelumhüllte Bilder, die ihre Worte illustrierten.

»Vor langer Zeit, noch vor dem Zeitalter des Wahnsinns und sogar vor dem Schlimmsten Tag der Welt, bestand Frieden – zumindest größtenteils. Aber ein junger, sommersprossiger Junge namens Clark hätte dem widersprochen.«

Während sie mit ihren Worten und ihrer Magie die Geschichte von Clark und seinen Heldentaten in der Schule erzählte, lehnte sich die Gemeinschaft staunend in Richtung des Mädchens. Die Mystischen waren fasziniert davon, zu hören, wie Clark die sogenannte *Mittelstufe* überlebt hatte

UNTERDRÜCKUNG

– eine Zeit, die fast schlimmer klang als das Zeitalter des Wahnsinns selbst.

Auf der Flucht vor Mobbern und Lehrern musste das Kind lernen, zu überleben. Die Geschichte dauerte gut eine Stunde, aber für die verzückte Menge, die dem Mädchen aus der Hand fraß, fühlte es sich wie Minuten an.

»In jenen Tagen vor dem Wahnsinn und bevor unser geschätzter Gast Irth durchschritt«, sie lächelte und nickte Ezekiel zu, »gab es nur wenige Magier. Aber es existierten Geschöpfe, die man Dschinns nannte – oder zumindest glaubten das einige. Clark entdeckte einen, als er eine alte Glasflasche aus dem Sand beim See Ee-Ree buddelte. Der Junge klemmte die Glasflasche zwischen seine Beine und rieb und rieb und rieb und rieb.«

»Klingt wie Mathias in einer einsamen Nacht«, warf ein betrunkener Mystischer aus der hinteren Reihe ein. Der Raum brach in wohlwollendes Gelächter aus.

Das Mädchen errötete, setzte aber ihre Geschichte fort. »Endlich, in einer Rauchwolke« – passend zu ihren Worten bauschten sich dicke Nebelschwaden über der Tischplatte und einige Zuhörer wichen überrascht zurück – »entschlüpfte der Flasche ein Dschinn. *Du hast einen Wunsch frei, Clark*, verkündete das Wesen mit tiefer und majestätischer Stimme. Nun kann sich jeder von uns vorstellen, wie schwer dem Jungen die Entscheidung fiel. Er ging am Strand entlang und überlegte, was ihm bis an sein Lebensende dienlich sein könnte. Geld war vergänglich und er war zu jung, um die Macht der Liebe zu verstehen. Und schließlich, nachdem er hundert Meilen am Strand gelaufen war, wusste der Junge, worum er bitten wollte.«

Das Bild Clarks waberte bewegungslos auf dem Tisch, während das Mädchen eine Spannungspause einlegte. Sie

273

hatte ihre Zuhörer derart gefesselt, dass sie nun beinahe den Atem anhielten.

»Na komm schon! Was war es?«, rief dieselbe Stimme von eben.

»Die eine Sache, um die Clark bat, war, dass der Dschinn ihm die Fähigkeit des Zauberns verlieh. Mit einem Nicken gewährte der Flaschengeist die Gabe, dann ließ er den Jungen allein mit der Macht, die ganze Welt umzugestalten.«

Ezekiel beobachtete die begierigen Zuhörer, die aussahen, als sei ihnen ein schmackhafter Nachtisch präsentiert und anschließend gleich wieder weggenommen worden.

»Nun, was zum Teufel hat er getan?«, rief der Mann hinten im Raum wieder.

»Er tat, was jeder Junge tun würde, der weiß, dass etwas mit der Welt nicht in Ordnung ist. Zuerst beseitigte er das Unrecht an seiner Schule, dann das seiner gesamten Heimatstadt.«

Die Nebelbilder ihrer Geschichte verdunkelten sich.

»Aber als das Böse erst besiegt und alles Unrecht wieder gutgemacht war, eroberte Clark mit seiner Magie die gesamte Welt. Und das würde wohl jeder von uns tun, wenn man uns mit *unkontrollierter* Macht allein lassen würde.«

Das flackernde Bild von Clark löste sich in Luft auf, während die Geschichtenerzählerin sich unter zögerlichem Applaus setzte.

Die anderen Mystischen waren verwirrt angesichts der Entwicklung ihrer Geschichte, aber Ezekiel verstand nur allzu gut, dass es sich um eine moralische Parabel auf den aktuellen Zustand Arcadias handelte. Während Clark und sein Flaschengeist reine Fiktion waren, drohte allzu reale Machtgier aus ihrer Nachbarstadt. Die junge Mystische war aber nicht nur klug, sondern zudem sehr gut in Mentalmagie.

UNTERDRÜCKUNG

Bei Speis und Trunk hatte Ezekiel seine mentale Abwehr fallen lassen und er wusste, dass sie in seinen Verstand eingedrungen war und ihm zuliebe genau die Geschichte erzählt hatte, mit der ihre Gemeinschaft konfrontiert werden musste. Sie hatte die Saat gesät und ihre Gemeinschaft indirekt ermutigt, Arcadia und ganz Irth zu helfen.

Ihr seid an der Reihe, erklang ihre Stimme in seinem Kopf. Er schenkte ihr ein Lächeln und zwinkerte gutmütig.

Julianne erhob sich und dankte dem Mädchen für die Geschichte, jedoch mit überaus bedachten, zurückhaltenden Worten. Sie wandte sich Ezekiel zu.

»Wärt Ihr so freundlich, Meister Magier, eine Geschichte mit uns zu teilen? Es gibt nichts Besseres als fremde Geschichten, um unsere Kraft zu beleben.«

Ezekiel wusste, dass man eine Einladung zum Erzählen besser nicht ablehnte und beschloss, dem Beispiel der jungen Mystischen zu folgen und seine Geschichte zu instrumentalisieren. Er strich sich über seinen Bart und stand auf. »Selbstverständlich, Julianne. Es wäre mir ein großes Vergnügen.« Er blickte an die bemalte Decke und suchte in Gedanken nach der geeignetsten Geschichte. »Zuerst möchte ich mich bedanken bei …«

»Zoe«, sagte das Mädchen.

»Zoe, ja. Das bedeutet übrigens *Leben*, in einer älteren Sprache. Könnte also deine unterhaltsame und überaus zeitgemäße Erzählung Leben schenken? Geschenke, das wissen die meisten von euch, können sowohl schön als auch gefährlich sein. Dennoch sollten wir nicht aufhören, sie auszugeben.«

Die Mystischen nickten zustimmend und er wusste, dass sie alle durch seinen Verstand streiften.

»Ihr müsst mir verzeihen, ich bin wirklich kein Meister des Geschichtenerzählens, aber auch ich werde euch von einem Jungen erzählen. Nicht fiktiv, sondern eher autobiografisch. Wie viele von euch wissen, bin ich hier weder geboren noch aufgewachsen, sondern meine Wurzeln liegen an einem Ort, der vor dem Zeitalter des Wahnsinns *Archangelsk* genannt wurde, was in der Sprache der dortigen Bewohner Erzengelsstadt bedeutete.

Es war ein trostloses Land mit noch viel trostloseren Menschen. Auch meine Mutter war durch die raue Landschaft abgehärtet, aber mein Vater war ein ganz anderer Typ. Er hatte große Träume und Visionen, die mich zu der Überzeugung inspirierten, dass die Welt anders sein, der Wahnsinn eines Tages enden und wir, die Menschen, wieder aufblühen könnten.

Aber in meiner heutigen Geschichte geht es nicht um Aufstieg, sondern um Angst. Der Mann, der mich aufgezogen hat, kannte keine Angst, aber meine Mutter lehrte mich die Bedeutung der Selbsterhaltung.«

Ezekiel ließ seinen Blick durch den Raum schweifen. Die Augen der Mystischen waren glasig von der Wirkung ihres Trunks, aber sie waren noch immer alle sehr aufmerksam. Selten hatten sie Gelegenheit, den Geschichten eines Außenstehenden zu lauschen und Ezekiel hoffte, sie nicht zu enttäuschen. Seine Geschichte diente nicht nur der Unterhaltung, sondern sollte seine Zuhörer bewegen, wie Zoe es getan hatte.

»Als ich ein Kind war, wanderte meine Familie auf der Flucht vor den Wahnsinnigen durch die Wildnis von Stadt zu Stadt. In jenen Tagen gab es keinen Moment der Ruhe. Diejenigen, die sich irgendwo niederzulassen wagten, unterschrieben damit ihr Todesurteil. Natürlich war es meine Mutter, die uns in Bewegung hielt. Sie glaubte, dass die Wahnsinnigen uns einholen würden und wir verloren wären, wenn wir jemals unachtsam würden.«

Ezekiel trank einen Schluck und stellte seinen Kelch geräuschvoll ab.

»Eines Abends trafen wir auf eine junge Frau. Sie war am Verhungern, halb erfroren, und scheinbar auch mehr als nur halb tot. Mein Vater, der Idealist, wollte ihr helfen. Das war seine Art.

Aber meine Mutter war schon immer pragmatischer veranlagt. Der Erhalt unserer Familie war ihr wichtiger als die gesamte Restbevölkerung Irths. Ich war damals jung, doch ich erinnere mich gut an den Streit der beiden – an die heftigen Worte, das Brüllen. Aber schließlich überwanden die Ideale meines Vaters die Vorbehalte meiner Mutter. Sie gab nach.

Wir bauten einen Unterschlupf direkt im Wald, obwohl die Lage alles andere als sicher war. Mein Vater machte ein großes Feuer, was immer ein Risiko darstellte, aber er wollte eben diese Frau wiederbeleben. Und das schafften wir auch, allerdings funktionierte unser Feuer allzu gut und lockte nicht nur die Frau von der Schwelle des Todes fort, sondern auch alle Wahnsinnigen im näheren Umkreis herbei.«

Ezekiels Augen glühten rot und er hob eine Hand, wie es zuvor Zoe gemacht hatte.

Ein Bild erschien flackernd auf der Tischfläche. So üblich Geschichten aus der Zeit des Wahnsinns auch waren, zogen sich dennoch erschrockene Mienen über die Gesichter der Mystischen, als sie der Zombiemeute – wie Hannah wohl gesagt hätte – ansichtig wurden.

Es war ein Haufen zerlumpter, ausgehungerter Menschen, die gebückt durch die Wälder trotteten – wobei der Begriff

Mensch nicht mehr wirklich zutraf. Ihre eingefallenen Augen glühten blutrot aus den tiefen Augenhöhlen, hirnlos und nur getrieben vom Verlangen nach Menschenfleisch.

»Keiner von euch war damals schon am Leben«, sagte Ezekiel. »Und ihr hattet Glück, dass ihr diese Kreaturen nie wirklich sehen musstet, obwohl dasselbe Blut durch eure Adern fließt. Dasselbe Blut, das unserer Matriarchin ihre Kraft gab, dasselbe Blut, das uns Magie verleiht. Eben dieses Blut kehrte sich ins Schlechte und verwandelte die harmlosesten Menschen in das, was die Tieflandbewohner *Zombies* nennen.

Mein Vater war damit beschäftigt, der kranken Frau zu helfen. Er versorgte ihre Wunden und rieb ihre Füße und Arme, damit die Wärme in sie zurückkehrte. Bei all seiner Fürsorge merkte er gar nicht, dass ein Wahnsinniger in unseren Unterschlupf eindrang.«

Die Geschichte des Zauberers war Fakt, aber dennoch spannender als Fiktion und fesselte die Aufmerksamkeit aller Anwesenden. Er war wahrlich kein großer Geschichtenerzähler, aber manchmal wog der Inhalt schwerer als Erzähltechnik.

Er nickte seinen Zuhörern zu, darauf bedacht, sie nicht allzu sehr auf die Folter zu spannen. »Ich saß da, nur ein Kind, doch schon damals staunte ich über die Unterschiede zwischen meinen Eltern. Mein Vater war von Mitgefühl getrieben, meine Mutter von Wachsamkeit. Sie hatte ihm erlaubt, dieser Fremden zu helfen, ließ aber nie in ihrer Wachsamkeit nach. Und während er die Kälte im Körper der Fremden bekämpfte, wehrte sie mit einem Spazierstock und einem großen Messer die Wahnsinnigen ab.

Die Kreaturen waren stark, aber meine Mutter bewegte sich mit einer Geschwindigkeit, der sie nicht gewachsen waren. Im Schatten unseres Lagers sah ich zu, wie sie ihren Stock in weiten Bögen schwang, Köpfe zertrümmerte und Beine verstümmelte. Ich erinnere mich an das Messer, dessen Klinge das Lagerfeuer reflektierte und in den Schädeln mehrerer Wahnsinniger versank. Das Zucken dieser hageren Körper, bevor sie zu Boden fielen ... das werde ich nie vergessen. Meine Mutter war eine wahre Kriegerin.

Es gab einen Moment, da durchbrach eine Kreatur ihre Abwehr und rannte auf uns zu – auf mich, meinen Vater und das mit dem Tod ringende Mädchen. Meine Mutter stieß das Messer von hinten in die Kehle des Wahnsinnigen, gegen den sie gerade kämpfte, und rannte dem anderen hinterher. Ich war wie erstarrt und wusste, dass mein Leben zu Ende gehen würde.

Der Zombie griff nach mir, doch da tauchte meine Mutter von der Seite auf und warf ihn zu Boden, wo die beiden brutal kämpften, bis meine Mutter ein brennendes Holzscheit vom Lagerfeuer nahm und es durch seinen Brustkorb trieb. Er starb unter gellenden Schreien.«

Ezekiel hielt inne und sah sich im Raum um. »Und das ist nur ein kleines Fragment aus meiner Kindheit.«

Er trank seinen Kelch aus und setzte sich hin. Einen Moment lang herrschte Totenstille, alle Augen waren auf ihn gerichtet. Er fasste es als Einladung auf und erklärte bereitwillig:

»Die Geschichte der jungen Zoe sollte uns vor dem Stolz warnen – vor dem Bösen, das sich ausbreiten kann, wenn Macht nicht kontrolliert wird. Das ist eine wichtige Lektion. Aber meine kleine Anekdote könnte uns Folgendes sagen: *Achtsamkeit hat viele Formen.*

Wie mein Vater müssen wir oft priorisieren, Bedürftigen zu helfen. Aber das wiegt nicht schwerer als die Hingabe meiner Mutter, welche die Notwendigkeit verstand, diejenigen, die wir lieben, mit Feuer und Zorn zu verteidigen.«

Ezekiel beendete seine Rede und der Applaus fiel noch kärglicher aus als bei Zoe. Seine Geschichte war nicht gerade leichte Kost und er hoffte, mit ihr die Samen, die Zoe gepflanzt hatte, begossen zu haben. Ob es wohl überhaupt eine Wirkung haben würde?

Erschöpft vom Alkohol und der Magieanwendung gleichermaßen, zog er sich zurück und machte sich auf den Weg in das Schlafgemach, das ihm seine Gastgeber zur Verfügung gestellt hatten.

Als er es sich auf dem Bett gemütlich machte, schwankte das Zimmer sanft um ihn herum, angeschoben von zu viel Alkohol und dem Rausch der Geschichten. Es tat gut, in den Heights zu sein, und Ezekiel wünschte sich, er könnte für immer hier bleiben, aber er wusste, das war unmöglich.

Arcadia rief nach ihm. Es verlangte Gerechtigkeit.

Als der Schlaf über ihn hereinbrach, betete er zum Patriarchen und zur Matriarchin, dass seine Reise in die Heights nicht umsonst gewesen war.

An der Grenze zwischen Wachen und Schlafen ließ ihn ein Tumult aus dem großen Saal hochschrecken. Die Wachsamkeit, die ihn seine Mutter gelehrt hatte, ließ ihn das Schlimmste befürchten.

Ezekiel sprang aus dem Bett, plötzlich nüchtern wie eine Kirchenmaus, schnappte sich seinen Stab und rannte in die Halle.

Kapitel 19

Sonnenlicht funkelte auf der Schneide des Silbermessers, während Hannah das dunkle Blut des Lykanthropen davon abwischte. Karls Geschenk war ein Segen, aber sie konnte nicht umhin, sich zu fragen, wie viel Blut es noch vergießen würde, bevor in Arcadia wieder Frieden herrschte. Ihr Körper kribbelte noch immer beim Gedanken an ihre erste Tötung, auch wenn streng genommen Parker es zu Ende gebracht hatte. Wie sie so neben ihm auf den Stufen des Turms saß, fühlte sich ihre auf den Kopf gestellte Welt zumindest ein bisschen normaler an.

»Also, du bist jetzt 'n Magier«, sagte Parker schließlich und brach somit das einvernehmliche Schweigen. »Was habt ihr hier oben getrieben? Ein paar Ziegen geopfert?«

»Schön, zu sehen, dass du in meiner Abwesenheit nicht lustiger geworden bist«, gab Hannah zurück. »Und nichts da mit Tieropfern. Meistens geht es eher um Konzentration – darum, die Kraft anzuzapfen, die schon immer da war, in meinem Blut. Eigentlich in jedermanns Blut.«

»Warte mal.« Parker schaute auf seine Hände und verdrehte seine Finger zu eleganten Posen. »Ich könnte diesen Scheiß *auch* machen?«

»Vielleicht. Ezekiel sagt, dass in den Tagen nach dem Zeitalter des Wahnsinns die Menschen überall in Irth herumgelaufen sind und versucht haben, an ihre innere Macht zu gelangen. Problematisch ist, dass es Willenskraft und einen scharfen Verstand braucht, um sie zu kontrollieren. Also hast *du* wahrscheinlich gar keine Chance.«

»Mann«, lachte Parker, »hab' ich dich vermisst!« Er stieß ihr den Ellbogen in die Rippen.

»Ja, ja, ich bin immer noch überaus charmant.« Sie grinste und schaute in den Wald hinaus.

»Es ist krass, ich lerne von ihm so viel über Magie, ihre Geschichte und wie das alles zusammenhängt. Verrückterweise war der Rektor Ezekiels erster Schüler. Der Alte hat ihm vor ein paar Jahrzehnten die Verantwortung für Arcadia anvertraut, als er auf Pilgerreise ging. Dann änderte sich alles. Adrien hat die Magie eingeschränkt, indem er bestimmten Leuten verbot, sie zu praktizieren. Zuerst dachten alle, das sei zum Schutz der Bürger gedacht, aber Pustekuchen.«

Parker nickte. »Deshalb wurde uns eingetrichtert, dass man entweder mit Magie geboren wird oder nicht ... damit die Allgemeinheit vergisst, dass sie eigentlich jeder entwickeln kann.«

»Genau. Der Mistkerl tut das alles, um uns klein und kontrollierbar zu halten. Ich meine, stell dir mal vor, wie der Queen-Bitch-Boulevard aussehen würde, wenn wir mit Magie aufgewachsen wären!«

»Oh Mann, was für 'n Scheiß.«

»Ja, aber echt! Und noch was: Es gibt *drei* verschiedene Formen der Magie. In Arcadia praktiziert man physische Magie, es gibt aber auch die Mentalmagie, welche die Mystischen ausüben, und die Naturmagie der Druiden.«

Parker lachte. »Er hat dir erzählt, dass es Druiden gibt? Okay, der Gründer hat vielleicht doch nicht alle Tassen im Schrank. Sowas wie Druiden gibt's nicht.«

»Und hättest du mich vor dem Frühstück gefragt, dann hätte ich felsenfest behauptet, dass es so etwas wie

UNTERDRÜCKUNG

Lykanthropen nicht gibt. Und doch habe ich deinen knochigen Arsch gerade vor einem gerettet.«

»Ja gut, okay. Aber wer hat hier wessen Arsch gerettet?«

Hannah grinste und ging nicht darauf ein. »Verrückt ist, dass all diese verschiedenen Magieformen von derselben Kraftquelle in den Menschen ausgehen, sie aber immer nur innerhalb einer bestimmten Gemeinschaft weitergegeben werden und deshalb so getrennt voneinander sind. Ich vermute, dass manche Menschen von Natur aus zu einer bestimmten Magieform neigen und dann formt die Magie sie rückwirkend und verstärkt das.«

»Und welche bringt dir der Gründer bei?«

Sie machte eine kleine Pause und neigte dann mit ernstem Ausdruck den Kopf.

»Alle drei.«

Parker starrte sie von der Seite an. »Du lernst alle drei Formen auf einmal? Wie schaffst du es bitteschön, nicht zu explodieren?«

Hannah stieß ihn erneut in die Rippen. »Weil ich krass bin. Ganz zu schweigen davon, dass Zeke auch versucht, mir noch eine vierte Form beizubringen, eine Kombination aus allen drei Künsten. So habe ich angeblich dieses Kerlchen erschaffen.« Sie nickte Sal zu, der zwischen ihren Füßen lag und schlief.

»Verdammt, das ist ... ziemlich cool. Stellst du demnächst 'ne Drachenarmee auf oder was?«

Hannah betrachtete Sal nachdenklich. »Weiß nicht. Ich glaube, dazu wäre ich nicht in der Lage. Zu Sal habe ich eine ganz besondere Verbindung, also war das ganze vielleicht eine einmalige Angelegenheit ... Zeke ist trotzdem hoffnungsvoll. Aber jetzt mal genug von mir! Wie geht's meinem Bruder?« Allein beim Gedanken an ihn krampfte sich ihr Bauch mit dem nur allzu vertrauten Heimwehgefühl zusammen.

»William geht's besser denn je. Er ist gesund, stark. Hat auch mit Straßentricks angefangen, hatte genug vom Betteln.«

»Oh, gut. Mit diesen großen Schmollaugen kann er sich bestimmt auch herausreden, falls es mal brenzlig wird. Und mein …«

Parker bewahrte sie davor, ihren Vater erwähnen zu müssen. »Ihm geht's gut. Läuft immer noch durch die ganze verdammte Stadt auf der Suche nach Arbeit. Will hat mir von dem Zauber erzählt, unter dem er steht. Seit du weg bist, hat der Dreckskerl keinen einzigen Tropfen Alkohol mehr angerührt.«

»Tja, spätestens *da* muss man einfach an Magie zu glauben anfangen …«

»Tss, ist klar. Arcadia ist auch, na ja, *anders*, seit du weg bist. Alles in höchster Alarmbereitschaft, Wachen und Jäger überall. Sie durchsuchen die Häuser nach dir und dem Gründer und treiben unterwegs Ungesetzliche zusammen. Man munkelt, dass eine ziemlich beträchtliche Summe auf deinen Kopf ausgesetzt ist. Allein schon mit dem Kopfgeld des Gründers könnte man sich eine Villa im Adelsviertel kaufen.«

»Jetzt weiß ich, warum du hier bist!« Sie zog das Messer des Rearicks und hielt die Spitze Parker entgegen. »Komm bloß nicht auf dumme Gedanken!«

Sie lachte über ihren eigenen Witz, aber innerlich war sie verstört. Der Gedanke, dass ihre Handlungen als Ausrede dienten, die Bewohner des Boulevards noch mehr zu knechten, ließ flammend heiße Wut durch ihre Adern strömen. Nichts fokussierte ihre Leidenschaft schneller, als der Gedanke an die Misshandlung der Arcadianer, aber sie wusste, dass ihnen bald Gerechtigkeit widerfahren würde.

Hannah wusste auch, dass sie noch nicht bereit war. Adrien und seine Streitkräfte waren mächtiger als ein einzelner Lykanthrop oder ein Wildschwein.

»Eigentlich bin ich gekommen, um dich vor dem Kopfgeld zu warnen«, fuhr Parker fort. »Seit Jahren habe ich dir immer wieder den Arsch gerettet, das ändern ein paar Meilen Abstand nicht so schnell. Und ...«

Hannahs Kehle schnürte sich zu, sie wappnete sich vor noch schlechteren Nachrichten.

»Und was?«

»Und, na ja, du hast mir gefehlt.«

Sie konnte spüren, dass sie errötete. Parker war wirklich immer für sie da. Er war umsichtig, lustig und nicht gerade hässlich. Sie war vielleicht nicht völlig unerfahren im Umgang mit Männern, aber sie erwischte sich zum ersten Mal dabei, *so* über Parker zu denken.

»Aber natürlich bist du vor allem wegen des Kopfgeldes hier«, witzelte sie und hoffte, so von ihren roten Wangen abzulenken.

»Du hast mich erwischt.« Parker legte die Hände trichterförmig an den Mund und schrie: »Kommt raus, Jungs, wir haben sie!«

Die beiden lachten, als habe sich rein gar nichts geändert.

* * *

Stellans Geduld war am Ende. Der Mystische an der Tür war komplett zugedröhnt von Jahren der Meditation und starkem Trunk gleichermaßen.

Letzteres hätte ihn ja gar nicht unbedingt gestört. Tatsächlich war er nach seinem Tag mit den Grünschnäbeln auf den Rausch des Mannes geradezu eifersüchtig. Ganz zu schweigen davon, dass er, wenn seine Magie in dem Durchwühlen fremder Gehirne bestünde, auch einen Dauerpegel anstreben würde. Aber der Kerl im Türrahmen war darüber hinaus auch noch hartnäckig und geradezu unhöflich.

»Ich *bitte* nicht darum, den Meister zu sehen, ich befehle dir, uns zu ihm zu bringen. Ich gebe dir hier keine Wahl, Traumhirn. Wir sind im Auftrag des Gouverneurs und des Rektors hier und haben offizielle Anliegen Arcadias vorzubringen.«

Er konnte den mentalen Außendruck gegen sein Gehirn spüren. Zwar hielt seine Abwehr den Mystischen ab, aber Stellan musste sich angestrengt konzentrieren. Wut war nicht gerade hilfreich, wenn es darum ging, mentale Barrieren aufrechtzuerhalten.

»Ja, ja, ja. Der Gouverneur und der Rektor … das habe ich gehört. Aber es geht nicht, nicht heute Abend. Sie darf nicht gestört werden. Es wäre nicht klug, gegen ihre Wünsche zu verstoßen.«

Die blutunterlaufenen Augen des Mystischen huschten zwischen Stellan und den beiden jüngeren Wachen hin und her. Plötzlich trat ein nervöser Ausdruck auf sein Gesicht und Stellan war klar, warum. Er war in die Köpfe der Grünschnäbel eingedrungen und wusste mehr, als er sollte.

»Verdammt, Jungs, Abwehr!«, zischte er. Aber es war zu spät.

Dirk zog seine Magitech-Waffe und richtete sie auf den Mystischen. »Raus aus meinem Kopf, du Freak. Sofort!«

»Steck die Waffe weg, Dirk«, befahl Stellan.

UNTERDRÜCKUNG

Die Anspannung lag schwerer in der Luft als der Morgennebel am Wren.

»Raus aus meinem Kopf!«, blökte Dirk noch mal.

Die Verwirrung des Mystischen war offenkundig, Alkohol hinderte ihn sichtlich am Klardenken. Wie zur Kapitulation hob er beide Arme, was allerdings auch ein wenig so aussah, als würde er zu zaubern ansetzen. Und da schoss Dirk, der Idiot, einen blauen Energiestrahl auf ihn ab.

✶ ✶ ✶

Ezekiel hörte die Explosion und hastete zwei Stufen auf einmal nehmend die Treppe hinunter, seine Gewänder um ihn herum wallend. Er schlitterte um eine Ecke und sah den Mystischen, der ihn in Empfang genommen hatte, tot oder bewusstlos auf dem Boden liegen.

Drei Männer standen über ihm, einer von ihnen führte eine Magitech-Waffe.

Ein Schauer lief ihm über den Rücken bei dem Gedanken, was für Perversionen Adrien wohl noch innerhalb der Stadtmauern schuf.

Der Älteste, eindeutig der Anführer der Bande, blickte vom Mystischen auf und entdeckte Ezekiel, den er sogleich als jenen mächtigen, alten Ungesetzlichen erkannte, von dem er warnende Beschreibungen und sogar Zeichnungen gesehen hatte.

Eben diesen Ungesetzlichen hatte er nun im Visier.

Seine Augen wurden schwarz, während er sein Schwert zog, dessen Klinge sogleich in Flammen entbrannte. Ezekiel erkannte widerwillig an, dass dieser Gardist zumindest gut ausgebildet war.

»Den Mystischen anzugreifen, war ein Fehler, mein Freund«, sagte Ezekiel. »Wenn du deine Waffe niederlegst und mich ihm helfen lässt, könntest du Gnade erfahren.«

Der große Gardist lachte höhnisch. »Du bist derjenige, der noch vor Ende der Nacht um Gnade winseln wird, alter Mann.« Er nickte seinen Begleitern zu, die beide Kampfhaltung annahmen.

Ezekiel seufzte. »Dann sei es so.«

Der Gardist links vom Anführer schoss einen blauen Energiestrahl auf Ezekiel ab, aber der alte Mann konnte sich schneller bewegen, als sie erwartet hatten, und wich dem Schuss aus. Dabei hob er eine Hand und erweckte damit die Marmorplatte unter ihren Füßen zum Leben.

Ezekiel ballte seine Hand zur Faust, woraufhin sich ihr Ebenbild aus der Marmorplatte formte und den Gardisten am Knöchel festhielt. Er zog seine Hand nach unten, die Marmorhand tat es ihm nach und zog den Gardisten in den sich auftuenden Erdboden wie unter eine Wasseroberfläche.

»Dirk!«, schrie der andere Junge entgeistert. Grimmig richtete er seine Waffe auf Ezekiel, doch der ließ ihm nicht erst die Gelegenheit, zu schießen, sondern winkte mit der Hand, sodass die Waffe explodierte und einen Energiestoß in das Gesicht des Gardisten entlud. Der kreischte schrill und fiel auf die Knie.

Ezekiel war bewusst, dass die beiden Jüngeren lediglich Bauernoper gewesen waren und ihr Anführer ihn lässig aus schwarzen Augen anlächelte.

»Tja, die Gerüchte über deine Macht sind anscheinend wahr. Ich werd's wirklich genießen, dich in Stücke zu schneiden, alter Mann. Ist schon viel zu lange her, dass ich einen Kampf hatte, der sich gelohnt hat.«

UNTERDRÜCKUNG

Der Gardist riss seinen Arm nach vorne und ließ eine große Kupferkaraffe von einem Tisch auf den Kopf des alten Magiers zufliegen. Ezekiel streckte eine Handfläche aus und lenkte das Geschoss in eine andere Richtung, aber es war ohnehin nur eine Ablenkung gewesen.

Sein Angreifer lief, das flammende Schwert erhoben, auf ihn zu und schlug nach seinem Kopf. Ezekiel hob seinen Stab gerade noch rechtzeitig, um den Schlag abzufangen. Mit sprühenden Lichtfunken trafen die Waffen aufeinander.

✶ ✶ ✶

Stellan überraschte es, dass der Stab des Ungesetzlichen sein Schwert abblocken konnte. Er hatte erwartet, mit seinem Schlag sowohl den Stab als auch den dazugehörigen Mann entzweizuspalten. Offensichtlich war dies ein mächtiger Zauberer, der seinen Stab magisch verstärkt hatte.

Egal, dachte Stellan, *ich werde schon seine Schwachstelle finden.*

Stellan hämmerte mit dem Schwert immer wieder auf Ezekiels Stab ein, spurtete zurück und griff erneut mit Wucht an, jeden Trick seines jahrelangen Trainings gebrauchend.

Doch jedes Mal konnte der Alte seinen Schlag parieren, in einem Wirbel aus Holzstab und braunen Gewändern. Es dauerte nicht lange, da war Stellan derjenige, der eilig blocken musste, um dem tödlichen Schlag des Eichenstabs zu entgehen. Die Augen des alten Mannes glühten rot, Wut zeichnete tiefe Furchen in sein Gesicht.

Er täuschte einen Schlag von oben an, sodass Stellan auf ihn zustürzte und seinen Unterleib ungeschützt ließ. Der Ungesetzliche nutzte dies sogleich und schlug ihm mit dem Stab heftig gegen das Knie. Stellan fiel hin und schrie vor Schmerz, wurde aber nicht unachtsam, sondern zwang den Alten im Sitzen mit einem weiten Schwerthieb zurück.

Stellan sah ein, dass ihm dieser seltsame Alte im Nahkampf überlegen war, also änderte er seine Taktik. Bevor der Ungesetzliche eine weitere Bewegung machen konnte, ließ Stellan sein Schwert fallen und streckte seine Arme seitlich aus. Er *zog* mit all seiner Kraft und ein Fenster hoch über dem Alten zerbrach und regnete in messerscharfen Glasscherben auf ihn herab.

Der Ungesetzliche wirbelte, einen Arm schützend über den Kopf haltend, herum und hob seine Handfläche. Der Splitterregen folgte seinem Befehl und baute sich als Glaswand zwischen den beiden Magiern auf.

Stellan nutzte die Gelegenheit. Er schnappte sein Schwert und stieß es vorwärts, die Mauer aus Glassplittern zerbrach drum herum und grub sich in sein Fleisch. Egal. Den Alten zu erledigen, war ein paar Schnitte wert.

Doch seine Klinge stieß auf der anderen Seite der Glaswand nicht auf Fleisch und Knochen, wie er erwartet hatte. Der alte Mann hatte sich in Luft aufgelöst und Stellan lediglich sein hohles Spiegelbild erstochen.

Er schaute hastig nach links und rechts, ein flaues Gefühl im Magen. Er drehte sich gerade noch rechtzeitig um, um den Stab des Ungesetzlichen durch die Luft zischen zu sehen. Er traf heftig gegen Stellans Schläfe und ließ Sterne vor seinen Augen explodieren.

In einem verzweifelten Versuch, sich zu retten, schwang Stellan sein flammendes Schwert nach oben, aber der alte Mann war bereit. Er fing Stellans Hände mit seinen eigenen ab und umklammerte sie.

UNTERDRÜCKUNG

Ein kaltes, kribbelndes Gefühl breitete sich über Stellans Haut aus und langsam, vom Griff bis zur Spitze, wurde das Feuer von Stellans Schwert zu Eis.

Als der Frost die Spitze des Schwertes erreichte, zerbrach die Klinge, sodass nicht mehr als ein gezacktes Stück gefrorenen Stahls aus dem Griff herausragte.

Der alte Mann drehte Stellan die Arme auf den Rücken und drückte ihm seine zerbrochene Klinge durch die Brust. Stellan hustete, Blut flutete seine Lungen und sprudelte aus seinen Lippen.

Mit seinem letzten Atemzug hob er den Kopf, ein blutiges Lächeln auf dem Gesicht.

Das Letzte, was er jemals sah, waren Ezekiels feuerrote Augen.

Kapitel 20

Der Gardist brach auf dem Boden zusammen, seine Hände noch immer um die aus seiner Brust ragende Klinge geklammert.

Ezekiel sah zu, wie das Schwarz seiner Augen mit seinem Leben erlosch. Der Alte dachte an seine Mutter und lächelte grimmig. Er war längst kein hilfloses Kind mehr.

Als er sich umdrehte, musste er milde erschrocken feststellen, dass der Lauf eines halb verkohlten Magitech-Gewehrs auf seinen Kopf gerichtet war. Anscheinend war der Gardist, dem Ezekiel eben das volle Ausmaß seiner eigenen Waffe hatte zuteilwerden lassen, noch annähernd wohlauf.

»Leb wohl, Zauberer!«, höhnte der Mann.

Er war im Begriff, abzudrücken, schrie dann aber schmerzerfüllt auf und ließ die Waffe stattdessen fallen. Er kratzte sich unkontrolliert im Gesicht und rannte blind drauflos, bis er gegen eine Wand prallte. Sein Schädel machte ein unschönes Geräusch, als er gegen die Marmorwand traf, und er fiel bewusstlos zu Boden.

Ezekiel blickte auf und sah Julianne in der Tür stehen. Ihre Augen waren weiß, ohne jede Wärme. Er lächelte.

»Ich dachte, die Mystischen seien Vertreter des Friedens. Wie waren noch gleich Eure Worte? Ihr seiet *kriegerische Angelegenheiten nicht gewohnt.*«

Julianne blickte ausdruckslos auf den bewusstlosen Gardisten herab. »Es war lediglich eine einfache Illusion. Wer hätte gedacht, dass er so heftig reagieren würde? Und dass wir uns bevorzugt nicht einmischen, heißt nicht, dass wir uns nicht zu verteidigen wissen.« Sie zwinkerte Ezekiel zu.

Ein schwächliches Husten hallte durch die Eingangshalle und Ezekiel trat um die niedergestreckten Eindringlinge herum auf den Türsteher zu, der von der Magitech-Waffe getroffen worden war. Seine Augen waren weit aufgerissen und er zitterte am ganzen Körper. Blut sickerte in beständigen Schüben aus seiner Bauchdecke und Ezekiel konnte verbranntes Fleisch riechen.

Julianne bückte sich und berührte die Schläfe des Mystischen. Sie sprach ein Wort des Trostes und Ezekiel konnte die Angst und den Schmerz aus seinem Gesicht verschwinden sehen.

Sie blickte zu ihm auf, ihre Augen wieder weiß wie Marmor. »Ich kann ihm den Übergang in die andere Ebene nur erleichtern.«

Aber Ezekiel war nicht bereit, diesen Mann sterben zu lassen, ganz gleich, wie friedlich Julianne sein Ableben gestalten konnte. Der Kampf hatte Ezekiel beinahe seine ganze Energie gekostet, aber ein bisschen war noch übrig. Er legte beide Hände auf den Torso des Mannes und seine Augen begannen, rot zu glühen. Ezekiel konnte fühlen, wie der geschwächte Körper auf die Energiezufuhr reagierte, wie die Wunde in doppelter Geschwindigkeit zusammenwuchs.

Als er fertig war, lag der Türsteher zwar immer noch bewusstlos da, allerdings atmete er nun viel gleichmäßiger.

Ihre Stimme war direkt hinter ihm. »Danke, Ezekiel.«

Er sackte entkräftet auf dem Steinboden zusammen. »Dankt mir noch nicht. Auf Eurer Türschwelle habe ich gerade einen Hauptmann des Gouverneurs getötet. Wenn er nicht nach Hause zurückkehrt, wird die Hölle losbrechen, der Teufel höchstselbst wird an Eure Tür klopfen. Vielleicht habe ich gerade Euren Tempel in meinen Krieg involviert – ob Ihr es wollt oder nicht.« Er sah zerknirscht zu ihr auf. »Das tut mir sehr leid.«

Julianne besah sich den Toten und ein Lächeln huschte über ihre Lippen. »Oh, wir sind in der Tat involviert. Aber vielleicht muss Adrien das noch nicht unbedingt wissen. Wer sagt, dass sein toter Soldat nicht nach Hause zurückkehren wird?«

Ezekiel sah auf den Leichnam und verstand plötzlich, was Julianne plante. »Glaubt Ihr, Ihr könnt das durchziehen?«

»Ich war Selahs Musterschülerin, schon vergessen? Handverlesen, um seine Nachfolge anzutreten. Meine Tage bestehen daraus, die Mystischen im Gebet und der Meditation anzuleiten, meine Nächte verbringe ich mit dem geistigen Erforschen ferner Welten. Ich denke doch, dass ich ein paar Wochen der Tarnung überstehe. Aber Adrien zu täuschen, wird von Euch abhängen.«

Ezekiel neigte seinen Kopf zur Seite. »Wie meint Ihr das?«

»Adrien hat drei Männer hierher geschickt«, antwortete Julianne gedehnt, während sie sich umschaute. »Einer ist tot«, sie zeigte elegant auf den Leichnam und wandte sich dann demjenigen zu, den sie angegriffen hatte, »ein anderer bewusstlos. Aber der dritte ...« Sie schaute auf ihn herab. »Könntet Ihr ihn wohl aus meinem Boden entfernen?«

Der Teller mit Gemüse und Wildfasan verströmte einen herrlichen Geruch. Parker atmete tief ein und genoss den Augenblick. Mahlzeiten wie diese gab es in seinem Viertel nicht gerade im Überfluss und er hatte keine Ahnung, wann er eine solche zuletzt gegessen hatte.

UNTERDRÜCKUNG

»Das ist echt der Wahnsinn!«

»Ja, Magie hat ihre Vorteile.«

»Warte, was? Du ...«

Sie feixte schelmisch. »Reingelegt. Das sind Reste. Zeke holt solche Gerichte von ... äh. Von irgendwoher halt.«

Sie zuckte mit den Achseln. »Bei all den Fragen über Magie, Druiden und Geschichte bleibt mir eben nicht großartig Zeit, Fragen übers Essen zu stellen. Und wenn wir erst mal zum Essen kommen, bin ich dermaßen erschöpft, dass ich *Sal* essen würde, wenn's nichts anderes gäbe.«

Der Drache huschte unter ihren Stuhl, um sich vor seiner Herrin zu verstecken. Sie bückte sich hinunter. »Das war nur ein Scherz, Monsterchen. Ich kann mir nicht vorstellen, dass meine Zähne es durch deine Schuppen schaffen würden.«

Parker dachte an den Drachen und den Lykanthropen und an all die anderen Dinge, von denen er so lange angenommen hatte, sie seien nur Märchen. »Bisschen klein für 'nen Drachen, findest du nicht?«

Hannah schlug ihm auf den Handrücken, ließ ihre Fingerspitzen aber einen Moment lang auf seinem Handgelenk verweilen. »Sei nett, Parker. Er kann dich hören.«

Sie lachte, aber als sie gerade ihren Teller hochhob, fuhr ihr ein zuckender Schmerz durch den Schädel. Der Teller entglitt ihrem Griff und zerbrach auf dem Boden in tausend Stücke. »Scheiße!«

Parker sprang auf, Sorge deutlich ins Gesicht geschrieben. »Hannah! Was ist los?«

Sie hielt einen Finger hoch, um ihn auf Abstand zu halten, während sie sich von allem Weltlichen zu lösen versuchte, den Schmerz beiseiteschob und seine Ursache ergründete.

Dann traf es sie. »William. Er ist in Schwierigkeiten.«

»Wie zum Teufel ...«

»Er hat furchtbare Schmerzen«, presste sie zwischen zusammengebissenen Zähnen hervor. »Ich kann sie spüren. Wir müssen zurück nach Arcadia.«

✶ ✶ ✶

Parker und Hannah schwiegen, während sie die Wälder durchquerten und auf Arcadia zuhielten. Es waren viele Meilen und als sie die Stadtmauern erreichten, war die Dunkelheit heraufgezogen.

Hannah schuf in ihrer Hand eine brennende Kugel, damit sie den Weg nicht verloren, beschränkte aber die Leuchtkraft auf ein Minimum. Sie wollte niemandes Aufmerksamkeit auf sich lenken und wusste außerdem, dass sie, wenn es hart auf hart kam, alle Kraft brauchen würde, die sie aufbringen konnte.

»Die Tore sind schon geschlossen«, zischte Parker.

»Ich sollte in der Lage sein, das zu ändern.«

»Du willst unsere Ankunft ankündigen, indem du mal eben Arcadias Stadttor einreißt? Wirklich subtil, du Zaubergenie. Hast du nicht gesagt, man muss *schlau* sein, um Magie zu beherrschen? Ich habe eine bessere Idee. Lass es uns auf die altmodische Art machen.«

Parker führte sie um die Südmauer herum, wobei Hannah ihre Flamme löschte und in der Nähe ihres Freundes blieb, der die Außenmauern fast ebenso gut kannte wie die Straßen des Boulevards. Irgendwann blieb Parker plötzlich stehen und hockte sich hin.

»Folg mir«, flüsterte er, bevor er in der Dunkelheit eines breiten Rohreingangs verschwand.

Sie krochen auf allen Vieren durch das Abflussrohr und unter der Stadtmauer hindurch. Das Plätschern von etwas, das hoffentlich – aber mit geringer Wahrscheinlichkeit – *Wasser* war, machte das langsame Vorankommen beinahe unerträglich.

Schlimmer noch, die Luft stank nach einer Mischung aus Kuhkot und Lykanthropen-Hirn. Mehrmals musste Hannah gewaltsam ihren Würgereiz verkneifen. Aber sie würde durch noch weitaus Schlimmeres kriechen, wenn es darum ging, ihrem Bruder zu helfen. Schließlich erreichten sie den Rohrausgang und traten auf das schmutzige Pflaster des Marktviertels.

»Pustekuchen.« Parker grinste.

»Komisch, an *Kuchen* habe ich in dem Drecksloch ja mal sowas von *gar nicht* gedacht.«

Er zuckte mit den Achseln und führte sie zum Queen-Bitch-Boulevard.

Hannah registrierte die unnatürliche Stille auf den nächtlichen Straßen, wo die Leute normalerweise die Vorzüge der Arbeitslosigkeit genossen und sich bis in die frühen Morgenstunden besoffen.

Als sie Parker ihre Beobachtung mitteilte, erklärte er zerknirscht, dass nach ihrem Verschwinden eine Ausgangssperre verhängt worden war, deren Bruch Gefängnisstrafen nach sich zog.

Hannah verfluchte Adrien in Gedanken – konnte er Arcadia eigentlich noch tiefer sinken lassen? Als sie auf den Queens Boulevard bogen, sahen sie zwei Männer an der Abgabenstelle stehen.

»Vielleicht ist es Jack«, mutmaßte Hannah.

»Verlass dich nicht drauf. Jack arbeitet nicht mehr an der Abgabenbox. Ich habe ihn seit deinem Verschwinden nicht mehr gesehen. Dieser neue Kerl ist nicht so freundlich und sein Freund da sieht auch nicht gerade wie ein flauschiges Einhorn aus.«

Parker legte seine Hand auf Hannahs Rücken und zog sie zu sich heran. »Du hast keine Zeit für diese Idioten. Wenn dein Zauberinstinkt richtig liegt, braucht William ganz dringend deine Hilfe. Ich lenk sie ab und du schleichst vorbei.«

»Was genau wirst du tun?«

»Ach, wenn er mich sieht, werde ich nicht mehr viel tun müssen.«

* * *

Monte nahm einen ordentlichen Schluck aus der Flasche seines Freundes und zuckte zusammen, als sich das selbst gebraute Bier in seinen Darmtrakt brannte. »Scheiße, Hank, das ist nicht gerade das Gebräu der Mystischen, aber es wirkt wenigstens.«

»Pah!«, blaffte Hank, »In der Not frisst der Teufel Fliegen. Wir können ja nicht alle 'nen offiziellen Regierungsposten wie du haben, du undankbarer Mistkerl. Und man nennt mich nicht nur wegen meiner Arbeit in der Grube *Wildman*.«

Die Männer lachten grölend und reichten die Flasche hin und her. Montes Job, die Abgabenstation am Eingang des Boulevards zu bewachen, war seit Verhängung der Ausgangssperre um einiges einfacher geworden.

Sicher, es gab nicht mehr so viele Abgaben einzusacken, aber dafür wurde er fürs Rumsitzen und Nichtstun bezahlt. Die Straßen waren nachts ruhig und falls doch mal irgendeine Scheiße passieren sollte, beruhigte es ihn, dass er vorsorglich den besten Boxkämpfer Arcadias zum Trinkkumpanen hatte.

»Hey, sieh dir das an!«, raunte Hank, schlug Monte auf die Schulter und nickte die Straße hinunter. Eine Gestalt, die einen Krug an der Seite trug, stolperte die Gasse herunter.

Pissbesoffen, wie er wahrscheinlich war, fing der Mann jetzt auch noch an, aus vollem Halse die arcadianische Hymne zu singen.

»Oh, das wird ein Spaß«, frohlockte Monte und stand von seinem plattgesessenen Stuhl auf.

Der Betrunkene kam näher und Monte schielte bei dem Versuch, das Gesicht des Neuankömmlings durch seinen eigenen Suff zu erkennen.

»Was zum Teufel?«, rief Hank, der in dem vermeintlich Betrunkenen plötzlich Parker den Bedauernswerten vom Kampf in der Grube erkannte. Aber diese Erkenntnis kam zu spät.

Noch während Wildmans gellender Fluch durch die Gasse schallte, schwang Parker den Krug in hohem Bogen gegen seinen Kopf, sodass der Riese unter Scherbensplittern zu Boden krachte.

Monte fluchte und schnappte nach Parker, aber der Junge war zu schnell und Monte zu betrunken. Parker duckte sich unter seinen schwabbelnden Armen hindurch und lief den Boulevard hinunter, außer Sichtweite.

Monte atmete schwer, während er sich auf seine wackeligen Beine stemmte und versuchte, dasselbe mit Wildman Hank zu tun. Von der Schläfe seines Freundes tropfte Blut, scharfe Tonscherben steckten wie kleine Pfeile immer noch in seinem Gesicht.

»Schnappen wir uns den Dreckskerl.«

Die beiden Freunde spurteten, von Mordgedanken angetrieben, hinter dem Kind vom Queens Boulevard her, hinaus in die Dunkelheit der Straßen.

✷ ✷ ✷

Anstatt die letzte Etappe seiner Reise zu teleportieren, beschloss Ezekiel, zu Fuß zu gehen. Die letzten Tage hatten ihm mehr abverlangt, als er erwartet hatte, und das bisschen Beinbetätigung würde ihm weniger Energie rauben als ein weiterer Sprungzauber. Trotzdem war er erschöpft, als er endlich im Turm ankam.

Er brach auf der Couch in der großen Halle zusammen, atmete ein paar Mal tief und rasselnd aus. Gedanken an seine Audienz im Tempel und die prekäre Lage Arcadias senkten ohne Vorwarnung die fürchterliche Vorstellung auf ihn herab, welch gravierende Auswirkungen sein Plan haben könnte, sollte er schiefgehen.

Der Kampf mit den Kapitolgardisten war eine unerwartete Komplikation gewesen, aber immerhin hatte ihr Angriff Julianne in ihrer Entscheidung bekräftigt, Ezekiel beizustehen.

Bevor er sie verließ, hatte er den Gardisten Dirk aus dem Boden geholt und den Mystischen geholfen, sein Gedächtnis zu löschen.

Dann hatte sich Julianne vor seinen Augen in ein genaues Ebenbild von Hauptmann Stellan verwandelt. In ein paar Tagen würde sie die einer Gehirnwäsche unterzogenen Gardisten zurück nach Arcadia führen. Julianne war also an Bord. Ob auch die anderen Mystischen beschlossen, sich in den Kampf gegen Adrien einzumischen, würde sich noch zeigen.

Ungewöhnlich ruhig, dachte Ezekiel. Meistens rief seine Ankunft sogleich seine besserwisserische Schülerin auf den Plan.

Er stand schwerfällig von der Couch auf und durchstreifte den Turm auf der Suche nach Hannah, fand aber alle Räume leer vor. Vor der Haustür suchte er den nahegelegenen Waldrand und das Flussufer ab.

Nichts, dachte er. *Irgendetwas stimmt da nicht.*

Als er in den großen Saal zurückkehrte, fielen ihm dort zwei Teller mit Essen auf – einer war kaum angerührt, der andere lag zerschlagen auf dem Boden. Er befürchtete das Schlimmste.

Jemand war hier gewesen und dann war es zum Konflikt gekommen.

Ezekiel ordnete grimmig sein Gewand, schnappte sich seinen Stab und konzentrierte sich. Sein Körper war noch nicht ganz vom letzten Teleportationssprung erholt, seine Kraft noch gering. Er griff auf seine letzten Kraftreserven zurück, fokussierte sich auf seine Schülerin und sprang vom Turm auf sie zu.

✶ ✶ ✶

Hannah rannte auf ihr Haus zu und grinste bei dem Gedanken an Parker. Ihr Freund war mehr als fähig, auf sich selbst aufzupassen, besonders zu Hause auf dem Boulevard.

Es war wirklich großes Glück, dass sie ihn hatte.

Obgleich sie noch immer nicht an die Matriarchin oder den Patriarchen glaubte, fühlte sie sich dennoch von irgendwoher gesegnet. Zum ersten Mal in ihrem Leben kam sie sich unglaublich stark vor. Klar, ihre Magie war bei Weitem noch nicht ausgereift, aber die Kraft in ihr war unzweifelhaft da und bereit, genutzt zu werden. Sie war nicht länger hilflos. Was immer auch mit William war, sie würde es in Ordnung bringen.

Als sie um die Ecke bog und endlich ihr Haus sehen konnte, beschleunigte sich ihr Herzschlag. Da war Licht hinter den Fenstern. Ihre Magie hatte sie an Williams Schmerz teilhaben lassen, aber vielleicht hatte ihr die impulsive Kraft in Kombination mit ihrer überaktiven Vorstellungskraft auch nur einen Streich gespielt?

Es war ja nicht gerade etwas, das Ezekiel ihr beigebracht hatte. Als sie beinahe schlitternd vor der Tür anhielt, hatte sie sich in Gedanken schon überzeugt, dass eigentlich alles in Ordnung war und dies einfach nur eine Gelegenheit war, ihren kleinen Bruder zu besuchen. Viel zu lange hatte sie ihn nicht mehr gesehen.

Himmel, sie war sogar froh, wieder in Arcadia zu sein!

Trotz ihrer Eile hatte Hannah die Geistesgegenwart, vor dem Betreten des Hauses innezuhalten, um sicherzustellen, dass ihr keine neugierigen Augen gefolgt waren. Dann stieg sie die Stufen zur Haustür hinauf.

Die paar Wochen in dem alten Turm im Wald hatten ihre Wahrnehmung gehörig verändert. Arcadia kam ihr schon jetzt viel kleiner vor, ebenso wie ihr Haus. Als hätte sie einen Zaubertrank getrunken, der sie wachsen ließ.

Sie drehte den Knauf, stieß die Tür auf und öffnete den Mund, den Namen ihres Bruders auf den Lippen. Dann fiel ihr der Geruch auf – ähnlich wie das Eisen, aus dem Ezekiels Turm bestand, aber ein bisschen anders. Sie ging weiter hinein und ihr Magen zog sich krampfhaft zusammen.

Der gesamte Raum war mit Blut überströmt.

✶ ✶ ✶

Parker warf einen Blick über die Schulter, gerade als Hannah durch eine Seitenstraße auf ihr Haus zulief. Ihre List hatte funktioniert. Jetzt musste er diese Mistkerle nur noch so lange beschäftigt halten, bis Hannah sich zu Will

UNTERDRÜCKUNG

durchgeschlagen hatte. Er verlangsamte seine Schritte und ließ die Männer auf sich zukommen.

Er wusste, dass mindestens einer von beiden ihm gerne den Kopf abreißen würde. Wildman Hank wollte Rache für die Demütigung, die Parker ihm in der Grube beschert hatte, und der Abgaben-Posten war einfach ein grausamer Drecksack. In einem fairen Kampf hätten alle beide Parker ernsthaften Schaden zufügen können. Aber in Arcadia wurde generell nicht fair gekämpft und er war bereit, jeden verfügbaren Trick gegen sie auszuspielen.

Er stieß mit Absicht einen Eimer um, damit sie seine Spur nicht verloren, und rannte auf *Leroy's Pub* zu, eine Spelunke, die unter der Theke wenig empfehlenswerten Schwarzmarkt-Schnaps verkaufte.

Davon abgesehen wusste Parker, dass *Leroy's* genau das hatte, was er brauchte. Seine Verfolger dicht auf den Fersen, lief er an der Eingangstür vorbei und kletterte einen Stapel Holzkisten hoch, bis er den Griff einer Leiter zu fassen bekam und es aufs Dach schaffte. Auf den Dächern des Boulevards gab es mindestens hundert Wege und Parker kannte jeden einzelnen. Speziell jetzt brauchte er aber einen, dem die ungeschickten, betrunkenen Männer problemlos folgen konnten.

Er rannte quer über das Dach des Pubs und wartete auf der anderen Seite, bis die plumpen Männer es endlich fertigbrachten, das Dach ebenfalls zu erklimmen.

Monte, das Schwein von der Abgabenstelle, rief: »Dachtest wohl, du wärst uns entwischt, du kleiner Bastard? Selbst die Queen Bitch höchstpersönlich könnte dich jetzt nicht mehr retten.«

Die Männer kamen näher, doch Parker drehte sich lässig um und sprang von *Leroy's* zum benachbarten Gebäude.

Dazwischen lag ein Abstand von etwa drei Metern, aber Parker überwand ihn problemlos. Er rollte sich auf dem Flachdach ab und kam wieder auf die Beine, begleitet von den wütenden Flüchen seiner Verfolger.

Er beobachtete amüsiert, wie die Männer am Rand des Daches standen und gegenseitig versuchten, sich zum Sprung zu überreden. Schließlich wagte Wildman als Erstes den Sprung und Monte folgte kurz darauf. Parker sprang behände aufs nächste Dach und wiederholte diesen Vorgang noch mehrere Male, wobei der Abstand zwischen den Häusern immer größer wurde. Schließlich kannte er die Abfolge der Dächer wie seine Westentasche – alle Kinder des Boulevards lernten sie auswendig, um möglichst ungesehen von A nach B zu kommen.

Immerhin hatten seine Verfolger schon mal bis hierhin mithalten können.

Höchste Zeit, einen Zahn zuzulegen.

Parker spurtete los und nahm Anlauf, dann sprang er über die bisher größte Häuserschlucht und klammerte sich an dem Dach seiner Wahl fest. Es war ziemlich schräg und er rutschte entspannt hinunter, bis er den Fuß auf eine angrenzende Mauer setzen konnte.

»Auf Nimmerwiedersehen, ihr Scheißkerle!«, spottete er und erzielte damit genau die Wirkung, auf die er gehofft hatte. Ohne großartig nachzudenken, preschte Monte los und sprang – wie Parker milde beeindruckt feststellte – ein beachtliches Stück, aber nicht genug. Er krachte mit voller Wucht bäuchlings gegen die Dachkannte und versuchte verzweifelt, mit seinen Wurstfingern Halt zu finden. Der Ziegel, an den er sich klammerte, rutschte herab und zog ihn mit sich, sodass er unter Geschrei, Blut und Geschepper auf dem harten Kopfsteinpflaster landete.

UNTERDRÜCKUNG

»Gib lieber auf. Ich kann noch den ganzen Tag so weitermachen«, rief Parker Wildman zu.

Der lächelte grimmig. »Je länger die Jagd, desto befriedigender das Erlegen der Beute, Junge. Ich habe lange auf die Chance der Rache gewartet..«

Er lief mit drei großen Schritten an und sprang, weitaus geschickter als sein bedauernswerter Freund, auf das Schrägdach.

»Scheiße!«, schrie Parker, Angst vortäuschend, und rannte zur gegenüberliegenden Dachkante.

Er würde die Verfolgungsjagd, die bei *Leroy's* begonnen hatte, auf der anderen Seite der Stadt zu Ende bringen. Dort gab es einen Ort, an den er und Hannah sich zurückzogen, um ihre Beute aufzuteilen, wenn das Wetter zu schlecht für den Kapitolpark war. Jahrelanges schlechtes Wetter und Vernachlässigung hatten das Gebäude derart einsturzgefährdet werden lassen, dass es gefährlich war, dort auch nur einen Fuß hinein zu setzen.

Parker sprintete über zwei weitere Dächer, sprang auf ein tiefer gelegenes herab und hielt auf sein Ziel zu. Wildman Hank war ihm dicht auf den Fersen. Angesichts der Ausdauer des Kämpfers selbst in betrunkenem Zustand war Parker ganz froh, dass sein Boxkampf gegen ihn eine einmalige Sache gewesen war.

Er verlangsamte seine Schritte und bereitete sich auf den letzten Sprung vor, den er genau richtig hinbekommen musste. Die Entfernung war klein, aber er musste exakt auf der schmalen Ziegelmauer aufkommen, die sich in der Mitte des Dachs erstreckte.

Im fahlen Mondlicht konnte er seine Ziellinie auf der anderen Seite des Abgrunds kaum erkennen, doch er sprang trotzdem, auf das Schlimmste gefasst.

Aber er verfehlte die Mauer nicht, seine Füße landeten auf den haltbietenden Ziegelsteinen und er wandte sich, sobald er sein Gleichgewicht wiedergefunden hatte, provokativ um.

Hank starrte zurück, Mordlust in den Augen, und machte den vergleichsweise einfachen Sprung. Sein Lächeln war allerdings nichts im Vergleich zu dem Parkers – denn als der Koloss landete, gab das verwitterte Dach nach und er stürzte mehrere Stockwerke hinab, bis schließlich ein dumpfer Aufprall zu hören war.

Parker sah lieber nicht nach und machte sich stattdessen daran, vorsichtig hinunterzuklettern. Hank der Wildman war erledigt und Parker hoffte sehr, dass es nicht schon zu spät war, um Hannah zu helfen.

Kapitel 21

Seit sie denken konnte, hatte Hannah ihren Vater gehasst. Arnold zu mögen, war nicht leicht, und er hatte wenn überhaupt nur wenige Freunde.

Die Frauen, die mit ihm gelegentlich vom *Sully's* nach Hause stolperten, gingen früh morgens mit klimpernden Geldtaschen.

Und dann war da noch die Sache mit dem Prügeln. Hannahs Erinnerung reichte gerade weit genug zurück, um zu wissen, dass er ihre Mutter häufig geschlagen hatte und auch zu ihr und William war er später alles andere als sanft gewesen.

Der Mann war bestenfalls wertlos, schlimmstenfalls grausam gewesen.

Doch als sie seinen blutüberströmten Körper auf den Küchenfliesen liegen sah, überkam sie ein seltsames Gefühl der Liebe. Jene Art familiärer Liebe, die nur die Komplexität von häuslichem Missbrauch über Jahre formen konnte.

Hannah lief zu seinem Leichnam und fiel auf die Knie. Sein Hinterkopf war eingeschlagen worden. Ihre Wut verschwand, als sie plötzlich von markerschütternder Angst ersetzt wurde.

»*William!*«

Hannah rannte in ihr Schlafzimmer.

Der Körper ihres Bruders lag zerknittert neben ihrem Bett, mehrere seiner Gliedmaßen standen in grausamen Winkeln ab. Hannah ließ sich neben ihn fallen, zog ihn in ihren Schoß und wiegte seine reglose Gestalt sanft.

Sie beobachtete überrascht, wie Bewegung in seine Gesichtszüge geriet, er seine tiefbraunen Augen aufschlug und zu ihr hochsah.

»Du bist gekommen«, hauchte er und versuchte vergeblich, zu lächeln. »Hättest du nicht tun sollen. Die suchen nach dir.«

»Schhh, leise, Will. Sei still. Ich muss dir Hilfe holen«, flüsterte sie mit einer Zuversicht, die sie nicht empfand. William ignorierte sie. Er zumindest wusste, dass sein Schicksal besiegelt war. »Sie sind wegen Informationen hergekommen. Haben mich gezwungen, zuzusehen, wie sie Dad totgeschlagen haben. Dann haben sie mit mir weitergemacht.«

Hannah legte einen zitternden Finger auf seine Lippen. »Schhhh … Ist okay, Will. Es wird alles gut.«

Er blinzelte und küsste schwach ihre Fingerspitze. »Sie wollten dich und den Gründer. Ich habe ihnen gesagt, sie sollen sich verpissen.«

Sein Lachen verfiel schnell in einen heftigen Hustenkrampf, der seinen ganzen Körper schüttelte. »Ich dachte, sie würden mich brechen, aber sie haben's nicht geschafft. Ich habe ihnen nichts gesagt, Hannah.«

Sie wiegte seinen zitternden, kleinen Körper und weinte in sein Haar.

Hannah verfluchte ihr Glücksgefühl, das sie betrogen hatte. Sie verfluchte Ezekiel. Sie verfluchte Adrien und den Gouverneur. Ebenso verfluchte sie die Matriarchin und den Patriarchen, falls es sie gab.

»Hannah, du hast mir *alles* gegeben«, krächzte William unter zwei Hustenstößen. »Und jetzt konnte ich endlich einmal was zurückgeben. Du hast mich immer beschützt. Ich bin froh, dass ich zumindest einmal die Chance hatte, *dich* zu beschützen. Ich habe dich lieb, Hannah. Aber du musst jetzt gehen.«

»Nein, William, ich werde dich nicht verlassen.« Sie hielt ihren Bruder fester an sich und schluchzte unkontrolliert, die Sicht von Tränen verschwommen.

»Das ist alles nur wegen dieser Scheiß Magie!«, fluchte sie. Und dann dämmerte ihr, dass sie auf eben das vertrauen musste, was sie verfluchte.

Sie legte Williams Körper sanft auf den Boden und beugte sich über ihn, die Hände auf seine Brust gelegt. Konzentriert drängte sie ihre innere Kraft dazu, auf ihren Bruder überzugehen.

Nichts.

Ihr fiel wieder ein, dass Heilmagie ja die Kunst der Druiden war und so flehte sie den kläglichen Rest von Natur, der unter Arcadias schmutzigen Straßen fast komplett begraben lag, um Hilfe an. Sie versuchte sich selbst davon zu überzeugen, dass ihre Magie stark genug war, um ihn zu heilen.

Aber das war sie nicht. *Sie* war nicht stark genug.

Hätte sie nur härter trainiert, mehr auf Ezekiel gehört, sich selbst dazu gedrängt, die ätherische Macht anzuzapfen, dann hätte sie es schaffen können.

Sie versuchte es noch einmal und drückte gegen den bewegungslosen Brustkorb ihres Bruders, weil sie dachte, die Energie physisch aus ihr heraus und in ihn hinein zwingen zu können.

Nichts.

Und dann verstand sie, warum sie versagt hatte. Er war schon längst fort.

* * *

Hannah hatte keine Ahnung, wie lange sie dagelegen hatte, den toten Körper ihres Bruders umklammernd. Natürlich hätte sie weglaufen sollen.

Ihre Festnahme würde nur dafür sorgen, dass die Verantwortlichen mit dieser und all den anderen Gräueltaten – mit all den anderen Leben, die sie zerstört hatten – davonkamen.

Der Tod erschien ihr weitaus vielversprechender als ein Leben im Höllenloch Arcadia ohne William. Zu Überleben hingegen gäbe ihr die Gelegenheit, Gerechtigkeit zu erfahren, und sie würde ihren blutigen Rachedurst bis ganz an die Spitze der Korruption tragen.

Sie würde Adrien töten.

Aber zuerst musste sie mit den Jägern fertig werden, die William ermordet hatten.

Sie hörte das Knarren der Haustür und das Quietschen der Dielen unter dem Gewicht der Bestien, die auf sie zukamen. Ohne hinzusehen, wusste sie, wer es war.

Sie erkannte ihre Magie wieder.

»Wir bringen dich zum Rektor«, grummelte ein Mann.

Sie kannte die Stimme gut. Solange sie lebte, würde sie diese elendige Stimme nie mehr vergessen. Sie erhob sich und stellte sich dem Narbengesicht entgegen, das sie in jener Gasse angegriffen hatte. Dasselbe Lächeln, das er gehabt hatte, als er ihr Hemd zerriss, stand ihm jetzt ins Gesicht geschrieben. Überhaupt sah er genau gleich aus wie an jenem Tag, bis auf seine rechte Hand, die nun verkrüppelt war, als wäre sie in flüssiges Metall getaucht worden. Der kleinere Feuernutzer stand finster dreinblickend hinter ihm.

»Du hast das getan?«

Es war eher eine Feststellung als eine Frage.

UNTERDRÜCKUNG

Sie wusste die Antwort, wollte aber sein Geständnis, bevor sie die geballte Kraft des Äthers entfesselte.

»Ich bereue nur, dass ich den kleinen Scheißer nicht zum Reden bringen konnte, bevor ich es beendet habe. Aber jetzt bist du ja hier, also ist das auch egal.« Der Jäger zuckte mit den Achseln. »Und ohne den Schutz von diesem Zauberer bist du nichts. Der Rektor verlangt, dass wir dich in einem Stück zu ihm bringen. Aber er hätte wohl nichts dagegen, wenn wir uns vorher ein wenig amüsieren. Deine Familie zu foltern hat mich«, er grinste widerlich, »ganz wuschig gemacht.«

Während er drohend auf sie zuging, versuchte Hannah nicht einmal, ihre Emotionen zurückzuhalten. Sie verwarf jede Lektion, die Ezekiel ihr im Turm beigebracht hatte, und ließ ihre Wut und ihren Schmerz an die Oberfläche treten, unter ihrer Haut brodeln.

Sie blickte zum Jäger auf, ihre Augen leuchteten heller rot als jemals zuvor und lächelte schadenfroh über die plötzliche Angst in seinem Gesicht.

Ihre Stimme, bösartig, dröhnte wie ein ganzer Chor von Menschen, die unisono sprachen, während ihre Macht in alle Richtungen ausstrahlte.

»Vertrau mir. Ich bin nicht diejenige, die heute Nacht einstecken muss!«

* * *

Die Hände auf die Knie gestützt versuchte Parker vergeblich, seine Atmung zu regulieren, bevor er Hannahs Haus betrat. Es war ruhig, also nahm er an, dass sie sich gerade um ihren Bruder kümmerte. Gerade ging er auf die Tür zu, da fuhr ihm ein Windstoß in den Rücken und ein alter Mann erschien hinter ihm aus dem Nichts.

»Du bist *er*«, sagte Parker und musterte schockiert den ausgezehrten, alten Mann.

»Das bin ich«, antwortete er kratzig.

Der Alte trat vor und fiel dann auf die Knie. Das Teleportieren kostete einfach zu viel Energie, um es so häufig wie heute zu tun, aber Hannah *brauchte* ihn.

Jetzt war fast gar nichts mehr übrig von seiner Kraft.

Parker lief zu ihm und beugte sich runter. Mit zitternden Händen nahm Ezekiel seine Hilfe an. Er blickte zu dem jungen Mann auf, von dem Hannah so lobend gesprochen hatte.

Die Narben an seiner Wange, an der Stirn und der Augenbraue zeigten, dass Parker zäh war. Die Tatsache, dass er hier vor ihm stand, zeigte außerdem, dass er klug war.

Ezekiel wusste, dass Parker eine Bereicherung, wenn nicht sogar von elementarer Wichtigkeit für ihr Team sein könnte.

»Queen Bitch …«, fluchte Parker, als das Licht hinter den Fenstern von Hannahs Haus zu flackern begann. Helle Funken stieben in Blau- und Rottönen. Dann brach ein blendend weißes Licht hervor, welches das Glas aus den Fenstern riss. Grollen wie von einem Wirbelsturm drang durch die nun zerstörten Fensterrahmen nach draußen und durch den Lärm hörte Parker auch Schmerzensschreie.

Er wappnete sich und ging einen Schritt auf das Haus zu, aber Ezekiel packte den Saum seines Mantels und zog ihn energisch zurück.

»Das kannst du nicht«, keuchte Ezekiel. »Es ist zu gefährlich.«

»Aber Hannah ist da drin!«

»Ich weiß. Diese Magie ist von ihr, aber sie übernimmt sich und verliert die Kontrolle. Wenn du jetzt da reingehst, wirst du ausgelöscht.«

UNTERDRÜCKUNG

Flammen und blaue Strahlen stoben aus dem Hausinneren hervor und stiegen bis in den Nachthimmel.

»Wir müssen es versuchen.«

Der alte Mann zog Parker mit überraschender Kraft zu sich herunter. Nur Zentimeter vor seinem Gesicht sprach Ezekiel eindringlich: »Wenn du da reingehst, wirst du auf jeden Fall getötet. Wenn du den kärglichen Rest ihrer Konzentration brichst, könnte auch sie verzehrt werden. Sie ist immer noch eine Anfängerin. Diese Macht übersteigt ihr Fassungsvermögen. Sie kann sie nicht kontrollieren.«

Das Kopfsteinpflaster erwachte ruckelnd unter ihren Füßen zum Leben und Ezekiel dachte daran, wie die Erde gebebt hatte, als Hannah Sal verwandelt hatte. Beklemmende Furcht ergriff ihn, als er sich umsah. »Sie könnte die ganze verdammte Nachbarschaft auslöschen!«

Parker, der keinen Plan hatte, was er tun konnte, beschloss, diesem verrückten alten Mann sein Vertrauen zu schenken. Hannah vertraute dem Gründer, das war Grund genug für ihn.

»Was sollen wir tun?«

»Hilf mir auf. Ich kann sie nicht beschützen, aber vielleicht können wir den Rest des Viertels retten.«

Ezekiel streckte seinen Stab aus und zeigte damit auf das Dach von Hannahs Haus, das so aussah, als stünde es kurz vor der Explosion. Die Handfläche seiner freien Hand drückte er gegen den gepflasterten Boden. Seine Augen glühten rot, aber nur ganz schwach.

Der Alte schloss sie und begann in einer fremden Sprache zu murmeln, immer lauter und immer intensiver. Er schöpfte aus seinen letzten Kraftreserven, zapfte jede Unze der verborgenen Kraft in seinem Inneren an.

Seine Augen blitzten auf, so leuchtend rot wie die Flamme eines Schmiedeofens.

Solche Magie hatte Parker in Arcadia noch nie gesehen. Der alte Mann stützte sein gesamtes Gewicht auf ihm ab und er hielt ihn, so gut er konnte. Blaues Licht strömte aus dem Ende des Stabes und auf die Spitze des Hausdaches.

Mit dem letzten Wort Ezekiels breitete sich der blaue Schein von dort in alle Richtungen aus, bis sich eine Kuppel über dem Bauwerk gebildet hatte. Es sah ein bisschen so aus, als hätte jemand eine azurblaue Glasschale über flammende Holzscheite gekippt.

Der Körper des Magiers erschlaffte, aber der Schild um das Haus blieb bestehen. Parker ließ den Mann vorsichtig zu Boden sinken, während innerhalb der Schutzkuppel immer noch die Hölle losbrach. Die Flammen und Energiestrahlen, die dem Haus entwichen, prallten eine ganze Weile lang von dem blauen Kraftfeld ab, dann erloschen sie und eine Totenstille legte sich über die Nachbarschaft.

Parker hielt den Atem an. Er wusste, was auch immer dort drinnen passiert war: Hannah hatte das niemals überlebt. Der blaue Schild verdampfte langsam und stieg als Rauch in den Himmel.

»Es ist vorbei«, keuchte der alte Magier und Parker überlegte, ob er es wohl als Frage meinte oder als Antwort.

»Ja«, war alles, was er hervorbringen konnte. Sie saßen einige Augenblicke lang ratlos nebeneinander auf dem schmutzigen Pflaster.

»Hilf mir auf«, sagte der alte Mann schließlich. »Wir müssen sie finden.«

Parker drehte sich der Magen um, weil er wusste, dass sie höchstens ihre Leiche finden würden. Sie traten vorsichtig durch den Eingang, dessen Tür aus den Angeln gesprengt worden war, und suchten in der von Blut, Körperteilen und Trümmern verwüsteten Küche nach einer Spur seiner Freundin.

Nichts.

Ob ihre Magie sie wohl vollständig aufgelöst hatte?

Parker ging den Flur hinunter und stützte den Zauberer im Gehen. Der Großteil des Daches war eingestürzt und sie mussten sich einen Weg durch die Trümmer bahnen. Parker erreichte die Rückseite des Hauses und erstarrte im Türrahmen dessen, was einst Hannahs Zimmer gewesen war.

Da war sie.

Hannah hockte auf dem Boden, Williams zerstörter Körper auf ihrem Schoß. Ihr Haar war mit Blut verkrustet – ob es ihres, Wills oder das eines Feindes war, würde er wohl nie erfahren. In der Ecke lag ein toter Jäger mit einer Hand aus Bronze. Ihm war die Haut fast vollständig vom Gesicht geschmolzen.

Hannah hob den Kopf, als sich die beiden Männer vorsichtig näherten. Ihre Augen glühten intensiver rot als selbst die von Ezekiel. Aber ihr Gesicht war vollkommen emotionslos. Sie bemerkte Parker nicht einmal. Für sie war Ezekiel der Einzige im Raum.

Hannah sprach mit einer Stimme so kalt wie Eis.

»Das hat *dein* Schüler getan, Ezekiel. Er hat diese Männer geschickt, um meine Familie zu töten. Um mich zu töten. Aber ich war stärker als sie.«

Ezekiel blickte traurig und entkräftet auf sie herab. »Hannah, es tut mir so leid …«

Sie schnitt ihm das Wort ab. Sie brauchte sein Mitleid nicht.

»Unterrichte mich, Ezekiel. Bring mir *alles bei, verdammt*! Treib mich an, bis ich erschöpft zu Boden falle, und dann stehe ich wieder auf und mach's noch mal! Ich werde mich nie beugen, mich niemals brechen lassen, ich werde *nicht* nachgeben. Im Namen der Matriarchin, im Namen der Queen Bitch, meiner Königin, *ich werde nicht aufhören.* Ich schwöre auf den toten Körper meines Bruders, dass ich nicht ruhen werde, bis Adrien vernichtet ist. Und wenn ich dafür ganz Arcadia niederbrennen muss.«

Sie drehte sich um und sah in das geschundene Gesicht ihres Bruders.

»Ich werde für Gerechtigkeit sorgen.«

Epilog

Adrien saß an seinem Erkerfenster und nippte an dem feinsten, zwanzig Jahre alten Gebräu, das die Mystischen zu bieten hatten, während über dem Queens Boulevard das Feuerwerk tobte. Die Flüssigkeit schmeckte bissig und er schluckte sie heftig hinunter.

Die magische Lichtshow verebbte und die Welt unter seinem Turm wurde wieder Schwarz.

»Prost, alter Freund«, spottete er und ließ zu, dass das Getränk seinen Geist erquickte. Er prostete dem Gründer zu, wo auch immer er gerade sein mochte.

Ohne anzuklopfen, kam Doyle durch die Tür gestürmt. »Rektor, die Jäger!«

»Ja«, sinnierte Adrien. »Sie haben eine ziemliche Show abgezogen. Sag mir, dass sie gute Neuigkeiten bringen.«

»Sie sind tot.«

Adrien erstarrte, das Glas auf halbem Weg zu seinem Mund. Er spürte, wie seine linke Augenbraue unkontrolliert zu zucken anfing, während er sich langsam von seinem Stuhl erhob und auf seinen treuen Assistenten zuschlenderte.

Doyle stammelte vor sich hin, aber Adrien zog ihm sein Glas mit Wucht über den Schädel, bevor er richtige Worte zustande brachte. Er stolperte rückwärts, mit Blut an der Stirn und Todesangst in den Augen. »Nein, bitte!«, keuchte er und ging hinter einem Stuhl in Deckung.

Eine Hand in Doyles Richtung ausgestreckt, zerquetschte Adrien seinem Assistenten aus der Entfernung galant die

Kehle. Doyles hervorquellende Augen flehten seinen Herrn stumm um Gnade an, aber Adrien nahm sie nicht wahr. Er sah rein gar nichts in seiner Wut.

Wieder einmal waren seine Männer getötet worden.

Wieder einmal waren seine Pläne durchkreuzt worden … und irgendjemand musste das nun ausbaden.

Kurz bevor sein Griff Doyle tötete, lockerte Adrien jedoch den Druck um seine Kehle und sein Assistent fiel nach Luft ringend auf den Holzboden.

Ein dünnes Lächeln umspielte Adriens Lippen. »Wir sind es falsch angegangen.«

Er streckte seinem Assistenten eine Hand entgegen.

Doyle schaute misstrauisch zu ihm auf. Der Rektor war schon immer unberechenbar gewesen, aber bisher hatte seine Loyalität ihn vor den Auswirkungen seiner Launen geschützt. Jetzt fürchtete er wirklich um sein Leben. Dennoch ergriff er zitternd die ihm angebotene Hand und ließ sich von seinem Chef auf die Beine ziehen.

»Ich brauche dich, Doyle, um ein Treffen zu arrangieren«, sagte Adrien gedehnt, als ob sie mitten in einer normalen Besprechung wären. »Ruf den Chefingenieur, den Gouverneur und Jedidiah zusammen.«

»Sir? Den alten Jed, den Propheten?«

Adrien schritt im Büro auf und ab. »Genau. Dieser Angriff könnte genau der Anstoß gewesen sein, den wir brauchen, um unsere Pläne zu beschleunigen. Der heutige Abend war eine Tragödie, aber keine Tragödie darf verschwendet werden, nicht solange *ich* das Kommando habe. Ruf alle zusammen. Wir haben lange genug gewartet.« Er hielt kurz inne und ergänzte halb zu Doyle, halb zu sich selbst: »*Ich habe lange genug gewartet.*«

Als Doyle aus dem Raum huschte, schenkte sich Adrien

noch ein Glas ein. Er dachte an Ezekiel, vor dem er nunmehr keine Angst hatte.

Sobald meine Waffe fertig ist, dachte er, *wird mich keine Magie Ezekiels, keine Macht auf Irth mehr aufhalten können. Und dann werde ich ihn büßen lassen.*

Ich werde sie alle *büßen lassen.*

FINIS

Hannah und Ezekiel kehren zurück in Band 2

—

Wie hat Dir das Buch gefallen? Schreib uns eine Rezension. Als Indie-Verlag, der den Ertrag in die Übersetzung neuer Serien steckt, haben wir nicht die Möglichkeit große Werbekampagnen zu starten. Daher sind konstruktive Rezensionen bei Amazon für uns sehr wertvoll, denn damit kannst Du die Sichtbarkeit dieses Buches massiv für neue Leser, die unsere Buchreihen noch nicht kennen, erhöhen. Du ermöglichst uns damit, weitere neue Serien parallel in die deutsche Übersetzung zu nehmen.

Am Endes dieses Buches findest Du eine Liste aller unserer Bücher. Vielleicht ist ja noch ein andere Serie für Dich dabei. Ebenso findest Du da die Adresse unseres Newsletters und unserer Facebook-Seite und Fangruppe – dann verpasst Du kein neues, deutsches Buch von LMBPN International mehr.

Lee Barbants Autorennotizen

Ich danke dir, dass du unser Buch ›Unterdrückung‹ (und diese Anmerkungen!) gelesen hast. Das Schreiben hat mir sehr viel Spaß gemacht und ich hoffe, dir ging es beim Lesen genauso.

Als Chris und ich das erste Mal mit Michael darüber sprachen, zu dem Kurtherianischen Universum beizutragen, dachten wir noch, es würde sicher um Vampire, Werwölfe oder geheime Regierungsmissionen gehen. Ich hatte zur Vorbereitung sogar meine Lieblingssendungen über Vampire noch einmal angeschaut (ich meine ... *True Blood*, muss ich noch mehr sagen?).

Aber dann hat Michael uns total überrascht, als er eine neue Richtung erwähnte, die er ausprobieren wollte ... Wie weit reicht die Kraft des Ätherischen?

Michael hatte diese Vision einer zukünftigen Welt, in der die kurtherianischen Nanozyten die Erdbevölkerung eingenommen, aber auch so verändert hatten, dass die Menschen Zugang zur *Magie* erhielten. Wie würde das die Kultur beeinflussen? Wie würde es unser Verständnis der Welt verändern? Könnte ein Zeitalter der Magie entstehen?

Wenn man eine magische Welt haben will, kommt man natürlich an Zauberschulen nicht vorbei – schließlich müssen die Menschen in diesen gefährlichen Künsten unterrichtet werden, damit nicht ständig Kinder ihre Geschwister in Kröten verwandeln oder Kneipenschlägereien mit der Sprengung ganzer Städte enden.

Eine magische Welt braucht eine magische Universität.

Aber Schulen bringen ganz eigene Probleme mit sich – politische Machtkämpfe und ungleiche Zugangschancen, um nur ein paar zu nennen. Wir dachten uns, dass auch Zauberschulen da keine Ausnahme bilden würden.

UNTERDRÜCKUNG

Chris und ich waren das perfekte Team, um uns über all das klarzuwerden.

Wir sind beide Dozenten und unsere erste Reihe *The Steel City Heroes* handelte von Superhelden, die an Universitäten im guten alten Pittsburgh, Pennsylvania, arbeiten.

Aber das kurtherianische Universum bedeutete ein ganz neues Level!

Da steht mehr auf dem Spiel – es ist eine weitaus gefährlichere Welt, in der Gerechtigkeit nur mit viel Mühe erreicht wird, doch sie birgt auch einige Vorteile. Ich zum Beispiel wollte schon immer mal für ein High-Fantasy-Universum mit Drachen, Zauberern und Rittern schreiben. Aber damit eine solche Geschichte funktioniert, braucht sie meistens Unmengen an Hintergrundgeschichte, Weltentwicklung und Tausende Seiten voll von historischen Anhängen (ja, dich meine ich, Tolkien!). Und so ein Universum aus dem Nichts zu erschaffen, würde einen Autor Jahre kosten, dabei wollte ich doch *jetzt* über Zauberer schreiben!

Unsere Geschichte in das bereits so folklorereiche kurtherianische Universum einzubetten, löste dieses Problem.

Falls du seit Jahren ein Fan von Michaels Werken bist, dann weißt du alles über die Hintergrundgeschichte seiner Welt. Hoffentlich ist dir auch nicht entgangen, dass Bethany Anne und Co. noch viele hundert Jahre später einen starken Einfluss auf Irth haben.

Und wenn *Beschränkung* dein erstes Buch im kurtherianischen Universum ist, dann hast du Glück gehabt! Dann wartet auf dich nämlich noch eine ganze Reihe von Büchern, die das Zeitalter der Magie ergänzen. Willst du mehr über die Queen Bitch und den Bastard wissen?

Dann schau dir mal *Das Kurtherianische Gambit* oder *Der Dunkle Messias* an.

Die Geschichte, die Chris und ich erzählen, ist noch lange nicht vorbei, aber drumherum gibt es noch so viele andere!

Vielen Dank fürs Lesen. Gerne als Geheimtipp an Freunde und Verwandte weiterempfehlen.

Du kannst mich auf Twittter (@lebarbant) oder Facebook kontaktieren und dich schon mal für das zweite Buch wappnen!

Denn es gibt noch viele Mistkerle, die es zu bekämpfen gilt und Hannah hat noch einen langen Weg vor sich, bis sie ihre Rache bekommt.

Die Magie muss noch viel weiter aufsteigen.

Lee Barbant

28. Februar 2017

UNTERDRÜCKUNG

Chris Raymonds Autorennotizen

Heilige Feuermotte, *das* hat Spaß gemacht!

Erst vor etwas mehr als zwei Jahren habe ich mein erstes Buch geschrieben.

Meine Tochter ist eine unersättliche Leseratte und hatte am Ende der dritten Klasse schon die gesamte Harry-Potter-Reihe durchgelesen (bitte verzeih die Prahlerei eines stolzen Vaters). Dann hat sie sie noch einmal gelesen. Und noch einmal.

Es fiel uns beiden schwer, neuen Lesestoff für sie zu finden, der ihren Erwartungen gerecht wurde und den ich als Vater angesichts ihres zarten Alters trotzdem gutheißen konnte (die zweite, düstere Hälfte von Harrys Abenteuern war dementsprechend SEHR grenzwertig).

Aus Spaß begann ich also, selber etwas für meine liebe, kleine Simone zu schreiben. Aus einer Kurzgeschichte wurde ein Buch, das sich zu einer noch nicht vollendeten Trilogie, der ›Arcanum Island‹-Serie, entwickelte. Simone und ihre Freunde liebten es, also beschloss ich, es bei Amazon zu veröffentlichen.

Ich wusste nicht, dass dies der Beginn meiner Schriftstellerkarriere war! Ehrlich gesagt kann ich es kaum erwarten, dass Simone endlich Hannahs Geschichte liest, aber da wird sie noch ein paar Jahre warten müssen.

Wie aber bin ich von den Mysterien der Mittelstufe zu unflätigen Zauberern gekommen?

Vor Monaten begannen Lee und ich mit Michael darüber zu sprechen, im Universum des *Kurtherianischen Gambits* zu schreiben.

Wenn wir mal einen auf Geschichtsschreiber machen würden, könnten wir behaupten, er habe uns einzig aufgrund unserer schriftstellerischen Fähigkeiten und unseres kreativen Genies (ganz zu schweigen von unserem blendend guten Aussehen) um einen Beitrag gebeten.

Aber ... bleiben wir doch mal bei der Realität.

Wir wollten in das Kurtherianische-Gambit-Universum einsteigen, weil Michael eine Wahnsinnswelt mit schier unendlichen Möglichkeiten erschaffen hatte – mit einer treuen Fangemeinde, die engagiert und interessiert ist.

Und wir sind *so* froh, dass er uns als Co-Autoren aufgenommen hat!

Wir haben viel von ihm und von euch Fans darüber gelernt, was eine Geschichte großartig macht.

Mir gefällt die Rolle, die ich in unserem Autorenteam einnehme: Lee und Michael brüten stundenlang über dem Handlungsbogen und den Plotpunkten, formen und verbiegen unsere Geschichte, bis sie bestmöglich konstruiert ist.

Und meine Wenigkeit? Ich bin der Affe, der die erste Fassung ihrer vielen Ideen zu Papier bringen darf. Das bedeutet, ich kriege die lustige Achterbahnfahrt mit, wie ihre Ideen sich entfalten oder verworfen werden, während ich einfach so schnell wie möglich auf meiner Tastatur herumtippe!

Das Tollste an dieser Arbeit ist, dass ich wie du als Leser all die Wendungen, knallharten Kampfszenen und emotionalen Momente mitempfinde, während ich sie ausschreibe. Und (hoffentlich) genau wie du kann auch ich es kaum erwarten, zu sehen, wie die Geschichte nun weitergeht.

Während ich diese Autorenanmerkung schreibe, bin ich eigentlich gerade mittendrin, den zweiten Teil dieser Serie zu Ende zu schreiben.

Und ich kann dir verraten: Wenn dir Buch 1 gefallen hat, wirst du Buch 2 lieben!

UNTERDRÜCKUNG

Es ist der zweite Schritt des langen Weges, auf dem wir den Aufstieg der Magie und unsere Lieblings-19-Jährige begleiten werden ...

Vielen Dank fürs Lesen!

Da dies unser erstes Buch im Universum des *Kurtherianischen Gambits* ist, würden wir uns riesig freuen, wenn du dir eine Minute Zeit nehmen würdest, um eine Rezension zu hinterlassen! Die sind wirklich wichtig, weil sie unser Werk sichtbarer machen und es anderen Lesern erleichtern, in der Flut an Büchern unseres zu finden.

Und wir sehen uns wieder in Arcadia!

Prost,

Chris

28. Februar 2017

Michael Anderles Autorennotizen

SONOFABITCH!

Heilige Scheiße ... Zuerst, bevor ich es vergesse, DANKE, dass du diese Anmerkungen bis hierher gelesen hast! Meine wird allerdings SUPER kurz, weil ...

Tja, ich hätte das Buch gerade fast schon hochgeladen, ohne meine Anmerkung zu schreiben!

Folgendes Szenario: Ich öffne die Datei direkt vor dem Hochladen noch mal, überprüfe total neurotisch alles zum tausendsten Mal – falls doch etwas vergessen wurde – und ich lese Lees Autorenanmerkung, dann die von Chris und dann meine Seite ...

Völlig leer!

Nicht. Ein. Verdammtes. Wort.

Kennst du diese ›Sein Gesicht wurde totenbleich‹-Beschreibung, die ich in meinen Büchern manchmal benutze? Genau das ist mir vor ein paar Minuten passiert und jetzt tippe ich wie ein Bekloppter meine Autorenanmerkung.

Was scheiße ist, denn dieses Buch verdient wirklich eine HAMMER-Autorennotiz von mir, in der ich die ganze Vorgeschichte aufrolle, wie diese beiden Typen aus Pittsburgh (war doch Pittsburgh, oder?) mich leichtgläubigen Eumel überredet haben zu ...

Okay warte ... zugegeben, das stimmt so nicht (schuld ist nur mein Vater mit seiner Predigt: ›*Lasst die Wahrheit niemals einer guten Geschichte im Weg stehen*‹).

Ich muss hier gerade aktiv gegen den Drang ankämpfen, zu dick aufzutragen.

Chris kam vor den Weihnachtsferien auf mich zu, und wir verabredeten uns fürs neue Jahr. Teilweise mag diese Kooperation entstanden sein, weil ich in ihrem Podcast

UNTERDRÜCKUNG

›Part-Time Writers‹ zu Gast sein durfte – der seit Langem einer meiner absoluten Favoriten gewesen war.

Die beiden sind einfach so verdammt ehrlich und lustig. Wobei ich die Ehrlichkeit nur so lange wertgeschätzt habe, bis ich sie im kreativen Prozess zu spüren bekommen habe.

Autsch ... ja, ganz recht, ich sage wieder ›autsch‹! ;-)

Natürlich war das gut, aber Mann, ich habe auch immer im Hinterkopf, dass, wenn ihnen etwas nicht gefällt, es verdammt sicher in ihrem Podcast thematisiert wird.

Wie dem auch sei, die beiden überlegten, was sie im zweiten Jahr ihrer Indie-Publishing-Karriere angehen sollten, und ich hatte sie im Podcast aufgefordert, ihren Horizont zu erweitern.

Wegen dieser Dummheit (äh, ich meine Weisheit) kamen sie mit ihrem Vorschlag auf mich zu und der Rest ist – wie man so schön sagt – Geschichte, denn nun befinden wir uns im ›Jetzt‹.

Für diejenigen, die Spaceballs gesehen haben, erinnert ihr euch an die Szene, wo sie durch die Spaceballs gehen – Die VHS? »Wann sind wir? Sind wir jetzt? Wann ist Jetzt? Es ist weg!« (Oder so ähnlich, ich versuche hier einfach wie verrückt, so schnell wie möglich zu veröffentlichen, okay?)

Ich bin sowohl von dieser Buchreihe als auch von diesem Zeitalter SUPER begeistert!

Es ist (vielleicht) die ultimative Weise, über die Naniten nachzudenken. Wir haben erste Anzeichen dieses Zeitalters schon in *Eiskalte Überraschung (Das Kurtherianische Gambit 13)* gesehen.

Bei der Einleitung von TS Paul's *Conjuring Quantico* (ist ähnlich wie die End-Credits-Szene eines Marvelfilms, NACH dem Abspann) ... da habe ich einen weiteren Hinweis versteckt.

* * *

Warum sind Hexen nicht real?, unterbrach TOM ihre Gedanken.

Was?, fragte sie geistesabwesend, während sie ihre Kommunikationsapp öffnete.

Hexen, warum existieren sie nicht?, fragte er erneut.

Bethany Anne hielt mit weit geöffneten Augen inne, als ihr bewusst wurde, dass die Frage von TOM gar keinen Kontext hatte. *Oh Scheiße, wie zum Teufel kommt er wieder an solche Geschichten?*

Sie waren nicht in der Nähe der Küchencrew (eine Anforderung, die sie beim Bau des Schiffes verdammt eisern verfolgt hatte). Bethany Anne überdachte alles, was sie in den letzten Tagen gemeinsam getan hatten, doch nichts davon hatte etwas mit Hexen zu tun.

Wicca?, fragte sie. Das ist eine Religion, ich weiß nicht, ob ...

Nein, keine Wicca. Richtige Magie von Hexen. Oder Magiern, Magienutzern und dergleichen.

Bethany Anne schwieg verblüfft.

Warum zum Teufel sollten wir Hexen und Magier haben?, fragte sie schließlich.

Nun, ich sehe keinen Grund, warum es sie nicht geben kann.

* * *

Das war ein GROSSER Schritt auf dem Weg zu *Aufstieg der Magie*. In Buch 14 habe ich sogar Bethany Anne mit ›Magie‹ ausgestattet, als sie die kleinen Anstecker zum Schmelzen bringt.

UNTERDRÜCKUNG

Alles dreht sich um Arthur C. Clarks dritte Regel: »*Jede ausreichend fortgeschrittene Technologie ist von Magie nicht zu unterscheiden.*«

Der nächste große Schritt in diese Richtung findet sich in Justin Sloans Büchern mit Valerie in New York [Anmerkung der Übersetzerin: das ist eine bisher nicht übersetzte Seitenserie des Gambits, die zeitgleich mit der im Deutschen bereits angefangenen Serie ›Das Zweite Dunkle Zeitalter‹ spielt]. Da werden Themen angeschnitten, die auch in diesem Buch behandelt werden – die große Umwälzung der Menschheit, als die kurtherianische Nanotechnologie aus dem Ruder läuft.

Also, da sind wir nun. Hunderte von Jahren, nachdem Bethany Anne / Michael / Boris den Planeten verlassen haben …

Das, was in unserer DNA steckt, vielleicht schon seit Äonen, hat sich manifestiert, und Irth wird nie mehr dieselbe sein.

Ich hoffe, du als Leser*in genießt dieses neue Zeitalter so sehr, wie wir es lieben, darin zu schreiben!

Michael Anderle

16. März 2017

P.S.: Falls du *Das Kurtherianische Gambit* noch nicht gelesen hast, lasse ich hier mal eine komplett uneigennützige (hust, hust) Empfehlung da … es ist ein ziemlich gutes Buch, wenn ich das mal so sagen darf. ;-) Außerdem wirst Du erfahren, dass die Matriarchin und der Patriarch doch nicht nur Sagengestalten sind.

[Das Kurtherianische Gambit – Mutter der Nacht (Buch 1)](#)

SOZIALE MEDIEN

Möchtest Du mehr?
Abonnier unseren Newsletter, dann bist Du bei neuen Büchern, die veröffentlicht werden, immer auf dem Laufenden:
https://lmbpn.com/de/newsletter/

Tritt der Facebook-Gruppe und der Fanseite hier bei:
https://www.facebook.com/groups/ZeitalterderExpansion/
(Facebook-Gruppe)
https://www.facebook.com/DasKurtherianischeGambit/
(Facebook-Fanseite)

Die E-Mail-Liste verschickt sporadische E-Mails bei neuen Veröffentlichungen, die Facebook-Gruppe ist für Veröffentlichungen und ›hinter den Kulissen‹-Informationen über das Schreiben der nächsten Geschichten. Sich über die Geschichten zu unterhalten ist sehr erwünscht.

Da ich nicht zusichern kann, dass alles was ich durch mein deutsches Team auf Facebook schreiben lasse, auch bei Dir ankommt, brauche ich die E-Mail-Liste, um alle Fans zu benachrichtigen wenn ein größeres Update erfolgt oder neue Bücher veröffentlicht werden.

Ich hoffe Dir gefallen unsere Buchserien, ich freue mich immer über konstruktive Rezensionen, denn die sorgen für die weitere Sichtbarkeit unserer Bücher und ist für unabhängige Verlage wie unseren die beste Werbung!

Jens Schulze für das Team von LMBPN International

DEUTSCHE BÜCHER VON LMBPN PUBLISHING

Das kurtherianische Gambit
(Michael Anderle – Paranormal Science Fiction)

Erster Zyklus:
Mutter der Nacht (01) · Queen Bitch – Das königliche Biest (02) · Verlorene Liebe (03) · Scheiß drauf! (04) · Niemals aufgegeben (05) · Zu Staub zertreten (06) · Knien oder Sterben (07)

Zweiter Zyklus:
Neue Horizonte (08) · Eine höllisch harte Wahl (09) · Entfesselt die Hunde des Krieges (10) · Nackte Verzweiflung (11) · Unerwünschte Besucher (12) · Eiskalte Überraschung (13) · Mit harten Bandagen (14)

Dritter Zyklus:
Schritt über den Abgrund (15) · Bis zum bitteren Ende (16) · Ewige Feindschaft (17) · Das Recht des Stärkeren (18) · Volle Kraft voraus (19)

Kurzgeschichten:
Frank Kurns – Geschichten aus der Unbekannten Welt

In Vorbereitung:
...die restlichen Bücher bis Band 21

Aufstieg der Magie
(CM Raymond, LE Barbant & Michael Anderle – Fantasy)

Unterdrückung (01) · Wiedererwachen (02) · Rebellion (03) · Revolution (04) · Die Passage der Ungesetzlichen (05)
In Vorbereitung sind die restlichen Bücher bis Band 12 aus dem Kurtherian-Gambit-Universum

**Das zweite Dunkle Zeitalter
(Michael Anderle & Ell Leigh Clarke
– Paranormal Science Fiction)**
Der Dunkle Messias (01) · Die dunkelste Nacht (02)
In Vorbereitung sind die restlichen Bücher bis Band 4
aus dem Kurtherian-Gambit-Universum

**Der unglaubliche Mr. Brownstone
(Michael Anderle – Urban Fantasy)**
Von der Hölle gefürchtet (01) · Vom Himmel verschmäht (02) ·
Auge um Auge (03) · Zahn um Zahn (04) ·
Die Witwenmacherin (05) · Wenn Engel weinen (06) ·
Bekämpfe Feuer mit Feuer (07)
In Vorbereitung sind die restlichen Bücher dieser
Oriceran-Serie

**Die Schule der grundlegenden Magie
(Martha Carr & Michael Anderle – Urban Fantasy)**
Dunkel ist ihre Natur (01)
In Vorbereitung sind die restlichen Bücher bis Band 8
diese Oriceran-Serie

**Die Schule der grundlegenden Magie: Raine Campbell
(Martha Carr & Michael Anderle – Urban Fantasy)**
Mündel des FBI (01)
In Vorbereitung sind die restlichen Bücher bis Band 9
diese Oriceran-Serie

**Die Chroniken des Komplettisten
(Dakota Krout – LitRPG/GameLit)**
Ritualist (01) · Regizid (02) · Rexus (03) ·
Rückbau (04) · Rücksichtslos (05)
In Vorbereitung sind die derzeit verfügbaren Teile

Die Chroniken von KieraFreya
(Michael Anderle – LitRPG/GameLit)
Newbie (01)
Anfängerin (02)
In Vorbereitung sind die restlichen Bücher bis Band 6

Die guten Jungs
(Eric Ugland – LitRPG/GameLit)
Noch einmal mit Gefühl (01)
Heute Erbe, morgen Schachfigur (02)
In Vorbereitung sind die restlichen Bücher der Serie

Die bösen Jungs
(Eric Ugland – LitRPG/GameLit)
Schurken & Halunken (01) in Vorbereitung
In Vorbereitung sind die restlichen Bücher der Serie

Die Reiche
(C.M. Carney – LitRPG/GameLit)
Der König des Hügelgrabs (01)
In Vorbereitung sind die restlichen Bücher der Serie

Stahldrache
(Kevin McLaughlin & Michael Anderle – Urban Fantasy)
Drachenhaut (01) · Drachenaura (02) ·
Drachenschwingen (03) · Drachenerbe (04) ·
Dracheneid (05) · Drachenrecht (06) ·
Drachenparty (07) · Drachenrettung (08)
In Vorbereitung sind die restlichen Bücher bis Band 15

So wird man eine knallharte Hexe
(Michael Anderle – Urban Fantasy)
Magie & Marketing (01)

Animus
(Joshua & Michael Anderle – Science Fiction)
Novize (01) · Koop (02) · Deathmatch (03) ·
Fortschritt (04) · Wiedergänger (05) · Systemfehler (06) ·
Meister (07)
In Vorbereitung sind die restlichen Bücher bis Band 12

Opus X
(Michael Anderle – Science Fiction)
Der Obsidian-Detective (01)
Zerbrochene Wahrheit (02)
Suche nach der Täuschung (03)
In Vorbereitung sind die restlichen Bücher bis Band 12

Unzähmbare Liv Beaufont
(Sarah Noffke & Michael Anderle – Urban Fantasy)
Die rebellische Schwester (01)
Die eigensinnige Kriegerin (02)
Die aufsässige Magierin (03)
Die triumphierende Tochter (04)
Die loyale Freundin (05)
Die dickköpfige Fürsprecherin (06)
Die unbeugsame Kämpferin (07)
Die außergewöhnliche Kraft (08)
Die leidenschaftliche Delegierte (09)
Die unwahrscheinlichsten Helden (10)
Die kreative Strategin (11)
Die geborene Anführerin (12)

Die einzigartige S. Beaufont
(Sarah Noffke & Michael Anderle – Urban Fantasy)
Die außergewöhnliche Drachenreiterin (01)
Das Spiel mit der Angst (02)

In Vorbereitung sind die restlichen Bücher bis Band 24

**Die Geburt von Heavy Metal
(Michael Anderle – Science Fiction)**
Er war nicht vorbereitet (01)
Sie war seine Zeugin (02)
Hinterhältige Hinterlassenschaften (03)
In Vorbereitung sind die restlichen Bücher bis Band 8

**Weihnachts-Kringle
(Michael Anderle –
Action-Adventure-Weihnachtsgeschichten)**
Stille Nacht (01)